Priska M. Thomas Braun
Der Treibholzmann

Priska M. Thomas Braun

Der Treibholzmann

Roman

Impressum

© 2023 Edition Königstuhl

Alle Rechte vorbehalten.

Kein Teil dieses Buches darf ohne schriftliche Genehmigung des Verlags reproduziert werden, insbesondere nicht als Nachdruck in Zeitschriften oder Zeitungen, im öffentlichen Vortrag, für Verfilmungen oder Dramatisierungen, als Übertragung durch Rundfunk oder Fernsehen oder in anderen elektronischen Formaten.
Dies gilt auch für einzelne Bilder oder Textteile.

Bild Umschlag: Cornelia Ziegler
Gestaltung und Satz: Stephan Cuber, diaphan gestaltung, Bern
Lektorat: Kathrin Bringold
Druck und Einband: CPI books GmbH, Ulm
Verwendete Schriften: Adobe Garamond Pro, Gaspo Slab

ISBN 978-3-907339-44-2

Printed in Germany

www.editionkoenigstuhl.com

Für Hugo und Lucie

Die Handlung dieses Romans ist frei erfunden.
Ähnlichkeiten mit lebenden oder verstorbenen Personen wären rein zufällig.

Inhalt

I 11
II 85
III 137
IV 193
V 239
VII 297
VIII 327

Swahili 376
Personen 378
Dank 381

Die Welle rollte auf ihn zu
Höher als jede zuvor
Das war es! schrie er
Und gab sich ihr hin

I

Dave spürte seine Sitzknochen auf dem harten Holzstuhl. Der Tee in der leicht verfärbten Tasse war lauwarm. Er trank ihn in grossen Schlucken.

Ausser einer Afrikanerin am Nebentisch war er der einzige Gast in der Café-Bar. Die Frau trug ein bunt bedrucktes Kleid mit passendem Turban. Sie hatte eine Hornbrille auf und war genauso in ein Magazin vertieft, wie der Mann hinter der Theke in die Politur seiner Gläser. Beide mochten um die dreissig sein.

Ein Radio spielte einlullende Melodien. Er betrachtete die Aquarelle an der Wand. Schirmakazien vor einem orangefarbenen Himmel, deren filigrane Äste und feine Blätter in den breiten Holzrahmen ausliefen.

Originell. Er hatte so etwas noch nie gesehen. Immer wieder wurde sein Blick von den Bildern angezogen, bis er sich mit dem der Frau kreuzte.

«Sie sind von einer lokalen Künstlerin», sagte sie.

«Was? Die Bilder?»

«Ja, gefallen sie dir?»

«Ja, sehr.»

«Die Malerin lebt hier, in Mombasa.»

Der Mann legte sein Geschirrtuch zur Seite und nickte zustimmend.

«Sie heisst Abuya», erzählte die Frau weiter. «Ich habe sie einmal an einem Anlass kennengelernt. Sie malt Landschaften und Tiere. Für Touristen.»

Als er ihr nicht sofort antwortete, fragte sie: «Woher kommst du?»

Ihr Gesicht war offen, ihr Ausdruck fragend. Er wusste nicht, wieviel er von sich preisgeben sollte. Er brauchte dringend einen Arzt.

«Aus England, ich trampe durch Afrika. Jetzt bleibe ich ein bisschen in Kenia, um mich von den Strapazen zu erholen.»

«Bist du mit dem Bus an die Küste gekommen?», fragte der Mann mit einem Blick auf den Rucksack, der an die Wand gelehnt stand.

«Ja, vor einer halben Stunde. Wie weit ist es bis zur Jugendherberge?»

«Nicht weit. Sie liegt mitten in der Stadt», mischte sich die Frau ein, «ein Hotel am Strand wäre aber bestimmt schöner.»

Er zögerte. Er hätte gerne zwei oder drei Tage lang in einem Liegestuhl am Strand oder in einem schattigen Garten gelegen. Die Herbergen boten nichts dergleichen. Zudem waren sie tagsüber geschlossen. Da musste er frühmorgens raus.

Entweder konnte die Frau Gedanken lesen oder sie spürte sein Bedürfnis nach Ruhe. Jedenfalls ergänzte sie: «Ich kenne das 'Nyali Beach Heaven'. Es ist ein günstiges kleines Hotel in einem schönen Wohnviertel im Norden der Stadt. Es wäre genau richtig.»

Während sie ihre Tasche nach einem Stift durchsuchte und etwas auf ein Blatt Papier notierte, fragte er sich, ob sie eine Provision für ihre Empfehlung erhielt. Und wie angenehm es sein könnte, wenn er sich hier ausnahmsweise einmal etwas Komfort leisten würde ...

Sie trat mit dem Zettel auf ihn zu. «Hier. Die Adresse.»

«Danke», sagte er. «Wie war gleich der Name der Malerin?»

«Abuya», antwortete sie. «Warte, ich schreibe ihn dazu.»

«Der Bus nach Norden fährt gleich», rief der Mann von hinter der Theke.

Dave rutschte vom Barhocker und spürte dabei wieder seinen Hintern.

Kurz bevor er im Herbst die Fähre nach Tunesien genommen hatte, hatte er sich in Messina in einer Apotheke Notmedikamente besorgt und sich zum letzten Mal gewogen. Jetzt fühlte es sich an, als habe er neben der Lust auf eine Fortsetzung seiner strapaziösen Reise bis nach Südafrika auch einen guten Teil seiner achtundsiebzig Kilogramm verloren.

Er bezahlte für seinen Tee und eine Packung Kekse, die er als Proviant in eine Aussentasche seines Rucksacks steckte.

«Bye bye», winkte die Frau und rief ihm nach: «Der Busfahrer sagt dir, wo du aussteigen musst, und erklärt dir auch den Weg zum Strandhotel. Die Künstlerin wohnt ganz in der Nähe, für den Fall, dass du mehr von ihren Bildern sehen willst.»

Dave dankte, verabschiedete sich und trat hinaus in den Monsun. Es war später Nachmittag und zwei Stunden vor Einbruch der Nacht.

Der Bus fuhr pünktlich los. Je weiter sie Richtung Norden kamen, desto holpriger wurde die Strasse. Nach und nach leerte sich das Fahrzeug, schliesslich war er der einzig verbleibende Passagier. Er blickte aus dem Fenster. Anders als im Zentrum waren nach ein paar Kilometern kaum mehr Menschen zu Fuss oder auf Fahrrädern unterwegs. Die tiefhängenden, schwarzen Wolken ballten sich bedrohlich zusammen.

«Ich fahre eine extra Schicht für dich. Eine extra Schleife bis zum Hotel», bot der Fahrer an. «Erspart dir, dich durch den Regen zu kämpfen.»

Er dankte, stieg aus dem Bus, ging die paar Schritte auf das Hotel zu und las *Closed* auf einem hölzernen Schild an der Tür. Er fand keine näheren Angaben. Der Garten schien seit geraumer Zeit nicht gepflegt worden zu sein. Hätten ihn jetzt nicht der vom Busfahrer angekündigte Wolkenbruch und noch dazu die Dringlichkeit einer Darmentleerung überfallen, so hätte er den verlotterten Charme des Hauses und der wild wuchernden Pflanzen gewürdigt. So hingegen verschwand er schimpfend hinter einem Busch. Im Nu war er bis auf die Haut durchnässt.

Während er sich unter dem Vordach des Hotels vor dem Platzregen in Sicherheit brachte, dachte er an das Riegelhäuschen im verwunschenen Park seiner Kindheit.

Seine Grosseltern hatten zeitlebens für eine Industriellenfamilie in Leeds gearbeitet; der Grossvater als Gärtner, die Grossmutter als Köchin. Als wären sie seine Eltern, hatten sie sich um ihn, ihren einzigen Enkel gekümmert, da ihre Tochter dazu nicht in der Lage gewesen war. Er stellte sich seinen Grossvater hier, in diesem üppigen Garten, vor und dass er die Namen der stark duftenden tropischen Blumen gekannt hätte. Der Grossvater war zwar nur im Krieg aus England herausgekommen. Und über jene Zeit, die sie getrennt verbringen mussten, hatten seine Grosseltern so wenig mit ihm gesprochen wie über seine Mutter. Doch Dave meinte, sich an eine dünne Frau mit wasserblauen Augen und einem süss riechenden Atem zu erinnern, die immer wieder einmal im Riegelhäuschen auftauchte, ihn in die Arme schloss und sein Gesicht mit Küssen bedeckte. Seine Grosseltern beantworteten seine Fragen nach ihr stets ausweichend. Stattdessen boten sie ihm, nachdem er als kränkliches Baby wochenlang in Spitalpflege verbracht hatte, eine weitgehend normale Kindheit und Jugend. Edward, der gleichaltrige Sohn der Industriellenfamilie, war sein Spielgefährte gewesen. Während Edward eine private und er die öffentliche Tagesschule besuchte, machten sie zusammen mit einem Studenten, der fast täglich im Herrenhaus erschien, ihre Hausaufgaben. Dave sass dann mit geradem Rücken in der Studierstube, verdrückte so viele von den feinen Butterkeksen wie möglich, und schwieg, auch wenn er die Aufgaben gelöst hatte. Edward durfte, wenn er so weit war, als erster antworten, und Dave nur, wenn der bebrillte junge Nachhilfelehrer ungeduldig wurde und ihm ausdrücklich das Wort erteilte. An Weihnachten 1965 brach sich der zehnjährige Edward bei einem Sturz von seinem Pferd das Genick. Erst rückblickend war Dave das abrupte Ende bewusst geworden, das der Unfall dem gemeinsamen Lernen und Kräftemessen gesetzt hatte. Auch die Tragweite der Umstände, dass seine Mutter auf der Strasse gelebt hatte, an einer Überdosis verstorben und sein Erzeuger unbekannt geblieben war, konnte er erst Jahre später ermessen.

Nun fischte er mit zitternden Fingern seinen Lonely-Planet-Führer aus dem Rucksack und suchte nach einer günstigen Unterkunft in Mombasa. Dabei stellte er fest, dass die Billighotels an der Südküste und nicht in Nyali lagen. Er versuchte sein Frösteln zu unterdrücken, streckte und massierte seine schmerzenden Glieder und befürchtete, sich zu seinem Durchfall auch noch Malaria eingefangen zu haben. Er verspürte Durst und fieberte. Warum nur hatte er sich nicht der Frau in der Café-Bar am Busbahnhof anvertraut, ihr erzählt, wie schlecht es ihm ging? Wahrscheinlich hätte sie ihm geholfen und ihn zu einer Apotheke oder zum nächsten Arzt begleitet.

Er machte sich zu Fuss auf den Weg zurück Richtung Stadt auf und hoffte dabei auf einen vorbeifahrenden Bus oder ein

Matatu, ein Sammeltaxi, das er hätte anhalten können. Plötzlich bremste ein Privatwagen und blieb ein paar Meter entfernt stehen. Jemand stieg aus und Dave winkte. Demungeachtet eilte der Mann, der einzige Mensch in diesem verlassenen Quartier, auf ein Eisentor zu, das sich surrend öffnete und wieder schloss. Das Auto fuhr so lautlos weg, wie es angehalten hatte. Dave ahnte die Villen jenseits der Einzäunungen mehr, als er sie sah. Der Regen prasselte weiter, und er vermied, in die Pfützen zu treten. Obwohl seine Schuhe quietschten und der tropfende Hutrand seinen Nacken nässte, musste er lachen. Schlimmer konnte es kaum werden. Die Situation schien absurd. Er hätte nicht auf die Frau in der Bar hören und nach Nyali hinausfahren sollen. Doch jetzt war ihm alles egal. Ein paar Häuser weiter hörte er Hundegebell und eine Männerstimme.

«Hallo», rief er. «Ist da jemand? Hallo! Guten Abend!»

Ein Schwarzer, seiner abgetragenen Latzhose nach, ein Angestellter, öffnete das Tor. Dave konnte hinter ihm einen Weg ausmachen, der zu einem erhöht stehenden Bungalow führte. Die Hunde kläfften noch immer. Hoffentlich sind sie angebunden oder in einem Zwinger eingesperrt, schoss es ihm durch den Kopf.

«Yes?», brummte der Mann

«Können Sie mir vielleicht weiterhelfen?», fragte Dave. «Ich suche ein einfaches Hotel. Das 'Nyali Beach Heaven' hat leider geschlossen.»

Der Mann musterte ihn kritisch.

«Hier in der Nähe muss auch eine bekannte Malerin wohnen», fuhr Dave intuitiv fort, ohne zu wissen, was ihn zu dieser Bemerkung bewog.

«Kennen Sie sie?», fragte der Mann.

Dave meinte eine Mischung aus Misstrauen und Respekt zu hören.

«Kennen Sie die Künstlerin?», insistierte der Mann.

«Nicht persönlich», bekannte er. «In der Café-Bar am Busterminal habe ich zwei ihrer Bilder gesehen.»

«Und?»

«Sie haben mir gefallen. Zudem habe ich eine Bekannte der Malerin getroffen, die fand, ich dürfe mir ein paar der Werke anschauen.»

«Okay, come on in», gebot der Mann mürrisch.

Dave horchte. Das Hundegebell war verstummt.

«Kommen Sie schon. Sie können nicht ewig im Regen stehen bleiben. Sie sind hier richtig», sagte der Mann, schloss das stabile Tor hinter Dave und schritt ihm voran durch den Garten.

Im Haus, das er hinter dem Mann durch eine kleine Küche betrat, schlüpfte er aus seinen durchweichten Schuhen. Der junge Schwarze nahm ihm den Rucksack ab, stellte diesen zusammen mit den schmutzigen Schuhen in eine Ecke, und Dave drückte ihm seinen klatschnassen Hut in die Hand. Seine langen Haare klebten ihm im Nacken. Zum letzten Mal hatte er sie in einer bunten Bretterbude am Strassenrand von Bangui schneiden lassen. Erst hatte der Friseur beherzt in die dunkelbraunen Locken gegriffen, sie immer wieder durch seine Finger gleiten lassen und ihm durch Gestik und Mimik zu verstehen gegeben, dass er normalerweise krauses Haar schneide. Nach viel Palaver und Gelächter und neugierigen Blicken von Passanten brachte der Strassenfriseur zu Daves Überraschung einen flotten Schnitt hin, für den er bloss einen Spottpreis verlangte. Das war um Weihnachten gewesen, als er in der Hauptstadt der Zentralafrikanischen Republik mit zwei belgischen Rucksackreisenden feuchtfröhlich gefeiert und wo er vermutlich seine Ruhr aufgelesen hatte.

Jetzt, an diesem düsteren Abend Ende April, fand er sich in einem Wohnzimmer wieder, dessen Einrichtung ihn britisch anmutete. Wären da nicht die Trommeln, die Holzfiguren, die Bilder mit Elefanten und Giraffen an den Wänden und die hochgewachsene junge Frau mit ihrer goldbraunen Haut gewesen, er hätte sich zu Hause geglaubt. Er hatte keine Ahnung, wer sie war. Die Künstlerin stellte er sich älter vor, etwas füllig, eine selbstbewusste Mittvierzigerin, die sich auffallend kleidete und ihre Werke gewinnbringend vermarktete. Der Bungalow zeugte jedenfalls von Erfolg. Er beobachtete die Frau, während sie eindringlich auf den Mann einredete. An dessen Antwort, die nach Rechtfertigung klang, vermutete Dave, dass sie so etwas wie die Chefin war, doch richtig einordnen konnte er die Situation nicht. Ausser ein paar wenigen Brocken verstand er kein *Swahili*.

«I am Dave, ... Baxter. Ich bin heute in Mombasa angekommen», stellte er sich vor und wie als Rechtfertigung für seine heruntergekommene Erscheinung: «Ich reise seit mehreren Monaten durch Afrika.»

Er hatte damit zugewartet, seinen verfilzten Bart zu trimmen und die Haare schneiden zu lassen sowie neue Kleidung und Schuhe zu kaufen. Auch müsste er auf eine Bank gehen, Travellers Checks in Schillinge wechseln. Kenia hatte ihn mit Nairobi und Mombasa, wo er nahezu europäische Verhältnisse vorzufinden hoffte, wie das gelobte Land angelockt. Hier wollte er Energie für seine Weiterreise tanken.

«*Karibu*», sagte die Frau.

Dave lächelte, unsicher, wie er ihr seinen Besuch begründen sollte. Mit ihrer aufrechten Haltung strahlte sie eine natürliche Autorität aus. Er wünschte, sie würde weiterreden. Sie blickte ihn indessen bloss an, und er wurde unsicher, ob sie überhaupt Englisch verstand. Natürlich, sagte er sich. Englisch war neben *Swahili* die wichtigste Sprache im Land, und die Frau machte einen intelligenten Eindruck. Also wiederholte er, was er bereits dem jungen Mann erzählt hatte.

«Und Sie sind den langen Weg hierhergekommen, weil Sie ein paar Bilder ansehen wollen?», fragte die Frau, die er noch immer nicht einordnen konnte. Ihre Stimme war warm und ihr Englisch nahezu akzentfrei. In England hätte sein Hereinplatzen als Impertinenz gegolten. Er verlegte sein Gewicht von einem Fuss auf den anderen.

«Ja. Ich war in der Nähe. Ich wollte im 'Beach Heaven' übernachten. Aber es hat leider geschlossen.»

«Richtig. Die kleinen Hotels sind während der Regenzeit alle zu.»

Obwohl es erst achtzehn Uhr war, war es schon beinahe Nacht, die sich hier innert Minuten übers Land legte. Die Frau zog eine Augenbraue hoch und verunsicherte ihn damit noch mehr.

«Darum sollte ich jetzt besser zurück ins Zentrum fahren und dort die Jugendherberge suchen», murmelte er. «Ich würde jedoch, falls ich das dürfte, gerne ein anderes Mal kommen und die Künstlerin kennenlernen.»

«Die Künstlerin? Ich bin die Künstlerin.»

«*Sie* sind Abuya? Tatsächlich?»

Sie wechselte einen Blick mit dem Mann in der Latzhose, der auf Instruktionen zu warten schien. Der Regen trommelte aufs Dach, als wolle er die Sintflut über das Land bringen. Die Hunde bellten dumpf.

«Sorry», sagte Dave. «Ich hätte mich vorher besser erkundigen und natürlich anmelden müssen. Aber – wie gesagt – ich war in der Nähe.»

«Wenn Sie jetzt ins Zentrum wollten, müssten Sie ein Taxi nehmen. Busse fahren abends keine mehr. Zu Fuss ist es zu weit, und für einen, der sich nicht auskennt, auch gefährlich.»

Er bemerkte eine Pfütze auf dem Steinboden. Seine Kleidung tropfte!

Eine ältere Frau, eine Bedienstete, trat ins Wohnzimmer, murmelte *«Jambo»* und stellte ein Fläschchen Fanta auf den Beistelltisch. Mit einer nachlässigen Handbewegung, als ob sie eine Fliege verscheuche, vertrieb sie ihren jungen Kollegen, der noch immer herumstand.

«Möchten Sie sich nicht erst einmal setzen? Bitte», sagte Abuya und zeigte auf einen mit orientalischen Kissen bestückten Sessel.

Dave schüttelte den Kopf. Er wusste nicht, wie er die Künstlerin, die auf ihn einen beinahe mädchenhaften Eindruck machte, korrekt ansprechen sollte. Er trank im Stehen. Dabei spürte er, dass ihm schwindlig wurde.

«Fühlen Sie sich fit genug, nach Mombasa zurückzukehren?», fragte sie.

Er verspürte ein Rumpeln in seinem Darm. Seine Augen brannten. Seit Monaten schlug er sich gänzlich auf sich allein gestellt in Afrika durch. Einmal wäre er beinahe ertrunken, und beim Grenzübergang zwischen dem Südsudan und Kenia um ein Haar festgenommen worden. Ohne seine Bestechung in US-Dollars, die er gut hätte anders verwenden können, hätten ihn die bis an die Zähne bewaffneten sudanesischen Zöllner nicht passieren lassen. Ein Bürgerkrieg lag dort in der Luft. Doch hatte er es geschafft. Er befand sich jetzt an einem sicheren Ort. Und als wäre dies nicht Glück genug, stand die schönste Frau, die er in seinem Leben gesehen hatte, so nah bei ihm, dass er sie hätte berühren können. Er roch ihren feinen Duft nach Sandelholz. Zwei Ständerlampen warfen warme Lichtkreise auf den Boden. Die beiden Angestellten waren verschwunden. Er spürte Abuyas Blick auf sich. Die Hunde bellten schon wieder, diesmal weniger erbost als bei seiner Ankunft. Der Regen liess nach. Er versuchte, das Gebell zu unterscheiden, zu zählen, wie viele Tiere es waren.

Abuya schien seine Gedanken zu lesen. Sie räusperte sich.

«Die Hunde kommen nicht ins Haus», beruhigte sie ihn. «Moses, der Mann, der Sie hereingeführt hat, füttert die beiden im Garten.»

«Wie heissen sie?», fragte er, bloss um etwas zu sagen. Zu Hause war es üblich, sich nach den Namen der Haustiere zu erkundigen. Er stand noch immer und hörte es in seinen Ohren rauschen. Am liebsten hätte er sich hingesetzt, doch er wollte nichts nass machen.

«Sie haben keine Namen, es sind Wachhunde», antwortete sie.

Er realisierte, dass er seinen Besuch nicht mit Small Talk ausdehnen konnte. Seine Stimme kratzte, ihn fror. Er musste jetzt aufbrechen, ein Bett für die Nacht suchen. In Mombasa sollte dies kein Problem werden. Bloss teuer, mit den vielen Touristen, die bereit waren, viel Geld für Hotels auszugeben. Bisher hatte er, wenn immer möglich, auf einer dünnen Gummimatte unter freiem Himmel übernachtet und sich, falls überhaupt, mit einem Moskitonetz geschützt, das er an einem Busch oder Baum festband. In einer Stadt indessen schien ihm dies zu gefährlich. Mehr als vor den wilden Tieren fürchtete er sich vor der Kriminalität der Menschen.

«Wollen wir uns mit Vornamen anreden? Mich nennen hier alle Abuya oder *die Künstlerin*», unterbrach die Frau seinen Gedankenfluss.

«Natürlich, sehr gerne, ich bin Dave», nickte er.

«Hast du Hunger, Dave?», hörte er sie ihn leichthin fragen. «Robina kann etwas für dich aufwärmen. Wir haben von allem genug.»

«Nein, danke, ich habe bereits eine Kleinigkeit gegessen», sagte er. «Ich sollte jedoch auf die Toilette gehen, bevor ich aufbreche.»

«Natürlich. Ich zeige dir, wo sie ist.»

Er wusste nicht, wie viel sie von seinem Schwächeanfall mitbekommen hatte. Sie zeigte ihm den Weg über einen Innenhof. Die Nacht lag wie ein verrusster Schornstein darauf. Als er aus der Toilette trat, reichte sie ihm einen frischen Seifenblock und ein Tuch.

«Falls du dich sauber machen und deine Kleider wechseln möchtest.»

Er holte seinen Rucksack aus der Küche und fischte daraus eine Unterhose, Shorts und ein trockenes Polohemd. Abuya war ihm gefolgt und schien ihn noch immer zu beobachten. Plötzlich sagte sie, wie er fand, ohne gross überlegt zu haben: «Du darfst fürs Erste auch gerne hier übernachten, falls du das möchtest.»

Er fühlte sich wie auf einem Karussell – schwerelos und duselig.

«Möchtest du das?», wiederholte sie, und er musste gegen Tränen ankämpfen. Er glaubte, in ihren Augen ein wortloses Verstehen zu erkennen. Was war er nur für eine Sissy! Ein

Mann, der vor Rührung weinte, wenn ihm jemand gut wollte. Er schämte sich dafür, wie elend es ihm derzeit ging. Er suchte nach Worten, doch sie kam ihm zuvor.

«Ich sage Robina, sie möge dir vor dem Schlafengehen einen fiebersenkenden Tee zubereiten und deine nasse Kleidung unter dem Vordach aufhängen.»

«Das wäre …, unglaublich …», setzte er an und verstummte. Woher wusste sie, dass er Fieber hatte?

«Selbstverständlich», unterbrach sie ihn und verschwand.

Falls er je daran gezweifelt hatte, so war jetzt Schluss damit. Es gab so etwas wie Schutzengel und glückliche Fügungen. Er hatte mehrfach erlebt, wie sich Türchen öffneten, wenn er gemeint hatte, aufgeben zu müssen. Obwohl er nicht verstand, was Abuya mit Robina auf *Swahili* besprach, kombinierte er, dass sie sie nicht nur um die erwähnen Gefälligkeiten bat, sondern auch darum, die Nacht über bei ihr im Haus zu bleiben. Auch seine Grossmutter hatte in einer kleinen Kammer im Herrenhaus geschlafen, wenn ein Familienmitglied krank oder Edward allein zuhause gewesen war. Robina hatte ihn jedenfalls einem prüfenden Blick unterzogen und ihn an seine Grossmutter erinnert, die abends die Küche aufgeräumt hatte, derweil der Grossvater den Pferden frisches Wasser und Heu gebracht hatte, bevor sich die beiden in ihre eigene Unterkunft zurückzogen.

Im ersten Teil jener Nacht träumte er von seiner Kindheit in England. Gegen Morgen schlichen sich das geräuschvolle Flügelschlagen und Krächzen eines Vogels in den Traum. Ein schwarzes Ungeheuer mit einem einschüchternden Schnabel griff ihn aus der Luft an. Er musste fliehen. Wie immer in seinen Träumen rannte er auf der Stelle und wusste, dass er träumte. Trotzdem trieb ihm die Angst den Schweiss aus den Poren. Er erwachte, weil ihm ein ungewohnter Schlafanzug feucht im Schritt klebte. Für gewöhnlich schlief er in einem T-Shirt. Er reiste mit leichtem Gepäck, zu dem weder der Waschlappen noch der Morgenmantel zählten, die er auf dem Stuhl neben seinem Bett entdeckte. Er brauchte eine Weile, um sich zu orientieren. Das Zimmer war lichtdurchflutet, mit einem Fenster, dessen Gitter er in der Dunkelheit nicht bemerkt hatte. Er war am Abend todmüde ins Bett gefallen. Jetzt warf er einen Blick in den tropischen Garten und konnte sich kaum vorstellen, dass Abuya hier allein mit ihren Angestellten leben mochte.

Er ging erst zur Toilette und dann ins Badezimmer und stellte sich unter den lauen Wasserstrahl der Dusche. Das Shampoo auf der Ablage war für Frizzy Hair. Er schäumte sich ein. Nachdem er mit seinem groben Kamm, dem die Hälfte der Zähne fehlte, an seinem verfilzten Haar gerupft hatte, ohne es entwirren zu können, suchte er in seinem lädierten Kulturbeutel nach seiner Nagelschere. Sorgfältig schnitt er damit Knoten um Knoten heraus, kürzte Strähne um Strähne. Und, als wolle er die Gelegenheit nutzen, die ihm ein Spiegel bot, schnipselte er an seinem Bart herum, bis er sein Gesicht wiedererkannte. Er fühlte sich wie neu geboren, schlüpfte in den Morgenmantel und kehrte in sein Zimmer zurück. Auf der Kommode fand er Boxershorts, eine Baumwollhose und ein kariertes Hemd, die einem Riesen gepasst hätten. Sein Rucksack mitsamt den Kleidern und sein Schlafsack und die Schlafmatte hingegen waren weg. Der weiche, alte Lederbeutel, den er gewöhnlich unter dem Hemd trug, lag neben der Geldbörse und dem Lonely-Planet-Guide auf dem Tisch. Er versuchte sich zu erinnern, ob er sie dort hingelegt hatte. Er zählte sein

Cash nach und prüfte, ob die Schecks und sein Reisepass noch im Lederbeutel steckten.

Ein Klopfen an der Tür unterbrach ihn.

«Good morning, Sir», murmelte Robina. Zu seiner Verwunderung stellte sie seine sauberen Trekkingschuhe neben das Bett. Als er ihr fürs Putzen dankte, erklärte sie ihm in einer Mischung aus Englisch und *Swahili*, dass Moses dabei sei, den Rucksack zu schrubben und sie seine Kleider noch am Vormittag waschen werde. Auch habe sie ein Frühstück zubereitet, das auf der Veranda warte. Dave schämte sich, dass er, wenn auch nur kurz, befürchtet hatte, über Nacht sei ihm etwas abhandengekommen.

Nachdem die Hausangestellte das Zimmer verlassen hatte, schlüpfte er in die fremde Hose und das Hemd und trat barfuss hinaus in die Sonne. Neugierig schritt er über den gestampften Boden des Innenhofs, in dessen Mitte ein knorriger Feigenbaum über einem Ziehbrunnen wachte. Am Vorabend waren ihm weder der Baum noch der Brunnen aufgefallen. Im Tageslicht erkannte er, dass alle Zimmer darum herum angeordnet waren. Die noch kühle Morgenbrise wehte durch ihre Scharten und offen stehenden Türen. Neben dem Brunnen wartete ein Dutzend Kanister darauf, gefüllt zu werden. Aus der Küche hörte er Stimmen. Der Hof schien das Herz des Hauses zu sein. Bei seiner Ankunft hatte er nur die Aussenseite mit den mit Schmiedeeisen gesicherten Fenstern unter dem ausladenden Vordach gesehen und nicht erkannt, wie geschickt und harmonisch der weisse Bungalow Zweckmässigkeit, Sicherheit und Komfort verband. Ihm wurde der Zufall, dass er gestern just in jenem Moment an diesem Haus vorbeigekommen war, als Moses das Tor für die Nacht schliessen wollte, erst jetzt bewusst. Im Nachhinein hätte er nicht mehr sagen können, warum er Abuya erwähnt hatte. Genauso gut hätte er den Angestellten fragen können, ob er das Telefon benutzen und ein Taxi für die Fahrt zurück ins Zentrum rufen dürfe. Doch indem er getan hatte, als ob er Abuya kenne, hatte er sich etwas weniger verloren gefühlt. Jetzt sass sie am Esstisch auf der Veranda, die an der Westseite ins Haus integriert war. Bei Tageslicht fielen ihm ihre goldenen Sommersprossen auf, die ihre Stirn und Nase sprenkelten, die dunklen Augen und der Rotschimmer ihres Kraushaars.

«Bitte entschuldige meine Verspätung», sagte er, und leicht verlegen: «Robina hat mir diese Kleider bereitgelegt.»

«Gut», nickte Abuya, «sie gehörten meinem Vater.»

«Gehörten?», stutzte er.

«Er ist vor zwei Jahren an einem Hitzschlag verstorben, hier in seinem Garten.»

«Das tut mir leid. Sobald meine Sachen wieder sauber sind, gebe ich dir seine Kleider zurück.»

«Das ist nicht nötig. Ich hätte sie längst weggeben sollen.»

Robina hatte Tee und Eier, Porridge, Toast und Marmelade aufgetragen. Um Abuya nicht fortwährend anzustarren, liess er seinen Blick durch die Streben und Fliegengitter hinaus auf den von der Sonne versengten Rasen und zurück auf die Veranda schweifen, die als Esszimmer diente. Er blieb an den Bildern hängen, die am anderen Ende auf dem Tisch lagen.

«Sie sind alle von dir, nicht wahr?», versicherte er sich.

«Richtig, ich habe sie erst gestern gerahmt», sagte sie.

«Wie, du rahmst sie auch selber?»

«Ja. Ich verwende breite Holzleisten, die ich mit Farbe grundiere, bevor ich sie zusammenleime. Ganz zum Schluss verziere ich die Rahmen mit Elefantenrüsseln, den Tupfen eines Geparden oder den Streifen eines Zebras, je nachdem, was gerade zum Motiv des Bildes passt.»

«Einmalig.»

«Es ist meine Art, mich von den anderen abzuheben.»

«Clever. Und auch sehr hübsch. Machst du alles ohne Hilfe?»

«Nein. Ich male und rahme sie bloss. Um den Rest kümmert sich Jack Müller. Er war ein guter Freund meines verstorbenen Vaters. Er verkauft sie in seinem Hotel und organisiert monatlich eine Vernissage für mich. Sonst müsste ich sie auf einer Decke am Strassenrand oder in einem Laden verkaufen und dem Inhaber einen Teil meiner Einnahmen überlassen.»

Er fragte sich, wie alt dieser Jack Müller sein mochte.

«Jacks Gäste kaufen sie, bevor sie heimreisen. Lieber verbrauchen sie ihre letzten kenianischen Schillinge, als sie zu einem schlechten Kurs zurückzutauschen», erklärte sie. «Darum male ich kleine Formate, die nicht teuer und leicht zu transportieren sind.»

«Deine Motive sind ansprechend und eine schöne Erinnerung.»

«Danke. Manchmal bezahlen mich die Touristen sogar in Dollars.»

«Und was hat dein Vater in Kenia gemacht?»

«Er war Kapitän bei der britischen Marine. Er hat den Bungalow gebaut und kurz vor seinem Tod noch Robina fürs Haus und Moses für draussen eingestellt. Da war er bereits im Ruhestand.»

«War er Europäer?»

«Ja, er war Schotte. Meine Mutter war eine *Luo*. Sie starb als ich sieben Jahre alt war.»

«Ich war gleich alt, als ich meine Mutter verlor. Meinen Vater habe ich allerdings nie gekannt», sagte er, und ohne zu überlegen: «Dafür waren meine Grosseltern bis zu ihrem Tod für mich da.»

Er sprach gewöhnlich nicht über seine Herkunft und die Verhältnisse, die er, wie er hoffte, für immer hinter sich gelassen hatte. Während der letzten Wochen hatte er mit niemandem reden können. Abuya war eine verständige Zuhörerin mit einem möglicherweise ähnlichen Schicksal.

«Am liebsten würde ich eine Weile hier in Kenia bleiben. Mich erholen. Vielleicht könnte ich hier an der Küste sogar arbeiten», tastete er sich vor.

«Was würdest du denn arbeiten wollen? Es gibt kaum Jobs.»

«Ich könnte mich zum Beispiel bei Mr. Müller, dem Hotelier und Freund deines Vaters, als Animator und Tauchlehrer für seine Gäste bewerben.»

«Nicht zur Regenzeit. Wenn, dann würde er dich später im Jahr, wenn du Glück hättest, für die Hauptsaison, einstellen», antwortete sie.

Er spürte das Frühstück in seinem Bauch rumoren, entschuldigte sich und rannte über den Innenhof Richtung Toilette.

«Hast du Durchfall?», fragte sie unverblümt, als er auf die Veranda zurückkehrte. Er nickte. Er schämte sich für seine Krankheit.

«Ja, leider habe ich in Zentralafrika eine Bakterienruhr aufgelesen, die immer wieder von neuem ausbricht», gab er zu. «Ich bräuchte die richtigen Medikamente, um sie vollständig auszukurieren.»

«Du kannst hier in die Klinik gehen und dich in *Nyumba nzuri* erholen.»

«Wo ist *Nyumba nzuri*?»

«Hier. Das ist *Swahili* für Schönes Haus. Mein Vater hat es so getauft.»

«Oh? Es ist ein echtes Paradies. Ich könnte mir keinen schöneren Ort vorstellen, um gesund zu werden.»

Die Worte waren ihm vor lauter Begeisterung herausgerutscht.

«Aber natürlich kann ich dein Angebot nur annehmen, wenn meine Anwesenheit deinen Alltag nicht auf den Kopf stellt ...»

Noch während er sprach, wurde ihm klar, dass er ihr Leben natürlich auf den Kopf stellen würde. Genauso wie sie seines. Neben dem inzwischen vertrauten Gerumpel spürte er schon jetzt Schmetterlinge im Bauch.

«Mein Vater wollte neben dem Hauptgebäude ein Dutzend *Rondavels*, Rundhäuser aus Lehm, für Rucksacktouristen bauen. Leider ist er nicht mehr dazu gekommen. Dafür könntest du jetzt hierbleiben und mir von deinen Reisen erzählen. Das wäre in seinem Sinne. Ich bin noch nicht viel gereist, eigentlich bin ich nie weitergekommen als bis zum Viktoriasee.»

«Aber die Landschaften und Tiere, die du malst, die hast du gesehen?»

«Zum Teil. Den Rest kopiere ich aus den Bildbänden, die er mir schenkte, als er erkannte, wie gerne ich zeichne.»

«Das scheint dir gut zu gelingen ...»

«Ja. Jack meint, ich solle einmal mit seinen Gästen auf eine *Safari* gehen und Tiere beobachten. Doch ich will Robina und Moses nicht allein lassen.»

Moses fuhr Dave am folgenden Tag mit Abuyas weissem Geländewagen ins nahe Krankenhaus und setzte ihn vor dem

Haupteingang ab. Er wollte sich am Empfang melden, sein Problem erklären und einen Arzt konsultieren, so wie er dies in der Privatklinik in Bangui getan hatte. Hier hingegen stand bloss ein Mann in einer weissen Uniform, der ihm gebot, sich zu den Wartenden zu setzen. In Bangui hatte er weder Kranke noch Unfallopfer gesehen. Ein Arzt aus dem Elsass hatte ihn untersucht, eine belgische Schwester seine Blut-, Stuhl- und Urinproben genommen, diese ins Labor bringen lassen und ihm für die Zeit bis zum nächsten Termin Medikamente mitgegeben. Auf der Packung hatte gestanden, *Charity, not to be sold.* Er hatte viel Geld dafür bezahlt, sonst war alles geordnet verlaufen. Nach vier Wochen hatte er sich kuriert gefühlt. Trotzdem hatte ihm der Arzt von einer Weiterreise über Land abgeraten und empfohlen, nach Kenia zu fliegen. Da er jedoch erstaunlich schnell wieder zu Kräften gelangt war, war er über Land durch den Südsudan getrampt. Dabei hatte er wohl einen Rückfall erlitten. Nun sass er hier auf einem klapprigen Stuhl im Freien, inmitten von kranken oder verletzten Männern, einige mit notdürftig verbundenen Wunden, und wartete, dass er an die Reihe kam.

Ein Patient, dem man kein Leiden ansah, sass neben ihm und raunte ihm zu: «Solange man den Kopf nicht unter dem Arm bringt, wartet man hier stundenlang.»

«Tatsächlich?», fragte Dave.

«Ja, ich hoffe, dass ich heute noch einen Arzt sehe. Und Sie?»

«Das wäre ganz in meinem Sinne. Ich warte schon seit einer Stunde.»

«Ich war bereits gestern hier, sie haben mich auf heute vertröstet. Gestern hatten bloss zwei amerikanische Medizinstudenten Dienst und natürlich die Schwestern. Die Krankenschwestern sind tüchtig. Doch kein Doktor weit und breit. Ich bräuchte aber dringend einen Spezialisten.»

«Das darf doch nicht sein!»

Er überlegte, ob er unter diesen Umständen besser eine Privatpraxis aufsuchen sollte. Aber Abuya hatte ihm das Krankenhaus empfohlen. Und Moses war längst weggefahren. Er müsste mit dem Bus oder einem Taxi weiter. Zudem kannte er keinen Arzt in Mombasa. Da konnte er genauso gut weiter warten. Immerhin ging es ihm heute nicht so schlecht und hier wurden verständlicherweise die Notfälle vorgezogen. Er blickte um sich. Die meisten Patienten dösten im Schatten auf Stühlen, die der Hauswand entlang unter dem vorstehenden Dach standen. Frauen und Kinder sah er keine. Sie wurden in einem anderen Gebäude behandelt. Er war froh darum. Er konnte keine Frauen und schon gar keine Kinder weinen sehen. Verglichen mit einigen der notdürftig verbundenen Männer ging es ihm gut. Doch als er zur Mittagszeit noch immer auf demselben harten Stuhl neben demselben Mann wartete, stand er auf und packte eine vorübereilende ältere Krankenschwester am Arm.

«Sorry. Ich warte seit drei Stunden hier, um einen Doktor zu sehen. Kenia ist ein wunderbares Land. Von einem kenianischen Krankenhaus hätte ich daher mehr Effizienz erwartet», sagte er, wohlwissend, dass er die Schwester mit dieser Taktik in die Pflicht nahm.

«Komm mit», sagte sie denn auch wie erwartet, und er folgte ihr ins Haus. Anscheinend musste man sich bloss mit einer Mischung aus Lob und Rüge beschweren und dann klappte es. Auf dem Gang reihten sich der einen Wand entlang Dutzende von Krankenhausbetten mit dünnen Matratzen, auf denen Patienten lagen. Eine junge blonde Nurse schob eines davon weg und drehte ihren Kopf in Daves Richtung. Er hätte schwören können, der Mann im Bett sei tot.

«Komm», wiederholte die schwarze Schwester und zog ihn mit sich.

Er schilderte ihr seine Beschwerden und nannte den Namen des Medikaments, das man ihm in Bangui verschrieben hatte. «Kein Problem. Ich gebe dir zwei Packungen. Diese Woche findet ein Kongress in Nairobi statt. Da sind beinahe alle Ärzte hingefahren. Wir tun hier was wir können. Eigentlich bräuchtest du ein Rezept …»

«Soll ich nächste Woche wiederkommen?»

«Nein, nur wenn die Bauchkrämpfe und der Durchfall schlimmer werden. Du kennst ja deine Diagnose und weisst, wie du dich verhalten musst.»

«Ja, natürlich. Ich bin vorsichtig.»

«Campierst du oder übernachtest du in der Jugendherberge?»

«Weder noch. Ich bin privat untergebracht.»

«Schön. Achte darauf, dass du dein Obst selber schälst, das Wasser gut abkochst und nie aus geöffneten Mineralwasserflaschen trinkst, sondern sie immer selber öffnest.»

Dave schätzte sich glücklich, auf weiteres gratis in *Nyumba nzuri* wohnen zu dürfen, ohne eine Gegenleistung erbringen zu müssen. Er verschlief die heissesten Stunden am Nachmittag, machte sich fürs Abendessen frisch und gewöhnte sich an den täglichen *Ugali* mit grünem Gemüse und Hähnchen und daran, dass Robina stets leise im Hintergrund hantierte. Abuya hatte ihm am ersten Abend gezeigt, wie man ohne Besteck ass, mit drei Fingern in den Topf in der Tischmitte griff, etwas

Ugali zu kleinen Kugeln formte, mit dem Daumen ein Loch hineindrückte, die Kügelchen in die Hühnersauce tunkte und in den Mund steckte.

Erstaunlicherweise wurde es ihm nie langweilig. Seine Erinnerungen pendelten zwischen Europa und Afrika, seine Stimmung zwischen Lebensfreude und Niedergeschlagenheit. Wann immer seine Dysenterie abflachte, fuhr er mit dem Bus nach Mombasa und streifte dort durch die Gassen der Altstadt, unterhielt sich mit einzelnen Händlern und tauschte in den Cafés Reisetipps mit Fremden aus. Er kehrte regelmässig an den alten Hafen und zum Fort Jesus zurück, beobachtete dort die Touristengruppen und schnappte Details zu Mombasas Geschichte auf. Aber sobald er in der Stadt einen Imbiss zu sich nahm, riskierte er einen erneuten Durchfall und wieder für einen oder zwei Tage ans Haus gebunden zu sein. Robina päppelte ihn dann mit Bananen, Reis und Weissbrot auf. Sein Trinkwasser kochte sie ab und goss es in eine Flasche, die sie kühl stellte. Erst nachdem er beobachtet hatte, dass sie, wenn es nicht reichte, um die Flasche zu füllen, diese mit Brunnenwasser vollmachte, erhitzte er es selber und liess es ein paar Minuten lang brodeln, so wie es ihm die Schwester im Krankenhaus geraten hatte. Abuya erfuhr von alldem nichts. Sie arbeitete meistens in ihrem Atelier. Zwischendurch sah er sie mit ihrem Pick-up davonfahren, ohne dass sie ihm gesagt hätte, wohin sie ging und wann sie zurück sein werde. Erst nach Einbruch der Dunkelheit stellte sich Vertrautheit zwischen ihnen ein. Dann plauderten sie auf der Veranda oder im Wohnzimmer. Er erzählte ihr, was er erlebt hatte, wie er sich unter die Menschen gemischt, die Touristengruppen beobachtet, ihren Gesprächen und den Erklärungen der Fremdenführer gelauscht, eine nationale oder internationale Zeitung gekauft und Kaffee oder Tee getrunken hatte. Robina stellte, bevor sie sich für die Nacht zurückzog, eine Kanne mit Roibuschtee und zwei Tassen ins Wohnzimmer. Der mit einem Schlagstock bewaffnete Moses drehte im Garten seine Runden. Nachdem die Hunde die Hitze in ihren Hütten verschlafen hatten, rannten sie in der Dunkelheit auf dem Gelände umher. Dave konnte, wenn Moses an der Veranda vorbeischritt, das glühende Ende seiner Zigarette, manchmal auch seine Silhouette und die der Tiere ausmachen.

«Ich war heute wieder im Krankenhaus», erzählte er Abuya, als er bereits wochenlang bei ihr wohnte, ohne, dass sich sein Zustand verändert hätte. Er schlug sich nun schon so lange mit der Krankheit herum, dass ihm manchmal der Verdacht kam, die Beschwerden würden nur aufflackern, um ihm einen guten Grund zu liefern, in *Nyumba nzuri* zu bleiben.

«Ich habe erneut Antibiotika erhalten. Für alle Fälle, sagte der Arzt. Ich dürfe auch jederzeit wiederkommen, falls ich mehr brauchen sollte.»

«Ja. Das Krankenhaus hat einen guten Ruf, und hier bei uns kannst du dich so lange ausruhen, wie du möchtest.»

Er war körperlich erschöpft, dafür im Kopf hellwach. Je länger er darüber nachdachte, desto weniger wusste er, ob er weiterreisen oder bleiben sollte. Wäre er fitter, er hätte Abuya längst verführt. Ihre Schönheit schüchterte ihn ein und seine unappetitliche Krankheit hielt ihn zurück, zumal sie ihn nie zu Intimitäten ermutigte. Er zog sich an jenem Abend schon früh in sein Zimmer zurück. Das Rotieren des Ventilators und die regelmässigen Luftbewegungen, die sein Gesicht kühlten, beruhigten ihn. Er lag auf dem Rücken, in der Hoffnung, einschlafen zu können. Abuya benahm sich viel diskreter als die dänische Krankenschwester, die er heute im Krankenhaus wieder getroffen hatte. Das blonde Haar und der Blick der jungen Nurse waren ihm schon bei seinem ersten Besuch aufgefallen. Sie, und nicht der Arzt, hatte ihm seine Medikamente ausgehändigt. Als sie sich gestreckt hatte, um den Medikamentenschrank aufzuschliessen, hatte er ihren Achselschweiss gerochen. Er wusste nicht, ob er es sich einbildete, dennoch schien ihm, sie habe sich, als sie ihm die Packung in die Hand drückte, näher als nötig zu ihm gestellt, ihm über die Hand gestrichen und schelmisch zugezwinkert. Dabei hatte sie eine weissblonde Haarsträhne, die unter ihrem Häubchen hervorlugte, aus dem Gesicht gestrichen und die Schultern gereckt, bis ihr weisser Kittel über ihrem Busen spannte.

«Tschüss. War sehr nett. Ich heisse übrigens Liv», hatte sie ihm noch nachgerufen, als er bereits halbwegs aus dem Raum getürmt war.

Im Nachhinein fragte er sich, ob dies nicht *die* Gelegenheit gewesen wäre, seine über Monate angestauten Bedürfnisse zu befriedigen. Nurses wussten sich zu schützen. Er hatte in Leeds Betty, eine Krankenschwester, gekannt, die fluchte wie ein Fuhrmann, rauchte wie ein Schlot und Männer leichthin zu vernaschen pflegte. Als er seine krebskranke Grossmutter im Krankenhaus besuchte, hatte ihn die doppelt so alte Betty gekonnt verführt. Für sie war es ein filmreifes Cradle-snatching gewesen. Er erinnerte sich nach all den Jahren noch genau, wie er sie zum ersten Mal gesehen und ihn ihre rauchige Stimme und ihre Kompetenz beeindruckt hatten. In der abgestandenen Luft des Krankenzimmers hing der Duft von Schweiss, Zigaretten und Javelwasser. Jedes Mal, wenn sie sich über das Bett seiner Grossmutter beugte, hatte er auf ihre satten Pobacken gestarrt und sich immer wieder gefragt, ob sie verheiratet sei,

Kinder habe – und vor allem, ob Frauen in ihrem Alter noch Sex hätten. Mit knapp siebzehn Jahren hatte er ständig daran gedacht. Betty war eine feinfühlende Schwester gewesen.

«Sie schläft. Lass uns einen Tee trinken», hatte sie eine Woche, bevor seine Grossmutter gestorben war, geflüstert und ihn ins Stationszimmer mitgenommen, wo sie ihm ein dunkelbraunes Gebräu mit Milch und Zucker anbot und eine Dose mit Bisquits hinschob.

«Wenn du ihr, wenn du weggehst, nicht mehr versprichst, morgen wiederzukommen, kann sie sterben. Sage ihr einfach Adieu.»

«Nicht doch! Ich komme wieder, jeden Tag. Sie freut sich darauf.»

«Natürlich. So angelt sie sich von Besuch zu Besuch und kann deinetwegen nicht gehen, obwohl sie es möchte. Ihre Zeit ist gekommen.»

Als Betty ihn schliesslich in einer ihrer Pausen in ein freies Krankenzimmer führte, an ein frisch bezogenes Bett drückte und ihr rotes Haar plötzlich offen und lockig vor seinem Gesicht hing, kämpfte er mit seiner Furcht und seiner Lust.

«Lass uns leben», hatte sie geflüstert, an seinem Ohrläppchen geknabbert, ihre Zunge in seine Ohrmuschel gesteckt und ohne hinzublicken seine Gürtelschnalle gelöst. Als sie seine Jeans und Unterhose abstreifte, berührte sie sein Glied wie zufällig. Er fürchtete, er explodiere. Betty löste sich von ihm und zog sich blitzschnell aus. Er staunte, dass sie weder einen Slip unter ihrer weissen Hose noch einen BH und dem Kittel trug. Nie hätte er gedacht, dass Liebe machen so einfach, direkt und heftig sein konnte. Auch nach dem Tod seiner Grossmutter, an deren Bestattung Betty wie selbstverständlich gekommen war, war er weiter ins Krankenhaus gegangen. Sie fanden immer einen unbenutzten Raum mit einem Bett, der, wie alle Krankenzimmer nach Desinfektionsmitteln roch und sich nicht abschliessen liess.

«Du hast einen bloody perfect body», hauchte sie. «Falls eine meiner Kolleginnen versehentlich ihren Kopf reinstreckt, machst du weiter. So etwas Schönes sieht man im Krankenhaus nicht alle Tage.»

Dave genoss den Sex mit ihr, bis er nach Israel ins Kibbutz abreiste. Dabei sprachen sie kein einziges Mal über Liebe, und sie erwähnte weder ihren Mann noch ihre Kinder. Er war sich nicht einmal mehr sicher, ob sie verheiratet gewesen war. Ausser ihren Körpern verband sie nichts. Auch an ihr Gesicht konnte er sich nur noch vage erinnern. Einzig das Kamasutra, eine jahrhundertealte indische Liebesanleitung, die sie ihm geschenkt hatte, musste noch irgendwo in einer Abstellkammer in Leeds liegen. Hätten ihn heute Livs Geruch und ihr Busen unter dem engen Kittel nicht derart erregt, würde er vor dem Einschlafen nicht an Betty und sein erstes Mal zurückdenken, sondern von Abuya träumen. Mit dem Vorsatz, alle Nurses dieser Welt, Krankheit und Tod und die damit verbundenen Gerüche und Gefühle aus seiner Erinnerung zu verbannen, nickte er endlich ein.

Am folgenden Abend zündete er nach dem Essen ein paar Kerzen an und goss für Abuya und sich Tee ein.

«Wie sehr ich Afrika liebe, wenn alles glatt läuft wie heute», sagte er schwärmerisch.

«Ist es dir besser ergangen als gestern?», fragte sie.

«Ja. Alles perfekt. Wie damals in Bangui.»

«Ist es dort tatsächlich gut gelaufen? In Zentralafrika?»

«Ja, weil meine Beschwerden mich zu einem Halt gezwungen haben.»

Rückblickend betrachtete er seine Krankheit beinahe als eine glückliche Wendung des Schicksals. Ihr verdankte er seinen Aufenthalt bei Abuya.

«Wo genau hast du gewohnt?», fragte sie.

«In meinem Einmannzelt», antwortete er. «Es stand auf einer Art Campingplatz in der Hauptstadt, am Grenzfluss zu Zaire. Ich wurde ein temporäres Mitglied im Bangui River Club. Dort trank ich den besten Milchkaffee je und ass Bananen, klein wie Finger, dazu luftiges Weissbrot. Um wieder zu Kräften zu kommen, schwamm ich jeden Tag im Ubangi. Und ich las die französischen Zeitungen, die im Club herumlagen.»

«Kannst du denn Französisch?»

«Ein bisschen. Ich habe längere Zeit mit zwei Franzosen am Opera House in Sydney gearbeitet und verstehe genug, um Berichte zu Politik, Katastrophen und Verbrechen zu entziffern. In Bangui war es für mich mehr ein Ratespiel als eine Information zum Zeitgeschehen. Aktuelle News fand ich kaum, denn die Zeitungen und Magazine waren meistens mehrere Wochen alt.»

«Und jetzt isst du auch hier Bananen und Toast und liest Zeitungen. Und wir könnten sogar zusammen Französisch sprechen. Ich kann es gut.»

Er hörte den Stolz, der in Abuyas Stimme mitschwang.

«Wirklich? Woher denn das?», fragte er überrascht.

«Von meiner Missionsschule. Sie wurde von Französinnen gegründet. Französisch war für uns Pflicht.»

Wie die meisten Europäer hatte auch er sich von Afrika nur vage Vorstellungen gemacht und den Kontinent als Ganzes betrachtet. Erst nachdem er durch die verschiedenen Länder gereist war, konnte er sie unterscheiden. Auch Abuya hatte er falsch eingeschätzt. Er war davon ausgegangen, sie sei klug und habe ihr Wissen von den Touristen und aus Büchern aufgeschnappt. In Wirklichkeit hatte sie von klein auf Englisch gelernt, und Französisch sprach sie besser als er. Obwohl es in Kenia keine Schulpflicht gab, sah er in Mombasa zur Mittagszeit Scharen von Kindern in Schuluniformen umherschwirren. Sogar Familien, die es sich kaum leisten konnten, bezahlten Schulgelder, da sie in der Bildung einen Ausweg aus der Armut erkannten.

«Warum bist du auf eine Missionsschule gegangen?», fragte er Abuya.

«Mein Vater wünschte sich für mich eine christliche Erziehung. Nach dem Tod meiner Mama brachte er mich in den Westen Kenias, wo es von früher her noch viele solcher Institutionen gab.»

«Wie viele Sprachen kannst du denn?»

«Englisch und Französisch und natürlich *Swahili* und *Dholuo*. Bloss vergesse ich *Dholuo*, meine Muttersprache, zusehends, weil ich sie kaum mehr spreche.»

«Und wo hast du zeichnen und malen gelernt?»

«Auch bei den Nonnen. Eine von ihnen, Soeur Cécile, war in Frankreich vor ihrem Eintritt in den Orden eine bekannte Künstlerin gewesen. Später fühlte sie sich dazu berufen, in Afrika Kinder zu unterrichten.»

«Und hat sie dein Talent erkannt und dich gefördert?»

«Soweit ihr dies möglich war. Aber es war schliesslich die Schwester Oberin, die mir nach meinem Schulabschluss eine Stelle als Hilfslehrerin anbot. Sie sagte – und das werde ich nie vergessen – dass wir Kenianerinnen und Kenianer trotz unseres beständigen Kampfes gegen Hunger, Armut und Krankheiten seit der Unabhängigkeit von den Briten zuversichtlich in die Zukunft blicken können. Als Leiterin der Missionsstation sei es ihre Pflicht, ihren Teil zur Aus- und Weiterbildung und religiösen Orientierung junger Menschen und zum Aufbau des Landes beizutragen. Sie erwartete dies auch von ihren Mitschwestern und von mir. Sie machte keinen Unterschied zwischen Schwarz und Weiss; sie sagte, wir seien alle Kinder Gottes.»

«Und?», fragte er.

«Ich durfte Sœur Cécile unterstützen und einen Teil ihres Unterrichts übernehmen. Sie hatte so mehr Zeit, der Oberin zur Seite zu stehen. Ich erhielt drei Mahlzeiten am Tag, ein eigenes Zimmer und Taschengeld.»

«Und das war so okay für dich?»

«Natürlich! Es schien mir ein einmaliges Glück. Mein Vater fuhr noch zur See, *Nyumba nzuri* war erst im Bau. Die Schule war mein Zuhause», nickte sie. «Doch erzähl mir jetzt von dir. Was hast du in Bangui erlebt?»

Er spürte, dass sie das Thema wechseln wollte und erzählte ihr, wie er Weihnachten mit Raoul und Mathis, zwei lebenslustigen belgischen Trampern gefeiert hatte. Sie kauften reichlich Bier und Essen an Garküchen am Strassenrand, nahmen es auf den Zeltplatz mit und machten sich einen feucht-fröhlichen Heiligen Abend. Mathis stimmte französische und englische Weihnachtslieder an und sein Gesang lockte eine Gruppe junger Männer an. Im Handumdrehen organisierten die Afrikaner Trommeln, Hirsebier, gebratene Heuschrecken und Steaks, von denen sie sagten, es sei Krokodilfleisch aus dem Fluss. Dave und die Belgier probierten und ihm schmeckte es. Gemeinsam sangen und trommelten, assen und tranken sie. Obwohl sie sich nur mit Händen und Füssen unterhalten konnten, verstanden sie sich gut und lachten viel. Nach Mitternacht, als er aufstehen und sich in sein Zelt zurückziehen wollte, bemerkte er, wie betrunken er war. Unweit vom Lagerfeuer, das längst am Verglühen war, erbrach er mehr oder weniger alles, was er an jenem Abend gegessen hatte. Zwei Tage später hatte er Durchfall. Da seine Notmedikamente nicht dagegen halfen, suchte er zuerst eine Apotheke und dann das Krankenhaus auf. Hier wurden Buben ohne Narkose beschnitten, klaffende Wunden genäht und gebrochene Knochen geschient. Nachbarn und Angehörige brachten den Patienten ihr Essen. Neben der allgemeinen Abteilung gab es eine Privatpraxis, in der es wie in England zu und her ging. Er hatte das Glück – und das Geld! – den Chefarzt konsultieren zu können, der aus dem Elsass stammte. Zwar sprach jener nur schlecht Englisch, dafür galt er als Spezialist für Tropenmedizin und untersuchte ihn aufs Gründlichste. Martin Morel, so hiess der Mann, verschrieb ihm Antibiotika und empfahl ihm einen Monat Pause und dazu eine temporäre Mitgliedschaft im Bangui River Club, in dem er selber jeden Abend schwimmen ging. Dave schluckte seine Medizin und erholte sich. Anders als auf dem Zeltplatz am Fluss, auf dem es immer wieder zu Diebstählen, Streit wegen Kleinigkeiten und sogar zu Handgreiflichkeiten zwischen den Campern verschiedenster Nationalitäten und Mentalitäten kam, fühlte er sich im Club wohl. Hier konnte er seinen Geldbeutel einen Moment lang aus den Augen lassen, ohne befürchten zu müssen, dass er wegkomme. Die Toiletten und Duschen waren sauber. Er schwamm im kleinen Pool, ass Croissants und Weissbrot mit Butter und Marmelade, trank Kaffee und unterhielt sich an der Bar mit gebildeten, informierten und gut gestellten Zentralafrikanern, Franzosen und Belgiern. Zwar war das alles nicht billig, doch er sagte sich, er gebe das Geld für seine Gesundheit aus. Nach vier Wochen wollte er weiterreisen und spätestens in

Südafrika einen gutbezahlten Job annehmen. Ende Januar war er so weit genesen, dass er Dr. Morels Rat, nach Nairobi zu fliegen, in den Wind schlug und sich stattdessen über Land durch den Südsudan nach Kenia aufmachte.

«Nun denn …», sagte Abuya, «wenn sich alles so wunderbar abgespielt hätte, wie es dir nun scheint, wärst du nicht wieder krank geworden.»

«Ja, natürlich gab es schlechte Tage, die ich inzwischen vergessen habe, und auch unangenehme Begegnungen sowie traurige Geschichten, die mir zugetragen wurden. Ich wurde selber Zeuge eines tödlichen Unfalls.»

«Was für ein Unfall?»

«Ein französischer Soldat ist im Ubangi, im Grenzfluss zwischen Zaire und der Zentralafrikanische Republik vor meinen Augen ertrunken.»

«Wie?»

«Ich sass im Club, in einem Liegestuhl am Ufer. Der Franzose stieg ins trübe Wasser und ruderte plötzlich mit den Armen in der Luft. Dann fiel er rücklings in den Fluss und ging sang- und klanglos unter. Es geschah schneller als man zuschauen konnte.»

«Ist er tatsächlich ertrunken?»

«Natürlich. Er war plötzlich weg. An jener Stelle, an der wir ihn eben noch gesehen hatten, tauchten zwei Nilpferde auf. Sie sperrten ihre Mäuler weit auf, als ob sie gähnten. In Wirklichkeit kämpften sie gegeneinander. Der Club Manager sagte später, der Mann sei auf eines getreten und habe sein Gleichgewicht verloren.»

«Glaubst du das auch?»

«Ja. Der Franzose dachte wohl, er würde auf einem Stein stehen. Dabei war es ein Nilpferd. Als es sich bewegte, war es zu spät. Vielleicht war er auch kein so guter Schwimmer wie er sich eingeschätzt hatte.»

«Hatte niemand versucht, ihn zu retten?»

«Abuya, es war unmöglich. Die Strömung und die vielen Wirbel im Fluss sind gefährlich und die Tiere ebenso. Wir haben danach tagelang darüber diskutiert. Sogar die mutigsten Männer schwammen nach dem Vorfall nur noch im Pool, obwohl es im Fluss viel schöner gewesen wäre.»

«Ja, Jack erzählt immer wieder, wie gefährlich Hippos sind. Sie sehen nachts, wenn sie zum Grasen an Land kommen, zwar unbeholfen aus», sagte sie, «dafür passieren im Wasser immer wieder Unfälle mit ihnen. Jack und die Guides warnen ihre Gäste immer, bevor sie auf *Safari* gehen.»

Dave hatte Jack Müller noch immer nicht getroffen. Abuya fuhr jeden Freitag zu ihm ins Hotel, um zu Mittag zu essen und die Wocheneinnahmen für ihre Bilder zu kassieren. Dazu kleidete sie sich hübsch, packte neue Werke in ihren Geländewagen und kehrte oft erst bei Einbruch der Dunkelheit zurück. Dann war sie gut gelaunt, bezahlte Robina und Moses deren Lohn, brachte Reste aus der Hotelküche mit, manchmal auch Bücher und nahezu neuwertige Kleider und Schuhe, welche die Gäste zurückgelassen hatten. Gewöhnlich sass sie mit Robina und Moses am Abend noch unter dem Feigenbaum, wo sie beteten und sangen. Abuyas Freitagsfröhlichkeit und die Tatsache, dass sie Dave nie mit ins Hotel nahm, hatte bei ihm zuerst diffuse Vermutungen und Eifersucht geweckt. Mit der Zeit realisierte er, dass es die Geschenke waren, die alle derart glücklich stimmten. Moses war froh um jede Gabe für seine Familie, die er an seinen freien Tagen besuchte. Robina reichte, was sie nicht brauchen konnte, an die Armen ihrer Kirchgemeinde weiter. Abuya kaufte sich mit ihrem Verdienst Papier, Farben,

Holzleisten und hie und da ein Kleidungsstück oder Schuhe. Dave hätte das Hotel anschauen und Jack Müller längst treffen, und ihn – egal, was Abuya davon hielt – auf eine Anstellung ansprechen sollen. Das Land als Tourist zu bereisen und in Lodges zu übernachten, konnte er sich nicht leisten. Er musste das Angenehme mit dem Nützlichen verbinden. Ursprünglich hatte er vorgehabt, Afrikas Ostküste entlang bis nach Kapstadt zu gelangen, dort einen Job zu suchen und, sobald er genügend Geld verdient hätte, nach England zurückzukehren. Doch mit der Hilfe des Hoteliers taten sich ihm in Kenia vielleicht bessere Chancen auf.

Später an jenem Abend, nachdem er sich in sein Zimmer zurückgezogen hatte, blickte er in die Nacht, die schwarz vor seinem Fenster hing. Er hörte die Grillen zirpen und das Säuseln des Windes in den Palmen. Die Schlafzimmer lagen gegen Osten, zum Meer hin, mit dem Vorteil, dass man von der aufgehenden Sonne geweckt wurde. Den staubigen Pfad zum flachen, eintönigen Strand war er bisher erst ein einziges Mal gegangen. Er bevorzugte steile Klippen und tosende Wellen. Auch Abuya ging nie hin. Sie hatte zu viel Arbeit und konnte zudem nicht schwimmen. Er hatte sie noch nie im Badeanzug, geschweige denn in einem Bikini gesehen. Je länger er in die samtene Dunkelheit blickte, desto schärfer erkannte er die Konturen der Büsche und Palmen. Hie und da ahnte er, mehr als er sie sah, vorbeihuschende Schatten, die einander spielerisch in Beine und Flanken bissen und dabei leise knurrten und keuchten. Was würde passieren, wenn er jetzt in den Garten ginge? Die Hunde waren abgerichtet, Fremde in die Waden zu beissen und festzuhalten, bis Moses auftauchte. Sie weckten seine Erinnerungen an den klirrend kalten Weihnachtsfeiertag, an dem Edward vom Pferd gestürzt war. Obwohl an jener Jagd auch Eds Eltern, Verwandte und Freunde der Familie teilnahmen, hatte er sich danach ein wenig für den Tod seines Spielkameraden mitverantwortlich gefühlt. Das Vabanquespiel, das von den rutschigen Pfaden, den kläffenden Hunden und unruhigen Pferden ausgegangen war, hing in der Luft. Sie waren noch Kinder gewesen; Ed übermütig und Dave enttäuscht, nicht mitreiten zu dürfen und gleichzeitig froh, nicht miterleben zu müssen, wie die Füchse gehetzt wurden. Nach dem Unglück hatte ihn Edwards Mutter nie wieder in ihr grosses Haus eingeladen. Sie nickte ihm bloss freundlich zu, wenn sich ihre Wege kreuzten, wenn er seiner Grossmutter Gemüse und Obst in die Küche brachte. Sie war eine schöne Frau gewesen, und er hatte sich oft eine Mutter wie sie gewünscht. Seine Grosseltern verboten ihm indessen, sie anzusprechen, wohl, weil sie ahnten, wie schmerzhaft sie ihren Sohn vermisste und wie gern Dave an den langen Winternachmittagen in Eds Zimmer gespielt, Hausaufgaben gemacht und Kekse gegessen hätte. Stattdessen liess ihn sein Grossvater beim Ausmisten der Boxen, beim Füttern und Tränken der Pferde und beim Polieren der alten Autos helfen.

Ich darf nicht mehr daran denken, es ist vorbei und schier unvorstellbar in dieser Hitze, schalt er sich und zog sich aus. Er legte sich rücklings aufs Bett, schlief sofort ein, träumte von splitternackten Frauen, die auf Nilpferden direkt in den Tod ritten und erwachte ob seiner eigenen Schreie.

In Mombasa hatte Dave in einem kleinen Geschäft für Lederwaren rote Pumps mit Riemchen entdeckt, die er Abuya zeigen wollte. Gemeinsam fuhren sie in die Stadt. Sie parkte das Auto bei einem Getreidehändler, bei dem sie das Futter für ihre Hennen kaufte, die von Moses aufgezogen und, sobald sie keine Eier mehr legten, an einem kleinen Wasserbecken im hinteren Teil des Gartens unmittelbar neben Robinas *Shamba* geschlachtet wurden. Die überschüssigen Eier und Suppenhühner verkaufte Moses einem Freund, der Koch in einem kleinen Hotel war. Während Dave die Maissäcke auf die Ladefläche des Autos hievte, bezahlte Abuya den Händler. Sie liess ihren Wagen im Hof stehen und lotste Dave zu Fuss durch ein Labyrinth von Gassen und Gässlein.

«Da ist es ja», rief er, als sie schon bald vor dem Geschäft standen.

«Du hast es mir gut beschrieben. Ich bin in der Nähe aufgewachsen und in die Grundschule gegangen. Ich kenne das Viertel.»

«Zeigst du mir euer Haus? Und deine Schule?»

«Später, erst die Schuhe», entschied sie und zog ihn in den Laden.

Ein geschäftiger Inder holte die Sandalen-Pumps aus Krokodilleder aus dem Schaufenster und suchte nach einer passenden Tasche.

«Very pretty», lobte er, als Abuya durch den Laden stakste.

«Wirklich?», fragte sie und betrachtete sich im Spiegel.

«Ja, sehr hübsch», bekräftigte Dave.

«Ich weiss nicht …»

Der Inder warf ihr einen bösen Blick zu und verschwand ins Lager.

«Gefallen sie dir nicht?», fragte Dave.

«Es ist billiges Mock Croc. Zudem sind sie sehr unbequem.»

«Mock Croc?»

«Ja, echtes Krokoleder wäre viel zu teuer», flüsterte sie zurück.

Nach einer gefühlten Ewigkeit kam der Verkäufer, den Oberkörper hinter Schachteln versteckt, zurück in den Verkaufsraum. Während sie ein Paar Schuhe nach dem anderen probierte, darin aus dem Laden trat, um die Farben im Sonnenlicht zu begutachten und der Inder ihr passende Taschen und Gürtel reichte und seine Waren in einem dunklen Singsang anpries, sass Dave in einer Ecke und begriff nicht, warum sie sich so viel Zeit liessen. Ihm fielen die Krokodile ein, die er im Südsudan gesehen hatte. Er war dabei gewesen, sich bei Juba im Nil zu waschen und hatte beinahe zu spät die hochliegenden Augen und Nasenlöcher in den dunklen Panzern erkannt, die wie Baumstämme auf ihn zutrieben. Auch an jene Waschfrau musste er denken, die angeblich an derselben Stelle in den Fluss gezogen worden war. Doch eigentlich konnte er seinen Erinnerungen nicht mehr trauen, seine Erlebnisse nicht mehr von jenen anderer Rucksackreisenden unterscheiden. Als sich Abuya endlich für Mokassins aus braunem Rindsleder und eine ebensolche Tasche entschied, versuchte er noch immer, sich zu vergegenwärtigen, wie nah ihm die Viecher auf den Leib gerückt waren. Letztendlich gab er auf und bezahlte für die Schuhe und Tasche, obwohl sie ihm nicht gefielen. Danach schritten sie durch dunkle, feuchte Gassen bis zu einem lichten Platz, an dem ein zweigeschossiges Gebäude stand, an dessen Fassade die Farbe in Fetzen hing. Die Zinnen an der Front, einst die Zierde des Hauses, waren am Zerfallen; die verschlossenen Holzläden verwittert und die Türe war verbarrikadiert.

«Das ist das Haus, in dem ich geboren wurde und in dem meine Mama starb», sagte sie. «Im Erdgeschoss befand sich ein *Duka*, darüber lag die Wohnung des indischen Besitzers und seiner Familie. Mama und ich wohnten im Hinterhaus, das inzwischen abgebrochen worden ist.»

«Und wo hat dein Vater gelebt, bevor er *Nyumba nzuri* baute?»

Dave vermutete, in einer grossen Villa mit einem Garten. Falls der Captain zwischen den Einsätzen auf See überhaupt in Kenia gelebt hatte, dann bestimmt nicht hier. Abuya war ein uneheliches Kind.

«Auf seinem Schiff», sagte sie. «Er kam nur für seinen Urlaub an Land.»

«Trotzdem hat er euch geholfen? Ich meine, deine Mutter …»

«Natürlich! Er kam uns besuchen und brachte immer Geschenke mit.»

«Hatte er neben euch auch in Schottland eine Familie?», stocherte er weiter, wohl wissend, dass sie seine Fragen, wenn sie ihr unangenehm wurden, unbeantwortet liess. Er fühlte sich trotz seiner siebenundzwanzig Jahre und seiner Reiseerfahrung naiv und unsicher.

«Bestimmt nicht. Sonst hätte er mir nicht *Nyumba nzuri* vermacht», sagte sie. «Jack hat mit seinem und dem Anwalt meines Vaters alles für mich geklärt. Da waren viel Arbeit und viel Bürokratie damit verbunden.»

«Jack Müller hat dir schon immer geholfen, nicht wahr?»

Er überlegte, welche Hintergedanken der Mann dabei hatte oder ob er sich bloss gerne mit einer schönen jungen Frau zeigte, deren Vater er einen Dienst schuldete.

«Ja, das hat er. Möchtest du auf dem Heimweg den Pick-up fahren?», lenkte sie ihn von seinen stillen Abwägungen ab.

Obwohl er zweifelte, ob er das Auto ohne jegliches Missgeschick durch den chaotischen Verkehr würde lenken können, nickte er. Vorausgesetzt, dass er es sicher fuhr, würde er es künftig vielleicht regelmässig benutzen dürfen. Zudem zierten es bereits jetzt derart viele Beulen und Kratzer, dass ein paar zusätzliche nicht auffallen würden.

Tatsächlich fragte ihn Abuya schon in der darauffolgenden Woche, ob er Robina zum Markt fahren könne. Sie selber habe viel zu tun und Robina müsse mehr einkaufen, als sie würde tragen und in einem Bus oder *Matatu* transportieren können. Er freute sich über die Abwechslung und mehr noch darüber, wie sehr Robina sich freute, dass er sie zum *Kongowea* fuhr.

Erst wollte sie sich mit ihren Taschen auf die offene Ladefläche setzen. Wenn es in der Kabine keinen Platz gab, fuhren die Einheimischen so mit, sogar Kinder und Tiere taten dies. Auch Dave war, als er auf seiner Afrikareise autostoppte, immer wieder einmal auf einer Ladefläche mitgefahren. Doch jetzt war der Beifahrersitz frei.

«Nein, sicher nicht. Du setzt dich bitte neben mich», bestimmte er.

Robina lachte unsicher, tat andererseits wie geheissen. Als er den Geländewagen an den Rand des Parkplatzes stellte, fragte er sich, ob er sie begleiten oder besser beim Auto bleiben sollte. Sie bemerkte seine Unentschlossenheit, winkte eine junge Frau herbei und – soweit er es verstehen konnte – bat sie diese, den Wagen zu hüten. Jedenfalls kletterte die Frau schweigend auf die Ladefläche und machte es sich dort bequem. Robina kaufte ihr einen Bund Bananen und ein Getränk. Dann zog sie Dave zu den Verkaufsständen hin, und nachdem sie seine Hand losgelassen hatte, musste er aufpassen, sie in dem Gewusel nicht aus den Augen zu verlieren.

Erst kaufte sie Schnürsenkel, Schuhcreme und Schuhbürsten, mehrere Seifenblöcke und Shampoos, Scheuermilch und Bleichmittel. Sie handelte jeden Preis herunter, und es dauerte jeweils eine Weile, bis sie zufrieden war und bezahlte. Dann versorgte sie die losen Waren in ihrer Tasche, das Bleichmittel trug sie in einem grossen Plastikbehälter in der freien Hand.

«Gib mir deine Einkäufe», bat er sie, und obwohl sie sich weigerte, «bitte Robina. Bitte, gib her. Ich kann sie leichter tragen als du.»

Energisch schüttelte sie ihren Kopf und hielt den Behälter mit der Bleiche mit der einen und die volle Tasche mit der anderen Hand fest. Er gab nach. Sie waren so oder so ein ungleiches Paar, das die Blicke auf sich zog. Zudem trugen die Frauen, und kaum je ein Mann, die Bündel, Körbe und Taschen. Er wollte weder auffallen noch Robina in Verlegenheit bringen. Zielgerichtet schritt sie ihm durch die Menschenmassen voraus zum Parkplatz, wo die junge Frau noch immer auf dem Pick-up sass. Sie hatte etwa die Hälfte der Bananen gegessen, ihren Softdrink ausgetrunken und schaute aufmerksam um sich. Ihm fiel erst jetzt auf, wie zerschlissen ihr Rock und ihre Bluse waren und dass sie kein Wort gesprochen hatte. Robina stupste ihn leicht an.

«Schliess bitte für mich auf», sagte sie, stellte ihre Einkäufe in die Kabine vor den Beifahrersitz und legte ein Tuch darüber.

Auf dem Weg zum Auto hatte sie Fladenbrote und ein zweites Getränk gekauft und reichte nun beides der Frau. Dann ging sie mit Dave im Schlepptau ein zweites Mal auf den Markt. Jetzt besorgte sie Gewürze, Salz und Pfeffer und ein Dutzend weitere Kleinigkeiten. Zum Schluss zeigte sie ihm einen Verkaufsstand mit Bettwäsche und sagte etwas zum Händler, das Dave nicht verstand. Der Verkäufer wollte ihr daraufhin ein Fixleintuch aus Baumwolle andrehen, Robina wehrte ab und sagte zu Dave, sie brauche jetzt keines, sie wünsche sich eines zu Weihnachten, und zog ihn schnell weg.

Er konnte sich kaum vorstellen, wie sie alle Aufträge im Kopf behalten konnte. So wie in der Küche, wusste sie sich anscheinend auch beim Einkaufen mit Eselsbrücken zu helfen. Jedenfalls bezahlte sie die Aufpasserin erst als sie alle Einkäufe geprüft und sicher in der Fahrerkabine verstaut hatte. Es schien ein kleiner Betrag zu sein, den sie der Frau in die Hand drückte. Er schaute nicht genau hin. Auf dem Rückweg steuerte er eine Bar mit einem Strohdach an, wo er mit Robina etwas trinken wollte. Er liess das Auto im Schatten eines Mangobaumes stehen. Es befanden sich keine verderblichen Lebensmittel darin.

«*Nicht hier*», *sagte* Robina, und als er ungeachtet ihres Einwandes auf einen kleinen Tisch mit bequemen Korbstühlen zuschritt, hielt sie ihn zurück und führte ihn zu dem mit Wellblech gedeckten *Duka* nebenan. Hier presste ein alter Inder Orangen zu Saft und bereitete Mango-Lassi und Bananen-Milchshakes vor ihren Augen zu. Sie bestellten ihre Getränke, der Inder legte je ein Glucose-Biscuit dazu und kassierte sofort ein. Dave fand, er habe – ausser vielleicht in Indien – noch nie etwas derart Feines für so wenig Geld erhalten. Auch Robina schien zufrieden zu sein. Jedenfalls kurbelte sie auf der Rückfahrt die Autoscheibe auf ihrer Seite herunter und summte ein Kirchenlied. Er stimmte ein, betrachtete das runzelige Gesicht aus den Augenwinkeln und fuhr einen Umweg zurück nach *Nyumba nzuri*.

Während der nächsten Wochen las er, schaute fern oder nahm den Bus in die Stadt, wo er für Abuya Bibliotheksbücher austauschte und auf dem Hauptpostamt ihr Postfach leerte. Manchmal waren Briefe von Soeur Cécile oder Schulfreundinnen dabei. Abuya las ihm hie und da eine Stelle vor und fragte ihn, was sie antworten könnte, um nicht immer das

Gleiche zu schreiben. Meistens fügte sie ihren Briefen Skizzen bei, die sie ihm zeigte. Er wusste nicht, ob sie ihn und seine Anwesenheit in ihrem Haus in diesen Briefen je erwähnte. Er erwog, ihr anzubieten, während ein paar Tagen *Nyumba nzuri* zu hüten, damit sie wenigstens einmal mit einer Gruppe aus Jacks Hotel verreisen und die Tiere, die sie zeichnete und malte, in freier Wildbahn sehen konnte. Dann wiederum stellte er sich vor, dass sich ihre Abwesenheit herumsprechen und allfällige Einbrecher geradezu einladen würde, davon zu profitieren. So machte er sich anderweitig nützlich, fragte stattdessen Robina, ob sie etwas vom *Kongowea* brauche. Ihr fiel immer etwas ein, das im Haus fehlte und zu schwer zum Tragen war, sodass es ihr einen Grund bot, sich von ihm auf den nahe gelegenen Markt fahren zu lassen. Nach jedem Einkauf stoppten sie beim Inder und tranken Fruchtsäfte und Milchshakes. Wann immer die junge Frau in der Nähe war, setzte sie sich aufs Auto. Einmal, als sie ein Kleinkind bei sich hatte, steckte Dave ihr ein paar extra Schillinge zu, die sie wortlos entgegennahm. Robina sagte, die Frau sei nicht von Geburt auf stumm gewesen. Sie schweige erst, seit ihr als Mädchen etwas Fürchterliches zugestossen sei. Dave, der einen schweren Missbrauch vermutete, fragte nicht nach. Er wusste, dass Robina, wenn sie ihm nicht antworten wollte, so oder so tat, als ob sie seinen Mix aus Englisch und *Swahili* nicht verstünde.

Wenn ihm die schwülen Tage alle Energie raubten und ihm schon eine Autofahrt zu anstrengend schien, schaute Dave Abuya beim Malen zu und konnte sich kaum mehr vorstellen, wie er die vielen Strapazen seiner Reise durchgestanden hatte. Im Vergleich dazu lebte er hier komfortabel, ohne jegliche Herausforderung in den Tag hinein. Während Abuya im Atelier vor ihrer Staffelei stand und Landschaften und Tiere auf die Leinwand bannte, träumte er von ihrem nackten Busen unter ihrem weissen Baumwollkittel. Dann starrte er auch auf ihre Fesseln und die Waden, ihre Füsse und Zehen, die lang und dünn waren wie ihre Hände und Finger, und nahm sich vor, ihr endlich zu sagen, dass er sie liebte. An einem solchen Nachmittag, an dem er sich wie gewohnt ausmalte, dass sie unter ihrer Arbeitskleidung nichts trug, erzählte er ihr von seiner Kindheit und Jugend. Während er sich ihr anvertraute, kaute sie auf einem roten Bleistift herum, der zwischen ihren Lippen steckte. Er war sich nicht sicher, wie aufmerksam sie ihm zuhörte. Sie tat, als ob sie weitermale. Schliesslich nahm sie den Stift aus dem Mund, reinigte die Pinsel und setzte sich neben ihn auf eines der bunten Sitzkissen, die der Wand entlang am Boden lagen. Sein Herz klopfte in der Erwartung, dass sie sich an ihn lehnen würde. Sie sass so nahe neben ihm, dass er die Wärme ihrer Haut fühlte und deren Duft roch. Doch sie neigte sich nicht zu ihm, sondern erzählte aus ihrem Leben. Während sie redete, fragte er sich, ob sie ahnte, wie sehr ihn ihr Vertrauen berührte. Er überlegte, ob dieser Austausch von Erinnerungen nicht wertvoller sei als Sex und er sich damit nicht zufriedengeben solle. Gleichzeitig wusste er, dass er es anders wollte.

Am Abend, als sie nebeneinander über den Innenhof schritten, versuchte er, einen Arm um sie zu legen. Sie wich aus und verschwand in ihr Zimmer. Er ging duschen und wartete danach auf der Veranda auf sie. Er fand, es dauere eine Ewigkeit, bis sie in einem hübschen Kleid zum Essen erschien. Verglichen mit der intimen Unterhaltung vom Nachmittag, sprachen sie beim Essen über Banalitäten. Eine Nachbarin hatte Moses angeblich beschuldigt, einen schlechten Einfluss auf ihre Dienstboten auszuüben. Abuya hatte Moses verteidigt.

Dave ging nicht darauf ein. Stattdessen zündete er, nachdem Robina sich für die Nacht zurückgezogen hatte, die dicken Kerzen an, die für die wiederkehrenden Stromausfälle bereitstanden. Abuya knipste das elektrische Licht aus, stellte sich ans Fenster mit dem schmiedeeisernen Gitter und blickte in den Garten. Er trat hinter sie. Sie lehnte ihren Rücken an seine Brust und atmete flach. Seine Hände ruhten auf ihren Schultern, seine Fingerspitzen kribbelten, während seine Lippen auf ihrem Nacken ruhten und seine Nase den Duft ihres Haaröls einsog.

Eine Stunde später lag er rücklings auf seinem Bett, starrte an die Decke, zählte die Streicheleinheiten des Ventilators, der auf Stufe eins surrte. Er konnte sich noch immer nicht erklären, warum sich Abuya abrupt von ihm losgerissen hatte. Er war viel zu überrascht gewesen, sie zurückzuhalten oder ihr zu folgen, als sie über den Innenhof wegrannte. Er rätselte, ob sie einen Freund hatte, von dem er nichts wusste. Oder Jack Müller war eben doch ihr Lover. Er wusste nicht, wie er ihr am nächsten Morgen begegnen und was genau er sie fragen sollte. Zwar war er nach seiner ersten Erfahrung mit Betty mit einigen hübschen Mädchen im Bett gewesen – aber seine Liebe zu Abuya stellte sich als komplizierter heraus.

Wie immer, wenn er unschlüssig war, dachte er an seine Grandma, die ihm Mut und Zuversicht beigebracht hatte. Sie hatte Grandad mit siebzehn getroffen. Seine Mutter war ein Siebenmonatskind gewesen. Als Teenager hatte er eine datierte Aufnahme seiner Mutter als Neugeborenes gefunden. So hatte er die Zeit, die zwischen der Hochzeit der Grosseltern und der Geburt ihrer Tochter lag, nachrechnen können und versucht, seine Grossmutter auszufragen. Er hatte keine befriedigende Antwort erhalten. Man sagte nicht von ungefähr, ihre Generation habe nicht über Gefühle gesprochen. Nur einmal, als er sie kurz vor ihrem Tod gefragt hatte, ob die Sorge um seine Tochter Grandad den Lebensmut geraubt habe, hatte sie ihm ihr Herz geöffnet und versichert, alle Menschen würden gerne alt werden, wenn sie nur genügend Geld hätten, um sich zur Ruhe zu setzen.

Der nächste Tag schien ihm länger als gewöhnlich. Abuyas Auto stand die ganze Zeit über auf seinem Platz. Sie hielt sich demnach im Haus auf. Sie ging nie zu Fuss weg. Er horchte, ob er sie höre, wagte es dagegen nicht, sie im Atelier aufzusuchen. Auch Robina zeigte sich nur kurz in der Küche. Er strich sich seine Sandwiches selber und zog sich damit und mit einer Melone und einem Buch erst in den Garten, später in sein Zimmer zurück. Allerdings konnte er sich nicht aufs Lesen konzentrieren. Er überlegte dauernd, warum Abuya gestern so seltsam reagiert hatte und wie er sie darauf ansprechen könne. Als sie schliesslich recht spät zum Abendessen auftauchte, setzte sie sich ihm gegenüber und ass und trank wie immer.

«Ich möchte zu gerne erfahren, was gestern Abend mit dir los war», begann er und wusste plötzlich nicht mehr weiter. Er durfte nicht derart unverblümt sein, sie nicht in Verlegenheit bringen.

«Wir haben uns am Nachmittag so viel anvertraut», fuhr er sanft fort. «Jetzt möchte ich gerne alles, auch den Rest, über dich wissen.»

«Nun …», murmelte sie und blickte auf ihre Hände.

«Bitte.»

«Du weisst, dass ich nach meinem Schulabschluss als Hilfslehrerin an der Schule bleiben durfte … Das war ein grosses Glück. Aber …»

«Richtig. Ich vermute, dann sei dir etwas widerfahren, das dich bis heute belastet.»

«Ja. Vor meinen ersten Ferien wollte ich meine Zeichenmappe und die Buntstifte holen. Ich hatte sie im Schulzimmer liegen lassen. Es war bereits dunkel.»

Sie drehte ihr Wasserglas in die eine und dann in die andere Richtung und betrachtete noch immer ihre Hände. Er wartete, dass sie weiterspräche.

«Ich freute mich darauf, während der Ferien zu zeichnen und zu malen. Dazu brauchte ich meine Sachen.»

Geduldig hörte er ihr zu, während sie den Vollmond beschrieb, an den sie sich noch gut erinnere. Wie eine Lampe habe er ihr den Weg vom Personalhaus zum Schulgebäude erhellt ...

«Alle Gebäude waren dunkel. Nur von meinem Schulhaus her schimmerte ein Licht. Ich habe mir nichts Schlimmes dabei gedacht.»

«Wie spät war es?», fragte er.

«Etwa sieben. Damals hat es auf dem Land keine Elektrizität gegeben. Ich war an die Dunkelheit gewohnt. Ich habe gedacht, dass jemand mit einer Petroleumleuchte eine Kontrollrunde drehe. Als ich aber die Silhouette eines Mannes sah, der einfach so dastand, habe ich Angst bekommen.»

«Hast du ihn denn gekannt?»

«Ja, es war einer der Lehrer. Er war neu. Er pendelte täglich von der Stadt zu uns. Er hätte längst weg sein sollen. Plötzlich wusste ich, dass er etwas im Schilde führte. Doch ich konnte nicht mehr zurück. Er hatte mich auch gesehen.»

Dave bemerkte, dass sie Nebensächliches betonte und das Wesentliche in der Luft hängen liess. Sie sprach leise und schaute ihn dabei noch immer nicht an. Plötzlich ahnte er, was kommen würde und bereute, sie zu einer Erklärung gedrängt zu haben.

«Niemand hat etwas bemerkt. Die Schülerinnen waren am Nachmittag nach Hause abgereist, die Nonnen waren in der Kirche am Beten», fuhr sie weiter. «Ich glaubte, ich müsse sterben.»

«Nein!»

«Meine Seele schwebte an der Decke und sah, was er mit mir tat, ohne, dass ich schreien konnte. Ich war gelähmt, ich meinte, ich sei schon tot.»

Er wusste nicht, was er darauf hätte sagen können. Jetzt, wo sie ihm den schlimmsten Teil erzählt hatte, fuhr sie mit sichererer Stimme fort. Sie beschrieb ihm, wie sie sich in ihr Zimmer geschleppt habe, froh darüber, dass sie es mit niemandem teilen musste. Gleichzeitig war sie starr vor Angst gewesen, ihr Peiniger könne sie hier finden. Sie habe die Türe und alle Fenster verbarrikadiert und wach gelegen. Bei Tagesanbruch schrieb sie eine Notiz an Soeur Cécile und verliess die Schule. Auf der Hauptstrasse wurde sie von einem Lieferwagen nach Kisumu mitgenommen und fuhr von dort mit dem Fernbus nach Mombasa.

«Hast du Soeur Cécile geschrieben, was passiert ist?», fragte Dave.

«Nein. Ich schrieb, ich hätte mich kurzfristig entschlossen, meine Ferien bei meinem Vater zu verbringen.»

«Und das hast du dann auch getan?»

«Ja. Er hatte ebenfalls Urlaub. Während er mit dem Anlegen seines Gartens beschäftigt war, lebte er in einem Zelt auf seinem Gelände. Ich durfte ihm ein bisschen helfen und bei Robina schlafen und mich ausruhen.»

«Hast du dich den beiden anvertraut?»

«Nein. Vor meinem Vater habe ich mich geschämt, und Robina hätte mir nicht helfen können. Ich wollte auch nicht, dass die Schwestern es erfahren würden. Sie hätten mich bestimmt entlassen.»

«Aber? Du warst nicht schuld! Und jener Lehrer ... Er ist womöglich ungestraft davongekommen ...»

«Ich habe gebetet, dass er nicht an die Schule zurückkommen würde.»

Dave wusste, dass sie an die Kraft Gottes und die ihrer Ahnen glaubte.

«Und?», fragte er, bemüht, sein Unverständnis zu unterdrücken.

«Er ist nach den Ferien tatsächlich nicht wiedergekommen. Er war wie vom Erdboden verschluckt. Alle glaubten, es sei ihm etwas zugestossen. Die Mutter Oberin hat ihn gleich zu Semesterbeginn ersetzen müssen.»

Nach diesem Bekenntnis schliefen sie zum ersten Mal zusammen. Während er sie fest umschlungen hielt, als wolle er sie vor allem Bösen beschützen, sann er über den Zufall nach, der entschied, unter welchen Umständen jemand geboren wird und woran man glaubt. Sie hatte Schlimmes erlebt und trotz allem auch Glück gehabt. Sie hatte ihre Eltern gekannt und ein Haus und ein grosses Grundstück geerbt. Jetzt, wo wir zusammen sind, wird sie glücklich werden, hoffte er und nahm sich, obwohl hier viele Frauen für das Auskommen ihrer Familien sorgten, fest vor, sie dabei zu unterstützen.

Dennoch verlief der Alltag anders. Oft wartete er nur auf die Abende, die Gespräche mit Abuya und die Intimität der Nächte. Er durfte ihr nur selten bei ihrer Arbeit helfen, ein paar Holzleisten für ihre Rahmen zusägen, leimen und sie grundieren. Die heissen Tage zogen sich endlos dahin. Nachdem sie sich geliebt hatten, nahm er sich jeweils vor, am nächsten Morgen einen Job zu suchen. Doch das Naheliegendste, Jack Müller in seinem Hotel aufzusuchen, schob er vor sich hin. Erst als er vor lauter schlechtem Gewissen über seine Untätigkeit nicht mehr in den Spiegel schauen konnte, wählte er seine Nummer und liess sich einen Termin geben. Am vereinbarten Tag fuhr er mit Abuyas verbeultem Geländewagen hin. Wie immer tankte er ihn auf. Sie und Moses füllten jeweils nur ein Minimum an Benzin nach. Er schwatzte mit dem Tankwart bis es Zeit war, sich auf den Weg zum Hotel zu machen. Er wollte pünktlich sein, nicht zu früh, nicht zu spät. Jack hingegen liess ihn eine halbe Stunde warten.

«Ich würde dir gerne einen Job anbieten», sagte der beleibte Mann, den er sich so anders vorgestellt hatte, nach einer kurzen Begrüssung, «aber …»

«Aber?», fragte Dave und merkte sofort, dass dies ungeduldig klang.

Er atmete tief durch, roch ein Aftershave, dessen herber Duft den kleinen Raum füllte. Robina hatte seine beste Leinenhose und das khakifarbene Baumwollhemd am Tag zuvor sorgfältig gebügelt. Jetzt, wo er dem Mann gegenübersass, der hinter seinem Schreibtisch thronte, fühlte er sich unwohl. Der Hotelier gehörte einer anderen Gilde an. Erfahren und erfolgreich. Er würde einen Grund finden, ihn nicht einzustellen. Dave hatte bereits bei der Begrüssung gespürt, dass es schieflaufen würde.

«… die Einheimischen arbeiten für einen Apfel und ein Ei», sagte Jack. «Ich könnte dich nicht annähernd angemessen bezahlen.»

«Mir liegt nicht daran, einen Haufen Geld zu verdienen. Ich möchte vielmehr meine finanziellen Reserven schonen und einer Beschäftigung nachgehen. Jetzt, wo ich länger in Mombasa bleiben möchte.»

«Wie stellst du dir das genau vor?»

Dave studierte die Alterswärzchen im Gesicht seines Gegenübers und dachte dabei an Abuyas goldene Sommersprossen, die er morgens küsste, und an die schwarzen Muttermale auf der Innenseite ihrer Schenkel. Und wie gut es ihm ging. Er schwieg. Er hatte sich schlecht auf dieses Gespräch vorbereitet, darauf gezählt, einen Job zu erhalten.

«Du wohnst in *Nyumba nzuri*», nahm Jack den Faden wieder auf, «das kostet dich wohl nichts, ausser hie und da ein hübsches Geschenk für Abuya oder ihre Angestellten.»

Für Dave hörte es sich an, als würde er ausgehalten. Er zog an seinen Fingern bis sie knackten und spürte sein Blut in den Kopf steigen.

«Das ist kein Grund für ein schlechtes Gewissen. Gastfreundschaft ist den Afrikanern eigen. Die Zeit, die jemand zu Besuch bleibt, spielt für sie nicht dieselbe Rolle wie für uns.»

«Ich wäre lieber unabhängig: Ich könnte Touristen auf Tauchgänge und auf *Safaris* ins Landesinnere begleiten. Ich habe ein Tauchbrevet und ich könnte mich auch im Busch, beim Campen in der Wildnis, nützlich machen. Ich will nicht ewig Abuyas Gast bleiben», verteidigte er sich.

Jack, ganz der selbstsichere Patron alter Schule, hörte zu und nickte, als Dave weitersprach: «Ich habe mich von England bis nach Tunesien, von dort durch Algerien, den Niger, Nigeria, Kamerun und unwirtliche Gebiete von Zentralafrika durchgeschlagen und bin unmittelbar vor dem zweiten Bürgerkrieg heil durch den Südsudan gekommen. Das war nicht einfach.»

«Good for you. Ich stelle es mir sogar schwierig vor und bin froh, dass dir dort nichts zugestossen ist. Aber in den Nationalparks arbeite ich mit erfahrenen Helfern, Rangers und Fahrern, die ich seit Jahren kenne. Zudem übernachten meine Gäste in Lodges mit fliessendem Wasser und allen Annehmlichkeiten, die sie gewohnt sind.»

Dave schaute sich im Büro um. Es war im Vergleich zur Grosszügigkeit der Hotelanlage trotz Chefsessel und ausladendem Pult bescheiden. Neben der in die Jahre gekommenen Rechenmaschine und einem schwarzen Wählscheibentelefon lag eine dicke Unterschriftenmappe. Die Flügel des Deckenventilators kreisten im Schlummermodus. War Müller gar nicht der erfolgreiche Manager, den Abuya beschrieben hatte? Eher ein altgedienter Mitarbeiter, den man hier auf ein Nebengleis der Hotelkette gestellt hatte? Dennoch beschäftigte Jack an die zweihundert Angestellte. Es brauchte Geschick und Einfühlungsvermögen, diese Menschen unterschiedlicher Ethnien zu führen und die anspruchsvollen Gäste zufrieden zu stellen. Zudem machte Jack einen entspannten und jovialen Eindruck.

«Am besten kehrst du nach England zurück und suchst dir eine internationale Reiseagentur, die dich nach Ostafrika transferiert. Ich kann dir gerne eine Empfehlung schreiben, darin erwähnen, dass du Land und Leute kennst, *Swahili* sprichst, initiativ und anpassungsfähig bist.»

Dave war sich plötzlich nicht mehr sicher, wie gut er mit den Luxusproblemen von Touristen würde umgehen können. Doch das wollte er jetzt, nachdem er sich derart angepriesen hatte, nicht sagen.

«Ich bezweifle, dass ich nach Hause und mit einem Arbeitsvertrag in der Tasche wieder hierher fliegen könnte», wandte er stattdessen ein.

«Warum nicht? Die meisten Europäer machen hier Urlaub, nur wenige wollen hier arbeiten. Früher vielleicht, aber heute?

Heute kommen ein paar Idealisten und junge Amerikaner, die im Peace Corps dienen. Ein auf Afrika spezialisiertes Reisebüro oder auch eine Hotelkette wäre vermutlich froh um jemanden wie dich, der sich um einen Job hier draussen bewirbt.»

«Genau. Jetzt, wo ich schon einmal vor Ort bin, könnte ich ...»

Jack schüttelte bedauernd den Kopf.

«Nicht bei mir. Tauchgänge sind bei uns nicht gefragt, da nützt dir dein Brevet nichts. An deiner Stelle würde ich nicht an der Küste bleiben; im Landesinnern, in den Lodges, gibt es bessere Arbeitsmöglichkeiten für einen jungen Mann wie dich. Auch das Klima ist im Hochland angenehmer. Der *Safari-Tourismus* boomt geradezu.»

Dave dachte an Abuya, die ihre Kontakte und ihr Auskommen in Mombasa hatte. Sie würde ihn nicht in den Busch begleiten.

Als ob sich seine Enttäuschung mit einem Drink hätte wegspülen lassen, fragte ihn Jack: «Darf ich dich auf eine kleine Erfrischung einladen? In der Bar und der Lobby kann ich dir zeigen, wo Abuyas aktuelle Werke hängen.»

Dave fuhr einen Umweg, er musste das Gespräch an einem neutralen Ort irgendwo unterwegs verdauen. Er war zu naiv gewesen. Hier wartete niemand auf einen Weltenbummler, geschweige denn einen, der der Liebe wegen im Land bleiben wollte. Jeder vernünftige Mensch hätte ihm empfohlen, Abuya zu heiraten und mit ihr in England zu leben.

Er parkte unter einem Baum vor einem mit Stroh gedeckten Hotel, das jenem von Jack ähnlichsah und von denen es an der Küste einige sehr schöne gab. Externe Kunden waren willkommen, solange sie einen Ausweis und den Autoschlüssel an der Rezeption hinterlegten. Die meisten Hotelgäste waren weiss und mit sich selber beschäftigt. Niemand beachtete ihn, als er rücklings auf einem Liegestuhl ruhte und in die wispernden Palmen blickte. Die Wedel hoben sich wie Scherenschnitte vom tiefblauen Himmel ab. Wenn er sich aufrichtete, konnte er ein Dutzend Menschen und das Rippeln der türkisfarbenen Wellen beobachten. Eine Nuss fiel von einer Kokospalme. In der Nähe kreischte eine Frau. Kinder lachten, und ein livrierter Angestellter rief ihnen etwas zu, was Dave nicht verstand. Er winkte den Mann zu sich und bestellte einen Mango-Milkshake. Als er dafür bezahlte, stellte er fest, dass es das Fünffache kostete wie beim Inder, zu dem er inzwischen regelmässig mit Robina fuhr.

Jack hatte sich nach Abuyas Wohlergehen erkundigt. Während sie ihre Werke betrachteten, sprach er auch über ihren Vater. Er erzählte Dave, wie John Brown, ein nicht mehr junger Mann, Abuyas schöne Mutter vergöttert habe. Er nannte die Beziehung seines verstorbenen Freundes eine interracial Love-Story und hob ausdrücklich hervor, dass John Brown, anders als die jungen Matrosen, auf die in jedem Hafen ein Mädchen wartete, seiner *Luo* Frau über Jahre hinweg treu gewesen war.

«Mit seiner Erscheinung und in seiner Position hätte der Captain an jedem Finger eine Freundin haben können. Das hingegen war nicht sein Stil. Er war Old School, a very *gentle old man*», hatte Jack betont und Dave in die Augen geblickt, als wolle er ihn auffordern, sich ebenso zu verhalten.

Dave wusste nicht, wie gut John Brown tatsächlich ausgesehen hatte. Abuya hatte ihm nie ein Foto von ihm oder ihrer Mutter gezeigt. Vielleicht besass sie keines oder sie glaubte, Fotografien brächten Unglück. Er dachte an seine Grosseltern, von denen es bloss eine einzige Hochzeitsaufnahme gab. Obwohl sein Grossvater eher klein gewesen war, überragte er auf dem Bild seine Braut um einen Kopf. Dave hatte es mit einem Portrait seiner Mutter und ein paar wenigen anderen Andenken in der Dachkammer im Elternhaus eines Mitschülers gelassen. Er besass nur seine Erinnerungen und hatte kein Daheim. Ein Haus wie *Nyumba nzuri* würde er sich in England nie leisten können. In Abuyas Atelier reihten sich Kunstbände aneinander. Geschenke eines stolzen Vaters an seine Tochter, auf deren Begabung er gesetzt hatte. Die Bücher im Wohnzimmer stammten aus seinem Nachlass. Dave kannte 'Lady Chatterley', 'Sons and Lovers' oder 'The Diary of Samuel Pepys' dem Titel nach, hatte sie selber jedoch nie gelesen. Er blätterte lieber in Zeitschriften. Seine Gedanken flogen hin und her. Er packte zusammen. Er mochte die von der Poolbar her plärrenden Ohrwürmer nicht mehr hören.

Am folgenden Tag fuhr er mit einem *Matatu* ins Zentrum von Mombasa, kaufte sich einen 'East African Standard' und schlenderte unentschlossen am ‚Royal Castle' vorbei. Auf der schattigen, ebenerdigen Veranda des altehrwürdigen Hotels, wo stets ein angenehmes Lüftchen wehte, entdeckte er einen freien Tisch. In einer Ecke sass eine Gruppe weisser Männer in Korbsesseln. Sie nippten an ihren Getränken. Geschäftsleute oder Siedler. Vielleicht konnte er mit ihnen ins Gespräch kommen. Irgendwann hoffte er, einen zu treffen, der ihm weiterhelfen konnte. Er beschloss, bei einem Tee die Zeitung nach offenen Stellen zu durchsuchen und setzte sich an den freien Tisch. Während er den aus der Zeit gefallenen, kolonialen Luxus genoss, beobachtete er aus den Augenwinkeln einen gut gebauten Jungen in Shorts und einem Poloshirt, der zwei Touristinnen am Nebentisch ansprach. Die Frauen kicherten wie Teenies. Sie waren um die fünfzig, trugen Ethnoschmuck und machten keinerlei Anstalten, dem Sonnyboy einen Stuhl anzubieten. Schliesslich tauchte der Kellner auf und vertrieb ihn mit derselben nachlässigen Handbewegung wie Robina, wenn sie Moses aus der Küche scheuchte. Erst gestern hatte sich Jack Müller über die Strassenverkäufer beklagt, die seine Gäste in der Stadt und am Strand verfolgten und über die sportlichen Jungs mit ihren Fake-Goldkettchen am Hals und den gefälschten Luxusuhren am linken Handgelenk, die es auf ältere Frauen abgesehen hätten.

«Sex ist ein Markt wie jeder andere, aber ich kann die Jungs nicht auf meiner Anlage dulden, und im Hotel schon gar nicht», hatte Jack gesagt. Dann, als wolle er die Strichjungen in Schutz nehmen, hatte er die Arbeitslosigkeit und Armut in Kenia angeführt und den Zwiespalt bekundet, in dem er sich als Hotelier befand.

Dave wandte seinen Blick von den Frauen ab und konzentrierte sich auf seine Zeitung. Als er zum Wirtschaftsteil umblätterte, spürte er eine leichte Hand auf seiner Schulter.

«Na guck mal. Mein Globetrotter!», rief eine ihm bekannte Stimme. «Du bist in Gedanken weit weg, nicht wahr?»

Er erkannte Liv erst auf den zweiten Blick. Sie trug blaue Baumwollbermudas mit einem roten, engen Trägertop. Mit ihrem offenen Haar wirkte sie mädchenhafter als in ihrer Uniform mit dem altbackenen Häubchen. Seit er regelmässig mit Abuya schlief, hatte er nicht mehr an Liv gedacht. Trotzdem spürte er, wie ihm jetzt das Blut ins Gesicht schoss.

«Heiss, nicht wahr?», fragte sie. «Ist es erlaubt?»

«Sicher. Setz dich. Hast du heute frei?»

«Nicht frei, Nachtdienst. Muss auch mal sein. Und wie geht es dir?»

«Gut, danke. Magst du etwas trinken?»

«Gerne. Etwas Warmes hilft gegen diese Hitze. Zudem servieren sie hier feinsten Schwarztee. Jedenfalls besseren als im Krankenhaus.»

«Eure Klinik hat mir keinen schlechten Eindruck gemacht.»

«Die medizinische Versorgung ist okay. Zwar nicht vergleichbar mit Europa, obwohl viele der Ärzte in England ausgebildet sind. Dafür geniessen wir Nurses mehr Kompetenzen und tragen mehr Verantwortung als zuhause. Das macht unsere Arbeit spannend.»

«Und die Verpflegung, ist die etwa nicht gut?»

«Nun, es gibt keine. Die Patienten werden von ihren Nächsten versorgt. So müssen sie ihre Ernährung nicht umstellen.»

«Und wo isst das Personal?»

«Oh? Wir verdrücken Sandwiches und Früchte, die wir mitbringen. Die Klinik stellt bloss Getränke. Richtig essen wir vor und nach der Schicht.»

Als wolle sie dies unterstreichen, bestellte sie zu ihrem Kännchen Tee mit Milch ein Eieromelett und eine Extraportion Toast und Butter.

'Fresh as a daisy', fand er sie, zudem eine richtige Frohnatur.

«Ich glaubte dich längst über alle Berge», sagte sie zwischen zwei Bissen und fragte ihn: «Was tust du eigentlich so lange in Mombasa?»

«Ich erhole mich von meiner Afrikadurchquerung und der Ruhr.»

«Warum bist du nicht mehr im Ambulatorium vorbeigekommen?»

«Weil ich keine Medikamente mehr brauche. Es geht auch ohne.»

«Heisst das, dass du bald einmal weiterziehst?»

«Vielleicht.»

«Warum vielleicht?»

«Ich würde lieber in Mombasa bleiben. Wenn möglich hier arbeiten.»

«Hast du denn einen Job in Aussicht?»

«Vielleicht.»

«Schon wieder: *vielleicht*. Sag schon: Ja oder nein?»

«Wer weiss? Ich bin auf der Suche.»

«An deiner Stelle würd' ich's aufgeben. Ausser Freiwilligenarbeit gibt's hier nix», urteilte sie und als Nachgedanke fragte sie: «Wo wohnst du eigentlich?»

«In Nyali. Bei Freunden.»

«Hoppla. Vornehmes Wohngebiet.»

«Ich habe dort ein Gästezimmer und kann mich als Dank dafür ein bisschen nützlich machen», stimmte er zu, wohlwissend, dass seine Antwort irgendwie falsch klang. Abuya und ihre Angestellten bildeten zwar eine Hausgemeinschaft, und Robina bemutterte Abuya, als wäre sie ihre Tochter, doch unter Freunden verstand man etwas anderes. Er rieb sich die Nase.

«Geheimniskrämer», lachte Liv, und als er weiter schwieg, bestellte sie beim Kellner heisses Wasser, um ihren Tee zu strecken.

Wer viel fragt, wird oft angelogen, hatte Daves Grossmutter gesagt, wenn sie jemandem etwas verheimlichte oder sich nicht exakt an die Wahrheit hielt. Sie hatte behauptet, ohne gelegentliche Notlügen wäre sie mit der Gutsherrin nicht jahrelang klargekommen. Liv verdünnte ihren Tee und er umschiffte ihre vielen Fragen, wie es seine Grossmutter getan hätte. Schliesslich verlor sie ihr Interesse an seinen Lebensumständen und berichtete ihm stattdessen von ihrer Arbeit. Ein Kollege, ein engagierter und versierter Mediziner habe illegale Abtreibungen durchgeführt, erzählte sie verschwörerisch. Er wäre danach beinahe hinter Gittern gelandet.

«Wie ist das denn gelaufen?», wollte er wissen.

«Och, so wie immer. Sie wollen alle mehr Geld verdienen und kommen am Ende dank ihrer guten Beziehungen mit einem blauen Auge davon.»

«Wie denn?»

«Er musste seine Privatpraxis aufgeben und arbeitet nun bei uns auf der Notfallstation, wo er vom Oberarzt mit Argusaugen beobachtet wird.»

Sie rümpfte die Nase. Er vermutete, sie tue dies mehr über den Oberarzt als ihren Kollegen.

«In der Not sind solche Entscheidungen nicht einfach», bestätigte sie ihm. «Natürlich sind die Abbrüche gegen das Gesetz. Doch würden sie legalisiert, so würde das allen helfen. Der fehlbare Kollege ist zumindest ein guter Arzt.»

«Kann eine Abtreibung unfruchtbar machen?», fragte er und klang naiv.

«Genau darum geht's mir ja! Nicht, wenn der Eingriff rechtzeitig und professionell in einem Krankenhaus durchgeführt wird. Da dies hier jedoch verboten ist, haben die Frauen schon einmal grosses Glück, wenn sie die Pfuschereien in Küchen und Hinterzimmern überhaupt überleben!»

Später, als er im Bus zurück nach Nyali über das Gespräch nachdachte, zweifelte er plötzlich, ob Abuya ihm die ganze

Wahrheit erzählt hatte. Was, wenn sie bei der Vergewaltigung schwanger geworden war und abtreiben musste? Hätte sie ihm das anvertraut? Liv hatte ihm am Nachmittag erzählt, dass junge Mädchen, bei denen ein Schwangerschaftsabbruch ans Licht kam oder auch nur ein Verdacht darauf bestand von der Schule flogen oder ihre Arbeitsstelle, falls sie denn überhaupt eine hatten, sofort verloren. Als Hilfslehrerin an einer christlichen Schule wäre Abuya gezwungen gewesen, eine Schwangerschaft, und erst recht deren Abbruch, zu vertuschen.

Er blickte aus dem verschmierten Fenster auf die Menschen, die zu Fuss gingen, die Abgase der Busse einatmeten und den Staub schluckten, den die Fahrzeuge aufwirbelten. Trotzdem schritten die Frauen stolz und aufrecht der Strasse entlang, mit Körben und in bunte Tücher eingewickelten Waren auf ihren Köpfen. Oberflächlich betrachtet gaben sie ein schönes Bild ab. Doch was wusste er schon von den Lasten, die auf ihre Seelen drückten? Er wollte jetzt nicht über ihre Lebensumstände nachdenken. Vielmehr interessierte ihn, wie Liv wohl ihre Abende verbrachte. Sie lebe zusammen mit Kolleginnen in einem Häuschen auf dem parkähnlichen Spitalgelände, hatte sie ihm erzählt. Sie seien eine zusammengewürfelte Gemeinschaft. Ob sie einen Arzt zum Freund hatte? Vielleicht jener Kollege, der sich nicht um die Gesetze scherte und dessen Name sie ihm verschwiegen hatte?

Dave war immer ein fleissiger Schüler gewesen. Seine guten Abschlüsse hätten ihn für ein Medizinstudium qualifiziert. Dann erkrankte seine Grossmutter, und er musste sich zwischen ihren Spitalaufenthalten um sie kümmern. Das Geld fehlte an allen Ecken und Enden. Er brauchte Gelegenheitsjobs, von denen er sich kurzfristig abmelden konnte. Nach dem Tod der Grossmutter fiel er in ein Loch. Dennoch arbeitete er weiter auf Baustellen und in Supermärkten, fand vorübergehend Unterschlupf in einer Abbruchliegenschaft und lebte mit Tagelöhnern und Arbeitslosen. Er war sich dabei immer bewusst gewesen, dass dies nur eine Durchgangsstation war.

Als er zufällig einen Artikel über Kibbuzim las, die Volontäre für die Landwirtschaft suchten, entschloss er sich, nach Israel zu fliegen und in einer solchen Kollektivsiedlung zu arbeiten. Im Nachhinein bereute er keinen Tag jenes Jahres, während dem er Zitrusfrüchte und Pekannüsse erntete und junge Menschen aus ganz Europa, den USA und Kanada kennenlernte. Er begann, sich für das Judentum, die Geschichte Israels und die Sprache zu interessieren und freundete sich mit älteren Aussteigern an, die aus einer inneren Neigung heraus alternative Lebensformen suchten und Gemeinschaften mit basisdemokratischen Strukturen im Alltag erprobten. In seiner Freizeit reiste er im Land umher. Er fuhr immer wieder nach Jerusalem und in den Norden und auch in den Sinai, wo er im Roten Meer tauchen lernte. Dabei wurde sein Erspartes knapp, und so sehr ihn die Theorie des gemeinsamen Eigentums und der persönlichen Besitzlosigkeit der Kibbuz-Mitglieder faszinierte, so unpraktikabel schien es ihm, auf längere Zeit ohne Lohn zu arbeiten. Er wollte reisen und dazu brauchte er Geld. Ueli, ein sympathischer Schweizer Käser und Milchfachmann, der lange Zeit in der Entwicklungszusammenarbeit in Nepal tätig gewesen war, verstand ihn. Er sagte, er arbeite aus ideellen Gründen als Volontär in Israel, und dies auch nur, weil er sich in eine schöne Jüdin verliebt hatte und in seiner Heimat rasch wieder viel Geld verdienen konnte. Er nannte Dave die Namen einiger Tourismusregionen in seiner Heimat, die angeblich *händeringend* nach saisonalen Arbeitskräften suchten und auch ungelernte Ausländer anständig behandelten und bezahlten.

Schon bald nach diesem Gespräch war Dave mit seinem letzten Geld nach Zürich geflogen und von dort per Autostopp nach Arosa gereist. Er hatte sein Glück kaum fassen können, als er in dem kleinen Bergdorf binnen Tagen einen Job fand. Im ersten Winter klemmte er Skiliftbügel unter warm eingepackte Pos, lernte Pisten präparieren, Raupenfahrzeuge bedienen und bewährte sich dabei derart gut, dass er im folgenden Winter zurückkehren durfte. Den Sommer dazwischen hatte er in Indien und Nepal verbracht. Im Nachhinein erkannte er, welch glücklicher Zufall es gewesen war, dass er dort den Drogen widerstanden hatte. Er wollte nie wie seine Mutter enden. Die Händler, die in Delhi und Kathmandu in Hinterhöfen Marihuana anboten, waren ihm stets suspekt gewesen. Den Kontakt zu verkifften Hippies hatte er gemieden und seine Zeit in Goa und im Himalaya mit der Suche nach neuen Horizonten und seinen wahren Bedürfnissen verbracht.

Inzwischen war er zu alt für ein Studium. Doch wenn er an das ,Royal Castle' dachte, in dem der Flugtee – auserlesener Schwarztee aus Kenias Hochland – aus Silberkannen serviert wurde, und wo er sich nie würde ein Zimmer leisten können, spekulierte er, wie glücklich ihn ein Leben als wohlhabender Mediziner oder Forscher gemacht hätte.

Nach dem Abendessen zündete er ein Dutzend Haushaltskerzen an und löschte das elektrische Licht. Er setzte sich neben Abuya aufs Sofa und nahm ihr, da sie im Kerzenschein ohnehin nicht lesen konnte, ihren Roman aus der Hand und legte ihn weg. Das Cover zeigte ein gutaussehendes Paar; die Frau mit blonden Locken; der Mann dunkelhaarig, im Hintergrund ein Schloss mit Türmchen. Der Name der Autorin prangte in

Gold über dem Bild. Dave kannte Abuyas Begeisterung für französische Liebesromane.

«Ich habe heute die Nurse vom Krankenhaus zufällig in der Stadt getroffen», nahm er das Gespräch auf.

Er zögerte, bevor er weiterfuhr: «Sie hat über Probleme gesprochen, die mir nicht mehr aus dem Kopf wollen.»

Die Nöte der Menschen beschäftigten ihn inzwischen anders als am Anfang seiner Reise, als er nur oberflächliche Kontakte geknüpft und Afrikas Landschaften und die Freiheit, unterwegs zu sein, genossen hatte.

Abuya schwieg, und er fragte, sich, ob sie eifersüchtig sei.

«Sie hat mir von illegalen Abtreibungen erzählt.»

«Und?», fragte Abuya. «Was sagte sie?»

«Sie vermutet, einige ihrer Kollegen und Kolleginnen bessern sich damit ihr Gehalt auf.»

«Nun, sie spannen zusammen und decken sich gegenseitig.»

«Woher weisst du das?»

«Alle wissen, wie es läuft. Und keiner spricht darüber.»

«Die Eingriffe müssten legal sein», antwortete er und merkte, dass er Livs Meinung wiedergab. Er selber hatte sich noch nie die Not vorgestellt, in welche die Frauen und ihre Helferinnen und Helfer gerieten.

«Bei uns sind Abbrüche erlaubt, sofern die Schwangerschaft einer Frau schadet.»

«England ist nicht Kenia», konterte Abuya.

Sie hatte natürlich recht. Er durfte keine Vergleiche ziehen. Er war in einem Wohlfahrtsstaat mit dem NHS, dem öffentlichen Gesundheitssystem, gross geworden. Hier musste jede Familie, jede Sippe und jeder Stamm für sich sorgen. Abuya, die nur auf sich und Jacks Hilfe zählen konnte, war eine Ausnahme. Nie würde sie mit ihm über Abtreibungen reden, auch wenn sie eine gehabt haben sollte. Das Vertrauen fehlte. Auf einmal wusste Dave, dass er nach Europa, nach Hause, unter seinesgleichen gehörte.

Noch leicht dusselig von einem blutigen Albtraum trat er am nächsten Morgen auf die Veranda. Sein Gedeck lag auf dem Esstisch, weder Abuya noch Robina war zu sehen. Vermutlich waren sie schon frühmorgens zum *Kongowea* gefahren. Der Pick-up stand jedenfalls nicht an seinem Platz. Moses arbeitete um diese Tageszeit im Hühnerstall. Dave wollte ihn nicht stören. Mit leerem Magen konnte er nicht mitansehen, wie Moses Hennen tötete, was jener gewöhnlich tat, wenn Abuya ausser Haus war. Zudem traute er dem *Kikuyu* nicht. Wenn Moses die geschlachteten Hennen und die vollen Eierkartons zum Lieferwagen balancierte, um sie seinem Freund, dem Koch zu verkaufen, hätte Dave darauf wetten mögen, dass ein Teil bei seinen Verwandten landete. Abuya verteidigte ihren Angestellten, und Dave, der diesbezügliche Diskussionen vermeiden wollte, behielt seine Meinung in letzter Zeit zusehends für sich. Trotzdem fragte er sich, warum Männer wie Moses zwei Frauen und mit jeder mehrere Kinder haben mussten. Wenn schon, sagte er sich, dann zumindest hintereinander und nicht nebeneinander. Er schämte sich umgehend für seine Intoleranz und dafür, dass er trotz seiner weiten Reisen und dem wochenlangen Zusammenleben mit Abuya in seinen engen Denkmustern gefangen war.

In der Küche, deren gegenüberliegende Türen tagsüber offenstanden, um Dämpfe und Gerüche abziehen zu lassen, bereitete er Frühstückseier, Toast und eine Kanne Schwarztee zu. Dabei versuchte er, sich zu erinnern, wann er zum letzten Mal

Beef gegessen hatte. Stets gab es Huhn, *Ugali* und Grünzeug. Einzig die Bananen, Mangos, Melonen und Papayas, die Robina in ihrem *Shamba* erntete, boten ihm mehr Abwechslung als zuhause. Dave half ihr immer wieder einmal bei der Arbeit in ihrem kleinen Garten, der im Schatten hinter ihrem Häuschen lag. Anders als für Moses hätte er für Robina seine Hand ins Feuer gelegt. Doch dann fragte er sich, ob seine Sympathie nicht auf Mitleid beruhte. Sie hatte ihm anvertraut, dass sie jung zwei Kinder verloren hatte und von ihrem Mann verstossen worden war. Seither war er jedenfalls beruhigt, dass sie in *Nyumba nzuri* ein Zuhause hatte. Ganz ähnlich wie seine Grossmutter. Auch sie war froh gewesen, nach Grossvaters Tod als Köchin weiterbeschäftigt zu werden und bis zu ihrem Ende in dem bescheidenen Daheim im Park verbleiben zu dürfen.

Plötzlich verspürte Dave Heimweh. Ausgerechnet jetzt, im November, wenn dicker Nebel die britischen Inseln einpackte und Regen und Sturm sie peitschten, überfiel es ihn wie ein Virus. Der nasskalte Herbst und Winter erschienen ihm inzwischen verlockender als die drückende Hitze, der er nur im afrikanischen Hochland hätte entkommen können. Er hatte sich auf die Festtage hin erneut um Arbeit bemühen wollen. Dies, obgleich er je länger je weniger Lust dazu verspürte. Auch die Weiterreise ans Kap der Guten Hoffnung stellte er sich nach den Annehmlichkeiten bei Abuya als zu beschwerlich vor. Zudem hatte ihm Jacks Bemerkung: «Wer länger als zwei Jahre in Afrika bleibt, bleibt für immer», zu denken gegeben.

An einem heissen Tag Mitte November überquerte Dave die Moi Avenue auf der Höhe der silbern gleissenden Tusks. Die hohen Bögen aus Aluminium, die Elefantenstosszähne darstellten und als Wahrzeichen von Mombasa galten, überspannten die Hauptstrasse. Ein Bus hupte. Dave sprang zur Seite. Er sah eine Menschentraube um einen Mercedes anschwellen. Der Wagen stand am Strassenrand. Neugierig trat er näher.

Eine Frau kreischte: «Ein Dieb», hämmerte mit beiden Fäusten aufs Autodach und kickte an die Türe auf der Fahrerseite. Dave konnte einen Blick ins Innere erhaschen. Ein junger Mann, fast noch ein Teenager, klemmte hinter dem Steuer. Aus seinen dunklen Augen schrie die Angst. Dave fürchtete, dass der johlende Beifall der Menge in Lynchjustiz kippen könnte. Er musste an die englischen Jagdveranstaltungen und die Füchse denken, die von einer kläffenden Hundemeute totgebissen wurden. Trotz der Hitze schauderte ihn.

Ein dünnes Mädchen mit einem schlafenden Baby in einem Wickeltuch tippte ihn am Arm an und fragte auf Englisch: «Kannst du ihm helfen?»

Er schüttelte den Kopf. Er roch die Ausdünstung der Menschen.

Dann hörte er einen Streifenwagen heranheulen, Bremsen quietschen, Türen schlagen. Er wandte sich ab. Er fühlte sich schlecht. Am Vormittag hatte er heftig mit Abuya gestritten. Im Nachhinein erschien ihm der Grund nichtig. Wie sie es in letzter Zeit häufig taten, war sie in ihr Atelier getürmt, und er, ohne sich von ihr zu verabschieden, in die Stadt gefahren.

Als er bemerkte, dass die Menschen auseinanderstoben, dachte er an die englischen Bobbies. Sie waren unbewaffnet und galten als Freund und Helfer. Hier machten sich die Leute, wenn sie die Polizei sahen, so schnell wie möglich aus dem Staub.

«Hi!», riss ihn ein bebrillter Mann aus seinen Gedanken.

Er erkannte den Bibliothekar, der sich seinen Lebensunterhalt als leitender Mitarbeiter der Bücherei verdiente, in seiner

Freizeit Gedichte schrieb, und mit dem er sich immer gerne unterhielt. William verfügte über einen Abschluss in englischer und afrikanischer Literatur und den Titel: *Verantwortlicher für die von der Stadt geförderte Kultur des Lesens.*

Dave war froh um die Ablenkung.

«Magst du mit mir einen Kaffee trinken?», fragte er.

«Gerne», nickte William, und sie steuerten auf eine kleine Bar im luftigen Eingangsbereich einer Shopping Mall zu, von wo sie eine gute Sicht auf die Strasse hatten. Dave atmete tief durch. Der Mercedes und das Polizeiauto waren verschwunden. Der Verkehr floss wieder. Der Junge schien verschluckt, wie damals der Soldat im Ubangi. Er wandte sich an William.

«Hast du es mitbekommen?»

«Was?»

«Angeblich wollte einer ein Auto stehlen.»

«Wirklich? Darum die Aufregung?», wunderte sich William.

«Ja, ein Schwarzer, ein sehr junger Mann, sass darin eingeschlossen hinter dem Steuer, ohne loszufahren. Die Menschen versperrten ihm den Weg. Ich weiss nicht, was ich davon halten soll.»

«Vielleicht schloss er sich ein, weil es sicherer war. Ein Junge, der neben einem Auto herumsteht, macht sich verdächtig. Keiner käme auf die Idee, dass er darauf aufpassen muss», suchte William nach einer Erklärung.

«Darum hat eine Frau ihn einen Dieb genannt?»

«Vermutlich. Weisst du Dave, warum *ich* lieber weiss wäre?»

«Nein.»

«Dann könnte ich auf den Bus rennen, und niemand würde schreien: *Haltet den Dieb.*»

«Ist es wirklich so krass?»

«Ja. Es ist so krass. Vielleicht hätte der Junge die Karre bloss kurz im Auge behalten sollen. Dann ist der Besitzer aus irgendeinem Grund nicht rechtzeitig von seiner Besorgung zurückgekehrt, und schon ist es passiert.»

Dave dachte an die junge Frau in den zerlumpten Kleidern, die Abuyas alten Pick-up hütete, während Robina und er auf dem Markt einkauften. Vielleicht kam niemand auf die Idee, sie wolle etwas stehlen, weil sie eine Frau war oder weil die Menschen ihr Schicksal kannten?

«Es war keine *Karre,* sondern ein Benz», berichtigte er.

«Wie bitte?», fragte William.

«Ein Mercedes Benz 1982. Schien mir nigelnagelneu zu sein.»

«Und *wo* war der Chauffeur?», fragte William, nun sichtlich irritiert.

«Keine Ahnung», antwortete Dave.

«Am besten vergessen wir die Geschichte», schloss William.

Nachdem William zur Arbeit zurückgekehrt war, schlenderte Dave die Haupteinkaufsstrasse entlang. Im Schaufenster einer internationalen Reiseagentur lockte Werbung für Billigflüge nach Europa. Er betrat das Geschäft und erkundigte sich.

«Noch heute?», fragte eine junge Angestellte mit wuscheligem Haar, blitzenden Zähnen und grossen, strahlenden Augen.

«Falls es am Abend einen nach London gäbe, gerne», antwortete er.

Vor seinem inneren Auge sah er Piccadilly, Marble Arch, Hyde Park Corner und Oxford Street; weisse Residenzen mit schwarz gestrichenen Türen und Zäunen sowie endlose Reihen von Häusern aus rotem Backstein.

Die Angestellte tippte, ihr Gesicht so nahe am Computer, dass ihre Nasenspitze beinahe den Bildschirm berührte, und reckte ihr Kinn vor.

«Ja, da gibt's einen späten nach Paris. Er geht ab Mombasa über Nairobi und London. Sie können bis London mitfliegen.»

«Oh? Tatsächlich?»

«Perfekt, nicht? Es hat freie Plätze und Sie wären schon morgen dort.»

Der Schweiss floss ihm aus allen Poren.

«Erhalte ich eine Reduktion?»

«Nein. Doch vielleicht will ja jemand von London nach Paris fliegen? Sie können den Ticketabschnitt verkaufen», lachte sie.

Anders als Robina, die stolz aufs Herunterhandeln war, schämte er sich für sein Feilschen, das ihm in Asien und Afrika zur Gewohnheit geworden war. Auch fragte er sich, ob er nicht zu überstürzt handle. Er könnte genauso gut hierbleiben und hoffen, dass seine Niedergeschlagenheit vorübergehen würde.

Sie legte ihren Kopf leicht schief.

«Fliegen Sie nun oder fliegen Sie nicht?»

«Ja, bitte reservieren Sie für mich. Mein Name ist Baxter, Dave Baxter.»

«Wie 007?»

«Sean Connery? Schön wär's», brummte er.

«Darf ich Ihren Pass sehen?»

«Hier, bitte. Ich bezahle mit Traveller's Cheques. Ich werde rechtzeitig am Flughafen sein. Geht das so?»

«*Hakuna matata*, hier geht alles», lächelte sie, und er ahnte, dass er sich sein Leben lang an diese Redewendung und die Frau erinnern würde.

Vor dem Reisebüro winkte er ein Taxi herbei. Je näher sie Nyali kamen, desto mehr plagte ihn seine Entscheidung. Abuya würde den Streit vom Vormittag als Grund dafür vermuten. Obwohl dem nicht so war. Sollte er sich ihr gegenüber erklären? Versuchen zu beschreiben, wie fremd er sich in letzter Zeit fühlte und wie sich seine Sehnsucht nach Europa verstärkte? Oder besser einen Notfall in der Familie vortäuschen? Nein! Sie wusste, dass es niemanden gab, für den er nach Hause zurückkehren würde. Zudem hatten Lügen kurze Beine. Seine Grossmutter hatte einmal für den Grossvater geflunkert, damit er seine rheumatischen Knochen an einem nasskalten Wintertag nicht zur Arbeit schleppen musste. Am nächsten Morgen kam der Grossvater nicht mehr aus dem Bett. Der Garten hätte warten können, nicht aber die Tiere. Dave mistete vor und nach der Schule die Ställe aus, tränkte und fütterte die Pferde, versorgte die Hunde und hielt ihre Verschläge sauber. Kurz darauf starb sein Grossvater, und Dave bildete sich ein, dass Grossmutters Lüge seinen Tod heraufbeschworen habe. Als er nach der Beerdigung zur ihr sagte, dass Grandad nicht sehr lange krank gewesen sei, sah er sie zum ersten Mal in seinem Leben weinen.

Er bat den Taxifahrer zu warten und schritt durch den Garten aufs Haus zu. Der Anblick der Bougainvillea, deren violette Blüten die Tür zur Küche einrahmten, versetzte ihm einen Stich. Abuya besass ein schönes Daheim. Robina und Moses hielten zu ihr. Die drei waren wie eine kleine Familie, der Jack Müller im Notfall beistehen würde. Eigentlich bin ich ärmer dran als sie, redete er sich ein. Ich habe weder Verwandte noch Freunde, die auf mich warten. Ich besitze weder ein Haus noch ein Auto, nicht einmal ein Fahrrad oder einen Fernseher. Dann rief er nach ihr.

«Sie ist am Malen», antwortete Robina, die in der Küche hantierte. Sie blickte freundlich und bot ihm wie immer lauwarmen Tee an. Dankbar trank er davon und nahm eine Flasche mit abgekochtem Wasser mit in sein Zimmer, wo er zu packen begann. Er musste sich beeilen, das Taxi wartete. Wo blieb Abuya bloss? Sie hatte ihn bestimmt gehört. Schmollte sie? Er schob sein Bett von der Wand, prüfte, ob etwas darunter lag, zog das Leintuch von der Matratze und warf es zu den Badetüchern in eine Ecke. Seine Poloshirts und Shorts faltete er und legte sie auf die nunmehr nackte Matratze. Der alte, zerschlissene Tramper-Rucksack taugte nicht mehr für Europa. Er prüfte, ob die vielen Aussentaschen leer waren, und legte ihn daneben. In der Stadt hatte er eine Reisetasche sowie Geschenke für Abuya und Robina besorgt. Moses' Dienste wollte er mit US-Dollars vergelten. Doch zuerst musste er Abuya suchen und sich von ihr verabschieden. Er wusste, dass er längst mit ihr hätte reden müssen. Der Gedanke, nach Hause zurückzukehren, spukte seit Wochen in seinem Kopf herum. Er war zu feige gewesen, das Thema anzuschneiden. Nun war es zu spät dazu. Er stellte sicher, dass er nichts vergessen hatte und warf einen letzten Blick aus dem Fenster, an dem er oft gesessen und über sein Leben nachgedacht hatte. Jetzt gab er sich einen Ruck und trat über den Innenhof in die Küche.

Robina und Abuya standen dicht nebeneinander am Spülstein. Zigarettenqualm hing in der Luft. Moses sass auf dem Treppenabsatz vor der offenen Küchentür und rauchte. Abuya bemerkte das Gepäck.

«Es tut mir leid», murmelte er, den Blick auf seine Turnschuhe gerichtet. «Ich kann nicht für immer hierbleiben. Einmal muss ich gehen.»

Robina begann, Gemüse zu putzen. Gewöhnlich sang sie dabei. Jetzt war es mucksmäuschenstill. Man hätte eine Nadel fallen hören.

«Abuya», setzte er erneut an. «Ich danke dir für deine Hilfe und für deine Gastfreundschaft. Ich werde dir schreiben.»

Sie liess die Arme hängen und schwieg noch immer.

«Es war wunderschön hier, und trotzdem möchte ich heimkehren», murmelte er und stockte. Er musste sich kurzfassen. Er wollte sie in den Arm nehmen, sie küssen und ihr versichern, dass ihm der Abschied das Herz breche, er sie eines Tages bestimmt besuchen komme. Doch er wollte ihr nichts versprechen, was er nicht halten konnte.

«Du wolltest nach Südafrika weiterreisen», flüsterte sie plötzlich.

«Jetzt nicht mehr. Ich fliege heute Abend nach Hause.»

«Du sagtest, du hättest kein Zuhause, dein Zuhause sei hier. Bei mir.»

«Ja. Ich weiss. Aber ich ...»

«Was weisst du?»

«Bitte Abuya. Ich habe Heimweh bekommen.»

«Du hast immer nur von Fernweh und nie von Heimweh gesprochen.»

Sie sah aus, als ob sie jeden Moment in Tränen ausbrechen würde.

«Bitte weine nicht. Bitte nicht. Ich habe meine Sandalen und ein paar Kleider im Zimmer gelassen. Sie könnten Moses passen.»

Sie drehte sich wortlos weg. Ihr Geschenk lag eingepackt auf einem Stuhl. Er blickte ihr nach, wie sie den Innenhof durchquerte, auf ihr Atelier zusteuerte und hörte die Türe zuschlagen. Er wollte ihr folgen, Robina schüttelte den Kopf. Sie hatte recht. Zudem drängte die Zeit. Zum Andenken überreichte er ihr zwei bunte baumwollene Fixleintücher, wie sie sie sich auf Weihnachten gewünscht hatte. Sie befingerte die Qualität und ein Strahlen huschte über ihr Gesicht. Ihr *Asante sana* lockte Moses in die Küche. Dave dankte auch ihm und drückte ihm ein Bündel US-Dollars in kleinen Scheinen in die Hand. Bevor ihm Moses mit der Tasche helfen konnte, griff er selber danach. Rasch verabschiedete er sich und schritt auf der asphaltierten Zufahrt zum Tor, an dem er den Angestellten in seiner Latzhose vor einem guten halben Jahr zum ersten Mal angetroffen hatte.

II

Schon auf dem Rückflug bereute Dave seine überstürzte Abreise. Hätte er in diesem Moment die Möglichkeit gehabt, in ein Flugzeug zurück nach Kenia umzusteigen, er hätte es sofort getan.

So jedoch bat er die Stewardess um ein Blatt Papier.

Obwohl er ein paar Ideen für die Zukunft und seine Chancen auf eine Arbeit hatte notieren wollen, schrieb er jetzt einen Brief an Abuya. Er dankte ihr darin für ihre Hilfe und bat sie um Verzeihung dafür, sie nicht in seine Pläne eingeweiht zu haben. Sein Schweigen, sein oft egoistisches Handeln und die damit verbundenen Gedankenlosigkeiten begründete er damit, sich am Anfang krank und unwissend; später fremd, unverstanden und einsam gefühlt zu haben. Es tue ihm leid, entschuldigte er sich.

Dann legte er Papier und Stift zur Seite und sann über den Tag nach.

Die Hitze, die sich als klatschnasses Tuch über die Stadt gelegt hatte, das Auto am Strassenrand, die Menschen darum herum und die kreischende Frau mit ihrem vorschnellen Urteil; die magere Mutter mit ihrem Baby; der junge Mann, der im Mercedes festgesessen hatte; die anbrausende Polizei und das Gespräch mit William wollten ihm nicht aus dem Kopf gehen.

Bevor den Passagieren mitten in der Nacht noch eine kleine Mahlzeit serviert wurde, überflog er sein Schreiben. Plötzlich schienen ihm seine Bekenntnisse zu ehrlich, die Wortwahl zu rührselig. Er musste Zeit verstreichen lassen und ihr schreiben, nachdem er seine Gedanken geordnet hatte und ihr von seinen

Plänen berichten und positiv in die Zukunft blicken konnte. Er steckte den angefangenen Brief weg. Sein Magen knurrte. Seit dem Kaffee und einem Brötchen in Mombasa hatte er nichts mehr gegessen. Er ertappte sich dabei, dass er die Sitzreihen im Flugzeug abzählte, die vor ihm bedient werden würden. Als der Service-Trolley auf seiner Höhe anlangte, riss er sein Tablett der Stewardess beinahe aus der Hand, löste die Plastik- und Aludeckel von den Behältern und Schälchen und bemühte sich, den Inhalt nicht hinunterzuschlingen. Sein Sitznachbar hatte seine Mahlzeit abgelehnt und stattdessen um einen doppelten Gin Tonic gebeten, an dem er seither genüsslich nippte. Hätte Dave ihn gekannt, er hätte ihn um seine Portion gebeten. In Afrika wäre es niemandem in den Sinn gekommen, eine offerierte, einwandfreie Mahlzeit zu verschmähen.

«Waren Sie länger in Kenia?», fragte der Mann, als Dave fertig gegessen hatte.

«Ja, seit April.»

Der Mann erinnerte ihn an Jack Müller. Er war füllig, das Gesicht leicht gedunsen, sein Baumwollhemd spannte über dem Bauch. Die drei oberen Knöpfe waren geöffnet und gaben den Blick frei auf graues, gekräuseltes Haar. Den Sicherheitsgurt hatte er längst gelöst.

«Geht's auf die Festtage hin nach Hause?», wollte er wissen.

«Nun, ich ...», antwortete Dave, und während er überlegte, ob er sich überhaupt mit seinem Sitznachbar austauschen wolle, stellte sich jener vor.

«Ich bin Bob.»

«Oh, aus England?», fragte Dave, anstatt auch sich vorzustellen.

«Richtig, aus London. Meinen Ruhestand verbringe ich allerdings in Frankreich.»

«Wo genau?»
«Bretagne.»
«Bestimmt sehr schön.»
«Ja, auf dem Land lebt es sich günstiger als in der Stadt. Zudem isst man bei uns in Frankreich gut und der Wein ist bezahlbar und *exzellent*. Ganz anders als in London, wo die Preise für Wohnungen und Häuser und auch fürs Essen und Trinken in Restaurants schier unbezahlbar geworden sind.»

Dave fragte sich, warum reiche alte Leute immer über Geld sprachen.

«Kennen Sie die Bretagne?», fragte Bob weiter.

«Nein, nicht wirklich. Ich …», setzte Dave an und realisierte, dass er Frankreich schlechter kannte als Kenia.

«Da haben Sie aber etwas verpasst.»

«… ich werde bestimmt einmal hinreisen.»

«Tun Sie das. Es gibt nichts Schöneres.»

Daves Seele reist langsam. Er versuchte, durch das kleine ovale Fenster in die Nacht zu blicken. Ob Abuya heute schlafen konnte? Moses würde jetzt seine letzten Runden im Garten drehen, die Hunde würden frei umher rennen. Im Flugzeug wurde es kühl. Er drehte sich zu seinem Nachbarn hin, winkte über ihn hinweg einen Steward herbei und bat um eine Decke.

«Ja, die Bretagne ist ein akzeptables Zuhause weg von zuhause, wenn Sie mich fragen», nahm Bob das Gespräch erneut auf.

Der Flug war noch lang. Dave wollte nicht unhöflich erscheinen, nannte seinen Namen und versank erneut in Gedanken. Er hatte genügend Sonne getankt und freute sich jetzt auf einen englischen Landregen. Er erinnerte sich an seinen Schulweg, der auf weichen Wegen über Moos durch den

Morgennebel geführt hatte, vorbei an Elfen und Wichteln, die er hinter jedem Baum und Busch vermutet und gehofft hatte, zu entdecken. Erst später hatte er gelernt, wie man seine Kräfte unter einem südlichen Himmel oder in der feuchten Hitze der Tropen einteilte. Es war ein anderes Leben.

«Ein tolles Leben, nicht wahr?», fragte Bob.

Dave fürchtete einen Moment, laut gedacht zu haben. Dann realisierte er, dass Bob von ihm eine Bestätigung, ein Lob auf die Bretagne, erwartete. Er liess sich darauf ein. Er konnte ja so oder so nicht schlafen.

«Klingt gut. Wo wohnen Sie denn genau?», fragte er.

«Cancale. Great place. Ich kann von meinem Wohnzimmerfenster auf den Mont-Saint-Michel blicken.»

«Cancale? Kommen von dort nicht die französischen Austern?»

«Natürlich. Die besten. Die Zuchten profitieren von den ausgeprägten Gezeiten. Vor Weihnachten ist Hochsaison. Da läuft das Business rund.»

«Oh?», sagte Dave. «Ich habe mich als Junge vor Austern geekelt.»

Es hörte sich an, als sei er in Luxus aufgewachsen. Es stimmte ja auch halbwegs, dachte er. Dank seiner Grandma konnte er als Kind von erlesenen Gerichten kosten und durch seinen Grossvater hatte er gärtnern und den korrekten Umgang mit Pferden und Hunden gelernt – Dinge, die seine Schulkameraden und deren Eltern weder kannten noch wussten.

«Geekelt?» Bob lachte laut. «Wie kann man auch nur?»

Dave war sieben Jahre alt gewesen, als seine Grossmutter nach einer Silvester-Party Austern von der Arbeit mitgebracht hatte. Wie immer, wenn sie bis spätabends im Herrenhaus kochte, hatten Grandad und er Draughts gespielt und auf ihre

Mitbringsel gewartet. Dave war am Gewinnen, als sie mit drei Austern nach Hause kam, das Spiel unterbrach und ihm zeigte, wie man das Fleisch mit einem Messer aus der Schale löst und es mit Essig beträufelt. Müde und zufrieden schlürfte sie die erste Muschel aus, nickte, reichte Grandad die zweite und ihm die dritte. Der Grossvater legte – anders als Grossmutter, die die ihre mit geschlossenen Augen genossen hatte – seinen Kopf in den Nacken und würgte. Dave, der auch meinte, beobachtet zu haben, wie sich das Tierchen nach dem Beträufeln mit Essig in der Muschel zusammenzog, hatte seines gerne der Grossmutter überlassen.

Als er jetzt mit den Schultern zuckte, riet ihm Bob ernsthaft: «Sagen Sie das nie zu einem Franzosen. Die sind ganz verrückt danach. Ich übrigens auch. Austern sind das köstlichste und natürlichste Aphrodisiakum.»

Dave brauchte jetzt keinen Liebeszauber. Obwohl Mombasa bereits weit weg war, weilten seine Gedanken noch immer bei Abuya. Es dauerte, bis er bemerkte, dass sein Leselicht als letztes noch brannte und sein Sitznachbar, wie die meisten anderen Passagiere, eingeschlafen war.

Dichter Nebel war das Einzige, was Dave in London erwartete. Ihm wurde erst jetzt richtig bewusst, dass es hier für ihn kein Zuhause mehr gab. Als sie zur Landung in Heathrow ansetzten, fror er. Weder in Leeds noch sonstwo auf der Insel hätte er das schlechte Wetter bei Tee und Keksen vor einem Kaminfeuer geniessen und aussitzen können, wie er sich das aus der Ferne hie und da vorgestellt hatte. Die Realität war eine andere. Er kannte niemanden, der ihn mit Abuyas Selbstverständlichkeit und Grosszügigkeit aufgenommen hätte. Er konnte genauso gut nach Frankreich weiterfliegen, in Paris in einen Zug steigen und in der Bretagne, am Meer, eine Arbeit suchen.

In Cancale fand er ein zentral gelegenes Fremdenzimmer. Als er beim Einchecken das Datum in das Formular eintrug, realisierte er, dass er mehr als vierundzwanzig Stunden unterwegs gewesen war. Er legte sich sofort schlafen. Am nächsten Mittag trank er in einem Bistrot an der Hauptstrasse einen Milchkaffee, ass zwei Croissants und spazierte danach zum Hafen und den wenigen Verkaufsständen mit den Austern. Er liess sich den Unterschied zwischen den tiefen und flachen Sorten erklären, versuchte beide und war erstaunt, wie gut sie ihm mundeten. Die Verkäufer hatten Zeit und freuten sich über sein Interesse. Später entdeckte er den oberen Stadtteil, erfuhr, dass man in der Hauptsaison auf den Kirchturm steigen und von dort den Mont-Saint-Michel sehen konnte. Jetzt war Nebensaison. Doch wie Bob es ihm auf dem Flug beschrieben hatte, schien die Sonne warm über dem Ort. Die Menschen, mit denen er zu tun hatte, begegneten ihm freundlich. Er spürte, dass er sich hier würde wohlfühlen können. Er kehrte zurück ans Meer, das sich himmelblau in die Bucht schmiegte, kaufte sich ein Sandwich und beobachtete die im Wind segelnden Möwen und sanft schaukelnden Boote. Am Abend ass er Steak frites an dem ihm zugewiesenen Fensterplatz eines halbleeren Restaurants. Das Wetter würde in der Nacht umschlagen, orakelte der Kellner, während er das Weinglas vollschenkte. Ein Sturmtief nahte vom Atlantik her. Dave genoss das Rindfleisch und den Rotwein, blickte auf die Strassenlaternen, und es schien ihm die glücklichste Vorsehung überhaupt, dass er sein Flugticket bis Paris hatte lösen müssen. Er dachte flüchtig an die kenianische Reisebüro-Angestellte mit ihrem schrägen Humor und ihrer fröhlichen Zuversicht. Und natürlich an Bob, der ihm die Bretagne so verlockend beschrieben und den er nach der Landung in Paris aus den Augen verloren hatte.

Der Inhaber der Austernzucht trug weder einen Matrosenkittel noch eine Arbeitshose, sondern Edeljeans mit einem gut geschnittenen grauen Sakko, ein rosa Hemd und ein dazu passendes Seidenfoulard. Er bat Dave in sein Büro. Die grosszügigen Fensterfronten auf drei Seiten täuschten über die Enge hinweg und gaben den Blick über die Austernfelder frei. Dave konnte im Schlick mehrere Dutzend Reihen nahe beieinanderstehender Zuchttische erkennen, deren Platten den mit Regen vollgesogenen Äckern seiner Heimat glichen. Er wunderte sich, dass er so schnell einen Termin erhalten hatte.

«Unsere Produkte wachsen in grobmaschigen Säcken auf jenen knapp einen Meter hohen Eisentischen, die Sie von hier sehen. Dort draussen, im natürlichen Rhythmus der Gezeiten, werden sie von der Flut überspült und bei Ebbe trockengelegt. Dank der Tischkultivierung sind sie geschützt vor ihren natürlichen Feinden und können keinen schlammigen Geschmack annehmen», erklärte der Mann, der Gurvan Galloudec hiess und ihn nun aufmerksam beobachtete.

«Haben Sie schon einmal in einer Fisch- oder Austernzucht gearbeitet oder wenigstens eine besucht?», wollte Monsieur Galloudec wissen.

Dave war versucht zu bejahen, obwohl er wusste, dass es nichts brachte. Auf dem Weg war er an einer Buchhandlung vorbeigekommen. Er hatte die Romane, Krimis und Kochbücher im Schaufenster betrachtet. Er hätte Zeit gehabt, einen Fotoband über Austern durchzublättern, doch er hatte das Geschäft nicht betreten. Ohne Kenntnisse der Materie würde er hier keine Arbeit finden. Er schüttelte den Kopf.

«Trotzdem ...», rang Gurvan Galloudec mit sich. «Zurzeit bräuchten wir jede Hilfe, die wir bekommen können. Persönliche Bewerbungen sind immer gut. Da weiss man, wen man vor sich hat ...»

Dave nickte. Zumindest war er sauber angezogen und rasiert.

«Sind Sie sich bewusst, dass Sie auch nachts arbeiten würden? Bei Nässe und Kälte, bei beinahe jedem Wetter?», fragte Monsieur Galloudec.

Die Fragen verlangten keine Antwort. Vielmehr gaben sie Dave die Möglichkeit, sein Interesse zurückzuziehen. Er ahnte, dass hier nicht nur viel, sondern äusserst harte Arbeit auf ihn zukommen würde. Allein davon liess er sich nicht abschrecken. Im Gegenteil: Ihn reizte die neue Erfahrung.

«Ebbe und Flut bestimmen unsere Arbeitszeit», fügte der Bretone stolz hinzu und, als wolle er Dave ermutigen, «ausser bei Sturm oder tobender See. Dann geht die Sicherheit vor.»

«Ja, natürlich. Ich stelle es mir nicht nur hart, sondern auch schön vor.»

«Es ist einer der schönsten Jobs der Welt. Wenn's sein muss, zehn Stunden am Tag», schwärmte der Meister über Millionen von Austern. Dabei scannte er ihn mit seinem Röntgenblick.

Dave straffte automatisch die Schulten. Er durfte keinesfalls zaudern. Nicht jetzt, wo das Gespräch gut lief.

Er trug Jeans und ein Poloshirt und wollte sich von seinem ersten Lohn einen der wollenen Pullover kaufen, die er in den Schaufensterauslagen gesehen hatte. Er brauchte warme Kleidung für den Winter.

«Wann könnten Sie denn beginnen?», fragte der Franzose.

Plötzlich war Dave froh, dass er während der letzten Wochen bei Abuya – nachdem er seinen Durchfall endlich auskuriert hatte – abends im Schatten des alten Feigenbaums mit den Hanteln ihres verstorbenen Vaters trainiert hatte. Dank seiner neuen Muskeln, die er unter der gebräunten Haut seiner Arme spielen liess, vermittelte er den Eindruck, zupacken zu können.

«Morgen?», schlug er vor und blickte in die blauen Augen in dem wettergegerbten Gesicht, das nicht so richtig zur eleganten Kleidung passte.

«Morgen ist Samstag, da bin ich auf dem Markt. Auch am Sonntag», erklärte Gurvan Galloudec und fragte: «Wie wär's mit Montag?»

Dave stimmte sofort zu.

«Nächste Woche ist tagsüber grosse Ebbe», sagte Monsieur Galloudec. «Da werden wir weit draussen arbeiten können. Das würde schon einmal ein *exzellenter* Start für Sie.»

«Danke», sagte Dave, der überrascht war, wie schnell er anscheinend eine Anstellung gefunden hatte. «Was wäre meine Aufgabe?»

«Bei Ebbe rütteln und wenden wir die Säcke, damit die Austern darin nicht zusammenwachsen. Wir sind zu sechst und zeigen Ihnen, wie das geht. Wir arbeiten beinahe immer im Wettlauf mit der Zeit. Kommen Sie am Montag um fünf Uhr in der Frühe hierher, Ihre wetterfeste Kleidung fassen. Wathosen und Gummistiefel erhalten Sie von uns gestellt.»

«Danke, ich, ich …, ich verstehe tatsächlich nicht viel, das heisst, eigentlich nichts, von der Sache», stotterte Dave, der nun doch ein wenig kalte Füsse bekam. Er wunderte sich, dass Monsieur Galloudec immer *wir* sagte. Würde *er* mit anpacken? Dave konnte es sich nur schlecht vorstellen.

«Im Moment geht's noch um die Pflege. In einem Monat werden wir sie dann im grossen Stil ernten, packen und auf die Festtage hin an Geschäfte und Restaurants in ganz Frankreich verschicken. Ich müsste mich darauf verlassen können, dass Sie bis dann bei uns bleiben.»

«Ja, ich schaffe das. Ich brauche Geld», bekannte er.

«Tun wir das nicht alle?», fragte Monsieur Galloudec. «Da lohnt es sich, über Weihnachten und Silvester zu arbeiten. Ich bezahle allen, die uns über die Festtage helfen, Feiertagszuschlag. Haben Sie in England Familie?»

«Nein. Ich bin frei. Ich suche mir als Erstes eine passende Unterkunft.»

«Wie Sie wollen. Wir haben Zimmer, sanitäre Anlagen und Küchen auf dem Gelände. Es ist allerdings kein Hotel. Da muss ich Sie warnen.»

Dave wurde plötzlich unsicher, ob hier alles mit rechten Dingen zugehe. Hatte er jetzt zum Job hin auch eine Unterkunft gefunden? Als Ausländer mit wenig Französischkenntnissen, der weder Erfahrung in der Branche noch eine Empfehlung vorweisen konnte? Wie war so etwas möglich?

«Oh, wenn das so ist», sagte er, «dann würde ich mir gerne ein Zimmer ansehen.»

Obwohl er weiter nach dem berühmt-berüchtigten verborgenen Haken suchte, fand er ihn nicht. Ausser, dass die Arbeit dermassen streng werden würde, dass man jeden einstellte, der willens und körperlich dazu in der Lage war, sie zu verrichten. Galloudec schien seine Gedanken zu lesen.

«Es ist Hochsaison. Viele unserer Arbeiter kommen aus dem Ausland. Wir kommunizieren mit Händen und Füssen.»

Gurvan Galloudec redete ihn mit Vornamen und Sie an. Wenn er Französisch sprach, hielt er sich kurz. Die Details erklärte er stolz und umständlich auf Englisch. Dave bemerkte den starken Akzent und die umso treffendere Wortwahl. Er konnte sich den Mann schlecht im Schlick vorstellen. Schon gar nicht bei Nacht und Nebel. Obwohl Galloudecs Teint wohl nicht vom Sport herrührte. Jedenfalls erzählte ihm der Bretone, dass er mit dem Betrieb – einem der grössten in der Gegend – aufgewachsen sei und ihn seit zwanzig Jahren zusammen mit seiner Frau und seinem Bruder führe. Er habe schon als Jugendlicher mitangepackt.

«Nun bräuchte ich noch Ihren Pass und den Führerschein», schloss er, und nachdem er beide Dokumente studiert und mit einem kleinen Apparat fotokopiert hatte, murmelte er: «Sie sind weit herumgekommen, wie ich an den Visen und exotischen Stempeln unschwer erkennen kann. Gratuliere.»

Dave fiel sein Tauchbrevet ein. Es könnte ein Plus sein, das ihn von der restlichen Crew abhob. Er zeigte es Gurvan Galloudec.

«Bon, eh bien, wenn ich schon dabei bin, mache ich eine Kopie. Wer weiss, vielleicht brauche ich sie später einmal.»

Als Dave das Büro verliess, hatte die Flut die Austerntische verschluckt.

Am letzten Novembersamstag lag er lange in seiner Kammer, die er mit einem stämmigen Franzosen aus der Normandie teilte, und studierte die Wasserflecken an der Decke. Er konnte kaum glauben, dass seit seiner Rückkehr nach Europa erst zehn Tage vergangen waren. Es roch nach Fisch und Knoblauch. Seine Kollegen kochten schon am Vormittag. Sie lebten zu sechst in einer der fünf Baracken und teilten sich die Küche und das Bad. Er hatte vorgehabt, heute in einem Restaurant zu Mittag zu essen und jetzt, wo er Abuya eine feste Adresse angeben konnte, seinen aufgeschobenen Brief an sie zu schreiben. Nun regnete es, was das Zeug hielt, und im Bett war es trocken und warm. Er öffnete das Fenster einen Spalt für frische Luft, schlüpfte erneut unter die Decke und überdachte seine erste Arbeitswoche.

Am Freitagnachmittag, nach Ende der Frühschicht, hatte er seinen Wochenlohn in bar erhalten und, wie von Gurvan Galloudec empfohlen, bei der Regionalbank im Ort ein Konto eröffnet. Dort lag nun die Hälfte seiner französischen Francs. Den Rest musste er in warme Kleidung und trittfeste, gefütterte Schuhe investieren. Künftig würde sein Gehalt auf sein Konto überwiesen werden, und er plante, nur so viel abzuheben, wie er im Alltag benötigte. Den Rest musste er zur Seite legen, denn er bezweifelte, dass er die Arbeit durchhalten würde. Er litt mehr unter der Nässe und Kälte und dem kräfteverschleissenden Drehen und Klopfen der Austernsäcke, als er es sich hätte vorstellen können. Wären da nicht seine Kumpels gewesen, die taten, als sei dies alles nur ein Kinderspiel, er hätte den Job schon während der ersten Woche an den Nagel gehängt. So aber beherzigte er die Tipps und Tricks seiner erfahreneren Kollegen, die zwar nur schlecht Englisch sprachen, dafür das Lupfen und Wuchten scheinbar unbeschadet überstanden, und stärkte sich in den Pausen mit Fischsuppe und Weissbrot. Zum Frühstück ass er Porridge und wie sie Galettes, Pfannkuchen aus Buchweizen. Dazu briet er sich drei Spiegeleier, dämpfte Tomaten und Pilze. In der geplätteten Küche stand ein Kühlschrank, in dem jeder seine Ecke mit den eigenen Lebensmitteln belegte. Im Gefrierfach wurden jene Vorräte aufbewahrt, die sie fürs gemeinschaftliche Kochen einkauften. Weissbrot, frischen Fisch und Meeresfrüchte beschaffte Jean-François, der einzige Franzose der Crew, unter der Hand. Die Männer mochten weder Gemüse noch Salat.

Bier und Wein kaufte jeder für sich. Obwohl es hie und da mit der Kommunikation haperte, funktionierte das so ganz gut.

Ostern war spät und Dave war froh, den langen Winter über durchgehalten zu haben. Jetzt stand er zusammen mit seinem Chef Gurvan und dessen Frau Annemarie an der einfach gezimmerten Austernbude in der Frühlingssonne und bediente die Kundschaft. Neben Franzosen tummelten sich auch Schweizer, Deutsche, Holländer und vor allem Engländer im Hafen. Manche von ihnen wollten den warmen Ostersonntag mit einem Aperitif zelebrierten. Seit Gurvan den Stand um zehn geöffnet hatte, verkauften sie ihre Delikatessen im Dutzend. Obwohl sie es nicht ausdrücklich bewarben, reichten sie allen, die für einen Schwatz am Stand anhielten, eine Auster.

Annemarie war um ein Uhr mit Sandwiches und noch warmen Crêpes erschienen. Gurvan und Dave mochten Austern, bei der Arbeit dagegen assen sie dick mit Camembert, Cornichons und Tomatenscheiben gestopfte Baguettes und danach etwas Süsses.

«Austern sind Gaumenkitzel. Davon wird man nicht satt», betonte Gurvan immer wieder. Er hatte Dave längst das Du angeboten, genauso wie Annemarie, seine zehn Jahre jüngere Frau. Beide waren offener als Gurvans Bruder Loïc, der für gewöhnlich seinen Traktor durch den Dreck fuhr, schweigend Austern sortierte und packte und sich fürs Grobe zuständig gab. Am Verkaufsstand half Loïc nur, wenn sonst niemand zur Verfügung stand. Wie der ledige Loïc waren auch Annemarie und Gurvan kinderlos und entschlossen, den Betrieb so lange zu führen, bis dies altershalber nicht mehr gehen würde. Der Direktverkauf an die Touristen warf keinen Gewinn ab. Gurvan betrachtete ihn als Werbung und sich selbst tragendes

Hobby. Richtig gutes Geld verdiente er mit der Belieferung der renommierten Pariser Restaurants und Feinkostgeschäfte.

Dave sprach inzwischen gut Französisch. Gurvan hatte ihn den Sommer über am Verkaufsstand vorgesehen und ihm zudem versprochen, sobald die Frühjahrsstürme vorüber wären mit ihm zusammen zu tauchen. Er wollte ihm zeigen, wie und wo er am Meeresboden die Austern, die dort heranwuchsen und nie Tageslicht sahen, einsammelte. Dave ging nur noch aushilfsweise Austerntaschen drehen und fixieren. Wenn dann die Sonne seinen Schatten über die Tische oder den Schlick warf, staunte er über seine neue, kräftige Silhouette. Zu Beginn hatte er während der monotonen Arbeit ständig an Abuya gedacht. Seine Kumpels mussten ihn mehr als einmal vor dem steigenden Wasser warnen, in dem sie standen. Die Arbeit an sich war zwar nicht aussergewöhnlich gefährlich, allerdings hatte er schnell gelernt, seinen Kopf bei der Sache zu haben. Wer sich nicht vorsah, den überraschte die Flut. Auf seinen Brief an Abuya hatte er nie eine Antwort erhalten. Sein Stolz hielt ihn davon ab, ihr ein weiteres Mal zu schreiben. Nach den langen Arbeitstagen an der frischen Luft war er dazu auch zu erschöpft gewesen. Er hatte abends jeweils nur wenig gegessen und war kurz darauf in einen traumlosen Schlaf gefallen – als wäre er einer der bleischweren Säcke, die er tagsüber zu hunderten gewendet und geputzt hatte. Noch gab es dafür keine Maschinen. Die netzartigen Taschen mussten manuell gedreht und ihre Unterseite von Algen und Verschmutzungen befreit werden. Er war froh, dieser Schinderei entronnen zu sein und genoss seine neue Aufgabe. Während er auf Kundschaft wartete, sortierte er die Austern, arrangierte seine Auslage und machte sich einen Spass daraus, auch die Passanten einzuordnen. Aufgrund ihrer Kleidung, ihrer Schuhe und der Art, wie sie auf der Mole schlenderten, sich umsahen, lachten und gestikulierten, erriet er ihre Nationalität. Wenn sie bei ihm einkauften und sich herausstellte, dass er mit seiner Wette gegen sich selber richtig gelegen hatte, freute er sich jedes Mal von neuem. An Kenia dachte er immer seltener.

An einem Spätnachmittag im Mai wurde Dave mit Namen angesprochen. Er hätte den Mann, der eine Sonnenbrille, knielange Shorts und ein blau-weiss gestreiftes T-Shirt trug, nicht erkannt, wäre da nicht die sonore Stimme mit dem britischen Einschlag gewesen. Da machte es Klick.

«Bob?», fragte er.

«Of course, you never ...», rief Bob. «Habe ich Cancale so sehr gelobt, dass du hierhergezogen bist? Oder gibt es einen anderen Grund dafür?»

«Nein. Es war tatsächlich deine Beschreibung. Sie klang verlockend. Zudem war ich auf der Suche nach einem Job, und nach allem, was du mir erzählt hast, rechnete ich mir gute Chancen aus, hier kurz vor Weihnachten einen zu finden.»

«Und?»

«Es hat geklappt. Ich arbeite seither für die Zucht der Familie Galloudec. Ich habe draussen im Schlick begonnen und über die Festtage bei der Verpackung und Spedition geholfen.»

«Und jetzt verkaufst du Austern? Kennst das Produkt von der Pike auf?»

«Noch lange nicht. Da gäbe es noch viel zu lernen. Aber seit Ostern betreue ich täglich während ein paar Stunden den Stand. Während der restlichen Arbeitszeit mache ich ziemlich alles, was unter Wasser anfällt.»

«Tauchst du?»

«Ja, leidenschaftlich gerne. Das macht richtig Spass.»

«Splendid. Gratuliere. Komm einmal in den englischen Club. Da gibt's nette Mädels. Oder hast du schon eine attraktive Französin getroffen?»

Dave musste schmunzeln. Wie schon auf dem Flug sah er auch jetzt die Ähnlichkeit mit Jack. Typ rüstiger, gut situierter Senior mit trockenem Humor, Lebenserfahrung und einem Auge für schöne Frauen. Nun, es gibt schlimmere, schätzte er, als ihn eine helle Stimme aufhorchen liess.

«Wer redet denn von englischen *Mädels* und attraktiven Französinnen? Da habe ich mich wohl verhört?»

«Claire, meine *Liebe*! Wie schön, dich zu sehen», rief Bob. «Natürlich hast du dich *verhört*. Über britische Beautys lasse ich nichts kommen. Darf ich dir meinen jungen Freund vorstellen?»

Die Frau nickte in Daves Richtung, lächelte, strich sich ihre rotbraune Mähne aus dem Gesicht und fixierte das schulterlange windzerzauste Haar, indem sie ihre Sonnenbrille hochschob. Er blickte in ihre grünen Augen, bemerkte die feinen Sommersprossen, die Abuyas glichen. Im Sommer würde sich ihre Haut sanft bräunen und nicht etwa röten, spekulierte er, während er sich bemühte, sie nicht anzustarren.

«Darf ich dir eine Auster offerieren?», fragte er sie.

«Nein danke, ein anderes Mal gerne. Schau dir den Himmel an. In einer Viertelstunde wird es aus diesen dunklen Wolken wie aus Kübeln giessen. Ich bringe mich schon einmal im Café an der Ecke in Sicherheit.»

«Good idea», stimmte Bob zu und fragte: «Und du, Dave? Was machst du?»

«Schluss für heute. Da kommt jetzt keiner mehr. Ich werde bloss noch den Stand abschliessen und die verbliebene Ware ins Kühlhaus fahren. Dann komme ich nach.»

Im August, als die Touristen tagsüber die Strände bevölkerten, schwamm und tauchte Dave in der Morgendämmerung oder vor dem Einnachten in einer nahen Bucht. Am Austernstand arbeitete er, anders als in der Zucht, zu festen Zeiten. Sein Alltag verlief in geordneten Bahnen und seine Einkünfte ermöglichten ihm ein für seine Ansprüche bequemes Auskommen. Solange er nicht für einen Touristen gehalten wurde, bezahlte er in den Läden, Bars und Restaurants vernünftige, das heisst reduzierte Preise wie alle Ortsansässigen. Inzwischen wohnte er bei einer Witwe. Die Miete war zwar höher als in den Baracken, dafür hatte er einen Raum für sich allein. Er vermutete, dass das graue Häuschen nicht mit den B&Bs mithalten konnte und ein fester Untermieter der behäbigen Frau weniger Arbeit bereitete als die ständig wechselnden Fremden. Für ihn war das Zimmer perfekt: geräumig, zweckmässig möbliert, mit Zentralheizung für den Winter. Hier fand er fern von den lärmenden Kollegen seine Ruhe.

An einem warmen Abend, wie er schöner nicht hätte sein können, tauchte er von einer kleinen Insel zum nahen Festland, wo das Wasser zusehends wärmer und klarer wurde. Er liebte das Licht der letzten Stunden des Tages und den langsamen Einbruch der Dunkelheit. Er empfand ein unbeschreibliches Glücksgefühl, so, als gehöre die Welt ihm allein.

Keine zwanzig Meter vom Strand entfernt, sah er den nackten Busen, den bleichen Bauch und die langen Beine einer Frau, die unmittelbar vor ihm mit ruhigen Bewegungen auf das Ufer zu schwamm. Er kam ihr so nahe, dass nur wenig fehlte und er hätte ihre Zehen berühren können. Er trödelte noch eine Weile unter Wasser und gab ihr damit Zeit, an Land zu gehen und sich anzukleiden. Als er schliesslich auftauchte, sass sie allein auf einem Felsen und blickte aufs Meer. Unaufgeregt griff sie nach ihrem Badetuch, wickelte es um sich und verknotete es über der Brust. Er stolperte, entledigte sich der Flossen, befreite sich von der Druckluftflasche und Kapuze, schüttelte Wasser aus seinem Haar und den Ohren und ging, alle Utensilien im Arm, auf sie zu. Als er bei ihr anlangte, erkannte er sie.

«Hallo Claire», sagte er: «Du bist doch Claire?»

«Jaaa ...», zögerte sie.

Dunkle Haarsträhnen umrahmten ihr Gesicht. Ihre Augen schimmerten. Er konnte die Farbe nicht erkennen. Er hatte sie grün in Erinnerung.

«Ich bin Dave. Wir haben im Mai einmal zusammen Kaffee getrunken.»

«Oh, natürlich, ich erinnere mich. Mit Bob. An Galloudecs Austernbude hätte ich dich sofort wiedererkannt», antwortete sie, offenbar erleichtert.

«Wahrscheinlich. Doch hier ist es schöner. Besonders um diese Zeit. Nicht wahr?», antwortete er und fragte sich sofort, ob dies nicht übergriffig klang.

«Ja, wunderschön. Mir wird es indessen zu kalt. Ich fahre gleich zurück», antwortete sie, und es beruhigte ihn, wie unbekümmert sie war.

«Gut. Und ich jogge nach Hause, damit mir warm wird», sagte er.

«Wenn du möchtest, kann ich dich ein Stück in den Ort mitnehmen. Ich wohne in der Nähe des Zentrums.»

«Wenn du meinst? Ich müsste allerdings zuerst meine Tauchsachen versorgen. Ich deponiere sie immer in jenem Steinhaus.»

«Kommt dort nichts weg?»

«Nein. Es ist verlassen. Die Leute sagen auch, es sei verwunschen. Ausser mir getraut sich da niemand hinein.»

Nur mit seiner Badehose bekleidet stieg er in den weissen Suzuki mit dem offenen Verdeck. Er trug weder einen Hausschlüssel noch einen Geldbeutel bei sich.

«Du magst Weiss. Die Farbe Weiss. Nicht wahr?», fragte er, als sie auf den Ort zusteuerte. Er bemerkte, dass er schon wieder *nicht wahr?* gesagt hatte. Er entschuldigte seine Nervosität mit seiner lebhaften Vorstellung, wie sie abrupt bremsen müsste, sich ihr Badetuch löste und die hinter ihnen herfahrenden Autos ins Heck des Suzuki schlittern würden. Und sie wäre vollkommen nackt am Steuer und er nur mit einer Badehose bekleidet.

«Nur für Badetücher und Autos. Sonst ist bei uns alles sehr bunt. Magst du ins Haus kommen und dich kurz aufwärmen? Wir sind hier.»

Er wunderte sich etwas über Claires Spontanität. Sie kannte ihn kaum. Doch sie waren beide Engländer und hatten mit Bob einen gemeinsamen Bekannten. Ihre Einladung war reine Höflichkeit, zumal ihm sichtlich kalt war. Zudem lebte sie ja nicht allein. Sie zielte durch eine schmale Einfahrt zu einem ehemaligen Bauernhaus und parkte vor einem Nebengebäude, das einst die Scheune gewesen sein musste. Er konnte kein zweites Auto sehen und fragte sich, ob ihr Lebenspartner, ein zwanzig Jahre älterer Künstler, den alle J-P nannten, zuhause sei.

«Soll ich wirklich ins Haus kommen? So wie ich bin?», fragte er.

«Warum nicht? Ich kann dir etwas von J-P leihen.»

«Wenn du meinst.»

Er trat hinter ihr durch die unverschlossene Holztüre in die Küche; sie setzte im Vorbeigehen Wasser auf den Herd und liess ihn fröstelnd stehen. Als der Doppelton des Wasserkessels einsetzte, kehrte sie in einer schmal geschnittenen, ausgebleichten Jeans und einem leichten Pullover zurück und streckte ihm einen hellgrauen Trainingsanzug entgegen.

«Hier. Bitte. Das kannst du gerne anziehen.»
«Oh, danke. Wo finde ich das Bad?»
«Im oberen Stock. Brauchst du auch eine Unterhose und ein Leibchen?»
«Nein danke. Geht gut ohne.»
«Ich bereite uns derweil einen Kräutertee zu», sagte sie und fragte: «Oder trinkst du lieber Horlicks?»
«Englische Malzmilch? Gibt es die denn hier in Frankreich?»
«Ich bringe das Pulver immer von zuhause mit. Magst du?»
«Gerne. Seit meiner Kindheit habe ich so etwas nicht mehr getrunken.»

Während er die Treppe hochstieg, betrachtete er die Bilder an der Wand. Es waren ansehnliche Werke in abstraktem Stil. Ganz anders als Abuyas naive, figurative Bilder in ihren individuell verzierten Rahmen. Er suchte das Badezimmer, streifte seine feuchte Badehose ab, schlüpfte in den Trainingsanzug und setzte damit eine Duftwolke nach Weichspüler frei. Die Situation erinnerte ihn an jenen Morgen nach seiner Ankunft in *Nyumba nzuri*, als er im Gästebadezimmer geduscht hatte und danach in John Browns Kleidern zum Frühstück erschienen war. Er dachte an Abuya, die nicht schwimmen konnte und für die es unmöglich – und vor allem viel zu gefährlich – gewesen wäre, abends allein an einem Strand zu sitzen, selbst wenn sie es gewollt hätte. Dazu noch nackt wie Eva im Paradies …

Als er in die Küche zurückkehrte, goss Claire heisses Wasser und warme Milch in bauchige Tassen mit aufgemalten gelben Smileys.

«Hier. Horlicks gegen Heimweh», sagte sie und reichte ihm eine.

Er setzte sich auf den nächstbesten Stuhl.

«Hast du denn Heimweh nach England?»

«Nun. Inzwischen leben J-P und ich schon seit fünfzehn Jahren hier. Er ist beinahe Franzose, jedenfalls ein sehr frankophiler Brite.»

«Trotzdem trinkst du abends noch immer Horlicks?», schmunzelte er.

«Nun ja. Und Schwarztee zum Frühstück. Zudem liebe ich Toast mit Cheddar, was in Anbetracht von Milchkaffee, Baguettes und französischem Weichkäse seltsam klingen mag.»

«Es geht nichts über das Essen der Kindheit.»

«Richtig. Früher lud ich mein Auto, wenn ich von England hierherfuhr, immer mit Kippers, Angel Delight und Marmite voll», bekannte sie.

«Love it or hate it! Heute kann man das alles auch hier bekommen.»

«Trotzdem kaufe ich meine Kleider noch immer lieber in England ein. Eine Shopping-Tour in London ist stets eine gute Gelegenheit, bei Freunden zu übernachten. Dieses Mal ist J-P allerdings allein hingefahren.»

Dave schwieg.

«Er wollte seinen Galeristen in London sehen und Museen sowie ein paar Ausstellungen von Kolleginnen und Kollegen besuchen. Er hat mich gebeten, derweil das Haus zu hüten. Obwohl das unnötig ist, da in der Hauptsaison keiner einbricht. Eingebrochen wird im Winter, wenn es früh dunkel ist und die Ferienhäuser leer stehen.»

Dave fragte sich, ob J-P neben seinen Freundschaften auch auswärtige Liebesbeziehungen pflegte. Claire erzählte ihm, sie vertreibe sich ihre Zeit mit Zeichnen, Töpfern, Malen und regelmässigem Schwimmen. Als freischaffende Künstlerin könne sie tun und lassen, wie und was sie möge. Sie sagte, sie fühle sich privilegiert und glücklich. Doch ihm schien sie bedrückter, als er sie von der ersten Begegnung her in Erinnerung hatte. Vielleicht glaubte er dies auch nur zu spüren, weil er selber einsam war.

Es war Mitternacht, als er nach Hause joggte. Seine Badehose hatte er vergessen. Er würde sie holen, wenn er den Trainingsanzug zurückbrachte.

An seinem nächsten freien Tag machte er sich auf zu Claire. Unterwegs kaufte er ein. Sie hatte ihm nicht gesagt, wann J-P zurück sein würde, und er erstand beim Bäcker neben den Croissants auch ein Baguette.

Aus dem Haus erklang Marianne Faithfulls Ballade: 'At the age of thirty-seven …'

Als er nach mehrmaligem Anklopfen, das niemand zu hören schien, in die Küche trat, hantierte Claire am Spülbecken. Das Radio spielte weiter Lucy Jordan. Er räusperte sich und rief: «Morning. Ich bin's bloss.»

Sie drehte sich ihm zu. «Oh. Hello. Wie schön.»

Die Art, wie sie ihn begrüsste, liess ihn vermuten, sie habe ihn auf das Haus zuschreiten sehen. Er reichte ihr das Brot und die Tüte mit den Croissants. Sie legte beides auf die Anrichte und stellte das Radio leise.

Sie machte einen munteren Eindruck, sagte, sie sei eben erst aufgestanden. Er komme genau richtig zum Frühstück.

«Gut, ich hoffte natürlich, dass ich nicht störe. Ich habe heute frei und ausgerechnet heute braut sich ein Unwetter zusammen. Ich wollte dir den Trainingsanzug zurückbringen, bevor es richtig loslegt.»

Sie schloss das Fenster und deckte den Tisch für zwei.

«Vielen Dank noch einmal fürs Ausleihen», sagte er.

«Gerne. Möchtest du wieder eine Horlicks?»

«Nein danke, morgens lieber Kaffee. Obwohl viele Inder Horlicks zum Frühstück trinken. Als Kraftgetränk zum Einstieg in den Tag.»

«Das wusste ich nicht. Ich war noch nie in Indien. Du schon?»

«Ich bin monatelang in Asien umhergetrampt.»

«Spannend, das heisst, du kennst dich mit dem indischen Essen aus.»

«Ein bisschen. Wenn es indessen ums Frühstück geht, ist mir ein französisches mit Milchkaffee oder ein englisches mit Schwarztee lieber.»

«Okay, wie heisst es so schön? Das eine tun und das andere nicht lassen? Ich mache uns zuerst ein richtiges mit gebratenen Eiern, Speck und Tee, das wir später mit Kaffee, deinen Croissants und Konfitüre abrunden können.»

Sie sassen lange an dem Holztisch in der Küchenecke und sprachen über ihre englische Kindheit. Claire war mit einem um ein Jahr älteren Bruder auf dem Land aufgewachsen. Schon früh war sie mit ihm nach London gezogen. Er hatte dort Recht studiert und sie die Kunstschule besucht. Ihre Eltern waren glücklich mit ihrem Nesthäkchen. Es war ein

Mädchen, zehn Jahre jünger als Claire, das sie von klein auf verwöhnt hatten. Viel mehr verriet sie nicht, was ihm recht war. Auch er wollte nicht zu viel von sich preisgeben, er erwähnte bloss seine Grosseltern in Leeds und Edward, den früh verstorbenen Kameraden. Sie sagte, sie habe ihren ältesten Bruder durch einen Unfall verloren, sie wolle aber nicht darüber sprechen. Nicht an einem tristen Tag wie heute. Ein anderes Mal. Vielleicht. Stattdessen plauderten sie über Tiere. Er mochte Fische jeder Art und Grösse, nicht zuletzt, weil sie stumm waren. Beim Tauchen am Great Barrier Reef hatte er einen niedlichen Octopus entdeckt, der geradezu auf seine Besuche zu warten schien, regelmässig mit ihm spielte und den er im Scherz immer wieder als seinen besten australischen Freund bezeichnete. Die Foxhounds hingegen japsten und kläfften noch immer aufgeregt in seinen Kindheitserinnerungen. Claire erzählte ihm, Elizabeth, ihre Mutter, habe Bassets gehalten. Alle zehn bis zwölf Jahre lösten adorable Puppies, niedliche Welpen, die alten Hunde ab. Die letzten Besuche beim Tierarzt vor dem Übergang auf die nächste Hundegeneration seien richtige Dramen gewesen, während denen Elizabeth nichts ass und die ganze Familie nach neuen Namen wie Poppy, Daisy, Bundle and Joy suchte. Die Jagdhunde, an die Dave sich erinnern konnte, hiessen Duke, Forrest, Hunter oder Scout. Wenn sie alt oder krank waren, nahm sein Grossvater sie einzeln mit in den Wald, reichte ihnen dort einen saftigen Knochen zum Abnagen und setzte ihrem Leiden mit einem gezielten Schuss ein Ende. Dave hatte dies von klein auf gewusst, doch nie mitansehen müssen. Er durfte jeweils bei seiner Grossmutter bleiben. Männerwelten, Frauenwelten. Das Radio spielte inzwischen modernen Jazz.

«Schrecklich, ich kann Disharmonien nicht ertragen», murmelte Claire. «Ich hole deine Badehose. Du hast sie oben vergessen.»

Sie stand vom Küchenstuhl auf, schaltete das Radio aus und streifte im Vorbeigehen seine Schulter. Später sollte er sich nur bruchstückhaft an jenen Nachmittag erinnern. Er war ihr intuitiv in den oberen Stock gefolgt; sie zeigte ihm dort ihre Musikkassetten, legte 'Stairway to Heaven' ein und verriet ihm, dass sie englische Songs J-Ps Chansons vorziehe. Lange standen sie am Fenster, hörten der Musik und dem Regen zu, der an die Scheiben prasselte. Die Bäume bogen sich im Wind, darunter bildeten sich Pfützen. Claire legte eine neue Kassette ein, griff nach seiner Hand und zog ihn mit sich, als sie auf ihren Futon sank. Im Nachhinein wusste er nicht mehr, wer wen zuerst geküsst und ausgezogen hatte.

«Hast du am Samstag schon etwas vor?», fragte ihn Claire ein Jahr später.

Dave vermutete, sie sei zum Austernstand gekommen, weil sie beinahe sicher sein konnte, ihn an diesem Donnerstag im August hier anzutreffen. Es gab ihm jedes Mal einen Stich ins Herz, wenn er sie sah. Obwohl sie sich noch freundschaftlich verbunden waren, vermisste er die Sommerabende, an denen sie sich ein Jahr zuvor am Strand geliebt hatten, und die verregneten Nachmittage, an denen J-P ausser Haus war und Claire ihre Fantasien und ihren Futon mit Dave teilte. Aber Anfang November, als er ihr vorschlug, sich abends in der – zugegebenermassen unwirtlichen – Hausruine zu treffen, in der er den Sommer über seine Tauchutensilien deponierte, weigerte sie sich. Sie begründete ihren Entscheid damit, dass J-P in der kühlen Jahreszeit rund um die Uhr im Atelier arbeite und jetzt ihre Loyalität und Unterstützung brauche. Dave versuchte zwei- oder dreimal, sie dazu zu überreden, ihn zumindest sporadisch in seinem Zimmer zu besuchen. Sie indessen kannte seine Wirtin, eine notorische Schwatzbase. Zudem, sagte sie, ahne J-P etwas, stelle hingegen keinerlei Fragen.

«Warum *nicht*? Er müsste es doch wissen wollen!», hatte Dave damals verzweifelt gerufen und ihr Verhalten plötzlich nicht mehr verstanden.

«Das brächte ihm nichts, er lebt auch nicht ausschliesslich monogam», hatte sie lakonisch und kühl geantwortet.

«Also. Wo liegt sein Problem?»

«Nirgends. Es gibt keines. Monogamie hat nichts mit Liebe zu tun. J-P und ich leben seit Jahren sehr glücklich miteinander.»

«Und warum können wir *unsere* Beziehung denn nicht fortsetzen?»

«Weil, weil, weil … es im Winter nicht mehr dasselbe wäre», murmelte sie, und er begriff, dass sie ihn benutzt hatte, um J-Ps Interesse an ihr wachzuhalten.

Trotzdem hatte er den Winter über gelitten und bedauert, dass er nicht mit derselben Leichtigkeit wie sie durchs Leben hüpfte. Doch nach und nach hatte er sie entschuldigt. Im Sommer hatte es perfekt in sein Konzept gepasst, eine Freundin zu haben, mit der er sich in seiner Muttersprache unterhalten konnte, der er sich nicht dauernd erklären musste und die keine Erwartungen an ihn stellte. Er verdiente zwar genug, um sich über Wasser zu halten und einen Notgroschen zur Seite zu legen, materiell verwöhnen hingegen konnte er Claire nicht. Ob er wollte oder nicht, er musste die Kröte schlucken: Sie war und blieb J-Ps langjährige Muse und an Annehmlichkeiten gewohnt, die jener bereitwillig finanzierte. Dave hatte sich inzwischen mehrmals angeregt mit ihm unterhalten. J-P war ein charismatischer, blitzgescheiter Mann, der seine Ähnlichkeit zu den hiesigen Fischern unterstrich, indem er sein wildes, noch immer dunkles Haar unter einer bretonischen Mütze bändigte und weite Hosen mit blauen Kitteln und zerknitterten Leinenhemden trug. Wenn Claire schon mit einem anderen Mann zusammen war, fand Dave, dann wenigstens mit einem wie J-P, den alle im Ort zum Freund haben wollten.

«Ich arbeite bis acht», antwortete er jetzt. «Danach bin ich frei.»

«Perfekt. Meine Schwester verbringt ihre Ferien bei uns. Sie feiert ihren 25. Geburtstag. Da möchte ich am Samstagabend ein Fest steigen lassen. Es wäre schön, wenn du kommen könntest.»

«Oh? Gerne. Falls ich zu dieser illustren Runde passe.»

«Natürlich. Du passt immer und überall dazu. J-P lädt seine Künstlerkollegen und ein paar Bonvivants ein. Sie wird sich über einen interessanten Globetrotter wie dich freuen.»

«Wenn du meinst ... Was darf ich mitbringen?»

«Wie wär's mit Austern für die Party?»

«Gerne. Ich schaue, dass ich ein paar für uns zurücklegen kann.»

«Darüber werden sich alle freuen. Bob kommt übrigens auch. Für mein Dafürhalten werden es zu viele angegraute Gäste sein. Keiner in Janes Alter. Ausser dir natürlich.»

«Ist das der Grund, weshalb du mich einlädst?»

«Ich möchte, dass sie sich wohl fühlt.»

«Ich käme deinetwegen. Das weisst du.»

«Vielleicht. Aber bitte verrate ihr nicht, was letztes Jahr zwischen uns war. *Bitte* Dave, ich vertraue dir. Sie ist meine Schwester.»

«Natürlich nicht. Weiss J-P inzwischen von uns?»

«Möglich, aber er lässt sich nichts anmerken. Ausser vielleicht …»

«Ausser was?»

«Ausser, dass er sich benimmt, als hätten wir uns erst kennengelernt.»

«Frisch verliebt? Das klingt nett für euch.»

«Dave, *bitte*. Ende gut, alles gut. Wir zwei bleiben Freunde.»

Kurz vor zwanzig Uhr tauchte eine Stammkundin am Austernstand auf, die ihn aus der Ruhe brachte, da sie stets in den letzten Minuten vor Ladenschluss einkaufte, sich kompliziert anstellte und ihn mit Geschichten über Leute, die er nicht kannte, aufhielt. Zudem feilschte sie um den Preis, obwohl jeder wusste, wie reich sie war. Er hatte soeben zusammenräumen und die Bude schliessen wollen, reichte ihr stattdessen ihre drei Dutzend Austern in einer Spanschachtel und rundete auf vierzig Stück auf. Viel lieber hätte er diesen Rest zur Party mitgenommen, wie es mit Gurvan abgesprochen war. Nun waren es zu wenige. Er überlegte, ob ihm die Zeit reiche, zum Kühlhaus zu fahren und weitere Packungen zu holen. Auch wollte er noch nach Hause, dort duschen und sich umziehen. Er atmete tief durch, lächelte die Kundin an. Er würde so oder so zu spät kommen. War jetzt auch egal, die Einladung galt *ab* zwanzig Uhr.

«Wunderbar, und liebste Grüsse an den Chef», bedankte sich die Frau.

Cancale war noch immer ein Ort, wo sich Einheimische und regelmässige Feriengäste kannten. Während Dave an seine Beziehung mit Claire dachte und wie froh sie beide darüber waren, dass nichts durchgesickert war, packte er die letzte noch verschlossene Spanschachtel in eine Kühltasche und legte die übrig gebliebenen Zitronen dazu. Die Tageseinnahmen steckte er mit der Abrechnung in eine schmale Ledermappe, die er auf dem Weg zu Claire bei Gurvan abgeben würde. Nach einem letzten Blick Richtung Parkplatz, mit dem er sich versicherte, dass nun keiner mehr kommen würde, hängte er vier stabile Bretter in die dazu vorgesehenen Scharniere und sicherte den Holzstand mit klobigen Vorhängeschlössern.

Im Grunde war dies unnötig, er liess über Nacht nichts hier.

Die Haustür stand offen, Musik und Gelächter vermischten sich, während er unbemerkt von den Gästen ins Wohnzimmer trat. Einzig Claire hatte ihn entdeckt, trat auf ihn zu und küsste ihn links und rechts auf die Wange. Er stellte seine Kühltasche auf den Boden und überlegte, ob er nun jeden Gast einzeln begrüssen müsse. Da steuerte Bob auf ihn zu und veranstaltete, als er den Werbeaufdruck der Austernzucht entdeckte, ein riesiges Hallo.

«Darauf habe ich lange warten müssen», rief er, packte die Tasche und schritt in die Küche. Dave folgte ihm und staunte, wie gekonnt Bob die Austern öffnete und sie auf Eiswürfeln auf Servierplatten anordnete. Ihm blieb nichts anderes zu tun, als die Zitronen in Schnitze zu schneiden, diese dazuzulegen und das Salz und die Pfeffermühle zu suchen. Er liess sich Zeit und tat, als ob er sich in der Küche nicht auskennen würde.

«Endlich gefunden?», fragte Bob. «Komm, lassen wir nichts anbrennen, die Ladies warten schon auf uns. Claire hat ihre Nachbarinnen eingeladen.»

«Und wo ist ihre Schwester?», wollte Dave wissen.

«Jane? Dort drüben. Sweet girl. Spricht kein Französisch. Sie wurde mit dieser Party wahrscheinlich total überrumpelt.»

«Nun, dann ist Claire die Überraschung ja gelungen.»
«Klar. Hoffen wir, dass dabei nichts schiefläuft. Jane ist noch jung, nicht halb so alt wie ich alter Knacker. Komm schon. Ich stelle sie dir vor.»

Nachdem sie die Servierplatten im Wohnzimmer auf den Clubtisch gestellt und Bob lustvoll zwei Austern geschlürft hatte, verschwand er. Dave stand verloren herum. Er nahm Blickkontakt mit Jane auf, die ihm sofort zulächelte. Als er ein zweites Mal in ihre Richtung blickte, war auch sie weg. Dafür stakten bronzene Beine auf zierlichen High Heels auf ihn zu. Die Frau war stark geschminkt, ihr Haar blondiert, die Schultern nackt, der enge Rock zu kurz – ein Typ, der nicht zur restlichen Gästeschaar passte. Sie stellte sich mit Gisèle, Claire und J-Ps Nachbarin, vor. Bei ihrem Geplapper mischte sie ihr Schulenglisch mit melodiösem Französisch. Mehr als er ihr zuhörte, beobachtete er, wie sie sich Oliven in den Mund steckte und das Öl von den Lippen leckte. Er musste an Liv denken. Doch dann empfand er den Vergleich als unfair. Ausser dem hellen Haar und der zur Schau gestellten Sinnlichkeit bestand keine Ähnlichkeit zwischen den beiden. Liv war eine nordische Schönheit gewesen. Aus den Augenwinkeln beobachtete er Jane. Mit *sweet girl* hatte Bob den Nagel auf den Kopf getroffen. Dave wollte ihr zum Geburtstag gratulieren, wusste aber nicht, wie er sich von Gisèle hätte losmachen können, ohne unhöflich zu wirken. Da trat Bob zu ihnen, legte der Französin seinen geröteten Arm um die Schultern und steuerte sie aus dem Raum.

Als Dave den beiden verdutzt nachblickte, tauchte Jane neben ihm auf und bot ihm ein Getränk an. Ihre Stimme klang vertraut. Am Telefon hätte er sie nicht von Claires unterscheiden können. Er griff nach dem Glas, murmelte: «Happy Birthday. I'm Dave. Lovely to meet you …»

Intuitiv blies er zwei Luftküsse an ihren baumelden Ohrhängern vorbei, froh, noch keinen Knoblauch gegessen zu haben. Sie duftete nach Blumen. Ein rosa Hauch überzog ihre Wangen. Nach Gisèles Anmache empfand er ihre Verlegenheit als angenehm.

«Gestern fuhr ich kurz hinter einem roten alten MG mit englischem Kennzeichen her», sagte er. «Gehört er dir?»

Das rechtsgesteuerte Cabriolet hatte seine Aufmerksamkeit geweckt. Erst auf den zweiten Blick hatte er Claire erkannt und in der Frau am Steuer ihre Schwester vermutet.

Sie nickte.

«Wart ihr einkaufen? Wollen wir uns setzen?», fragte er weiter.

Sie nickte erneut und zeigte in eine Wohnzimmerecke, doch er ging ihr voraus zum Sitzplatz im Garten. Vom nahen Kirchturm schlug es zehn. Lampions hingen an den unteren Ästen der Bäume, in Büschen und Sträuchern. Windlichter beleuchteten die Sitzecken, flackernde Fackeln liessen die Schatten der Gäste an der Hauswand tanzen. Die Sonne war vor einer Stunde im Meer versunken, die Nacht samtig und einlullend. Sie setzten sich mit etwas Abstand voneinander auf die Hollywood-Schaukel. Sie trug ein Kleid mit blauen Blümchen und weisse Sandalen, lehnte sich in das weiche Kissen zurück und stiess die Schaukel mit den Zehenspitzen an. Ihm fielen ihre wohlgeformten Waden auf.

«Hast du das Wohnzimmer und den Garten dekoriert?», fragte er.

«Ja, zusammen mit Claire», antwortete sie. «J-P hat das Buffett vorbereitet.»

«Es gibt nichts Schöneres als eine Sommerparty.»

«Wann hast du denn Geburtstag?»

«Im Januar, wenn es kaum garstiger sein kann. Zumindest in England.»

«Bist du Wassermann?», fragte sie.

«Richtig, allerdings halte ich nichts von Horoskopen.»

«Ich auch nicht, und trotzdem lese ich sie.»

«Und glaubst daran, wenn sie gut sind, und sonst nicht?», neckte er sie.

«Genau. Im Gegensatz zu meiner Mum. Sie glaubt immer daran, auch wenn sie schlecht sind. Dann legt sie Tarotkarten oder kommuniziert so lange mit der geistigen Welt, bis sie von dort etwas Gutes erfährt.»

«Wirklich?», fragte er und erinnerte sich an Abuyas Verbindung zu ihren Ahnen, unter deren Schutz sie ihr Leben gestellt hatte.

Im Mondschein wirkte der verwilderte Teil des Gartens gespenstisch. Ihm fielen die Kinderbücher mit den Zeichnungen von Eulen und anderen nachtaktiven Tieren und die Erzählungen seiner Grossmutter ein, die von unruhigen Seelen handelten, die im Dunklen in den Bäumen sassen und über dem Weiher schwebten. Auch Claire hatte behauptet, das halb verfallene Haus am Strand sei noch immer verwunschen, weil ein psychisch angeschlagener junger Mann darin seine Eltern und eine Magd umgebracht und ihre Leichen in einer Schubkarre auf die Klippen gehievt und ins Meer geworfen habe. Danach sei das Haus lange zum Verkauf ausgeschrieben gewesen, aber es habe sich kein Käufer dafür finden lassen.

«Glaubst du an Geistergeschichten?», fragte er Jane, obwohl er jetzt nicht von Phänomenen hören wollte, die seinen Verstand überstiegen.

«Nein, an Telepathie. Wenn ich im Büro an Mum denke, ruft sie mich oft in demselben Augenblick an. Ich weiss nicht, wie sie es fertig bringt.»

«Das könnte Zufall sein.»

«Du denkst wie mein Vater. Ihr würdet euch gut verstehen.»

«Vermutlich denken Männer nüchterner. Oder ist das ein Vorurteil?»

«Ich weiss nicht, ob man es verallgemeinern kann. Aber auf meine Eltern trifft es zu. Wenn du das nächste Mal in England bist, könntest du uns besuchen», schlug sie vor.

Das ging ihm nun etwas zu schnell. Er war kein Familienmensch.

«In Cornwall ist es sehr schön», hörte er sie sagen.

«Ich weiss. Imposante Klippen und das Meer so blau wie in der Karibik. Ich habe die Poldark-Verfilmung gesehen.»

«Wer hat das nicht?», fragte sie. «In Cornwall wurden wegen der Serie Kirchenandachten verschoben und die Strassen waren während der TV-Übertragungen wie leergefegt. Ich war erst fünfzehn oder sechzehn.»

Die Filme mit Robin Ellis als Ross Poldark waren Mitte der 70er Jahre populär gewesen. Dave arbeitete damals in Australien und hatte bei jenen Bildern geradezu Heimweh nach England bekommen.

Wann immer möglich suchte Jane seine Nähe. Zwar hatte sie sich im Laufe des Abends unter die Gäste gemischt, ihnen Häppchen und Getränke gereicht und dazwischen immer wieder kurz mit Claire und J-P geredet. Sonst war sie mit niemandem für lange ins Gespräch gekommen. Bob, der einzige, mit dem sie sich leicht hätte unterhalten können, war mit Gisèle ab- und nicht wieder aufgetaucht. Als Dave Jane von den Austern offerierte, die er im Kühlschrank für sie zur Seite gelegt hatte und sie diese mit Champagner hinunterspülte, dünkte ihn, sie esse sie einzig ihm zuliebe und sei inzwischen nur beschwipst, weil er ihr fleissig nachgeschenkt hatte. Obwohl sie, wie sie sagte, selber noch nie weit gereist sei, hörte sie ihm, als er ihr von Australien, Asien und Afrika erzählte, andächtig zu. Sie stellte ähnliche Fragen wie Abuya es getan hatte. Nachdem die letzten Gäste heimgegangen waren und während Claire und J-P das Chaos in der Küche aufräumten, sassen sie noch immer im Garten. Ein leichter Wind war aufgekommen und trug ihnen die Meeresluft zu. Sie lehnte sich an ihn, während sein Arm locker auf ihrer Schulter ruhte. Im Haus brannte noch lange Licht. Er stellte sich vor, dass Claire und J-P über ihr gelungenes Fest und auch über Jane und ihn redeten.

Am nächsten Tag war er froh, dass er frei hatte. Annemarie betreute den Verkaufsstand, und so musste er sich weder auf Kundschaft einlassen noch aufs Kassieren konzentrieren. Er konnte ausschlafen und den restlichen Tag über seine Gedanken schweifen lassen. Sein Kopf war schwer. Er wurde das Gefühl nicht los, Claire habe ihn zum gestrigen Fest eingeladen, weil sie ahnte, dass Jane und er gut zusammenpassen könnten. Wollte sie ihn über ihre Schwester an sich binden? Nein, sagte er sich, das würde sie nicht tun. Und er? Obwohl die Möglichkeit, die jüngere Schwester zu gewinnen und dabei die ältere nicht zu verlieren, geradezu verführerisch schien, würde er sich Claires wegen nicht mit Jane einlassen. Er hatte den ganzen Tag über nichts gegessen, nur Kaffee und Cola getrunken. Während er duschte und das weiche Wasser über seine Haut rann, fühlte er sich schwerelos und schwebte auf

Wolke sieben. Er wusste auf einmal, dass es so etwas wie Schicksal gab und er sich Hals über Kopf in Jane Penrose verliebt hatte.

«Komm herein. Es ist kühl heute im Vergleich zu gestern», begrüsste ihn Claire, nachdem er spät an jenem Abend an ihre Haustüre geklopft hatte.

«Darf ich? Ich habe das Licht in eurem Wohnzimmer gesehen und wollte mich noch einmal für die Einladung bedanken. Ich habe die Party genossen», sagte er und blickte sich um.

«Natürlich. Komm. Sie hat sich schon zurückgezogen. Sie war müde», antwortete Claire und fragte: «Trinkst du ein Glas Wein oder eine Tasse Kräutertee mit mir? J-P hat sich den ganzen Tag im Atelier verkrochen.»

«Danke. Besser keinen Wein heute. Lieber einen Kräutertee.»

Sie ging ihm voran in die Küche und stellte den Wasserkessel auf den Herd. Er setzte sich in seine gewohnte Ecke und sah ihr zu, wie sie den Krug vorwärmte und eine Handvoll Pfefferminzblätter hineingab.

«Deine Schwester ... Jane. Sie ist sehr nett», tastete er sich vor.

«Ja, das ist sie. Im Gegensatz zu mir bereitet sie meinen Eltern Freude.»

«Warum betonst du das?»

«Weil ich ein Enfant terrible war.»

«Du übertreibst wohl ein bisschen.»

«Nun, ich ging schon mit achtzehn von zuhause weg. Sie ist inzwischen fünfundzwanzig und denkt nicht daran, aus Clifftop auszuziehen.»

«Hat sie keinen Freund?», fragte er.
«Frag nicht so direkt», lachte Claire.
«Warum nicht? Ich sagte schon: Ich finde sie sehr nett.»
«Nun. Soweit ich informiert bin, hat sie bisher noch niemanden kennengelernt», sagte Claire und schob nach, «Mum hätte es wohl zu verhindern gewusst. Sie ist diejenige, die die Fäden zieht.»
«Ist so etwas noch zeitgemäss?»
«Was? Mums Einfluss oder in Janes Alter keinen Freund zu haben?»
«Beides. Aber die Beeinflussung finde ich fast schlimmer.»
«Ich auch», nickte sie und rollte die Augen.
«Hast du sie deshalb hierher eingeladen?»
«Ich wollte ihr zu ihrem Geburtstag eine Abwechslung bieten. Es kann ihr meiner Meinung nach auch nicht schaden, alternative Lebensformen kennenzulernen. Für sie ist die Art und Weise, wie J-P und ich unsere Beziehung und unser Leben gestalten, eine Horizonterweiterung. Genauso wie dein Leben und deine Reiseberichte, finde ich. Ihr seid gestern jedenfalls noch lange draussen zusammengesessen.»
«Sie hat mir ihre Eltern, obwohl ihr bewusst ist, dass sie von ihnen beeinflusst wird, als sehr angenehm und umgänglich geschildert.»
«Wirklich?»
«Ja. Sie bewundert ihre Mutter, sie meint, sie könne hellsehen», verriet er ihr und bereute es sogleich. Vielleicht war es ihm herausgerutscht, weil er von Claire, die ähnlich dachte wie er, eine Erklärung erhoffte.
«Nun denn. Mum pflegte schon immer anders zu sein als andere. Ich bin da etwas kritischer.»
«Was willst du damit sagen …?»

«..., dass ich Mühe mit ihr hatte. Mein Bruder Finlay mehr mit Dad. Darum packten wir die erstbeste Gelegenheit abzuhauen, ohne dass unsere Eltern ihr Gesicht verloren hätten oder sich ihren Nachbarn erklären mussten.»

«Und das hat geklappt?»

«Niemand erwartet von jungen Menschen, dass sie in Cornwall bleiben. Zur Ausbildung wegzuziehen ist völlig legitim.»

«Betrachten das alle so?»

«Ja. Ich glaube schon. Unsere Eltern waren jedenfalls ganz froh, dass wir London wählten. Aus der Distanz war unsere Beziehung dann auch besser. Finlay schrieb ihnen regelmässig. Wir brauchten das Geld.»

«Jane hat mir erzählt, du hättest dort mit deinem Bruder in einer Wohngemeinschaft gelebt. Zusammen mit lauter jungen Männern.»

«Das war, als ich die Kunstschule begann. Ich fühlte mich von Anfang an nicht wohl unter Finlays Kommilitonen. Nach meinem Dafürhalten waren die angehenden Juristen zu strebsam und trocken. Ich verliebte mich in J-P. Er war der meistumschwärmte Professor der Akademie, doch Liebesbeziehungen zwischen Lehrern und Studentinnen waren tabu.»

«Nun ...»

«Bevor J-P sein Lehrauftrag entzogen wurde, kündigte er ihn und wanderte nach Frankreich aus. Ich folgte ihm. Ich konnte ohne ihn nicht leben.»

Sie sprach zum ersten Mal derart offen über jene Zeit und erzählte ihm auch von ihrem Bruder. «Finlay machte den besten Abschluss seines Jahrgangs. Das schien unseren Eltern wichtiger zu sein als alles andere. Seine Homosexualität und seinen Partner Lance ignorierten sie genauso wie meine Liebe zu J-P.»

Sie strich sich durchs Haar und schnitt Grimassen. Ihre Wangen waren gerötet. Er schob seinen Aufbruch hinaus, bis sie sich beruhigt hatte. Zum Schluss tauchte J-P in der Küche auf, und sie seufzte, sie sei total überdreht und übermüdet von der Party und müsse sich nun hinlegen. Dann schickte sie J-P einen ihrer Schlafzimmerblicke, begleitete Dave zur Tür und flüsterte verschwörerisch: «Warum lädst du sie nicht zum Essen ein? Morgen Abend hat sie nichts vor. Sie würde sich sehr darüber freuen.»

Als ihm Jane am folgenden Abend beim Italiener gegenübersass, spielt sie mit der Serviette und schien unsicherer und ein bisschen langweiliger, als er sie eingeschätzt hatte. Sie plauderte erneut über ihre Eltern, über ihre Arbeit in der Werft, und wie sie ihre Freizeit verbrachte, welche Bücher sie las und welche Serien sie schaute, wie sie ihrem Vater im Garten half und mit ihm segeln und schwimmen ging, um ihm Gesellschaft zu leisten. Sie sei nicht sportlich, kokettierte sie. Sie verbringe ihre Freizeit im Liegestuhl im Garten, und wenn es regne und stürme, lümmele sie auf dem Sofa und lese, und natürlich fahre sie mit ihrer Mutter zum Einkaufen. Elizabeth habe keinen Führerschein. Nachdem sie ein bisschen an ihrer Pizza genibbelt, die Hälfte davon zur Seite geschoben und zwei Gläser Rotwein getrunken hatte, relaxte sie. Er bestellte eine weitere Flasche, griff nach ihrer Hand und hoffte auf Sex, obwohl er wusste, dass sie am ersten Abend nicht dafür zu gewinnen war. Er würde sich mit einer Umarmung begnügen müssen und damit, sie zu küssen. Trotzdem wollte er so viel Zeit wie möglich mit ihr verbringen, während sie hier in den Ferien weilte.

«Wir können uns jeden Abend zum Essen treffen», schlug er ihr beim Abschied vor, und ohne lange zu überlegen, fügte er

hinzu: «Falls du möchtest, könnte ich auch versuchen, eine Woche freizubekommen und tagsüber etwas mit dir unternehmen, solange du hier bist. Was meinst du?»
Sie nickte und hielt seine Hand fest.
«Falls die Zeit reicht, könnten wir sogar für ein paar Tage verreisen.»
«Eigentlich bin ich meiner Schwester zuliebe hierhergekommen.»
«Ich weiss. Aber vielleicht könntest du es mit ihr besprechen …?»
«Obwohl wir beide uns erst so kurz kennen?»
«Ich schaue einmal, ob ich überhaupt frei machen kann …»

Zwei Tage später waren alle Unsicherheiten aus dem Weg geräumt. Claire hatte natürlich nichts dagegen, dass Jane mit ihm wegfuhr, und er konnte die ihm zustehenden Ferientage beziehen und Überzeit kompensieren. Als er sie am Abend besuchte, war ihm flau im Magen. Er hatte den ganzen Tag gearbeitet und kaum etwas gegessen. Jane empfing ihn mit einer Umarmung und setzte sich nah zu ihm aufs Sofa. Er strich ihr eine Haarsträhne aus der Stirn und küsst sie leicht auf die Wange.

«Möchtet ihr mit einem Glas Champagner auf euren Urlaub anstossen?», fragte Claire, die ins Wohnzimmer getreten war.

Sie trug eine bauchige Flasche in den Garten. Jane folgte ihr mit Landkarte, Reiseführer und einem Block und Bleistift. Er suchte in der Küche nach Champagnerkelchen und brachte diese nach draussen, wo die Schwestern angeregt plauderten. Soeben brach die Blaue Stunde an.

Bei ihrem ersten Halt, dem von Menschen überlaufenen Mont-Saint-Michel, realisierte Dave, wie anders als Claire sich Jane verhielt. Claire hätte sich hier bestimmt ins Gewühl gestürzt und sich vielleicht einen Sonnenhut oder eine Sonnenbrille gekauft. Jane hingegen war enttäuscht, dass sie den Ort nicht für sich allein hatten. Sie schlug ihm vor, jetzt ein Hotel zu suchen und am nächsten Morgen in der Frühe wiederzukommen. Sie wollte nicht einmal einen Kaffee trinken, sondern besorgte sich ein Mineralwasser zum Mitnehmen. Sie waren mitten in der Hochsaison ohne Reservation losgefahren. Allein hätte er die Nacht zur Not im Auto verbracht. Mit ihr und in dem kleinen MG ging das natürlich nicht, und so klapperten sie die Umgebung nach einer geeigneten Unterkunft ab. Nach langem Suchen fanden sie in einer einfachen Pension ein altmodisch eingerichtetes Zimmer. Sie deponierten ihr Gepäck auf dem Doppelbett und liessen den MG im Hinterhof stehen. Die Unterkunft lag in einem hübschen Ort etwas abseits der Durchgangsstrasse. Aber die Cafés und Restaurants waren auch hier überlaufen. Jane sagte, sie sei nicht hungrig. So spazierten sie, nachdem sie sich Soft Drinks gekauft und diese in einem kleinen Park vor dem Gemeindehaus getrunken hatten, zurück zur Pension, holten das Auto und fuhren zu einem nahen Aussichtspunkt. Von hier aus betrachtet schien der Mont-Saint-Michel über dem Wasser zu schweben. Sie setzten sich ins Gras, definierten neu, was sie in den nächsten Tagen sehen und wo sie übernachten wollten, beschlossen, die Hotels, wenn möglich umgehend zu buchen und fuhren zur Touristeninformation. Das Büro hatte noch immer geöffnet, und die Angestellte schien auf Kundschaft zu warten. Sie rief ein Hotel nach dem anderen für sie an und schaffte es, jeweils ein Zimmer für eine oder zwei Nächte zu ergattern. Um zweiundzwanzig Uhr schloss sie den Laden ab und führte sie zu einem Restaurant mit freien Tischen auf einer schönen Terrasse, wo noch warmes Essen serviert wurde. Jane störte sich plötzlich nicht mehr an den Menschen, welche die laue, windstille Nacht genossen. Sie plauderte angeregt mit ihm und schien keine Eile zu haben, in ihre Pension zurückzukehren.

Nach Mitternacht, nachdem sie sich in dem Bett mit der durchhängenden Matratze geliebt hatten, fielen sie in einen Tiefschlaf, aus dem Dave am nächsten Morgen lange vor ihr erwachte. Er wagte es nicht sie zu berühren, obwohl er nichts lieber getan hätte, als sie wachzuküssen. Er sann über die Nacht nach. Darüber, wie lange sie am Abend die Rückkehr in die Pension hinausgeschoben hatte, wie lange sie im Badezimmer verblieben war und wie sie – endlich – neben ihm auf dem Bett sass und mit unsicheren Fingern versuchte, die Häkchen ihres Büstenhalters aus den Ösen zu lösen. Nachdem er ihr geholfen hatte, wäre er am liebsten sogleich in sie gedrungen. Ihre milchige Haut, ihre erigierten Brustwärzchen in dem rosa Hof und der Gedanke, dass er vielleicht der erste Mann war, mit dem sie schlafen würde, hatten ihn nahezu um den Verstand gebracht. Gleichzeitig hatte ihm genau diese Vermutung geboten, Rücksicht auf ihre Befangenheit zu nehmen. Im Nachhinein war er froh, seiner Leidenschaft nicht freien Lauf gelassen zu haben und so sanft und zärtlich wie möglich gewesen zu sein. Gegen Morgen jedenfalls hatte das Knattern eines Mofas sie beide geweckt, und sie hatte ihn geküsst und ihm gezeigt, dass sie wieder genauso geliebt werden wollte.

Er betrachtete ihr entspanntes Gesicht und das kastanienbraune Haar, das sich vom weissen Kissenüberzug abhob, so lange, bis sie aufwachte.

Später bestellte er Kaffee und Croissants aufs Zimmer.

«Das ist das erste Mal in meinem Leben, dass ich im Bett frühstücke», sagte sie und passte auf, ihren Kaffee nicht zu verschütten.

Er schwieg und dachte schon wieder, wie schön ihre Nacktheit war.

«Ich kenne dies nur aus Filmen», erklärte sie, als er ihr übers Haar strich.

«Lass es uns geniessen und den Mont-Saint-Michel für den Moment sausen. Er ist bestimmt schon wieder überlaufen», sagte er und meinte mit Geniessen weniger das Frühstück im Bett als den wunderbaren Sex mit ihr.

«Ja, machen wir so», entgegnete sie, «und ich werde dir auch einmal den St Michael's Mount bei Penzance zeigen.»

Bevor er richtig realisierte, dass sie nicht mehr über den französischen Klosterberg, sondern über sein englisches Pendant in Cornwall sprach, schlug sie ihm auch schon vor: «Du könntest mit uns Weihnachten feiern.»

Sie waren am Abend jenes zweiten Ferientages erneut zum Mont-Saint-Michel gefahren, und während sie in der Dämmerung die Gassen zwischen den kleinen Steinhäusern aus dem 15. und 16. Jahrhundert den Abteiberg hochstiegen, hatte sie ihm wieder von Cornwall erzählt. Auch später hatte sie immer alles mit zuhause verglichen: Speisen, Getränke, Gärten, Dörfer und Buchten. Inzwischen konnte er sich ein plastisches Bild ihres Alltags machen. Vieles davon kam ihm bekannt vor. Er dachte an Edwards Erziehung, an seine Blechautos und Zinnsoldaten und wie gerne er sein Pony und später sein Pferd geritten hätte. Doch meistens hatten sie für die Schule und gutes Benehmen gelernt. Vielleicht war das alles nicht umsonst, ja geradezu eine Vorsehung gewesen, überlegte er, als er jetzt durch Cancale joggte und dabei ein bisschen ausser Atem geriet. Jane würde übermorgen zurückfahren und er die letzten beiden Nächte mit ihr bei Claire und J-P schlafen. Noch immer sah er vor seinem inneren Auge die grün flimmernde Luft in den Laubtunnels, durch die sie eine Woche zuvor im offenen MG gerollt waren; das Meer unter dem tiefblauen Himmel; die Aussichtspunkte, an denen sie Fotos schoss und ihn umarmte und küsste. Bis auf den letzten Tag, als ihr am Morgen unwohl gewesen war, war sie gefahren. Erst auf dem letzten Abschnitt übernahm er. Während er das sanfte Brummen des Motors und das polierte Holz des Steuerrades fühlte, ruhte sie mit geschlossenen Augen im Lederpolster. Er erinnerte sich an die Autos von Edwards Vater, den Jaguar und den Aston Martin von 1955, die beide Daves Jahrgang hatten. Edward wurde an Weekends in Tweed und Gummistiefel gesteckt und darin zu Picknicks gefahren. Dave, der seinem Grossvater bei der Pflege der Oldtimer geholfen hatte, wusste, dass sie einer anderen Preisklasse angehörten als der MG. Trotzdem weckte Janes Cabriolet alte Erinnerungen bei ihm. Sein Grossvater hatte ihm im Jeep, den er für seine Arbeit benutzte, auf dem Privatgelände von Eds Eltern das Autofahren beigebracht. Dave war zwölf gewesen, Edward bereits verunglückt, und der Grossvater bedacht, die Fahrstunden als Geheimnis zwischen ihnen zu wahren. Eigentlich ist es schön, dachte er, dass ich, wenn es beim Einparken oder auf einer Strasse eng wird, noch heute Grossvaters vertraute Stimme höre und seine Tipps beherzige.

Als er sich am Gartenzaun von Claires Haus hielt und seine Muskeln dehnte, wartete er darauf, dass sich sein Atem beruhigte und seine flüchtigen Gedanken in die Gegenwart zurückkehrten.

An jenem Abend ass er mit Jane in Claires Küche ein einfaches Abendbrot und sie vertraute ihm an, sie habe den Verdacht, schwanger zu sein. Sie hielt ihre Tasse mit beiden Händen umfasst, pustete über die Oberfläche ihres Getränks und blickte ihn erwartungsvoll an.

«So schnell? Das scheint mir kaum möglich», schmunzelte er.

«Warum nicht? Wir waren sehr aktiv und nicht eben vorsichtig.»

Sie wirkte besonnen und wie ihm schien auch zufrieden. Er sagte sich, dass sie möglicherweise recht hatte und man auch in einer Pfütze ertrinken könne. Warum also nicht auf Anhieb ein Kind empfangen? Ihn überkam schon wieder Lust, mit ihr zu schlafen. Baby hin oder her. Er riss sich zusammen. Natürlich hatte er aufgepasst, Janes Körper hatte ihn derweil beinahe um den Verstand gebracht. Irgendwann hatte er sich vergessen.

«Ist okay, kein Problem», beschwichtigte er. «Morgen gehen wir in die Apotheke und kaufen einen Schwangerschaftstest. Danach wissen wir es.»

Trotz seiner vermeintlichen Unbekümmertheit konnte er in jener Nacht nur schlecht einschlafen. Ein Kind würde ihn binden. Schon bald wäre es vorbei mit seiner geliebten Freiheit, vorbei auch mit den langen Reisen. Zudem kannte er Jane noch zu wenig und hatte ihre Eltern noch nicht kennengelernt…

Gegen Morgen weckte sie ihn und klagte über heftige Bauchkrämpfe. Ihre Periode hatte eingesetzt.

«Welch ein Glück», murmelte er beruhigt.

Sie schluckte eine Schmerztablette und drehte ihm den Rücken zu.

Nach Janes Abreise fragte er sich, ob sie ihn mit ihrem Verdacht auf eine Schwangerschaft hatte testen wollen. Hätte er es über sich gebracht, sich von ihr zu trennen, sie ins Ungewisse fallen zu lassen? Vermutlich nicht. Er stellte sich das Leben mit ihr zusammen schön vor. Sie würden auch in schwierigen Situationen zusammenhalten; zur Not, sagte sie, würden sie auf ihre Eltern zählen können. Doch er mochte seine Unabhängigkeit. In seinem Nomadenleben war er bisher ganz gut allein zurechtgekommen. Zwischen Mitternacht und Morgengrauen, wenn er hie und da an seiner Liebe zu Jane zweifelte, erinnerte er sich an die Alabasterküste in der Normandie, wo sie nur einen Schritt vom Abgrund entfernt, auf den unter ihnen brodelnden Ärmelkanal und durch den Dunst nach England hinübergeblickt hatten. Er hatte ihr Herz pochen und ihren Atem gespürt und sich nichts anderes gewünscht, als sie ein Leben lang genauso in den Armen zu halten.

«Liebe ist, habe ich einmal gelesen, «zusammen in dieselbe Richtung zu blicken», hatte sie in jenem Moment geflüstert und er hatte sich gedacht, dass dem wohl so sei.

«Willst du Gurvan und Annemarie tatsächlich jetzt, auf ihre strengste Zeit hin, im Stich lassen? Ich finde das nicht sehr loyal von dir, auch gegenüber Loïc nicht», rügte Claire Dave.

Die beiden sassen sich in den tiefen Sesseln vor dem Kaminfeuer in Claires Wohnzimmer gegenüber. Es war Ende November, ein Sturm heulte ums Haus und riss lose Ziegel von den Dächern. Obwohl die Fenster im Haus alle dicht und geschlossen waren, hörten sie die Brandung an die Felsen schlagen. Hin und wieder zerstoben Funken am Flammenschutz.

Claire hatte einen von J-Ps teuren Rotweinen geöffnet. Dave schenkte ihr nach. Er selber trank kaum.

«Loyalität ist so eine Sache», brummte er. «Du müsstest das wissen.»

«Bitte jetzt keine Anspielungen. Zwischen J-P und mir gibt's Vereinbarungen, unkonventionelle zwar, hingegen klare Regeln, an die wir uns schon immer gehalten haben und auch immer halten werden.»

«Schon gut. Wo bleibt er denn bei diesem Wetter?»

«Im Bistrot, bei einem Umtrunk mit seinen Kollegen. Es geht um einen kommenden Wettbewerb zur Gestaltung einer neuen Bankfiliale. Ist noch weit weg. Aber die lokalen Künstlerinnen und Künstler sprechen sich schon einmal vorsorglich ab. Zudem trinken sie gerne ein Glas zusammen.»

«Womit wir wieder bei eurer von dir gepriesenen unkonventionellen, doch gutgesinnten Art des Zusammenlebens wären», stichelte er.

«Natürlich. Es macht keinen Sinn, gegeneinander zu arbeiten. Vor allem, da sie befreundet sind und alle mehr als genügend Aufträge haben.»

«Im Kampf um Ansehen oder gar um die Existenz sähe es anders aus.»

«Ich weiss nicht. Künstler müssen nicht zwingend Konkurrenten sein. Zusammen läuft es häufig besser. Wie haben die Galloudecs reagiert?»

«Korrekt. Vielleicht waren sie tatsächlich etwas enttäuscht. Gurvan äusserte, falls ich es mir anders überlegen sollte, dürfe ich wieder bei ihm einsteigen. Man wisse ja nie, was einen zuhause so alles erwarte.»

«Siehst du. Du wirst ihm fehlen. Weiss er von Jane?»

«Er hat uns zusammen gesehen.»

«Hast du deine Kündigung mit ihr abgesprochen?»

«Ich habe erst gekündigt, nachdem sie abgereist war.»

«Also: nicht abgesprochen?»
«Es war eine spontane Entscheidung.»
«*Deine* Entscheidung», insistierte Claire.
«Ja. Aber ich dürfte jederzeit wiederkommen. Das ist mir in der Schweiz schon einmal passiert. Da bin ich für einen Sommer weggegangen und im Herbst zurückgekehrt. Ich wurde an demselben Skilift für denselben Job wiedergenommen. Das könnte mir auch hier passieren.»
«Vielleicht?»
«Das Leben ist voller Überraschungen.»
«Hoffentlich nur positive. Falls Jane und du heiraten werdet, hätte ich zumindest einen vormaligen, jungen Liebhaber in der Familie.»
«Wie kannst du das auch nur *denken*!»
«Es war bloss Spass», beschwichtigte sie ihn. «Aber versuch mir nicht weiszumachen, der Gedanke sei dir nicht auch durch den Kopf gehuscht.»

Vierzehn Tage später stand Dave in einer gefütterten Regenjacke mit Ersatzkleidung und seinem Fotoapparat in der Reisetasche an der Reling, als die Autofähre in Roscoff ablegte. Für Jane hatte er ein Buch, Pierre Lotis Islandfischer, ein Klassiker über bretonische Fischer, gekauft und für ihre Eltern französischen Nougat. Die wenigen Kleinigkeiten, die er sich in den zwei Jahren angeschafft hatte, ruhten in Schachteln in J-Ps Atelier.

Als er das Ticket kaufte, hatte man ihm gesagt, die Überfahrt variiere je nach Wind und Wetter, sie würden im Laufe des Nachmittags ankommen. Von Plymouth aus dauerte es im Zug dann noch etwas mehr als eine Stunde bis St Morwen. Jane würde ihn abholen. Wenn er an sie dachte, meinte er den

Duft ihrer Haut zu riechen und die Wärme ihres Körpers zu spüren. Im Moment fror er. Im Schiffsinnern war es wärmer, dafür roch es dort nach Diesel, Zwiebeln und feuchter Wolle. Kaum sass er in einem Sessel am Fenster, zog es ihn zurück aufs Deck. Nur wer musste, reiste zu dieser Jahreszeit über den Ärmelkanal. Die grauen Wellen schwappten gelangweilt an die Fähre, die dicken Wolken kamen nicht vom Fleck.

Im Bummelzug von Plymouth fröstelte er noch immer. Beinahe bereute er seine Pläne. Was, wenn die Penroses nicht so freundlich waren, wie er sie aufgrund von Janes Schilderungen erwartete? Er wollte nicht in einem Hotel übernachten. Zwar hatte er Geld gespart und fühlte sich beinahe reich. Doch er wollte es nicht unnötig ausgeben. Sie hatte Clifftop als grosses Haus mit Platz für Gäste beschrieben. Er wusste nicht, wo und mit wem er Weihnachten sonst hätte feiern sollen. Die Vorstellung, dass er in Cancale bei Nässe und Kälte um die Uhr hätte arbeiten und vom Weihnachtsfest der Penroses, das Jane in den funkelndsten Farben verbildlicht hatte, nur hätte träumen können, brachte ihn zur Räson.

In Bodmin Parkway Station stiegen die letzten Mitreisenden aus. Er befand sich für den Rest der Reise allein im ungeheizten Abteil. Er zählte die verlassenen Bahnhöfe, an denen der Great Western – der Zug von London nach Südwestengland – hielt. Endlich las er St Morwen. Mehr als er ihn durchs Zugfenster ausmachen konnte, ahnte er hinter dem Staketenzaun einen grossen Parkplatz. Das Bahnhofsgebäude und das ganze Gelände darum herum schienen trostlos. Dann entdeckte er Janes bleiches Gesicht vor dem grauen Betonbau. Er packte seine Reisetasche, ruckelte an der Tür, bis sie sich öffnen liess, sprang aus dem Zug auf den Bahnsteig und stellte sein Gepäck ab. Als sie ihn sah, rannte sie auf ihn zu. Er breitete seine Arme aus, hob sie in die Luft und wirbelte sie um sich, als wäre sie ein Kind – zarter und leichter als er sie in Erinnerung hatte.

«Wow, geschafft ...», rief er.

«Dein Stoppelbart kitzelt», lachte sie und fragte: «Wie war die Reise?»

Sie hielten sich fest, wortlos und glücklich, beisammen zu sein.

Ausser einem grünen Doppeldeckerbus, zwei Taxis und dem roten MG herrschte auf dem Parkplatz Leere. Sie schritt ihm voran auf ihr Auto zu. Windböen blähten Papiertüten und trieben Müll über den Platz. Eine schwarze Katze jagte losen Zeitungsseiten hinterher. Er befestigte seine Reisetasche auf dem Gepäckträger und schützte sie mit einer Plastikplane. Jane öffnete die Beifahrertür für ihn. Nachdem er sich in den tiefen Sitz gezwängt hatte, versuchte sie, den Motor zu starten, der zweimal stotterte und erst beim dritten Mal ansprang – als hätte er es sich anders überlegt.

«Feuchte Zündkerzen», grummelte sie und strich sich das Haar aus dem noch immer bleichen Gesicht. Er bemerkte, wie angespannt sie war.

Sie liessen den Bahnhof hinter sich und fuhren durch Aussenquartiere mit alten Häusern und Vorgärten, dann vorbei an Shopping-Centern und Tankstellen. Auf den Ortsschildern las er Namen, von denen er nicht wusste, wie aussprechen. In den Strassendörfern wechselten heruntergekommene mit herausgeputzten Cottages, alle zweistöckig und nur wenige Meter breit. Er fragte sich, wie eine Familie darin Platz fand.

Sie schien seine Gedanken zu erraten.

«Cornwall war früher eine arme Gegend. Am Meer ist es hübscher.»

«Ich finde es auch hier schön», antwortete er. «Die weiche Landschaft mit ihren grünen Tälern und den sanften Hügeln gefällt mir.»

«Ja, natürlich. Cornwall zieht jedes Jahr mehr Städter an. Vor allem Rentner aus dem Norden, die hier ein Leben lang mit ihrer Familie Urlaub machten, verkaufen ihr Haus und erwerben hier ein kleines Cottage.»

«Warum nicht? Das klingt nach einem gemütlichen Lebensabend.»

«Es treibt unsere Liegenschaftspreise in die Höhe, sodass sich die Einheimischen bald kein Daheim mehr leisten könnten, sagt Dad. Dasselbe gilt für Boote. Auch diese werden von Fremden aufgekauft und überholt.»

«Was wiederum ein gutes Geschäft für eure Werft ist, nicht wahr?»

«Vor allem im Winter. Die Leute kaufen im Frühjahr ein Segelboot, geniessen die Sommermonate und haben schon im Herbst genug davon. Nicht alle tun das. Aber sehr viele. Dad kommt dadurch immer wieder zu Schnäppchen, die er herausputzt und im Frühjahr weiterverkauft.»

Er fragte sich, wie gewieft ihr Vater war. Inzwischen fuhren sie durch ein sattgrünes, von einem Bach und dunklen Hecken durchzogenes und mit Gehöften gesprenkeltes Tal, an dessen Ende er das Meer erahnte.

«Wir sind da», rief sie plötzlich, bog auf eine in die Höhe führende Naturstrasse ab und parkte vor einer Doppelgarage, in der hundert Jahre zuvor vermutlich die Kutschen untergebracht gewesen waren.

Links und rechts davon verwehrte eine hohe alte Steinmauer mit einem unscheinbaren, verwitterten Holztor den Blick aufs Haus.

«Warte kurz. Ich stelle bloss mein Auto weg», rief sie.

Nachdem er ausgestiegen war, konnte er Teile des Dachs und ein paar Fenster in der Nordfassade erkennen und das Meer rauschen hören.

Sie öffnete das Holztor und schritt ihm voran über einen kleinen Hof.

«Befindet sich hier der Eingang ins Haus?», fragte er

«Ja. Hier kommen wir direkt in die Küche.»

III

Wenn Dave, oder besser David, wie ihn Jane ihren Eltern vorgestellt hatte, später an die Begrüssung zurückdenken sollte, würde er sich daran erinnern, dass er von Anfang an geahnt hatte, Corran sei feinfühliger als seine Frau. Vielleicht war er auch von Claires Meinung beeinflusst gewesen, doch ihm schien, Elizabeth habe ihn – zwar nicht unfreundlich – aber kritisch von Kopf bis Fuss gemustert. Corran hingegen hielt die Hunde zurück und liess sie erst los, nachdem sie sich beruhigt hatten. Dann schüttelte er ihm freundlich die Hand, half ihm aus der feuchten Jacke und als die Frauen damit begannen, den Tee zuzubereiten, führte er ihn in die Halle. Die Bassets folgten ihnen, schnüffelten an Daves Jeans und leckten seine Hände ab. Corran trat an das grosse Fenster, durch das sie über den Garten hinwegblickten. Die Wolken rissen just in jenem Moment auf und von einer Sekunde zur nächsten ergoss sich goldenes Abendlicht über die Landschaft.

Während er mit Janes Vater darauf wartete, zum Tee gerufen zu werden, plauderten sie über die Schönheit des Augenblicks, das unstete Wetter, die Winterstürme und das unberechenbare Meer. Corran erklärte ihm, das ums Haus liegende Land gehöre dem National Trust, einer Organisation für Kultur- und Naturschutz, und sei unverbaubar. Dave meinte, durch den abfallenden Rasen einen überwachsenen, nur wenig benutzten Kiesweg und Stufen zu erkennen. Dahinter vermutete er den öffentlichen Küstenpfad. Der Blick gegen Südwesten war überwältigend.

«War hier einst der Haupteingang?», fragte er, bemüht, seine Emotionen zu kontrollieren.

Er hatte den ganzen Tag über in klammen Kleidern gefroren, und fühlte sich nun warm. So wie damals, nachdem er triefend und tropfend in *Nyumba nzuri* angekommen war und sich hatte trocknen und umziehen können.

«Richtig», nickte Corran. «Die Holztüre verdunkelte die Halle, bis mein Vater sie nach meiner Geburt hat herausreissen und die Öffnung verglasen lassen. Die Wege von der Küche ins Esszimmer, wo man damals noch ass, und vom Wohnzimmer in den Anbau und in den ersten Stock, kreuzen sich hier. Meine Mutter stellte meine Wiege ins Licht, wo sie mich gut im Auge behalten konnte. Ich hätte kaum mehr geschlafen, immer nur in den Himmel geblinzelt, so geht die Familienlegende. Ich kann mich nicht erinnern.»

Mit seiner rechten Hand zeichnete Corran einen grossen Bogen, der Wolken und Wasser einschloss. Dave bemerkte die braunen Altersflecken. Natürlich, dachte er, auch Corran war einmal ein Baby gewesen, mit Eltern, die nur das Beste für ihr Kind wollten, auch wenn das sechzig Jahre her war.

«Die Aussicht ist toll. Die Schiffe am Horizont scheinen zu schweben», sagte er, und Corran stimmte ihm leichthin zu.

«Dort ist ein Feldstecher, mit dem wir sie genauer betrachten können.»

Dave drehte sich zum runden Tisch in der Raummitte hin, auf dem neben abgegriffenen Telefonbüchern, einer Agenda, einem beigen Telefonapparat mit Wählscheibe, Kugelschreibern und Notizblöcken das Fernglas lag. Er griff danach und reichte es ihm.

«Danke, ohne geht es nicht mehr», sagte Corran und wies ihn auf eine kopfförmige Halbinsel hin, die sich als Schattenbild vor dem Westhimmel abzeichnete. Abwechselnd blickten sie durchs Fernrohr, beobachteten zwei Möwen im Garten und die Tanker am Horizont.

Von der hohen Halle mit ihrem hexagonalen Grundriss gingen vier Türen ab. Jene zur Küche und zum Wohnzimmer standen offen und liessen die letzten Strahlen der tiefstehenden Sonne herein. Jene gegen Osten waren geschlossen. An der Nordseite führte eine massive Holztreppe in den ersten Stock. Ein orientalischer Sitzhocker versteckte sich in der Nische darunter, als wüsste er, wie schlecht sein rotes Leder und die golden geprägten Ornamente zum himmelblauen Spannteppich passten.

«Elizabeths alter Pouf. Sie hat ihn aus Nordafrika mitgebracht, nachdem sie dort als junge Frau Französisch gelernt hatte», sagte Corran, dessen Blick Daves gefolgt war. «Das war noch, bevor ich sie kennenlernte.»

Dave war nicht neugierig, er spürte indessen, wie gern Corran über jene längst vergangene Zeit sprechen würde und blickte ihn aufmunternd an.

«Ich lernte sie nach dem Hungerwinter, im Sommer 47, in Paris, der Stadt der Liebe kennen. Wir haben noch im gleichen Jahr geheiratet.»

Dave sass neben Jane auf dem Bett im Gästezimmer. Sie nestelte nervös an ihrer Bluse. Er half ihr mit den Knöpfen und aus dem BH und erinnerte sich dabei an seine erste Nacht mit ihr.

Seine Reisetasche stand noch unausgepackt auf dem Boden.

«Beeil dich. Wenn wir uns lieben wollen, dann geht's nur jetzt. Später gibt's Abendessen, und heute Nacht sollte ich in meinem Zimmer schlafen», flüsterte sie ungeduldig und schlang ihre Arme um seinen Hals.

«Warum denn das?», fragte er zwischen seinen Liebkosungen.

«Weil ... Mum würde bemerken, wenn ich bei dir übernachtete.»

«Wäre das schlimm?»

«Schsch. Bitte gib ihr ein bisschen Zeit. Sie muss sich erst an deine Anwesenheit im Haus gewöhnen.»

Er dachte an Elizabeths Blicke. Wahrscheinlich war es klug, Janes Rat zu beherzigen. Rasch zog auch er sich aus. Er hatte während der Bahnfahrt an nichts anderes gedacht und konnte ohnehin kaum mehr länger warten.

In der Nacht weckte ihn etwas aus seinem Schlummer. Er hatte von der Bretagne geträumt und wusste gleichzeitig, dass er nicht mehr dort, sondern in Clifftop war. Er erwartete, dass es an seine Tür klopfe. Doch dann entfernten sich die Schritte. Er stand auf und horchte. Da war nichts. Ein Korridor verband die Eingangshalle mit dem Gebäudeflügel, in dem sein Gästezimmer mit Bad untergebracht war. Hier befanden sich auch ein Atelier, wo Corran malte, und eine Dunkelkammer, in der er seine Schwarz-Weiss-Fotos entwickelte. Jane hatte Dave am Nachmittag zudem erzählt, früher seien dies die Dienstbotenräume gewesen. Seit über zwanzig Jahren komme nun aber Pat, eine Frau aus dem Nachbarort, im Haushalt helfen. Ihr Vater könne diesen Teil von Clifftop, falls er einmal das Interesse an seinen Hobbys verlöre, zu einer Granny Flat umbauen.

Dave tastete sich zum Fenster und blickte in den Garten. Der Mond spielte Verstecken hinter den schnell vorbeiziehenden Wolken und liess das Meer zwischen dem kahlen Astwerk und den Stämmen der Apfelbäume silbern aufblitzen. Im Herbst trugen sie saure Kochäpfel einer alten Sorte, die

Bauchschmerzen bereiten konnten, wenn man sie roh ass und danach zu viel Tee trank, sich jedoch bestens zum Backen eigneten. Mit Brambles, den wilden Brombeeren, die er von den Hecken auf dem benachbarten Land pflückte, bereitete Corran dann Crumbles zu. Sie hatten in der Küche um einen Holztisch vor dem Aga, dem für englische Landhäuser typischen Kochherd und Wärmespeicher, und später im Wohnzimmer in geblümten Fauteuils gesessen, den Kamin mit dem züngelnden Elektrofeuer im Rücken, über das Haus und den Garten gesprochen. Gegenüber der Küche lag das bis auf die Festtage unbenutzte Esszimmer. Jane hatte versprochen, es gelegentlich für ihn aufzuschliessen und ihm auch ihr Zimmer im ersten Stock zu zeigen, wo sie jetzt wohl tief und traumlos schlief.

Wie immer überzog ihn auch jetzt eine Gänsehaut, weil ihm das in weisse Schleier gehüllte Gespenst einfiel, das im Herrenhaus umgegangen war und vor dem er sich nachts als Kind gefürchtet hatte. Es sei eine junge Magd, die vor langer Zeit von ihrem Dienstherrn missbraucht, ermordet und im Park begraben worden sei. Sie tue niemandem Böses, Kindern schon gar nicht, hatte ihn seine Grossmutter beruhigt, sich an sein Bett gesetzt und seine Hand gehalten, bis er wieder eingeschlafen war. Er warf einen Blick auf seine Uhr. Mitternacht. Ihn dünkte, Elfen flüstern und Zwerge kichern zu hören. Er war nicht mehr sicher, ob jemand vor seiner Tür gestanden hatte. Alte Häuser knarrten und seufzten; sie gaben Geräusche von sich, die ihre Bewohner nicht beachteten, weil sie längst an sie gewöhnt waren. Er hingegen lag wach und hörte jedes noch so feine Geraschel.

Müde von der Reise hatte er sich schon früh von den Penroses verabschiedet und im Gästezimmer in den Kleidern aufs Bett gelegt. Er musste sofort eingenickt sein. Nun war er hellwach. Er knipste alle Lichter im Raum an, packte seine Reisetasche aus und versorgte seine Sachen. Dann zog er sich bis auf die Unterhose aus und verkroch sich unter die Steppdecke. Die Leselampe auf dem Nachttisch liess er brennen.

Die ersten Tage verstrichen wie im Traum. Sie waren nass und kalt, und obwohl Jane frei genommen hatte, um Dave in Cornwall herum zu kutschieren, verbrachten sie die meiste Zeit im Haus. Ihr Vater arbeitete bis spätabends in der Werft. Sie trafen ihn auch nie beim Frühstück, dafür Elizabeth, die in etwa zur selben Zeit aufstand wie Jane und er. Obwohl sie ihre Tochter nicht zu kontrollieren schien, wie er dies anfangs befürchtet hatte, tauchte sie kurz vor oder nach ihr in der Küche auf. Wenn er und Jane zusammen schliefen, dann nur unregelmässig und nur im Gästezimmer. Er wünschte, es wäre Sommer oder ihr Auto etwas grösser. Jane verhielt sich in Clifftop diskreter, als sie dies in Claires Haus getan hatte. Für sein Dafürhalten ging ihre Rücksicht auf ihre Eltern zu weit. Nachdem sie sich an einem verregneten Nachmittag in seinem Zimmer geliebt und später in der Küche mit Elizabeth Tee getrunken und leichthin geplaudert hatten, sprach er sie auf dem Abendspaziergang mit den Hunden darauf an.

«Weil wir tun, als ob wir in getrennten Zimmern schliefen?», fragte sie.

«Zum Beispiel. Deine Mutter müsste wissen, dass wir Sex haben.»

«Natürlich. Wir tun bloss, als ob es nicht so wäre.»

«Warum nur? Könnte es sein, dass du nicht weisst, was du willst?»

«Nein, ich weiss, was ich will. Doch das heisst noch lange nicht, dass wir meine Eltern vor den Kopf stossen müssen.

Kleine Schwindeleien sind unumgänglich, solange wir mit ihnen unter einem Dach leben.»

Er glaubte, seine Grossmutter sprechen zu hören.

In der zweiten Woche liess der Regen nach. Zum ersten Mal, seit Dave angekommen war, strahlte die Sonne von einem wolkenlosen Himmel. Jane schlug ihm schon früh am Morgen einen Ausflug nach Porthcurno vor.

«Lass mich ein Picknick packen. Wir können es am Strand essen.»

«Was gibt es denn in Porthcurno zu sehen?», fragte er.

Eigentlich war es ihm egal, wohin die Reise führte. Ihm ging es vor allem darum, endlich aus dem Haus zu kommen.

«*Erstens* gibt es keine schönere Bucht an der ganzen Südwestküste», hörte er sie sagen.

«Und *zweitens*?»

«... wurden dort vor über hundert Jahren die ersten Seekabel zur Überseekommunikation gelegt. Ganz in der Nähe befindet sich auch das Minack, ein tolles Freilichttheater», antwortete sie ihm, während sie sich daran machte, Sandwiches zu streichen und Teewasser zu kochen.

«Wie weit ist es?», fragte er.

«Ein bisschen mehr als eine Stunde. Wir müssen uns nicht beeilen.»

Sobald es wärmer wird, werden wir uns den Wind durchs Haar streichen lassen und uns an diesem einsamen Strand lieben, dachte er und freute sich auf die Fahrt mit ihr.

«Im Sommer könnten wir dort ein Konzert oder Theater besuchen», sagte sie, als hätte sie seine Gedanken gelesen.

«Gibt es dort tatsächlich ein Freilichttheater?»

«Ja. Von Juni bis September führen sie Konzerte und Theaterstücke auf. Hauptsächlich Shakespeare. Die Kulisse ist einzigartig.»

Er überlegte, ob er Corran bis dahin in der Werft helfen könnte. Er hatte es noch mit niemandem diskutiert. Dennoch hing die Erwartung in der Luft. Jane wusste inzwischen, dass er den Job in der Austernzucht aufgegeben hatte. Ihr lag daran, dass er in Cornwall blieb. Während sie ihren MG routiniert auf den schmalen Strässchen mit ihren links und rechts hohen Hecken steuerte, fragte er sich, wie gut er sie wirklich kannte. Hie und da fürchtete er, sie würde werden wie ihre Mutter. Elizabeth war attraktiv, verschwiegen und von natürlicher Eleganz. Sie lebte mit ihren Büchern, Rätseln und den Quiz und Filmen am TV und hielt sich bei Diskussionen zurück. Er hatte das Gefühl, sie verberge ihm und ihrer Familie etwas. Er wusste, dass sie den Tod ihres ältesten Sohnes nie verkraftet hatte. Doch damals musste noch mehr passiert sein. Zwar sprach niemand darüber, ausser Claire, die ihm erzählt hatte, ihre Mutter sei noch Jahre nach Olivers Tod mit ihren Hunden zum Friedhof gepilgert. Sie habe Freundschaft, wenn nicht sogar eine Liebschaft, mit dem Schäfer gepflegt, der seine Herde auf dem an die Kirche grenzenden Feld hielt und ebenfalls ein Kind verloren hatte. Corran sei damals in ein Loch gefallen, aus dem er nur mit Hilfe seines Freundes Wilson Smith, dem Hausarzt der Familie, herausgefunden habe. Jane sei noch klein gewesen. Sie habe keine Ahnung von jener Zeit.

Er betrachtete ihre Hände, die das Steuerrad umfassten, die etwas kurzen Finger und die sauber gefeilten, rosa Nägel.

«Macht dich das nicht nervös, wenn du nicht siehst, was hinter der nächsten Kurve auf uns zukommt?», fragte er.

Kaum hatte er die Frage ausgesprochen, wurde ihm bewusst, dass sie auch ihre Zukunft betraf, obwohl er dies nicht so beabsichtigt hatte.

Statt einer Antwort gab sie Gas.

«Vorsicht», rief er. «Sonst werde ich den Bus nehmen.»

Noch bliebe ihm Zeit, zu seinem einfachen Leben zurückzukehren.

«Nein. Es hat ja nur wenig Verkehr zu dieser Jahreszeit. Du solltest sehen, was im Sommer los ist. Da schleichen alle wie die Schnecken und kommen keine hundert Meter voran, ohne ausweichen zu müssen.»

«Ja, schon. Trotzdem stelle ich mir den Sommer hier wunderschön vor, jeder Tag ein Tag wie heute, bloss wärmer», lenkte er von ihrem Fahrstil ab.

«Weihnachten ist auch schön», antwortete sie, und nach einer kleinen Pause: «Morgen machen Mum und ich Einkäufe. Und Dad fragte, ob du und ich am Samstag den Rotariern helfen würden. Wir könnten die Orgel drehen oder Kuchen verkaufen. Egal was, wir sollten uns einfach dort zeigen.»

Er hätte wetten mögen, dass sie ihrem Vater bereits zugesagt hatte.

Jingle bells, jingle bells, jingle all the way, oh, what fun it is to ride, in a one-horse open sleigh ...', summte er.

«So schön», sagte sie. «Wir werden für einen guten Zweck sammeln.»

«Ich ...», setzte er an, irritiert darüber, dass sie über ihn verfügt hatte.

«Bitte, David», bat sie. «Dad und auch die Rotarier würden sich freuen. Wer weiss, vielleicht gehörst du eines Tages auch einmal zum Club? Dieses Jahr sammeln sie für Afrika. Dort gibt es viele notleidende Menschen.»

Er hatte die Slums gesehen. Jane besass wohl nur eine vage Vorstellung davon, wie arm Menschen sein konnten. Er vermutete, es ginge ihr weniger ums Helfen, als darum, ihn ihren Bekannten vorzustellen, die samstags in St Morwen einkauften. Eigentlich konnte er ja stolz darauf sein. Auch er zeigte sich gerne mit ihr und genoss die bewundernden, zum Teil neidischen Blicke. Er musste an einen Tanzbären und ein Schmuckstück denken. Er, der Bär, und sie das Juwel. Er wollte sie jetzt nicht über Afrika belehren. Wann immer er von seinem Aufenthalt erzählte, waren es Geschichten, die ihren Erwartungen entsprachen. Abenteuer, Landschaften, wilde Tiere und die Fröhlichkeit und das Lachen der Menschen. Corran und Elizabeth planten seit längerem eine Reise nach Ostafrika. Sie würden in einer kleinen Gruppe im klimatisierten Reisebus unterwegs sein, in Hotels und Lodges übernachten und ausser dem Personal kaum Einheimische kennen lernen. Natürlich hätte er ihnen Jack Müllers Hotel empfehlen und einen Besuch bei Abuya arrangieren können. Doch sein Gespür riet ihm, es nicht zu tun. Es genügte, dass die zwei Welten in seinem Kopf überlappten. So wie jetzt, wo sich Kenias gestampfte Erde, der feine, rote Staub und die Lehmhäuser und Hütten der Einheimischen wie eine bemalte Glasplatte vor Cornwalls saftiges Weideland, das tiefblaue Meer und die weissen Cottages schoben. Er rieb sich die Augen, blinzelte in das schräg einfallende Sonnenlicht, das die feuchte alte Teerstrasse in fliessendes Silber verwandelte.

«Ja, natürlich werden wir zusammenspannen», entschied er.

Sie bremste so hart, dass er sich am Armaturenbrett abstützen musste.

«Wirklich?», fragte sie, als ihr Wagen mitten auf der Strasse stillstand: «Du bist am Samstag dabei?»

Als er bejahte, fiel sie ihm um den Hals und küsste ihn, bis ein weisser Lieferwagen um ein Haar ins Heck des MG gefahren wäre und laut hupte.

Der Moment erinnerte Dave an seine Fantasien, als Claire ihn damals in ihrem weissen Suzuki vom Strand mitgenommen hatte.

Beim Abendessen berichtete Jane ihren Eltern vom erlebnisreichen Tag und Daves Zusage, bei der Kollekte zu helfen. Corran freute sich. Er erzählte, ein Geschäftsmann aus Leeds habe 1930 die Gründung des Rotary-Clubs in Nairobi angeregt.

«Die Welt war schon immer vernetzt, nicht wahr?», fragte er rhetorisch.

«David, du stammst doch aus der Gegend von Leeds und warst in Nairobi? Es würde mich kaum erstaunen, wenn einer deiner Verwandten jenen initiativen Rotarier gekannt hätte. Solche Zufälle gibt es zuhauf.»

Dave schwieg. Er wollte jetzt nicht bekennen, dass er am Nachmittag zum ersten Mal von diesem Club gehört hatte. Schliesslich gab es andere Organisationen mit gemeinnützigem Zweck, die er kannte, wie jene der alteingesessenen Familien von Leeds, die guten Schulabgängern aus einfachen Verhältnissen Arbeitsstellen vermittelten oder sogar ein Studium finanzierten. Oder die *Harambees,* die Selbsthilfebewegungen, die Jomo Kenyatta nach Kenias Unabhängigkeit ins Leben gerufen hatte. Er hoffte bloss, die Spende der hiesigen Rotarier werde nicht irgendwo versickern, sondern am Bestimmungsort ankommen. Aber auch das sagte er nicht laut.

Am Morgen des 25. Dezember hing ein Mistelzweig, dessen milchigweisse Beeren wie Perlen zwischen den immergrünen Wirteln hafteten, an einer roten Schlaufe über der Türe zwischen Küche und Halle.

Jane hielt Dave, der darunter durchschreiten wollte, fest und küsste ihn auf den Mund. Überrascht von der demonstrativen Zärtlichkeit, folgte er ihrem inzwischen vertrauten Duft nach Zahnpasta und Duschmittel hin zu leicht verbranntem Toast und frisch aufgegossenem Schwarztee.

«Welch ein wunderbarer Tag», hörte er sie ihre Eltern begrüssen. Dabei spürte er ihre Hand in seinem Rücken ihn Richtung Küchentisch schubsen.

Die Erinnerung an Kernseife, Ölfarben, Terpentin und kenianische Küchengerüche verdrängte er, riss seine Gedanken in die Gegenwart und wünschte Corran und Elizabeth frohe Weihnachten.

Nach dem Frühstück klaubten alle ihre Gaben aus den Strümpfen, die am Kamin im Wohnzimmer hingen. Dave hatte sich Weihnachten hier schön vorgestellt, dieser Vormittag überstieg dennoch seine kühnsten Erwartungen. Zu viert tauschten sie ihre kleinen Geschenke wie Bücher, Schokolade und Konfekt aus. Janes Geschwister verbrachten die Festtage für sich. Er war froh, nicht mit der Verwandtschaft und Freunden der Familie konfrontiert zu werden. Die Misteln mit ihren roten Schleifen, die mit Goldfarbe besprayten Stechpalmen und der Christbaum versprachen viel Stimmung – ein Fest, das sich wie der Tag von der Nacht von jenem in der Bretagne unterschied. Wenn die Zugluft in der Halle mit dem Engelshaar spielte, fühlte er sich wie als kleiner Junge. Auch bei seinen Grosseltern hatte der Wind seinen Weg unter den Fenstern und Türen durch ins Haus gefunden. Auch von ihnen hatte er bescheidene Geschenke erhalten; eine Lokomotive, die sein Grossvater aus Holz gebastelt und bemalt hatte; ein Drahtfahrrad oder ein Blechauto – Spielzeuge, wie sie noch heute in Afrika angefertigt, dort den Touristen und in Europa in Drittweltläden angeboten wurden.

Jetzt lagen ein dicker Bildband mit schönen Fotos der afrikanischen Tierwelt und ein weiteres Buch, ein Roman, vor ihm.

«'The House on the Strand'», murmelte er und runzelte die Stirn.

«Es heisst Kilmarth und steht nur eine halbe Autostunde von hier», verriet ihm Jane.

Dave hatte keine Ahnung, von welchem Haus sie sprach.

«Bestimmt hast du schon von der Autorin gehört», kam ihm Corran, der seine Unsicherheit bemerkt haben musste, zu Hilfe.

«Sie heisst Daphne du Maurier. Sie lebt ganz in der Nähe. Viele ihrer Romane spielen in Cornwall.»

«Wirklich? It rings a bell. Wurden einige davon nicht sogar verfilmt?», fragte Dave, da ihm der Name nun doch etwas sagte.

«Richtig, 'Rebecca' und 'The Birds', sogar von Alfred Hitchcock. Auch der Film 'Don't Look Now' basiert auf einer literarischen Vorlage von ihr.»

«Das wusste ich alles nicht», bekannte er und verschwieg seine heftigen Gefühle, die er bei der unvergesslichen Filmsexszene zwischen Donald Sutherland und Julie Christie empfunden hatte.

«Ja, aber dieser Roman hier ist weniger bekannt», relativierte Elizabeth.

«Dafür ist er sehr speziell und spannend», ergänzte Jane.

«Ein Gast will mit einem Medikament der Wirklichkeit entfliehen und in eine vergangene Zeit eintauchen.»

«Du musst mir nicht alles verraten», wehrte Dave ab.

«Nein. Aber ich werde dir das Haus zeigen», versprach sie. «Es steht bei Polkerris, einer Bucht mit einem fantastischen Blick gegen Westen ...»

«... und mit einem ausgezeichneten Pub», warf Corran ein. «Aber die Geschichte, die geht übel aus, soweit ich mich erinnern kann.»

Zur Feier des Tages ass die Familie im Esszimmer zu Mittag. Der Raum war muffig und kühl. Corran sass Elizabeth, Dave Jane gegenüber. Der ovale, auf Hochglanz polierte Nussbaumtisch war mit Damast, Stoffservietten, Kristall, Silber und Wedgwood-Geschirr mit blauen Motiven gedeckt. Es gab Truthahn, Karotten und Bratkartoffeln, dazu einen französischen Rotwein. Erst sprachen alle übers Essen, dann bedauerte Elizabeth, dass Finlay und Claire nicht kommen konnten.

«Nicht kommen *wollten*», korrigierte Corran. «Alle Jahre wieder. Wir kennen es nicht anders.»

«Nun ja, Claire feiert dieses Jahr in Ägypten, und unser Sohn wie immer in Australien», sagte Elizabeth. «Finlays Partner stammt von Down Under», ergänzte sie für Dave, der dies längst wusste.

«Hauptsache, ihr zwei seid hier», sagte Corran. «Es gäbe für euch bestimmt auch Aufregenderes als die Weihnachtsansprache der Queen. Und trotzdem möchte ich vorschlagen, sie wie jedes Jahr zu hören. Danach können wir gerne noch zum Strand spazieren. Möglicherweise wagen ein paar abgehärtete Kerle ein Weihnachtsschwimmen.»

Dave nickte, dachte an Claire und J-P und ob sie die Pyramiden besichtigten oder ihren Urlaub am Pool und in der Hotelbar verplemperten. Er wusste, wie leicht die Feiertage zum Besäufnis werden konnten. Wäre er allein gewesen, so hätte er bestimmt auch bis zum Vergessen getrunken. Seine hohen Erwartungen ans Fest hatten sich kaum je erfüllt.

«Weihnachtsschwimmen klingt gut, solange ich nicht mitmachen muss», sagte er und blickte zu Corran, der drahtig und fit für sein Alter war.

Ihm hätte Dave zugetraut, ins kühle Wasser zu steigen. Für sich selber hatte er bereits eine Ausrede zurechtgelegt. Keine Badehose oder was auch immer.

Als es einnachtete, waren sie zurück in Clifftop. Dave staunte noch immer über den Stolz, mit dem ihn Jane am Nachmittag den an Armen und Beinen tätowierten Burschen, die kurz ins Meer getaucht waren, vorgestellt hatte.

Auch hatte alle paar Minuten jemand aus der Nachbarschaft mit Corran gescherzt, mit Jane und Elizabeth geplaudert und Dave dabei interessiert aus den Augenwinkeln gemustert. Die Prüfungen hatten sich angefühlt wie jene während der Weihnachtskollekte der Rotarier an der Hauptstrasse in St Morwen.

«Cheerio, my love, ich muss weiter, bevor alle Geschäfte schliessen. Allerdings ist er *sehr* nett, dein Verlobter», hatte eine ältere Dame dort, nach einem ausgedehnten Schwatz, gerufen, und Jane war dabei leicht errötet.

Obwohl niemand mehr richtig hungrig war, assen sie am Abend eine Kleinigkeit. Die Frauen hatten sich nach dem Spaziergang erneut zurechtgemacht. Dave fand dies überflüssig, die beiden gefielen ihm ungeschminkt und mit zerzaustem Haar besser, dennoch schloss er sich Corrans Kompliment an. Schon bald wechselten sie ins Wohnzimmer. Beim Durchqueren der Halle sah er, wie friedlich die Hunde an ihren Kauknochen nagten und wie sich das Lametta, die Kugeln und elektrischen Kerzen des Christbaums im schwarzen Fenster spiegelten. Jane strahlte, und auch Elizabeth schien mit sich und der Welt im Reinen. Im gedämpften Gegenlicht bemerkte er die Ähnlichkeit ihrer Profile. Corran sah in seiner Manchesterhose und dem karierten Flanellhemd aus wie immer. Bevor er sich in seinen Sessel fallen liess, reichte er Dave eine Portion Christmas Pudding, nickte ihm zu und liess ihn mit einem warmen Blick spüren, wie gut er ihn mochte. Dave kopierte Elizabeth und Jane, die aufrecht in ihrem Fauteuil sassen, das Serviertablett mit dem Schälchen auf den Knien balancierten und ihre Nachspeise mit andächtiger Konzentration genossen.

«David, magst du uns ein bisschen über dich erzählen?», fragte Corran, und goss für alle je drei Fingerbreit Glenfiddich in stabile Gläser.

«Etwas über mich erzählen?», wiederholte Dave, um Zeit zu gewinnen. «Ich bezweifle, dass dies der richtige Zeitpunkt dazu ist.»

«Du hast selber gesagt, dass wir dich noch nicht sehr gut kennen», ermutigte ihn Corran.

Dave wollte die traute Stimmung nicht verderben. Andererseits passte seine Geschichte zu Weihnachten, zu Joseph und der schwangeren Maria, die aus Armut in einem Stall übernachten mussten. Er nippte an seinem Whisky. Elizabeth zog eine Augenbraue hoch. Wenn er jetzt die Karten offenlegte, wäre dies für ihn so etwas wie eine Reifeprüfung, die es vor den Penroses zu bestehen galt. Würden Corran und Elizabeth ihn danach mit neuen Augen betrachten und ihn ihrer Jüngsten ausreden? Er vertraute darauf, dass sie ihren Eltern das Wenige, das sie über ihn wusste, nicht zugetragen hatte. Aber inzwischen glaubte auch er, ihre Mutter könne Gedanken lesen und ahne mehr als sie sollte.

«Ja natürlich müsste ich ... obwohl ...», setzte er an.

Wie er es in seinen Selbstgesprächen schon so oft eingeübt hatte, berichtete er ihnen nun offen und ehrlich das Wichtigste in Kürze.

«Oh Gott!», entfuhr es Elizabeth.

Corran sagte nichts. Jane zupfte an den Nagelhäutchen ihrer Finger. Er hingegen erinnerte sich daran, wie frei er sich nach der Bestattung seiner Grossmutter gefühlt hatte. Allein zwar, und verlassener als je zuvor in seinem Leben, dafür niemandem auf dieser Welt verpflichtet.

«Mich hat nichts in Leeds gehalten», hörte er sich sagen. «Ich hatte ein bisschen Geld geerbt und wollte damit die Welt entdecken. Ich flog als Erstes nach Israel und arbeitete dort ein Jahr lang in der Landwirtschaft.»

Er erwartete nicht, dass jemand Einzelheiten erfahren wollte. Hätte er den Penroses jetzt erklärt, dass er bei seinen Grosseltern trotz allem eine unbeschwerte Kindheit erlebt hatte, sie hätten es ihm kaum geglaubt.

Janes Eltern stiegen noch vor Mitternacht nicht mehr ganz sicher auf den Beinen die Treppe hoch ins erste Obergeschoss, auf dem sich neben den Schlafzimmern der Familie ein Badezimmer mit einer freistehenden Wanne und zwei Keramikwaschbecken mit geradezu antiken Armaturen befand. Dave hatte jene Etage nur einmal betreten und einen Blick in die Räume geworfen, die zum Teil seit Jahren unbenutzt und unverändert waren. In den Schlaf- und Spielzimmern der Jungs gab es abgegriffene Teddys und Plüschhunde mit Knopfaugen; Modellschiffe mit vergilbten Segeln und Flugzeuge mit zerbrochen Flügeln und viele Bücher. In Claires altem Mädchenzimmer erzählten die mit Postern tapezierten Wände, die rotgelb geflammten Vorhänge und ein ebensolcher Bettüberwurf von den längst überholten Schwärmereien und Vorlieben seiner damaligen Bewohnerin.

Einzig Janes Raum mit dem schmalen Bett, einem weissen Schrank und einer Kommode, Blümchentapete und rosa Vorhängen und Kissen, schien ihm etwas zeitgemässer, wenn auch gänzlich ungelegen für seine erotischen Vorstellungen. Zudem teilte sie das Badezimmer und die einzige Toilette auf dieser Etage mit ihren Eltern.

Während er mit ihr die Küche aufräumte, ordnete er seine Eindrücke der letzten Wochen. Sie blickte ihn belustigt an, holte tief Luft und pustete in den Seifenschaum, der ihm ins Gesicht spritzte. Sie war beschwipst. Am liebsten hätte er sie ausgezogen und auf den Esstisch vor dem Aga gesetzt. Doch die Anwesenheit ihrer Eltern hing noch immer in der Luft.

«Heute war ihnen alles total egal», kicherte sie.

«Sie schienen glücklich», antwortete er, «und auch ich fühlte mich wohl, obwohl ich nicht gern über meine Herkunft spreche.»

«Wenigstens haben sie dir keine Würmer aus der Nase gezogen.»

«Das würden sie nicht, oder?»

«Nein, nie. Dazu sind sie viel zu diskret. Zudem mögen sie dich und wollen dich nicht verunsichern. Mir hingegen dürftest du ruhig ein bisschen mehr aus deinem Leben erzählen. Mich interessiert zum Beispiel deine erste grosse Liebe und auch die zweite und die dritte ... und was und wie ihr ...»

Er trocknete die Teller und stapelte sie auf dem Küchentisch.

Sie wurde rot und liess trotzdem nicht locker.

«Da muss es viele hübsche Mädchen gegeben haben», und als er noch immer schwieg: «Ich kann mir nicht vorstellen, dass du all diese Länder bereist, dort Abenteuer erlebt und Risiken auf dich genommen, jedoch keine andere geliebt hast. Du willst es mir bloss nicht verraten.»

Er stellte sich hinter sie, drehte sie zu sich, küsste ihr Gesicht und ihre Fingerspitzen und löste die Bänder ihrer Haushaltschürze, die sie über dem ausgeschnittenen Kleid trug.

«Komm, lassen wir das restliche Geschirr einweichen», murmelte er.

Eng umschlungen taumelten sie ins Gästezimmer. Er duschte nur kurz und wartete im Bett. Jane brauchte länger, bis sie aus dem Badezimmer kam. Sie hielt sein Badetuch vor ihren Busen gedrückt, ihre feuchten Haarspitzen berührten ihre Schultern. Als er ihr das Badetuch wegzog und sie zu ihm unter die Decke schlüpfte, roch er einen Hauch von Granny Smith, seinem Duschmittel, das sie für ihr dunkles Lockendreieck benutzt hatte. Er fiel geradezu über sie her, ejakulierte zu schnell und entschuldigte sich. Vor dem zweiten Mal küsste und liebkoste er sie, bis sie sich auf ihn setzte.

«Wow, ich hätte mir das nie vorstellen können», keuchte sie danach.

«Warum nicht? Ich liebe dich!»

«Me too. Morgen frage ich Dad, ob er dich in der Werft einstellt. Das möchtest du doch, nicht wahr? Bei uns bleiben, meine ich.»

«Natürlich. Sehr gerne. Am liebsten würde ich den Rest meines Lebens mit dir verbringen», antwortete er, drehte sich vom Rücken auf die Seite, legte seine rechte Hand zwischen ihre Beine und schloss die Augen.

Er wollte in der Gegend eine annehmbare Arbeit finden. Sie würde nicht von Cornwall fortziehen. Warum auch? Sie hatte hier ihr Zuhause und eine Aufgabe. Ein Leben mit ihr würde ein Spiel von Licht und Schatten werden: Wohlstand und Annehmlichkeiten, solange er sich nach ihren Vorstellungen richtete und sich an ihre Regeln hielt. Und falls nicht? Er traute ihr zu, ihre Interessen durchzusetzen. Hier, wo sie auf die Unterstützung ihrer Mutter zählen konnte, würde er sich anpassen müssen. Na und? Sagte er sich. Er war verliebt. Jane stupste ihn aufmunternd an.

«Schläfst du schon?»

«Mmhh, beinahe. Aber jetzt nicht mehr.»

«Soll ich Dad nun auf dich und die Werft ansprechen?»

«Ich möchte mich nicht aufdrängen», murmelte er.

«Nein, natürlich nicht. Doch einer seiner Männer ging Ende November in Rente. Er hat noch keinen Ersatz für ihn gefunden.»

«My love, ich bin weder Bootsbauer noch Schreiner. Ich besitze nicht einmal einen Führerschein für Schiffe», gab er ihr zu bedenken.

«Das kannst du alles lernen. Du beginnst als Allrounder, und in deiner Freizeit lernst du segeln und Motorboote fahren. Du liebst das Wasser.»

Sie schmiegte sich erneut an ihn; er fühlte ihren Busen an seiner Brust, ihren Atem an seinem Hals, ihren feuchten Schoss an seinem Oberschenkel.

«Das stimmt, ich würde gerne segeln lernen. Ich tauche ja auch gern. Mir gefällt alles, was mit dem Meer zu tun hat.»

«Dann reden wir morgen mit Dad …»

«Wenn du meinst. Hast du jetzt noch einmal Lust?»
«Es ist schon spät, ich möchte lieber schlafen.»
«Hier? Bei mir im Gästezimmer?»
«Wenn du möchtest.»
«Sicher. Heute war der schönste Weihnachtstag in meinem Leben.»
«Gestern», korrigierte sie ihn. «Es ist inzwischen kurz vor drei. Um zehn Uhr müssen wir allerspätestens zum Frühstück erscheinen.»

Daves erster Arbeitstag fing gemütlich an. Im Vergleich zu Cancale, wo er ein Jahr zuvor schon im Morgengrauen bis zur Hüfte im Wasser gestanden und an den Austerntischen in der Bucht Säcke gedreht und geklopft hatte, war es im Schuppen der Werft warm und trocken. Es roch angenehm nach Holz, Harz, Leim und auch nach Farbe, Metall und Lack. Die Musik und das Geschwätz aus dem Transistorradio wurden vom Summen der Schleifmaschinen begleitet, dem Aufheulen eines Motors oder Gekreische einer elektrischen Säge unterbrochen. Obwohl er noch keinen einzigen Handgriff allein ausführen durfte, fühlte er sich wohl. Um zehn Uhr kam Jane, die einzige Frau im Betrieb, mit Gläsern und Sekt in die Fertigungshalle. Corran hielt eine Ansprache zum Jahresanfang, stellte dabei Dave als neuen Mitarbeiter vor und stiess mit der ganzen Crew aufs kommende Jahr, auf Glück, Gesundheit und unfallfreies Arbeiten an.

Während Corran redete, wanderten Daves Gedanken zurück zum Morgen, als sie zu dritt zur Arbeit gefahren waren. Jane hatte den heutigen Tagesablauf erklärt, dabei ihr Gesicht zu ihm im Fond gedreht und ihn gebeten, sich bei der Arbeit als Freund der Penroses auszugeben.

«Warum soll ich sagen, ich sei ein Freund der *Familie*?», hatte er gefragt, unsicher, ob dies nun ein Kompliment oder eine Deklassierung sei.

«Weil ohnehin alle über dich und mich reden, als ob sie uns verheiraten wollten, lange bevor wir auch nur verlobt sind. Das geht hier schnell.»

Kein Wunder, dachte er. Bei der Weihnachtskollekte der Rotarier hatte sie ihn als ihren *Verlobten* durchgehen lassen. Sie schien sogar stolz darauf gewesen zu sein, obwohl er ihr noch keinen Heiratsantrag gemacht hatte. Und jetzt? Was war in der Werft anders? Warum diese Geheimnistuerei?

«Ich finde es besser, zu sagen, dass ich dein Freund bin», hatte er leicht verärgert geantwortet. «Falls uns jemand fragen sollte, sind wir ehrlich.»

«David hat Recht», hatte sich Corran eingemischt, ohne den Blick von der Strasse zu nehmen. «Du musst kein Geheimnis aus eurer Beziehung machen. Warum denn? Du bist alt genug, einen Freund zu haben.»

«Mum meinte, wir sollen es nicht an die grosse Glocke hängen ...»

Dave war noch immer irritiert. Er unterstellte Elizabeth die gut kaschierte Ansicht, ihre Jüngste habe einen Besseren als ihn verdient.

«Meine Männer sind nicht blöd. Ich würde zu meiner Liebe stehen», hatte Corran die Diskussion beendet und seinen Rover auf den für ihn reservierten Parkplatz neben dem Haupteingang der Werft gestellt.

Als Dave später neben Henry Linn, dem Vorarbeiter, auf die Pause gewartet hatte, hatte er sich darüber gewundert, dass Jane hier keinen Mann gefunden hatte. Dieser Henry zum Beispiel, sah blendend aus. Zudem war er sympathisch. Etwas wortkarg vielleicht, und auch ein paar Jährchen zu alt für sie. Trotzdem wurde er den Gedanken nicht los, dass sich Elizabeth einen wie Henry als Schwiegersohn gewünscht hätte. Einen, den sie kannte. Keinen zugelaufenen Weltenbummler.

Am Mittag kehrten sie nach Clifftop zurück. Elizabeth tischte Gemüsesuppe auf. Dazu gab es Aufschnitt vom Sonntagshuhn, Chutney und grobes, selbstgebackenes Vollkornbrot vom Vorabend.

«Bitte greif zu, David. Mein Brot soll angeblich gesünder sein als die weissen Toastscheiben, die wir alle lieber mögen», scherzte Corran.

Jane schnitt eine Grimasse, und Elizabeth lobte Corrans Backkünste. Obwohl Dave erst seit einem knappen Monat in Clifftop lebte, erkannte er bereits das Muster. An den Wochenenden überliess Elizabeth ihrem Mann die Küche und rühmte alles, was er zubereitete. Mutter und Tochter waren lausige Köchinnen. Corrans Kreationen hingegen, Hähnchen mit Ofenkartoffeln, das Gemüse, das er im Treibhaus zog, gebratene Äpfel mit Ingwer oder Zimt und sein selbstgebackenes Brot schmeckten allen. Dave, der ganz gerne kochte, fragte sich, ob er Corran seine Hilfe anbieten solle.

Nach dem Lunch fuhr er mit Jane zurück zur Arbeit. Corran wollte sich noch etwas ausruhen und die Tageszeitung lesen.

«Manchmal kommt er schon früher ins Büro, manchmal erst nach dem Kaffee. Je nachdem, ob Mum einen mit ihm trinkt», erklärte sie und kurvte wie immer rasant die Strasse in den Ort hinunter. Im Hafen hingegen fuhr sie umsichtig und stellte ihr Auto neben das für ihren Vater reservierte Feld.

«Du kannst bei mir auf ihn warten. Ich erkläre dir, wer bei uns wofür zuständig ist», sagte sie, durchquerte mit ein paar wenigen Schritten den Raum mit den zwei Schreibtischen, wo sie ihrem Vater gegenübersass und ihm zuarbeitete. An der Wand hinter ihr stand ein antiker Aktenschrank.

«Mein Urgrossvater hat die Werft um 1900 hier auf diesem Stück Land mit Meeranstoss gegründet. Ein Sturm hatte zehn Jahre zuvor den noch neuen Aussenhafen zerstört, der wieder aufgebaut und 1897 fertig wurde», erzählte sie. «Zu jener Zeit wurde noch mit kleinen Holzbooten gefischt, vor allem Pilchards, die grossen Sardinen, für die Cornwall bekannt war. Später gingen die Fischschwärme zwar zurück, doch wie schon sein Vater so war auch mein Grossvater ein guter Handwerker und Geschäftsmann, der die Werft trotz allem ausbauen konnte. Ja, und nun sind Dad und ich dran.»

Während Jane ihren Grossvater beschrieb, der lange vor ihrer Geburt verstorben war und den sie nur von Erzählungen her kannte, dachte Dave an Gurvan. Die Fischer und Bootsbauer auf beiden Seiten des Ärmelkanals waren sich ähnlich: gestandene Männer und seriöse Unternehmer mit einem Blick fürs Wesentliche, die ihren Angestellten verlässliche Chefs waren.

«Heutzutage renovieren wir nur noch wenige Fischerboote, vielmehr konstruieren wir Jollen, eigentlich ausschliesslich Freizeitboote», fuhr sie fort. «Daneben fertigen wir Einzelteile für Luxusjachten in ganz Grossbritannien und auch im Ausland an. Dad wird dich nach und nach in alles einführen und seinen Geschäftspartnern vorstellen.»

«Selbstverständlich», sagte Corran, der das Büro genau dann betrat, als sie ihn erwähnte. Er hängte seinen Anorak neben die Tür und setzte sich. «Aber zuerst arbeitest du mit Henry zusammen und lernst Schritt für Schritt Materialien und Maschinen kennen. Mir scheint wichtig, dass dir die Arbeit bei uns Freude bereitet. Dann sehen wir weiter.»

«Ich habe heute noch nichts geleistet, bloss Sekt und am Nachmittag Kaffee getrunken. Was könnte ich jetzt noch tun?», fragte Dave.

«Nicht mehr viel, wir beide machen heute früh Schluss», antwortete Jane anstelle ihres Vaters. «Morgen geht's dann so richtig los; dann muss ich mich um meinen administrativen Kram kümmern.»

«Ja, die kommenden Wochen und Monate werden intensiv. Bevor die Saison eröffnet wird, müssen wir einiges zu Ende bringen», sagte Corran. «Ich bin froh, dass du mithilfst, David.»

Zu Beginn, erklärte er, würde Dave die Bedienung des Krans und der Seilzüge lernen, damit er die Boote aus dem Hafen heben konnte. Er müsse Wasser abpumpen, die stark verschmutzten Schiffe innen und aussen reinigen sowie Schäden, die oft durch einen Zusammenstoss verursacht wurden, zusammen mit Kollegen reparieren. Sie würden Farbschichten abkratzen, Oberflächen schleifen, polieren, streichen und lackieren. Für den Moment würde er weder elektrische Geräte verkabeln noch Rohre für die Sanitäranlagen montieren, geschweige denn einen Motor oder eine Steuerung einbauen dürfen. Diese Arbeiten verteilte Henry an seine Spezialisten oder erledigte sie selber.

«Ich vermute, dass du mit Henry klarkommst. Falls nicht, kommst du zu mir», schloss Corran. Und als ob er Dave eine Belohnung für die während der Einarbeitung zum Teil eintönige Arbeit in Aussicht stellen wollte, versprach er: «Über Ostern gehen wir dann segeln – gutes Wetter und ein günstiger Wind vorausgesetzt. Danach schauen wir, ob du schon bereit bist, mir am Zeichenbrett, bei der Kalkulation und der Administration über die Schultern zu schauen und mit mir ein paar unserer Stammkunden zu treffen.»

Am Karfreitag gingen Corran und Dave tatsächlich zum ersten Mal zusammen aufs Wasser. Während der Karwoche hatten sie sich um Corrans Boot gekümmert, als erstes die Persenning entfernt und zum Reinigen, Ausbessern und Imprägnieren auf die Werkbank eines Arbeiters gelegt; dann die Schoten und Leinen mit Süsswasser gesäubert; die Winschen gut gefettet und die Fender aufgeblasen. Kurz: Nachdem sie tagsüber an den Schiffen der Kunden gearbeitet hatten, hatten sie abends Corrans Ketsch auf Vordermann gebracht, damit sie zum Einwassern auf das Osterwochenende hin bereit war. Jetzt sass Dave am Ruder und beobachtete Corran.

Als sie aus dem Schutz der Bucht und um die Landspitze mit den drei weissen Häusern glitten, kam etwas Wind auf. Corran stand auf und fischte unter seiner Sitzbank nach zwei Sicherheitswesten. Dave bemerkte, dass er ihm die neuere reichte.

«Sicher ist sicher. Sie hält zudem deinen Nacken warm», sagte er, während Dave Kurs hielt. Dave wusste nicht, wie er gleichzeitig in die Weste schlüpfen und das Ruder festhalten sollte, übergab Corran die Pinne und verfolgte dessen ruhige und sichere Handgriffe. Jane und Elizabeth waren irgendwo zusammen unterwegs, was ihm in diesem Moment ganz recht war. Corran und er verstanden sich ohne grosse Worte. Dave genoss den Tag, lernte mit jeder Böe, jeder unvorhergesehenen Welle dazu, gewann Sicherheit und sagte sich begeistert, dass er sich keinen besseren Lehrer wünschen konnte. Gleichzeitig versuchte er, sich an die Manöver zu erinnern, die er in seinem Segelbuch studiert hatte. Corran hingegen war kein Theoretiker. Er liess ihn lieber in der Praxis üben. Learning by doing.

Am Samstag schliesslich blies ein perfekter Wind. Corran überliess ihm das Wenden und Halsen; sie übten Mann-über-

Bord, und wenn Dave etwas nicht gelang, musste er es so lange wiederholen, bis es sass. Die Übungen halfen ihm, ein Gefühl für die Ketsch zu bekommen. Er genoss das Rollen und Stampfen und fragte sich, ob die Handhabung der Jacht auch ihm einmal in Fleisch und Blut übergehen würden, so, als wäre er damit gross geworden.

«Segeln ist Intuition. Du spürst den Wind, die Wellen und die Strömung. Du darfst dabei einfach nicht zu viel überlegen», sagte Corran. «Und jetzt werden wir den Gezeitenfluss hochsteuern. Ganz oben, dort wo es nur bei Flut genügend Wasser hat, gibt es ein Café, das die feinsten Erdbeeren in Cornwall serviert. Wir müssen den Wasserstand im Auge behalten und rechtzeitig aufs Meer zurückkehren. Sonst sitzen wir auf dem Trockenen.»

Klar doch. Flut und Ebbe würden ihn nicht nur bei der Arbeit, sondern künftig auch in seiner Freizeit begleiten.

«Für diesen Genuss segeln sogar unsere Frauen mit uns hierher.»

«Wirklich?», fragte er und lachte.

«Richtig, wegen der Erdbeeren mit Clotted Cream, dem Streichrahm, den es nirgendwo besser gibt», antwortete Corran. «Viele kommen im Mai und Juni nur deshalb. Vor fünfzig Jahren, als ich mit meinem Vater hierher segelte, gab es noch keine Strasse, der Weg führte übers Wasser.»

Corran hatte *unsere* Frauen gesagt, die Familientradition und die alten Zeiten erwähnt und ihn damit ermutigt, die Frage zu stellen, die ihm auf der Zunge lag. Aber zuerst durfte er das Boot am Steg anlegen und vertäuen. Nachdem er dies ohne den Motor zu Hilfe zu nehmen bewerkstelligt hatte, lud ihn Corran, den hier alle zu kennen schienen, zum Cream Tea ein.

Während er Janes Vater gegenübersass, erinnerte er sich an seinen Neid, als Edward in den auf Hochglanz polierten, nach Benzin und Leder riechenden Oldtimern zu Sommerpicknicks fuhr, während er selber zuhause bleiben musste. Und nun war Edward tot, und er quicklebendig und as happy as can be, in Gesellschaft eines der erfolgreichsten Männer der Grafschaft.

«Machen wir das Beste aus dem Tag», riss ihn Corran, der Daves Glück bemerkt haben musste, aus seinen Gedanken. «Es ist ein Wetterwechsel angesagt. Morgen wird nichts mit Segeln.»

«Schade. Darf ich dich etwas fragen, Corran?»

«Nur zu.»

«Es geht nicht ums Segeln.»

«Nun?»

«Ich möchte um Janes Hand anhalten.»

Corran trank einen Schluck Tee und überlegte. Hätte Dave nicht das Aufleuchten in seinen Augen gesehen, er wäre jetzt unsicher geworden.

«Ich würde gerne mit ihr an einen schönen Ort zum Picknick fahren und ihr dort meinen Heiratsantrag machen. Ich meine, auch wenn's regnet. Das ist mir egal. Ich möchte einfach ... etwas Ungewöhnliches tun.»

«David, du lebst seit einem halben Jahr bei und mit uns und bewährst dich zudem in der Werft. Und ... ich wage zu prophezeien, dass aus dir schon bald ein guter Segler wird. Ein hervorragender Segler sogar.»

Dave schluckte leer.

«Jane vergöttert dich, und Elizabeth und ich mögen dich gut. Es steht dir nichts im Weg.»

«Ich dachte bloss ... weil ich keine Familie ...»

«Da kannst du nichts dafür. Elizabeth und ich werden für euch da sein und euch ein schönes Zuhause bieten.»

«Danke», murmelte er, erleichtert und gerührt zugleich.

«Wir freuen uns alle. Auch Claire.

«Claire?»

«Ich habe kürzlich mit ihr telefoniert und wir haben von unserer Ahnung, was Jane und dich angeht, gesprochen.»

«Was hat sie dazu gemeint?»

«Sie sagte, sie habe dich zu Janes Geburtstagsparty bei J-P und ihr zuhause eingeladen, damit ihr euch kennenlernt.»

«Stimmt», nickte er, und überspielte sein Gefühl, Claire habe damals die Weichen vorausschauend gestellt.

Am goldenen Verlobungsring, den Jane am Ostersonntag in einem bemalten Porzellan-Ei fand, funkelte ein grösserer Brillant, als er ihn sich von seinem Gehalt hätte leisten können, wären da nicht Corrans Zuschüsse für die geleisteten Überstunden gewesen. Behutsam steckte er ihn an ihren Finger und küsste sie. Ihre Augen glitzerten mit dem Stein um die Wette. Sie sassen auf einer durchlöcherten Wolldecke, die sie mit dem Picknickkorb mit Weichkäse, Weissbrot, Pasteten, Früchten, Champagner und Kristallgläsern die glitschigen Stufen von den Klippen zum Strand hinuntergetragen hatten.

Vor ihnen lag eine Kulisse, die mit den schönsten Orten dieser Welt mithalten konnte. Aus dem grauen, aufgewühlten Meer ragten majestätisch die Felsen empor, über die der Riese Bedruthan der Legende nach quer über die Bucht gestiegen war. Seichtes Wasser schwappte um die mit schwarzen Muscheln überzogenen Steine. Sie hatten einen trockenen Platz gefunden. Kein Mensch war in Sicht, und Jane sah in ihrem Glück und dem Kleid mit dem ärmellosen Mieder verführerischer aus denn je. Doch just nachdem sie fertig gegessen und die Flasche leer getrunken und von Mythen und Märchen gesprochen hatten, erkannte Dave die anrauschende Flut, die ihnen innert Minuten den Weg abschneiden konnte. Sie retteten sich und ihre Sachen im letzten Moment hin zu den steinernen Stufen, die sie zurück auf die Höhe führten. Die Wolldecke hatten sie in ihrer Hast vergessen.

«Schau, wie das Meer jene Stelle, wo wir zehn Minuten zuvor gesessen haben, verschluckt. Wir hätten ertrinken können», rief Jane aufgeregt und hielt sich an ihm fest, als sie vom Rand der Klippen in die Tiefe blickte. Ihr Haar roch nach Meer und schmeckte nach Salz. Die Möwen kreischten, und der Wind bauschte den luftigen Rock ihres Kleides auf.

«Und wenn schon», antwortete er übermütig und lehnte sich mit ihr in den Wind. Er fand, es gäbe Schlimmeres, als mit dem liebsten Menschen auf der Welt auf dem Höhepunkt seines Glücks in die Brandung zu fallen.

In den folgenden Wochen fragte er sich, wen er zur Hochzeit hätte bitten können. Die Verlobung zu zweit war kein Problem gewesen. Viele junge Paare machten dies, um später umso pompöser zu heiraten. Doch bei der Hochzeitsfeier auf einem kleinen Rahmen zu bestehen wie er, entsprach nicht den gängigen Vorstellungen. Kaum waren sie verlobt, stritten sie sich deswegen. Jane wollte unbedingt in Weiss heiraten und neben ihren Eltern, Geschwistern mit Partnern auch ihre Nachbarn, die Belegschaft der Werft, kurz, in seinen Augen, die halbe Welt, zum Fest einladen. Vettern oder Cousinen hatte sie keine. Corran war ein Einzelkind gewesen. Seine Mutter war 1930 nach der Totgeburt ihres zweiten Sohnes gestorben. Sein Vater hatte nicht wieder geheiratet und ihn mit der Unterstützung einer Haushälterin erzogen. Elizabeth hatte drei bedeutend ältere Schwestern gehabt, alle ledig. Die eine arbeitete in den 50er Jahren als Ärztin in Indien. Sie wurde später Oberärztin an einer Londoner Klinik und lebte dort allein in ihrem grossen Haus. Nach ihrem Ruhestand zog sie in eine Altersresidenz an die Südküste. Die anderen waren Zwillinge. Sie unterrichteten an einer Schule im Oman, wo sie 1970 an ihrem 50. Geburtstag verunglückten. Jane bedauerte, dass sie die drei kaum gekannt hatte. Sie war beim Tod der Zwillinge noch ein Kind gewesen. Ganz anders Finlay, der schon als Junge einen guten Draht zu seiner Tante Margaret, der Ärztin und eigenwilligsten der Schwestern pflegte, diese Beziehung während seines Studiums intensivierte und nach Margarets Tod ihr Haus in London erbte.

«Wir sollten unsere Einladungen drucken lassen», erinnerte ihn Jane.

Es war Anfang Juni und der Hochzeitstermin in zwei Monaten.

«Wir haben uns auf eine kleine Feier geeinigt», erwiderte Dave gereizt. «Deine Eltern, Geschwister mit Partnern als Trauzeugen. Ihnen müssen wir nun wirklich keine Karten schicken.»

«Trotzdem wäre eine Vermählungsanzeige schön. Das macht man so. Meine Eltern könnten sie zumindest in der Zeitung drucken lassen.»

«Ich weiss nicht. Eine Anzeige vielleicht ...»

«Ich würde auch gerne in der Kirche heiraten und ein paar Leute dorthin und anschliessend zu Drinks einladen. Dad kommt dafür auf.»

Sie blickte ihn bittend an.

«Warum in einer Kirche? Ich bin nicht religiös ...», murmelte er.

«Weil es so Sitte ist ...»

«... zudem habe ich niemanden, den *ich* einladen könnte.»

«Aber», setzte sie erneut an, «es muss zumindest zwei oder drei Schulkameraden geben, mit denen du befreundet warst.»

«Ich habe sie aus den Augen verloren. Ich bin zu lange weg gewesen.»

«Dann suchst du alte Adressen heraus oder du kontaktierst deine Schule. Es gibt bestimmt Mitschüler, die sich an dich erinnern und gerne kommen.»

Er staunte über ihre Hartnäckigkeit. Sie war gewohnt zu bekommen, was sie wollte. Es schien ihm das reinste Kräftemessen.

«Jane! Stop it! Ich sagte, ich lade niemanden ein, mit dem ich über Jahre hinweg keinen Kontakt gepflegt habe.»

«Wie wäre es mit deinen Arbeitskollegen in der Bretagne und dem Chef und seiner Frau? Und mit seinem Bruder? Wie hiess der schon wieder?»

«Ich sagte bereits mehrmals deutlich Nein zu alldem.»

«Warum denn nur?»

«Weil eine Ehe so etwas wie ein Vertrag ist und wir ein modernes Paar sind. Mit der Hochzeit legalisieren wir unser Zusammenleben. Ich möchte diesen Anlass nicht mit Leuten feiern, zu denen ich längst keinen Kontakt mehr pflege, und auch nicht mit solchen, die ich kaum kenne.»

Sie begann zu weinen. Er fühlte sich missverstanden, nahm sie in den Arm, drückte sie an sich und küsste ihre Tränen weg.

«Sag' bitte, dass es mehr als ein Vertrag und kein *Anlass* ist», bat sie.

Er hatte keine Ahnung, ob andere Paare auch schon vor der Hochzeit stritten. Seine Grosseltern waren sich immer einig gewesen, genauso wie Corran und Elizabeth. Oder schien das bloss so?

«Natürlich ist es mehr», sagte er. «Wir geloben uns unsere Liebe und Treue. Dies wird auf dem Standesamt im Beisein deiner Eltern und Geschwister und Trauzeugen sehr feierlich werden. Ich verspreche es dir.»

Corran und Dave standen im Büro und gingen die Termine der nächsten Wochen durch. Die Werft würde im August geschlossen bleiben. Im Sommer wollten alle fischen und segeln und keiner dachte dann daran, sein Boot unterhalten zu lassen. Ausser Notfällen, deren Behebung die Werften unter sich aufteilten, gab es im Hochsommer kein Geschäft. Doch bis es so weit war, stand noch viel an. Plötzlich kam Corran von der Planung ab. Jane hatte den Nachmittag frei genommen und ihr Vater offensichtlich darauf gewartet, mit seinem Schwiegersohn in spe unter vier Augen zu sprechen.

«Sie hat mir von euren Unstimmigkeiten erzählt.»

«Was hat sie genau gesagt?»

«Ihr seid euch uneinig, wen ihr zu eurem grossen Tag einladen wollt.»

«Sie wünscht sich ein konventionelles Fest mit vielen Gästen.»

«Und du nicht, wenn ich es richtig verstanden habe.»

«Nein. Standesamt und maximal ein Dutzend Leute. Mehr nicht.»

Dave wollte nachdoppeln, dass er schlicht und einfach niemanden kannte, der ihm nahe genug stand, als dass er ihn hätte einladen können.

Bevor er dazu kam, klingelte das Telefon. Corran nahm es ab.

«Hallo? Wer bitte? Oh, du bist es. Schön. Wie geht es euch? Schön, ja.»

«Nein, sie ist mit Elizabeth nach Truro gefahren. Warum rufst du sie nicht am Abend in Clifftop an? Da erreichst du sie garantiert.»

«Nein? Geradesogut mich sprechen? Worum geht's denn?», fragte er und setzte sich.

Dave beobachtete Corran, der mit den Büroklammern auf seinem Schreibtisch spielte und die Stirn in Falten legte. Nur zu gerne hätte er die Stimme am anderen Ende verstanden. War es womöglich Claires?

«Das ist hoffentlich noch nicht definitiv …», murmelte Corran.

Und als erhielte er so eine befriedigendere Antwort, klemmte er den Hörer zwischen Schulter und linkes Ohr. Nun hatte er beide Hände frei und ordnete seine losen Papiere.

«*Definitiv*? Tatsächlich? Warum denn das?», fragte er, und zusehends irritierter: «Bitte überlege es dir noch einmal. Ich fände es schade. Sie wäre sehr enttäuscht. David auch. Wir *alle* wären sehr enttäuscht.»

«Claire», nickte Corran, nachdem er endlich aufgelegt hatte.

«Sie sagte, der Termin eurer Trauung komme ihr ungelegen.»

«Er ist erst provisorisch», wandte Dave ein.

«Jane hat sie anscheinend um ein Save-the-Date gebeten.»

«Und jetzt?»

«Sie sagte», zögerte Corran, «J-P müsse in jener Woche einen Auftrag fertigstellen. Da er die Angewohnheit habe, auf den letzten Drücker hin zu arbeiten, möchten sich beide vorsorglich schon einmal abmelden. Allein wolle sie nicht kommen.»

«Jane und ich könnten unsere Feier verschieben.»

«Ich weiss nicht. *Ich* würde es nicht tun. J-P hat uns in all den Jahren, die er nun schon mit Claire zusammen ist, nie besucht.»

Dave atmete tief durch. Ihm konnte die Absage nur recht sein.

«Warte es ab, David», riet Corran. «So manche Probleme lösen sich von selbst. An deiner Stelle würde ich Jane nichts von dem Gespräch erzählen. Lass sie es unter sich regeln. Ich habe das Gefühl, dass auch Finlay noch ein Grund einfallen wird, der ihn und seinen Partner verhindern könnte.»

«Man würde nicht denken, dass die beiden Janes Geschwister sind, da sie sich so gänzlich anders als sie verhalten. Warum tun sie dies bloss?»

«Vielleicht, weil wir sie unterschiedlich erzogen haben», mutmasste Corran. «Es war eine andere Zeit», fuhr er nach einer kurzen Pause fort.

«Finlay und Claire waren keine zwanzig, als sie nach London zogen. Sie lebten in Wohngemeinschaften und frönten vermutlich auch der freien Liebe und dem ganzen Drumherum, das zu den 68ern gehörte. Elizabeth und mir fehlte das nötige Verständnis. Bei unserer Jüngsten wollten wir es besser machen.»

Er spürte, dass ihm Corran gerne mehr anvertraut hätte. Trotzdem fragte er nicht nach, erwähnte auch Oliver nicht, dessen silbergerahmtes Portrait auf dem Piano stand. Er wollte keine alten Wunden aufreissen. Corran suchte in der Pultschublade umständlich nach einer Pfeife, stopfte sie, zündete sie an und lehnte sich zurück. Er sah nachdenklich aus. Dave mochte den Duft des dänischen Tabaks. Als ob Corran Daves Gedanken und seine Zurückhaltung gespürt hätte, begann er vom Verlust zu erzählen.

«Oliver war achtzehn Monate älter als Finlay. Als es passierte, war er sieben, ein charmanter kleiner Draufgänger. Elizabeths Darling – obwohl sie natürlich auch Claire, ihr kleines Mädchen, über alles geliebt hat.»

'Und Finlay?', dachte Dave. Doch er schwieg, weil er fürchtete, die Frage würde Corran aus dem Konzept werfen.

«Der Unglücksabend war aussergewöhnlich warm gewesen. Als ich von der Arbeit zurückkam, war Oliver noch nicht zuhause. Er spielte nachmittags mit den Jungs aus dem Ort. Kinder waren sehr frei zu jener Zeit. Bedeutend weniger behütet als später. Aber natürlich lauerten schon damals Gefahren. Das Meer, die verlassenen Minen. Nun. Ein Nachbar und ich sind zur Unglücksstelle gefahren. Oliver muss sofort tot gewesen sein.»

Corran sog an seiner Pfeife, seine Augen hatten jeden Glanz verloren.

«Jane hat mir erzählt, Oliver sei im Mai 1956 in eine Mine gestürzt», sagte Dave. Er fühlte sich Corran wie einem guten Freund verbunden.

«Ja. Sie musste es nicht miterleben. Sie kam erst vier Jahre danach zur Welt», sagte Corran. «Elizabeth und ich fanden wieder zueinander, nicht nur als Paar, auch als Familie. Ohne Jane wäre heute vieles anders. Doch manchmal denke ich, wir haben damals auch Finlay und Claire verloren.»

Vom Korridor her drangen Stimmen ins Büro. Corran erhob sich und ging zum Schedule Planer, der an der Wand neben seinem Pult hing. Dave griff nach seiner Agenda und einem Bleistift und trat neben ihn. Sie besprachen Zeitabläufe und steckten Termine um, als Henry Linn ins Büro stapfte – und damit war fürs Erste die Gelegenheit zur Fortsetzung des Gesprächs unter vier Augen vertan. Nun würden sie zu dritt Tee trinken.

An einem Abend derselben Woche lud Jane Dave in den Pub ein. Anstelle von Shandy trank sie Bier. Sie bat ihn, mit der Heirat ihren Familiennamen anzunehmen. Bevor er sich richtig dazu äussern konnte, sagte sie, sie habe die Möglichkeit bereits abgeklärt. Es sei zwar unüblich, den Namen der Frau als Familiennamen zu führen, doch es brauche bloss eine schriftliche Absichtserklärung dazu. Sie würde sich darum kümmern, er müsse nur unterschreiben. Erst hatte er sich verunsichert und auch etwas verletzt gefühlt. Sobald er hingegen darüber nachdachte, wie bereitwillig Frauen ihren Familiennamen bei der Heirat aufgaben, und wie selbstverständlich Männer den ihren behielten, schien ihm ihr Vorschlag legitim. Hier ging es weniger um sie als um die Werft, die sich in den Händen der Penroses befand. Corran, dem Dave von diesem Gespräch erzählte, nahm es leicht. Auch die Kinder der Queen trugen den Namen der Mutter und nicht des Vaters, schmunzelte er. Und da sich Jane inzwischen mit einer kleinen Feier begnügte, solle Dave in die Namensänderung einwilligen. Glückliche Ehen basierten auf Kompromissen, fand er, und Dave meinte, anstelle des vorangegangenen Humors Resignation zu hören.

Als er am Hochzeitsmorgen zwei Schritte hinter Jane aus dem Haus trat, in die Morgensonne blinzelte und in Corrans Auto steigen wollte, intervenierte Elizabeth.

«Bitte David, nimm du den Wagen der Werft oder meinetwegen Janes MG. Sie soll mit uns fahren. Wir treffen dich auf dem Standesamt.»

«Warum denn?», fragte Jane, noch bevor er reagieren konnte.

«Weil es Unglück bringt, wenn die Braut und der Bräutigam zusammen zur Kirche fahren», antwortete Elizabeth, ihr Gesicht halb verborgen hinter einer dunklen Sonnenbrille. Ihr Haar trug sie hochgesteckt unter einem Hut.

Corran hielt seiner Frau galant die Wagentüre auf.

«Mum! Nun sei nicht abergläubisch. David fährt natürlich mit uns», widersprach Jane.

«Ich mache nur darauf aufmerksam, dass es Unglück bringen könnte», antwortete Elizabeth und schwang ihre schlanken Beine elegant in den Rover.

«Ach was. Wir fahren zum Standesamt und nicht zur Kirche», grummelte sie und nahm im Fond hinter ihrer Mutter Platz.

Dave war erstaunt, wie bestimmt sie Elizabeth Paroli bot. Wie Corran trug er einen dunkelblauen Anzug mit weissem Hemd, dazu eine blaue Krawatte mit weissen Punkten, ein passendes Einstecktuch und eine weisse Nelke im linken Knopfloch. Ihm wurde warm. Gerne hätte er den Schlips gelockert. Stattdessen setzte er sich mit etwas Abstand neben seine Braut.

«Hoffen wir, dass es kein schlechtes Omen ist», murmelte Elizabeth.

Sie hatte schon, als sich Claire und J-P und später auch Finlay und Lance fürs Fest abmeldeten, von schlechten Vorzeichen geredet. Ganz anders als Jane, die sich mit den Absagen ihrer Geschwister abfand und an deren Stelle eine Schulfreundin mit Ehemann als Trauzeugen aufbot. Nach der Zeremonie auf dem Standesamt würden sie zusammen zu Mittag essen. Jane trug nun auch kein weisses, sondern zu Daves Überraschung ein geblümtes Kleid. Abgesehen von ihrem Hut mit zartem Tüll sah sie ähnlich aus wie an ihrem 25. Geburtstag.

«Eigentlich bin nun auch ich erleichtert darüber, nicht im grossen Stil zu heiraten», flüsterte sie ihm zu und formte ihre Lippen zu einem Kuss.

Als Corran den Motor startete, drückte Dave dankbar ihre Hand.

Kurz vor Erreichen des Ziels sagte sie: «Ich stellte mir gerade vor, wie es Shy Di vor fünf Jahren zumute gewesen sein muss. Mit den Augen von Millionen Menschen auf der ganzen Welt und den Kameras aller namhaften Fernsehstationen auf sich gerichtet.»

Dave grübelte, ob sie noch immer, wenn auch nur ein kleines bisschen, von einer Märchenhochzeit träumte und ob er wirklich ihr Traummann war.

Corran warf einen Blick in den Rückspiegel und bemerkte: «Sie durfte jedenfalls nicht in der Nase bohren.»

«Ich doch auch nicht, oder?», entgegnete Jane, die den Humor ihres Vaters offenbar nicht verstand.

«Nein, das solltest du natürlich auch nicht tun», lachte Corran.

«Ich kann mir nicht vorstellen, dass die englischen Medien ein schlechtes Foto von Lady Di gebracht hätten …», wandte Elizabeth ein.

«Schon eher eines von Prinz Charles …», lachte Corran.

Während sich Dave fragte, weshalb Männer in der Öffentlichkeit übler wegkamen als ihre Frauen, stellte Corran sein Auto mit grösster Selbstverständlichkeit ins Parkverbot vor dem Standesamt, wo die Trauzeugen warteten.

Schon ein Jahr später sollte Dave sich nur noch an die Hitze jenes Freitags, die extravaganten Hüte und schönen Kleider der Frauen und den schrägen Humor seines Schwiegervaters und des Standesbeamten erinnern. Vielleicht auch noch daran, wie er nach unzähligen Gruppenfotos für ein Bild nur von sich und Jane hatte kämpfen müssen, weil sich ständig jemand mit einem Cheese-Lächeln zu ihnen gesellte, den Arm um sie legte, ihr nur das Beste wünschte oder ihm jovial auf die Schulter klopfte und dazu gratulierte, nun Mr. David W. Penrose zu sein.

Die Hochzeitsnacht verbrachten sie auf halbem Weg zwischen St Morwen und London. Janes Eltern hatten in einem Romantikhotel eine Junior Suite gebucht und ihnen Blankochecks für zusätzliche Ausgaben mitgegeben. Dave hätte nur zu gerne eine zweite Nacht in der Luxusanlage mit Spa genossen. Jane hingegen bestand nach dem Frühstück auf der Weiterfahrt. Sie wollte das Weekend bei Finlay und Lance verbringen und in der folgenden Woche die Strecke auf der französischen Seite des Ärmelkanals so aufteilen, dass sie auf das zweite Wochenende hin in Cancale einträfen. Dort würden sie bleiben, solange das Wetter hielt und es ihnen gefiel. Dave verstand nicht, wie es sein konnte, dass Janes Geschwister zu beschäftigt gewesen waren, an die Hochzeitsfeier zu kommen, nicht aber, sie während der Flitterwochen zu beherbergen. Sie kamen am späten Samstagmittag an und kämpften sich durch Londons dichten Verkehr. Finlay und Lance hatten tatsächlich nur am Wochenende Zeit, und so setzten Jane und Dave schon am Montagmorgen mit der Autofähre von Dover nach Calais über und verbummelten die erste Woche in Frankreich. Sie legten nur kurze Tagesstrecken zurück, sahen sich die Küstenorte an, schwammen im Meer, wo immer sich ihnen die Möglichkeit dazu bot. Am Spätnachmittag suchten sie ein Zimmer für die Nacht, was einfacher war als er es von vor einem Jahr in Erinnerung hatte. Sie duschten, liebten sich, assen in einem guten Restaurant, schliefen am Morgen aus und frühstückten im Bett. Als sie kurz vor ihrem Ziel, beim Mont-Saint-Michel, Halt machten, suchte Jane die Strassen nach jenem Café ab, in dem sie behauptete, das beste Eis ihres Lebens gegessen zu haben. Nachdem sie es endlich gefunden und die hochgelobten Glace-Kreationen geschleckt hatte, drängte sie zur Eile. Dave hätte die Ankunft bei Claire und J-P noch eine Weile hinausgeschoben. Jane indessen fasste ihn wie ein Kind an der Hand, zog ihn zu ihrem MG, setzte sich ans Steuer und fuhr auch in Frankreich so flott, wie er es von ihr in England gewohnt war.

«Gib bitte Acht!», rief er lauter, als es seine Art war, als sie in die Einfahrt von Claire und J-Ps Haus kurvte und um ein Haar den Steinpfeiler streifte. Sie warf ihm einen schrägen Blick zu, lenkte ihr Cabriolet unversehrt vor die Scheune und hupte mehrmals. Claire rannte barfuss, in Capri Hosen und einem enganliegenden Top aus dem Haus. Er spürte sein Baumwollhemd am Rücken kleben. Er war froh um die gespiegelte Pilotenbrille, die er für wenig Geld auf dem *Kongowea*, dem Markt bei Nyali in Mombasa, gekauft hatte und noch immer benutzte.

«Hallo, hallo, schön, dass ihr hier seid», rief Claire, nachdem Jane den Motor abgestellt und er sich aus seinem tief liegenden Autositz geschält hatte. Die Schwestern umarmten sich und hielten sich eine Ewigkeit fest. Dann begrüsste Claire auch ihn, küsste ihn auf die Wange, nahm ihm einen Koffer ab und rief mehrmals vergeblich nach J-P.

«Er muss arbeiten, sein Monumentalwerk zur Wiedereröffnung unserer umgebauten Bankfiliale fertig stellen», entschuldigte sie ihn schliesslich. «Am besten bringt ihr euer Gepäck selber hoch. Ihr kennt euch ja aus.»

Vor dem Einschlafen flüsterte Jane, Claire freue sich über ihren Besuch. Dave hingegen redete sich ein, nachdem J-P aufgetaucht war, dessen explizit gegen ihn gerichtete Abneigung gespürt zu haben. Er bildete sich ein, J-P wisse inzwischen von der Affäre und schwieg. Jane, die in der im Gästezimmer unter dem Dach aufgestauten Wärme neben ihm lag, schien sein Unbehagen zu spüren und suchte nach einem plausiblen Grund dafür.

«Sie scheinen Probleme miteinander zu haben. Ich hörte sie in der Küche reden, regelrecht streiten. Obwohl sie mit dem Geschirr klapperten, verstand ich, dass etwas im Argen liegen muss.»

«Was denn? Was soll denn im Argen liegen?»

«Keine Ahnung, worüber sie redeten – es klang jedenfalls gehässig.»

«Und du meinst, es habe nichts mit uns zu tun?»

«Nein, hat es nicht. J-P benimmt sich oft seltsam. Mir ist das egal. Wir bleiben hier, solange es uns gefällt und sie uns nicht rausschmeissen.»

«Was meint Claire dazu?», fragte er und streichelte sanft Janes Busen.

«Sie schiebt seine miese Laune auf die Arbeit.»

«Wirklich? Habt ihr darüber gesprochen?»

«Das ist nicht nötig, ich kenne meine Schwester. Immer wenn er sich eigenartig verhält, entschuldigt sie sein Benehmen mit seiner Arbeit, seiner Künstlerseele und so weiter und so fort. Sie liebt ihn. Trotzdem geht sie ihre eigenen Wege. Ich finde, das sollten wir auch tun. Wir könnten morgen zum Beispiel die Austernzucht und deinen alten Chef und seine Frau besuchen.»

Dave spielte intensiver mit Janes Brüsten, zwirbelte ihre Nippels und küsste ihren Hals und ihren Bauch. Erst viel später drehte er sich zur Seite und sie schmiegte sich wie ein Löffelchen an ihn. Das Letzte, was er fühlte bevor ihm die Augen zufielen, waren ihre weichen Lippen auf seiner Haut.

Am nächsten Morgen spazierten sie zur Austernzucht, wo sie Loïc antrafen, der Anstalten machte, mit seinem Traktor in den Schlick zu fahren. Gurvan und Annemarie waren nicht im Betrieb, und Jane zeigte sich enttäuscht über Daves kurzen Wortwechsel mit dem grummeligen Loïc, den sie bloss der Spur nach verstanden hatte.

«Warum hast du mich ihm nicht vorgestellt?»

«Er hat den Motor absichtlich laufen lassen. Er wollte nicht mit uns reden. Zudem spricht er kein Englisch und hört schlecht. Gurvan und Annemarie sind anders. Wir finden sie bestimmt im Hafen. Ihnen werde ich dich selbstverständlich vorstellen.»

Arm in Arm liessen sie sich vom Touristenstrom mitziehen. Dave zählte sich nicht zu den braungebrannten Fremden in kurzen Hosen, deren T-Shirts und Taschen von Reisen rund um den Globus zeugten. Trotzdem stellte er sich mit Jane in die lange Schlange vor dem Verkaufsstand der Galloudecs. Während er Gurvan und Annemarie bei ihrer Arbeit beobachtete, erinnerte er sich, wie er ein Jahr zuvor hier Austern an die Touristen verkauft hatte.

«Dave!», rief Gurvan auf ihn zutretend, schüttelte ihm die Hand und klopfte ihm kräftig auf die Schulter. «Soyez les bienvenus, je suis ravi ...» Annemarie bediente weiter, blies Dave eine Kusshand zu und fragte: «Ton épouse?»

«Oui, darf ich sie euch vorstellen? Wir wohnen bei Claire und J-P», antwortete er halb auf Englisch, halb Französisch.

«*Excellent*», rief Annemarie, arrangierte ein paar Austern auf einem Teller, legte zwei Weissbrotscheiben und Zitronenschnitze dazu und reichte sie Dave. Als Gurvan vernahm, dass sie in den Flitterwochen waren, suchte er hinter der Theke nach Gläsern, offerierte Champagner und wünschte ihnen Glück für die Zukunft. Dave hatte Verständnis dafür, dass Jane Austern nicht wirklich gern mochte. Doch er hätte erwartet, dass sie – wie ein Jahr zuvor an ihrem Geburtstagsfest – auch bei dieser Gelegenheit eine oder zwei der offerierten Delikatessen versuchen und loben würde. Annemarie und Gurvan waren mit der Kundschaft zu beschäftigt, als dass sie bemerkt hätten, dass Jane kein Französisch sprach und er ihre Austern ass. Er wollte nicht am Stand verweilen und hoffte, dass sich später die Gelegenheit ergeben würde, mit Gurvan allein ein Bier zu trinken.

«Warum hattest du es so eilig?», fragte Jane, als sie weiterschlenderten und ausser Hörweite der Galloudecs waren. Er spürte, dass sie mit dem falschen Fuss aufgestanden war und wollte sich nicht irritieren lassen.

«Sie hatten viel zu tun. Komm, lass uns irgendwo einen Kaffee trinken», antwortete er freundlich.

«Kennst du hier noch immer viele Leute?»

«Nein, nicht wirklich. Die Kollegen sind vermutlich bis auf einen oder zwei über alle Berge. Arbeiten auf einer Austernzucht in Irland oder wo auch immer. Solange sie jung sind, wollen sie etwas von der Welt sehen.»

«Und deine Vermieterin? Ich habe sie vor einem Jahr kurz am Fenster ihres Hauses gesehen, als ich dich mit dem Auto abholte.»

«Sie müsste noch immer hier wohnen. Aber sie wollen wir nun wirklich nicht aufsuchen. Oder?»

«Nein, mir ist viel zu heiss, ich würde jetzt lieber schwimmen gehen. Letztes Jahr war ich mit Claire und J-P ein paar Mal in einer kleinen Bucht, nur wenige Kilometer von ihrem Haus entfernt.»

«Gut, lass uns eine Siesta machen und gegen Abend hinfahren. Ich habe mir die Gezeiten gemerkt», nickte er.

«Vielleicht», murmelte sie, «kommt Claire ja mit uns. Letzten Sommer gingen wir abends mit J-P skinny dipping.»

Er biss sich auf die Lippen. Die Erinnerung an Claire, die – wie die Meerjungfrau von Kopenhagen – auf dem Felsen gesessen hatte, stieg in ihm hoch. Vermutlich wäre es besser, wenn sie heute bei J-P bliebe.

Nachdem Dave und Jane den Nachmittag in ihrem Zimmer verbracht und später etwas Leichtes gegessen hatten, packten sie Tücher und Bademäntel in eine Strandtasche. Claire und J-P räumten derweil die Küche auf.

«Ich weiss sehr wohl, wie viel du um die Ohren hast», hörten sie Claires beschwichtigende Stimme durch die halboffene Tür zum Korridor.

Darauf folgte Gemurmel. Jane signalisierte Dave, genau zu horchen. Doch Claire und J-P waren nicht mehr in der Küche; sie rumorten jetzt im Wohnzimmer. Claire hatte schon beim Essen gesagt, sie wolle nicht mit an den Strand kommen, und Dave wurde den Eindruck nicht los, nicht nur J-P, auch sie gehe ihm aus dem Weg. Er hatte von Beginn weg nicht viel von den Verwandtenbesuchen während seiner Flitterwochen gehalten. Nur ungern erinnerte er sich daran, wie Finlay und Lance über ihren beruflichen Alltag, ihre Freizeitgestaltung und Bekannte geredet hatten und zum Schluss auch davon erzählten, wie sie zum Stadthaus von Finlays Tante gekommen waren. Mehr als Neid zu verspüren hatte Dave es als Ungerechtigkeit empfunden und Jane und ihrem Bruder den silbernen Löffel vorgehalten, mit dem sie zur Welt gekommen seien. Genau wie Edward, dem alles Erdenkliche in die vergoldete Wiege gelegt worden war. Doch letztendlich hatte dies seinem Kindheitsfreund kein Glück gebracht. Ohne sein Pferd wäre Ed wohl noch am Leben. Da Dave jedoch weder mit Finlay noch mit Lance über seine Herkunft hatte sprechen mögen, hatte er die Diskussion auf die globale Ungleichheit zwischen Arm und Reich gelenkt. Finlay hatte zustimmend genickt und Lance den restlichen Abend erzählt, wie bescheiden er in einem Reihenhäuschen in Paddington – damals ein Arbeiterquartier in Sydney – aufgewachsen war. Er verdanke es dem Zufall, dass er an einem Studentenaustausch teilnehmen, ein Praktikum in London absolvieren durfte und so Finlay traf, betonte er. Obwohl es naheliegend gewesen wäre, hatte Dave kein Wort darüber verloren, dass er vor zehn Jahren in einer Wohngemeinschaft an der Cascade Street in Sydney und danach an Queenslands Küste gelebt hatte. Er hätte nicht sagen können, warum ihm seine Intuition geboten hatte, dies seinen neuen Verwandten nicht gleich am ersten Abend zu berichten.

Jane und Dave schwammen am Abend nackt, mummelten sich in die von Claire und J-P geliehenen Bademäntel und legten sich auf den vom Wasser rundgeschliffenen Steinen auf ihre Strandtücher. Als sich die ersten Sternbilder am Nachthimmel zeigten, fühlte er sich mit der Welt versöhnt.

Janes Haut schmeckte salzig, so wie jene der Mädchen im Kibbutz, wo er gearbeitet und in Dahab, wo er tauchen gelernt hatte. In seiner Erinnerung rochen die Menschen dort nach Meer und Essen und nicht wie heute nach Sonnencreme. Dahab war ein Fischer- und Beduinendorf gewesen, in dem sich Hippies und Taucher trafen. Später wuchs der Ort und zog eine andere Art von Touristen an. Er hatte nie mehr Lust verspürt, zurückzukehren. Schon eher nach Australien. Obwohl auch dort vieles anders wäre: Keine Girls mehr, die ihn umschwärmten. Die wechselnden Flirts waren für ihn und Jeff, einen lebenslustigen Engländer, so natürlich gewesen wie der Sonnenschein, Sex so selbstverständlich wie Essen und Trinken. Beinahe vier Jahre lang hatten sie in den Tag hinein gelebt, bis die Urlaubsstimmung sie schliesslich langweilte. Jeff Johnson, dem Inhaber der Tauschschule, war es in den 70er Jahren in Queensland dermassen gut gelaufen, dass er sein Tauch-Center abstiess, eine hübsche Summe dafür kassierte und diese in England in ein neues Business investierte.

Jetzt, viele Jahre später, fiel Dave das Bonmot ein, nichts sei schwerer zu ertragen als eine Reihe guter Tage.

«A penny for your thoughts», flüsterte Jane.

«Ich dachte an das Kreuz des Südens.»

«Oh? Hast du es je gesehen?»

«Ja, natürlich», sagte er und fragte: «Und woran hast du gedacht?»

«An unsere Kinder.»

«Unsere Kinder? Ist das nicht etwas verfrüht? Ich meine, ein paar Jahre zu zweit wären auch sehr schön. Wir könnten das Leben geniessen, Sport treiben, bis nach Australien verreisen. Wir hätten keine Sorgen.»

«Es gibt nichts Schöneres als eine glückliche Familie.»

Sie hatte natürlich recht. Und trotzdem wurde ihm in dieser Nacht erstmals bewusst, dass er es vor lauter Verliebtheit und Glück unterlassen hatte, ihre Vorstellungen von einer gemeinsamen Zukunft zu klären. Zu überstürzt hatte er Liebe, Arbeit, Wohnen – die wichtigen Pfeiler im Leben auf eine Karte gesetzt. Jetzt lag es an ihm, das Beste daraus zu machen. Er schwieg. Er würde ihr zum Geburtstag ein Dutzend Rosenstöcke schenken.

Vier Jahre später konnte er seine innere Unruhe mit den Händen greifen und befürchtete, das Fernweh würde ihn jeden Moment in Stücke reissen. Draussen stürmte es, Böen rissen Äste von den Bäumen, Ziegel flogen von den Dächern. Die Schiffe überwinterten auf ihren Trockenplätzen, in Scheunen und Schuppen. Die kleinen Fischkutter schaukelten in Reihen, festgemacht an ihren Bojen im inneren Hafen. Nur die grossen fuhren hie und da hinaus. Sobald die Boote für den Sommer flottgemacht werden mussten, würde in der Werft wieder bis in die Nacht und an den Wochenenden gearbeitet. Jetzt wäre der bessere Zeitpunkt für eine Reise. Jane und er waren noch immer kinderlos, obwohl sie und seine Schwiegereltern sich nichts sehnlicher wünschten als ein Baby. Elizabeth drängte Jane, den Grund dafür von Wilson Smith abklären zu lassen. Doch sie scheute dessen mögliche Fragen und intimen Untersuchungen und auch Dave fand Ausreden. In seinem Kibbuz hatten gleichaltrige Volontäre einmal während Tagen unter Appetitlosigkeit, Fieber, Kopf- und Gliederschmerzen gelitten. Hätte der junge Ire, mit dem er das Zimmer teilte, nicht eine verblüffende Ähnlichkeit zu einem Hamster angenommen, hätte damals keiner an Mumps gedacht. Aber da waren auch Daves entzündete Lymphknoten gewesen und die Anweisungen des Arztes zur strikten Isolation. Für eine Weile mussten sie alle in Einzelzimmer in den leer stehenden Bretterbuden ziehen, die der ersten Generation Kibbuzniks als Unterkunft gedient hatten. Wäre Jane schwanger geworden, hätte er dies längst vergessen. Jetzt hingegen überlegte er, was wäre, wenn er Schuld am Ausbleiben einer Schwangerschaft haben sollte. Würden sie Kinder adoptieren? Oder würde sich Jane einen neuen Mann suchen? Ohne Nachwuchs, das wusste er, stand ihre Beziehung auf tönernen Füssen.

«Ich würde gerne für ein paar Wochen mit dir verreisen …», sagte er zu ihr an einem nasskalten Abend, nachdem sie sich spontan geliebt hatten.

Für einmal war er sich nicht als Samenspender vorgekommen. Der Akt war anders gewesen, intensiver und ehrlicher. Es war der richtige Moment, das Thema anzuschneiden.

Bevor sie antworten konnte, schlug er ihr vor: «Wir könnten nach Amerika fliegen.»

«Ich wollte nicht, ich müsste …», murmelte sie schlaftrunken und wie es ihm schien, zutiefst befriedigt.

«Warum nicht? Wir könnten dort einen Camper mieten und während ein paar Wochen darin schlafen. Oder in einem Zelt», flüsterte er und hielt sie von hinten umschlungen, ihre Brüste in seinen warmen grossen Händen.

«In einem Zelt schlafen?», fragte sie. «Mich juckt schon, wenn ich nur dran denke.»

«Okay. Zwischendurch könnten wir auch in Motels oder auf Ranches übernachten und dort gründlich duschen. Aber ein Camper hätte bestimmt viele Vorteile.»

«Ich glaube, ich ziehe Hotels vor. Wenn schon Urlaub, dann würde mir eine Woche in Italien oder Frankreich genügen.»

«Das können wir noch mit neunzig tun», murmelte er in ihren Nacken.

Noch während er überlegte, wie er ihr seine Pläne verführerischer unterbreiten konnte, drehte sie sich zu ihm, schmiegte sich an ihn und fragte: «Wie wäre es mit einer Woche in Rom oder Paris? Zusammen mit Mum? Seit Dad nicht mehr verreisen mag, ist sie nicht mehr weggekommen.»

«Nein!», rief er, «das will ich nun wirklich nicht! Tag für Tag lebe ich unter den Argusaugen deiner Mum. Zumindest unsere Ferien möchte ich ohne sie verbringen. Ist das denn zu viel verlangt?»

Er hatte erwartet, dass auch Jane dem Alltag einmal entfliehen wollte. Und jetzt schlug sie ihm einen Urlaub mit ihrer *Mutter* vor! Am liebsten hätte er heftig weiter argumentiert. Doch ihr anhaltendes Schweigen zeigte ihm, dass der Ton, in dem er ihr widersprochen hatte, sie verletzt hatte.

«Darling! Paris und Rom sind wie London», versuchte er sie zu beschwichtigen, «dieselben Geschäfte, Hotels und Restaurantketten.»

«Das stimmt so nicht», nuschelte sie in seine Armbeuge.

«Nun. Ausser in ihrer Geschichte unterscheiden sich die Städte kaum. Und du scheust Menschenmassen. Was würdest du dort tun?»

Sie setzte sich auf, knipste das Licht auf ihrem Nachttisch an, lehnte ihren Rücken an den Kopfteil des Bettes und schlug vor: «Museen besuchen und Gärten und Parks und alte Gebäude ansehen. Wir könnten auch über Märkte flanieren und Souvenirs einkaufen, in Cafés sitzen und plaudern und abends schön essen gehen. So wie andere Touristen es tun.»

«Das können wir noch lange. Solange wir keine Kinder haben, sollten wir etwas Ungewöhnlicheres wagen. Es muss keine Reise im Camper sein», sagte er und bat sie um *akzeptable* Vorschläge.

Als sie erneut schwieg, sagte er leichthin, halbwegs im Scherz: «Wir könnten auch mit Pferd und Wagen durch die Rocky Mountains trecken. Oder auf einem Motorrad der Pazifikküste entlang brausen. Oder quer durch die US. Easy Rider like auf der Route 66.»

«Träumst du davon, ohne mich zu verreisen?», fragte sie ihn ernsthaft.

«Das ist nun sehr hypothetisch. Wir sind verheiratet.»

«Trotzdem. Was, wenn wir es nicht wären?»

«Dann würde ich möglicherweise nach Gibraltar und den Kanaren und, mit einem Stopp auf den Kapverden, über den Atlantik in die Karibik segeln. Ich stelle es mir traumhaft vor: Die unzähligen Vulkan- und Koralleninseln, üppig grüne Regenwälder, lange weisse Sandstrände und türkisfarbenes Wasser. Bis im Mai weht dort ein beständiger Passatwind.»

Die Resignation, die aus seinen Worten klang, war nicht zu überhören.

«Vielleicht könntest du das ja tatsächlich tun. Wir sollten nicht streiten», sagte sie, löschte das Licht, und schon kurz danach hörte er sie regelmässig atmen.

«Der Winter in Cornwall kann einem leicht aufs Gemüt schlagen», sagte Corran, als sie nach Feierabend die Werft abschlossen, ins Freie traten und beinahe von einer Böe umgestossen wurden. Sie hatten beide etwas länger gearbeitet, Jane war mit Bauchkrämpfen schon im Laufe des Nachmittags nach Hause zurückgekehrt. Die Arbeiter hatten längst Feierabend gemacht. Ende Januar war es zwar ein wenig wärmer als im Dezember, und es wurde morgens auch etwas früher hell und nachtete täglich ein paar Minuten später ein, doch die Frühlingsblumen würden erst im Februar und März blühen. Die beiden Männer setzten sich auf eine Bank im Hafen. Die kleinen Läden und Cafés waren fest verriegelt.

«Ich bin froh, wenn er endlich vorüber ist», murmelte Dave.

«Keine Sorge. Das geht schneller als du denkst. Schon nächsten Monat werden sie an den Wochenenden wieder öffnen, bald darauf auch unter der Woche, zumindest an den sonnigen Nachmittagen. Sobald die Fischer und Segler ihre Boote für die Saison herrichten, werden auch wir meine Ketsch aus dem Winterschlaf wecken. An Ostern ist es vorbei mit der Ruhe.»

«Ich kann es kaum erwarten, wieder zu segeln.»

«Träumst du noch immer von einem grossen Törn?»

«Oh?», sagte Dave, der seit der Diskussion mit Jane ununterbrochen daran gedacht hatte und sofort wusste, dass sie mit Corran gesprochen hatte.

«Eine Atlantiküberquerung mit einem kleinen Schiff verlangt einiges an Vorbereitung», sagte Corran. «Für die meisten Segler bleibt sie ein Traum.»

Dave bereute, sein Fernweh thematisiert zu haben. Jane konnte es nicht nachvollziehen. Heute Abend würde sie mit einer Bettflasche auf dem Bauch im Wohnzimmer auf dem Sofa liegen und ihren eigenen Träumen nachhängen.

«Jane ist keine Globetrotterin», murmelte Corran, gänzlich überflüssig.

«Ich liebe sie so, wie sie ist», antwortete Dave, schroffer als beabsichtigt.

«Nun ja», sagte Corran und fragte: «Wie wäre es, wenn ihr im Herbst auf den Dachboden ziehen würdet?»

«In Clifftop? Im nächsten Herbst?»
«Warum nicht? Ich könnte den Platz leicht ausbauen und für euch dort oben ein Zimmer mit einem Bad herrichten. Damit hättet ihr ein eigenes Refugium. Ihr würdet unabhängiger sein und uns trotzdem nah.»
Dave schwieg erst einmal.
«Überdenke es. Elizabeth und mir liegt daran, dass ihr euch wohlfühlt», ermunterte ihn Corran.
«Ja. Ich werde die Idee mit Jane besprechen.»
«Sie sagte uns, ihr wünscht euch mehr Privatsphäre.»
«Oh?», entgegnete Dave schon wieder.

Sein dicker Pullover hielt die feuchte Luft nur schlecht ab. Corran in seinem Anorak ertrug die Windstösse stoisch. Dave dachte über das Angebot nach. Erst kürzlich hatte er Jane vorgeschlagen, eines der Cottages im Hafen zu kaufen. Statt viel Geld für eine Reise auszugeben, wäre er bereit gewesen, damit eine Anzahlung für ein eigenes kleines Daheim zu leisten. Doch sie hatte gekontert, alle erschwinglichen Häuschen hätten einen Haken, sie seien ohne Komfort und rundum sanierungsbedürftig. Vielleicht wären eigene Räume in Clifftop ein guter Kompromiss, zumal es Corrans Idee war. Corran nahm das Gespräch neu auf, meinte leichthin, er müsste die alten elektrischen Drähte auf dem Dachboden so oder so einmal herausreissen. Sie seien gefährlich, und er wollte es eigentlich längst tun, um keinen Brand zu riskieren. Er würde die ganze Elektrizität und die Wasserleitungen erneuern, Steckdosen und Heizkörper installieren und ein modernes Bad mit Dusche, zudem Dachfenster für reichlich Tageslicht einbauen lassen. Die Aussicht werde unschlagbar werden – mit einem Blick wie aus einem Möwennest – versprach er.

Während Corran seine Pläne weiter umriss, begriff Dave, dass er sie nur gutheissen und ihm dafür danken konnte. Doch er und Jane würden die Halle, das Wohn- und Esszimmer, die Küche und den Garten weiterhin mit seinen Schwiegereltern teilen. Clifftop war zu gross, sein Umschwung zu weitläufig für zwei alte Menschen mit zwei alten Hunden.

Inzwischen war es dunkel geworden, die Wolken hatten sich verzogen. Die Sterne funkelten mit den fernen Lichtern der Tanker um die Wette. Er fragte sich, wie lange Corran noch draussen sitzen bleiben wollte und ob sich Jane bereits hingelegt hatte oder mit Elizabeth fernsah. Die beiden hatten bestimmt schon gegessen oder zumindest einen Tee getrunken, wie sie es jeweils taten, wenn sich Corran und er verspäteten.

«Und falls ihr euch jetzt nicht auf ein Ferienziel einigen könnt, hätte ich vielleicht auch dazu eine Idee ...», zwinkerte ihm Corran zu.

«Welche?», fragte Dave. Der Gedanke, Corran habe seine Tochter vielleicht zu einer abenteuerlichen Reise überreden können, fiel wie eine Sternschnuppe vom Nachthimmel .... und verglühte bei Corrans Antwort.

«Ihr bleibt fürs Erste einmal hier ...»

Er wollte widersprechen, schwieg hingegen, als ihn Corran am Arm fasste und zu seinem weinroten Rover führte, dessen Lackierung noch wie neu aussah. Jedenfalls fleckenloser als der mit Möwenkot beschmutzte Range Rover der Werft, für dessen Pflege sich niemand zuständig fühlte.

« ... dafür könntest du im Frühjahr nach Kalifornien zur Bootsmesse fliegen», sagte Corran nun. «Du nimmst dir Zeit, siehst dich ein bisschen um. Ich verbuche es als Geschäftsreise, und du hängst, wenn du möchtest, zwei Ferienwochen dran, derweil wir uns hier mit dem Dachausbau beschäftigen. Das würde allen dienen. Was meinst du dazu?»

Dave glaubte, sich verhört zu haben.

«Du schlägst vor, ich solle ohne Jane nach Amerika?»

«Ja. Sie will nicht weg. Und du weisst, wie schön es im Sommer bei uns ist. Zu dritt könnten wir dann Pendenzen abarbeiten und du und ich wie gewohnt zusammen segeln», ergänzte Corran, als er sich ans Steuer setzte.

«Und was sagt sie dazu?», fragte Dave.

«Nichts Gegenteiliges. Sie ist einverstanden.»

«Fehlt also nur noch mein Okay.»

«Richtig, sie war der Ansicht, ...»

«..., dass ich gerne in die USA fliegen, den Sommer hier verbringen und im Herbst mit ihr zusammen in Clifftops neues Möwennest ziehen würde?»

Dave hatte versucht, neutral zu klingen, obwohl es ihn immer wieder von neuem ärgerte, und er sich oft hätte die Haare raufen können, dass Jane alles – aber auch wirklich alles – hinter seinem Rücken mit ihren Eltern besprechen musste. Doch ihre Mutter war nun einmal ihre beste Freundin.

«So in etwa», antwortete Corran und gab Gas.

IV

Knappe drei Monate später flog Dave über den Atlantik. Er erinnerte sich an seinen letzten Flug, jenen von Afrika nach Europa, auf dem er Bobs Bekanntschaft gemacht hatte. Seither war er nicht mehr geflogen. Die Sitze neben ihm blieben frei, er würde sich ausstrecken können. Dankbar dachte er an Corran, der ihn geradezu zu dieser Reise in die USA gedrängt und sich in jeder Hinsicht grosszügig gezeigt hatte. Dass diese Messe in Kalifornien nicht die grösste ihrer Art war, schien ihm nebensächlich. Hauptsache, der Zeitpunkt stimmte, und er konnte, wo er schon einmal dort sein würde, die Westküste entdecken. Er wusste um die Fremdbestimmung seines Lebens. Doch solange es Corran derart gut mit ihm meinte, hatte er nichts dagegen. Nach der Messe würde er in einem Mietwagen über die Panoramaroute die Küste hochfahren. In San Francisco wollte er auf dem alten Fischmarkt eine Clam Chowder essen und mit der Fähre zur einstigen Gefängnisinsel Alcatraz übersetzen. Seit seinem Aufenthalt im Kibbuz, wo er mit einem lockeren Amerikaner aus Sausalito Orangen gepflückt und sich glänzend mit ihm verstanden hatte, wollte er nach San Francisco reisen. Erst nachdem er jeden einzelnen Hügel der Stadt bestiegen und die Hausboote in Sausalito gesehen hatte, würde er zurückfliegen. Noch war es zu früh, an die Rückkehr zu denken. Als erstes stand die Bootsmesse in Tropwen auf dem Programm, während der er sich umsehen, Kontakte knüpfen und vor allem Ideen sammeln musste. Die letzten beiden Wochen gehörten dann ihm. Als er im regnerischen Heathrow aufs Boarding der Maschine nach Los Angeles gewartet hatte, hatte er im Hintergrund 'If you're going to San Francisco' und John Denvers 'Leaving on a Jetplane' gehört. Songs, die vermutlich an vielen Flughäfen dieser Welt liefen. Bevor er einnickte, sah er noch einmal Jane vor sich, die ihn an den Bahnhof gefahren und dort gut gelaunt verabschiedet hatte. Alle Freiheiten dieser Welt lagen vor ihm.

In Los Angeles wählte er aus Gewohnheit ein günstiges Hotelzimmer. Er konnte weder die Klimaanlage abschalten noch die Fenster öffnen. Die Luft hing abgestanden über einem Bett mit speckigem und fleckigem Überwurf. Das Bad war nicht zu benutzen. Hier hätte er mit Jane schon einmal nicht übernachten können. Ihm hingegen war der Schmutz egal. Er war müde, auch die restlichen Mängel kümmerten ihn kaum. Er würde kurz schlafen, schon in wenigen Stunden auschecken und den Tag in der Stadt verbringen.

Gegen Morgen wurde er von Männerstimmen aus dem Nebenzimmer geweckt. Er glaubte auch, einen Plopp gehört zu haben und wusste im ersten Moment nicht, wo er war. Er blickte sich in dem schäbigen Zimmer um und sagte sich, dass er zu viele Gangsterfilme geschaut habe. Jetzt, wo er schon einmal wach war, stand er auf, schob seine Voreingenommenheit gegenüber amerikanischen Grossstädten beiseite und beschloss, die Universal Studios zu besuchen. In einem 24-Stunden-Diner trank er drei Becher Filterkaffee und ass Pancakes mit Ahornsirup. Obwohl er hungrig war, schaffte er nur die halbe Portion. Den Rest liess er einpacken und schenkte ihn einem Obdachlosen, der mit seinen Hunden auf einer Decke direkt vor dem Restaurant auf dem Gehsteig sass. Er nahm ein Taxi zum Busterminal, reservierte einen Platz für die letzte Fahrt am Abend, kaufte sein Ticket und deponierte sein Gepäck in einem Locker. Er freute sich auf seinen ersten Tag in Amerika und rechnete nach, dass Jane und Corran bereits zu Mittag gegessen hatten und schon in wenigen Stunden Feierabend machen würden. Als schliesslich auch in Los Angeles die Sonne im Meer versank, wäre es ihm nicht möglich gewesen zu sagen, wie viele Kilometer er zu Fuss unterwegs gewesen war. Seine Beinmuskeln brannten, er spürte Blasen an seinen Füssen. Er liess sich in seinen reservierten Sitz im Bus fallen, zog seine Schuhe aus, stellte die Lehne zurück, knipste das Leselicht aus und war nach fünf Minuten eingeschlafen. In Tropwen weckte ihn der Fahrer. Dave schlüpfte in seine Sneakers, ohne die Schnürsenkel zu binden, taumelte aus dem klimatisierten Bus und zog seinen Koffer umständlich aus dem seitlichen Gepäckfach. Wenig später checkte er, verschwitzt und mit einem Dreitagebart, in eines der schönsten Hotels in Tropwen ein. Das King Size Bett, das geradezu nach einer Doppelbelegung schrie, stand mitten im Zimmer. Obwohl er sich gerne sofort und noch in seinen Kleidern darauf gelegt hätte, hielt ihn sein stoppeliges Gesicht, das ihn aus dem Spiegel anblickte, davon ab. Er zog sich aus, roch an seinem Shirt und stopfte es mitsamt den restlichen Kleidern, die er seit seiner Abreise getragen hatte, in einen Laundry Bag. Inzwischen war er wach genug, im Whirlpool zu entspannen, die Hotelprospekte zu studieren und sich danach zu rasieren. Plötzlich musste er an das Glück denken, welches er empfunden hatte, als er sich nach wochenlangem Trampen durch Afrika in Abuyas weit weniger luxuriösem Badezimmer erstmals wieder hatte gründlich waschen können.

Auf seinem Morgenspaziergang fielen ihm die stattlichen Häuser und verspielten Villen auf und die Segelclubs mit den zweireihig im Wasser liegenden, leuchtend weissen Jachten, deren Flaggen im Licht der ersten Sonnenstrahlen flatterten. Ein Riesenhunger trieb ihn zurück ins Hotel, wo er ausgiebig frühstückte. Danach fühlte er sich fit genug für die Bootsmesse.

Hunderte von Menschen standen Schlange, um aufs Gelände und später auch ins Innere der ausgestellten Objekte zu gelangen. Alle hatten Anliegen und Fragen, das Standpersonal konnte sich häufig nicht entscheiden, wer in der verfügbaren Zeit zu bedienen war. Corran hatte ihm geraten, die interessantesten Boote, ihre Anbieter und die Nummern der Stände schon im Voraus herauszusuchen. So war Dave, obwohl zum ersten Mal in seinem Leben auf einer solchen Messe, bestens vorbereitet. Mit seinem charmanten Auftreten und dem britischen Akzent kam er bei den Hostessen gut an und fand auch rasch heraus, dass ihm das Vortäuschen einer ernsthaften Kaufabsicht gute Aussichten auf eine individuelle Besichtigung und Beratung bot. Für die Verkäufer waren Besucherinnen und Besucher, die nur plaudern und Prospekte sammeln wollten, uninteressant. Ganz anders Dave. Die jungen Frauen servierten ihm Kaffee und kühle Drinks, baten ihn, sich zu gedulden, bis ihr Boss frei wäre und warfen ihm zwischenzeitlich verstohlene Blicke zu. Sobald sich der Inhaber oder ein Verkaufsleiter Zeit für Dave nahm, liess sich dieser die Navigationsgeräte und die Leistung der Hilfsmotoren erklären, verglich die Platzaufteilung und den Stauraum auf und unter Deck sowie Herkunft und Qualität der verarbeiteten Materialien. Zur Gedankenstütze fotografierte er alles, was ihm bemerkenswert schien und in den Prospekten nicht abgebildet war mit seiner Sofortbildkamera – von den robusten Klampen und Winschen über Furniere und Intarsien aus seltenen Hölzern bis hin zu den besonders edlen Beschlägen.

«Ich sehe, du nimmst es genau», sagte eine junge Frau, die ihn beobachtete, wie er sich Notizen machte, nachdem er sich eine stilvoll restaurierte hölzerne Ketsch angesehen und sich sehr herzlich von ihrem Chef verabschiedet hatte.

«Möchtest du einen weiteren Drink? Kaffee?», doppelte sie nach.

«Nein danke, ich gehe gleich. Ich möchte den Tisch hier nicht belegen. Aber eure Boote sind richtige Beautys, wunderschöne Schiffe.»

«Stimmt. Du scheinst dich auszukennen», bestätigte sie und fragte: «Kommst du aus England?»

Sandy, las er auf ihrem Schildchen und nickte zweimal. Sie liess nicht locker.

«Meine Eltern stammen aus London. Sie verliessen England, als ich vier Jahre alt war und gingen nie mehr zurück.»

«Oh?», murmelte er und wiederholte, wie immer, wenn er um eine Antwort verlegen war, was er glaubte, verstanden zu haben. «Du warst noch nie in Grossbritannien?»

«Doch, als Kind. Wie ich sagte, wanderten meine Eltern aus als ich vier war. Ausser an meine Grossmutter, die kurz danach verstarb, kann ich mich an nichts erinnern.»

Er vermutete, dass Sam Sander, der sich viel Zeit für einen Rundgang und die Beantwortung seiner Fragen genommen hatte, Sandys Vater sei. Vom Alter her passte es. Der Mann sprach mit einem Londoner Akzent. Seine zurückhaltende Höflichkeit überspielte er mit der unverfänglichen Gesprächigkeit des typischen amerikanischen Geschäftsmannes, wobei er seine antiquierten Redewendungen mit maritimen Ausdrücken anreicherte.

«Ich würde gerne einmal ein paar Wochen in Europa herumreisen», riss ihn Sandy aus seinen Gedanken. «Ein Freund von mir tat es mit Interrail, im Sommer vor zwei Jahren. Er war begeistert. Es muss spannend sein.»
«Sicher», stimmte er zu und packte seine Unterlagen zusammen.
«Bist du auch auf der Durchreise?»
«Sieht man das?»
«Ja, irgendwie schon. Soll ich weiterraten?»
«Nein lass schon, ich will dich nicht aufhalten. Ihr habt Kundschaft.»

Als er allein zu Abend ass und die Paare um sich beobachtete, fiel ihm seine Begegnung mit Sandy ein. Es hätte sie einladen sollen. Vielleicht die Nacht mit ihr verbringen. Gleichzeitig wusste er, wie prüde Amerikaner sein konnten. Zudem spukte ihm Jane im Kopf herum. Er rätselte, ob ihr Verlangen oder ihr Kinderwunsch sie dazu bewog, noch regelmässig mit ihm zu schlafen. Fünf Jahre waren eine lange Zeit für eine Beziehung.

Den letzten Messetag ging er gemütlich an. Am Abend zuvor war er an der Hotelbar mit Gästen ins Gespräch gekommen. Es war spät geworden. Nun, nach dem Frühstück, musste er sich geradezu aufs Gelände zwingen. Ihm schien, als ob er schon jedes Segelschiff besichtigt hätte und das gesamte Messepersonal kennen würde. Er unterhielt sich mit ein paar Besucherinnen und Besuchern und schaute Motorboote und Dinghis an, obwohl diese Corran kaum interessierten. Zur Mittagszeit setzte er sich im Marine Village in die Sonne, trank Kaffee und las lange in seinem 'Lonely Planet Guide'. Den Mietwagen für die Fahrt nach San Francisco würde er erst im Laufe des nächsten Vormittags übernehmen können.

«Hi! Darf ich?», hörte er Sandy, der er täglich im Vorbeigehen zugewinkt, mit der er sich jedoch seit der Besichtigung ihrer Boote nicht mehr unterhalten hatte. Nun setzte sie sich zu ihm und biss in ihren Bagel.

Die Situation kam ihm bekannt vor: Auch Liv hatte ihn in Mombasa angesprochen, sich im ‚Royal Castle' zu ihm gesetzt und mit viel Appetit gegessen. Im Gegensatz zu damals wusste er heute, dass er gut aussah.

«Wir packen in der Nacht zusammen», informierte ihn Sandy. «Heute Nachmittag ist nicht mehr viel los. Morgen bringen wir dann unsere Schiffe zurück. Wir haben es nicht weit. Und du? Was hast du vor?», fragte sie.

«San Francisco.»

«Toll, für wie lange?»

«Eine Woche? Ich schaue einmal, wie es läuft. Zuerst tuckere ich mit einem Mietwagen hoch. Ganz gemütlich, ist ja nicht weit. Vermutlich verbringe ich dann ein paar Tage dort.»

«Warum fliegst du nicht hin?»

«Weil ich Roadtrips mag. Da sehe und erlebe ich unterwegs etwas.»

«Mein Freund, der mit Interrail durch Europa reiste, sagt dasselbe. Ich bin noch keine längere Strecke mit der Bahn gefahren. Immer nur im PW und Flugzeug.»

«Dafür bist du bestimmt schon oft gesegelt?»

«Klar, in unserem Business. Aber nie sehr weit.»

«Muss nicht sein. Auch Tagestouren können schön sein», sagte er und fragte nonchalant: «Hättest du heute Nachmittag Zeit und Lust, etwas mit mir zu unternehmen?»

«Zeit und Lust ja, aber leider kein Boot.»

«Wir könnten eines mieten oder auch im Hotelpool schwimmen gehen.»

«Schwimmen klingt besser. Mein Bedarf an Schiffen ist für diese Woche abgedeckt. Ich hole meine Badesachen aus dem Camper.»

Als Dave eine knappe Stunde später im Hotelpool hinter Sandy her schwamm, griff er spielerisch nach ihr. Obwohl sie wie ein Kind planschte und tauchte, sah er, dass sie eine gute Schwimmerin war. Sie blieb im Pool, bis ihre Lippen blau anliefen. Als sie aus dem Wasser stiegen und ein kühler Wind sie streifte, überzog eine Gänsehaut ihren Körper. Er griff nach einem der Hotelbadetücher und rubbelte sie damit trocken. Wie zufällig berührte er dabei ihr Bikinioberteil. Ihr Busen war klein und fest.

«Nicht hier», lachte sie.

'Wow', dachte er und antwortete: «Es hat kaum Gäste.»

«Trotzdem, wenn uns einer zuguckt, könnte es peinlich werden.»

«Gehen wir in mein Zimmer?», schlug er vor.

Heute würde er nicht allein essen müssen. Sandy rief, nachdem sie sich geliebt und sich dabei in den Spiegeln, die den Wandschrank verkleideten, beobachtet hatten, ihren Vater an. Sie erklärte ihm, sie habe einen Bekannten getroffen.

«Alles okay? Kommt er allein zurecht?»

«Ja sicher. Kein Problem. Dad nimmt alles locker», sagte sie leichthin.

«Und du?»

«Ich bin seine Tochter.»

Dave pendelte zwischen einem schlechten Gewissen und seinem Verlangen nach mehr Sex mit ihr. Er konnte plötzlich nachfühlen, wie es Claire zumute gewesen sein musste. Fremdgehen war nicht so einfach, wie es sich anhörte. Trotzdem konnte er Sandys jungem Körper nicht widerstehen, zumal sie intuitiv zu wissen schien, was und wie er es mochte.

Später lud er sie in ein kleines französisches Restaurant ein. Während sie assen, erzählte er ihr, wie viel lieber er über den Atlantik gesegelt statt geflogen wäre.

«Ganze Wochen auf dem Meer zu verbringen, stelle ich mir einmalig vor, solange man die Zeit und die Mittel dazu hat», antwortete sie begeistert.

«Sicher, jedermanns Sache ist es gleichwohl nicht», entgegnete er.

Offenbar wollte sie nicht wissen, wer sich einem solchen Abenteuer verweigern konnte. Stattdessen plauderte sie, ohne den Wein anzurühren, über Banalitäten und schien es nach dem Essen eilig zu haben, mit ihm in sein Hotel zurückzukehren.

Er bezahlte den Kellner in bar, und obwohl er seinen Ehering im Geldbeutel trug, wusste er, dass sie wusste, dass er verheiratet war.

Der Gedanke, dass dies die einzige Gelegenheit sein könnte, das Korsett seiner Ehe abzulegen, liess auch ihn seine Schritte auf dem Weg zum Hotel beschleunigen.

«Und?», fragte er, als sie davorstanden.

«Gerne, ein letztes Mal noch, vorausgesetzt, dass ich vor Mitternacht bei unserem Camper bin. Sonst gibt mein Vater eine Suchmeldung auf.»

«Vertraut er dir nicht?»

«Wenn er nicht weiss, wo und mit wem ich bin, sorgt er sich um mich.»

Zwei Wochen später, auf dem Rückflug, erinnerte er sich, wie sie fünf Minuten vor Mitternacht vor dem Camper gezögert hatten und sich dann lange küssten. Obwohl er ihr versichert hatte, dass er die Visitenkarte ihres Vaters aufbewahren werde, hatte sie ihm auch ihre Telefonnummer auf einem Zettel notiert und ihm diesen zum Abschied in die Hand gedrückt.

«Bitte, bitte ruf mich an, wenn du das nächste Mal hier bist. Wir könnten mit einem unserer Boote rausfahren und vielleicht sogar Wale beobachten», hatte sie ihn mit einem lockenden Unterton in der Stimmt beschworen.

Ausser jenen an ihre Stimme, ihren Busen, ihre langen Beine und an die schönen Boote ihres Vaters blieben ihm kaum Erinnerungen von der Messe.

Jetzt verglich er Sam Sander mit Corran Penrose. Beide waren passionierte Segler und Bootsbauer mit attraktiven Töchtern, die im Betrieb mithalfen und diesen vielleicht einmal übernehmen würden. Hätte er, statt mit einem Mietwagen nach San Francisco zu gondeln und seine Ferien mit Sightseeing zu vertun, sie nicht auch mit Sandy verbringen können? Im Nachhinein schien alles möglich. Der vor ihm liegende Flug nach Europa war lang und bot ihm viel Zeit zum Nachdenken. Doch Sandy war ein Abenteuer gewesen, seine Frau war Jane. Hätte sein Schwiegervater ihn nicht zu dieser Reise ermutigt und dafür bezahlt, hätte er dies alles nicht erlebt. Er hatte Sandy wohlweislich nicht fotografiert. Statt ihrer wollte er sich an die Golden Gate Bridge erinnern, die er früher bloss von Filmen und Bildern gekannt und die er nun selber überquert hatte; an die Seelöwen, die sich an der Bootsanlegestelle in der Fisherman's Wharf sonnten. Und natürlich an den Highway One mit seiner Aussicht aufs Meer und die Momente, wenn die Sonne wie eine goldene Kugel darin verschwand, der Nebel hereinbrach und er einen Pullover anziehen musste.

Er hatte übernachtet, wo er wollte, gegessen und getrunken, worauf er gerade Lust verspürte. Trotzdem hatte er die grosse Freiheit, die er seit jeher mit den USA verbunden hatte, nicht gefunden. Amerika war nun einmal nicht Afrika. Plötzlich freute er sich auf den kommenden Sommer in Cornwall. Er war gespannt auf die neuen Zimmer. Er hatte nur einmal zuhause angerufen und das sündhaft teure Gespräch schnell abgebrochen. Er musste sich noch ein wenig gedulden. Er erinnerte sich an die Billigunterkunft seiner ersten Nacht und den Plopp, den er in seinem halbwachen Zustand einer Schusswaffe zugeordnet hatte. Auch der Obdachlose mit seinen Hunden wollte ihm nicht aus dem Kopf. Mit dem langen Bart und seinem verfilzten Haar hatte der Bettler eine Würde ausgestrahlt und Dave an die Besitzlosen in Indien mahnte, die auf der Strasse lebten und mit ihren dunkel umflorten Augen und jahrhundertealter Weisheit um Spenden baten. Doch dieser Mann darbte, wie viele seinesgleichen, nicht in Indien, sondern im Land der unbeschränkten Möglichkeiten, wo ein Tellerwäscher Millionär werden konnte.

Nach seiner Rückkehr betrachtete er Clifftop mit anderen Augen. Vor allem gefielen ihm die neuen Zimmer. Corran erzählte ihm, wie hart Jane während seiner Abwesenheit zusammen mit Pat gearbeitet habe. Sie hatte die Wände in seinen Lieblingsfarben, einem hellen Grün und beinahe durchsichtigen Blau, gestrichen. Dave mochte auch die Möblierung und die Beleuchtung. Bis auf die Laura-Ashley-Stoffe gefielen ihm die Räume. Vor allem staunte er über die Platzausnützung, die ihm verriet, dass hier Corran und seine Bootsbauer am Werk gewesen waren. Er fühlte sich wie auf einem Schiff: In jeder noch so kleinen Ecke versteckte sich Stauraum und unter den Dachschrägen waren Schränke und Regale eingebaut. Die Aussicht trug, wie jene von Gurvan Galloudecs Büro, zu einem

Gefühl der Weite und Unendlichkeit bei. Selbst beim Duschen konnte Dave bis zum Horizont blicken. Seit seinem Urlaub liebten er und Jane sich öfter als davor. Er hoffte, in diesem flauschigen Möwennest doch noch Kinder zu zeugen und sie damit glücklich zu machen. Längst war er Corrans rechte Hand im Betrieb und zufrieden mit seinen Aufgaben. Nur wenn er ihm beim Kochen half, dachte er zwischendurch an Robina, die weder lesen noch schreiben konnte und ohne Uhr und Waage arbeitete. Sie mass die Zutaten in Tassen, mit Löffeln und auf Messerspitzen ab und hielt die Garzeiten nach Gefühl ein. Während das Wasser mit den Frühstückseiern sprudelte, hatte sie jeden Morgen eine exakt fünf Minuten dauernde Hymne gesungen. Robina hatte ihre Töpfe auf dem Herd und den Ofen stets im Auge behalten. Anders als Elizabeth und Jane, die ihren Toast versengten und die Baked Beans anbrannten. Er freute sich jeweils auf den Dienstag, wenn Corran seine Rotarier zum Lunch traf und er im Pub oder in einem Restaurant essen konnte. Elizabeth begnügte sich dann mit einem Joghurt und Früchten, Jane arbeitete durch, trank Tee, ass Gebäck und fuhr am Nachmittag mit ihrer Mutter nach Truro.

In jenem Sommer ging Dave jeweils früh zur Arbeit. Er vermied es, tagsüber durch den Ort zu fahren, wenn die Fremden die Strassen verstopften. Er kaufte sich eine neue Ausrüstung und suchte einen Kumpel zum Tauchen. Als er niemanden fand, sagte er sich, dass er ohne, obwohl es riskant war, allein zu tauchen, flexibler sei. So konnte er über Mittag und nach der Arbeit direkt bei der Werft ins Wasser oder am Abend hinter Clifftops Garten in die Bucht hinuntersteigen, ohne sich mit jemandem absprechen zu müssen. Jane pflegte ihre Rosen und Hortensien und spazierte regelmässig mit den

Hunden. Falls sie bis zu ihrem dreissigsten Geburtstag nicht schwanger sein würde, wolle sie sich um eine Adoption kümmern, hatte sie ihm kürzlich eröffnet. Er war erleichtert gewesen, dass sie von keinen medizinischen Abklärungen gesprochen hatte, obwohl er nicht wusste, wie er ihrem Liebesdruck gerecht werden konnte.

Je länger er über eine Adoption nachdachte, desto mehr konnte er sich damit anfreunden. Er dachte an das kleine Mädchen, das ihm in der Klinik in Bangui begegnet war. Das Kind hatte auf dem Gelände gelebt und die Herzen der Erwachsenen erobert. Auch er hätte es am liebsten zu sich genommen. Doch damals hatte er kein Daheim gehabt, und der elsässische Arzt erklärte ihm zudem, es leide an einer unheilbaren Krankheit und habe eine nur geringe Lebenserwartung. Es sei in der Klinik gut aufgehoben, zumal es dort Essen erhielt. Dave dachte immer wieder einmal an Afrika. Besonders wenn er allein segelte, holten ihn die Erinnerungen ein.

Corran war im Laufe der vergangenen Monate sichtlich gealtert. Mehr als Elizabeth, die noch immer jugendlich wirkte und ihre Kosmetika, Kleider und Schuhe in denselben Geschäften wie Jane kaufte. Jane wiederum las die gleichen Bücher wie ihre Mutter und schaute abends mit ihr zusammen Filme, Serien und Quiz am Fernsehen.

Am Spätnachmittag eines zu Beginn strahlenden Herbsttages wurde Dave von einer rollenden See erwischt. Mit Corran zusammen hatte er schon mehrere Unwetter gemeistert, jetzt aber musste er allein mit dem Sturm fertig werden, der erst auf den Abend hin angesagt gewesen war. Zwar trug er eine alte Sicherheitsweste und reffte das Grosssegel, dennoch wusste er einen Moment lang nicht wie weiter. Zwar konnte er so in Fahrt bleiben und die Steuerung kontrollieren. Auf die Küste zuzuhalten, war indessen keine gute Idee mehr. Er kannte die Gefahr der Strömungen und befürchtete, auf vorgelagerte Felsen aufzufahren oder in einer Untiefe zu stranden. Er beschloss, auf dem offenen Meer, wo die Wogen weniger bedrohlich waren, abzuwettern. Falls die Konditionen schlimmer werden würden, konnte er noch immer alle Segel bergen, das Ruder festsetzen und unter Deck abwarten, bis das Schlimmste vorüber wäre. Doch Dave wäre nicht Dave gewesen, hätte er sich zu früh zu dieser unheroischen Sturmtaktik entschlossen. Er atmete tief durch, sortierte seine Gedanken und hielt den Blick fortan nicht mehr auf die Küste, sondern auf den Horizont gerichtet.

Nass bis auf die Haut brachte er Corrans Ketsch schliesslich unversehrt in den Hafen. Gegenüber den Einheimischen, die dabei waren, ihre Schiffe zu kontrollieren und zusätzliche Fender zu fixieren, spielte er die Gefahr, in der er sich eben noch befunden hatte, herunter. Erst im Auto bemerkte er die weissen Knöchel seiner durchgefrorenen Hände. Auf wackeligen Beinen stieg er in Clifftop die Treppe hoch, froh niemandem zu begegnen.

Als er geduscht und in trockenen Kleidern die Küche betrat, schnürten ihm die Wärme und der Geruch sowie der Anblick des Huhns, das Corran mit der Schere zerlegte, die Luft ab. Jane und Elizabeth unterhielten sich über ihren gemeinsamen Nachmittag. Zwar hatten sie mit dem Essen auf ihn gewartet, aber niemand erkundigte sich nach seinem Befinden.

«Mir wachsen bald Federn und Flügel!», rief er aus dem Nichts.

Elizabeth blickte zu Corran, der die Schenkel vom Rumpf trennte.

«Kein Huhn für mich, danke», murmelte er, etwas beschämt ob seiner Heftigkeit, «ich nehme mir lieber Gemüse und etwas Käse.»

Elizabeth nickte. «Bitte, es hat noch welchen im Kühlschrank.»

Jane sah aus, als hätte sie sich am liebsten in Luft aufgelöst. Er ass wenig, sagte, sein Magen spiele verrückt, er müsse sich hinlegen. Als er zum zweiten Mal an diesem Abend mit unsicheren Beinen ins Möwennest hochstieg, wunderte er sich, wie gut, geradezu euphorisch, er sich im Hafen bei den Fischern gefühlt hatte. Er stellte sich an eine der Gauben, dehnte seine Arme und Beine und blickte in die nasse Nacht hinaus. Der Sturm war vorüber. Würden sie jetzt in der Küche über ihn reden? Würden sie sich fragen, warum er heute derart ungehalten gewesen war? Sollte er nicht vielmehr glücklich darüber sein, Corrans Ketsch segeln zu dürfen?

Elizabeth hatte Dave schon mehrmals vorgeschlagen, dem Segelclub beizutreten. Doch Corran bezahlte seine Mitgliedschaft aus Gewohnheit, ohne sie zu nutzen, und auch Dave segelte am liebsten allein. Jane fand, er könnte sich ein altes Boot kaufen und es in seiner Freizeit auf Vordermann bringen. Alle nahmen an, zu wissen, was gut für ihn wäre. Er selber hatte nur vage Vorstellung von der Zukunft und fragte sich, ob er nun für alle Ewigkeit in Clifftop wohnen und in der Werft arbeiten würde.

Er wandte sich vom Fenster ab, knipste das Leselicht an, griff sich das Buch über Seemannsknoten und Spleissen und liess sich in einen der geblümten Fauteuils fallen.

Erst als Jane ins Zimmer trat, blickte er wieder auf.

«Sie haben den Vorfall nicht mehr erwähnt. Ich auch nicht», sagte sie. «Das würde es bloss schlimmer machen, als es ist.»

«So schlimm war es nun auch wieder nicht. Oder?», sagte er, und als sie dazu schwieg: «Auf wessen Seite stehst du eigentlich?»

«Sie sind meine Eltern und meinen es gut ...»

«... mit dir. *Ich* bin bloss der Schwiegersohn. Ich muss froh sein, dich und mit dir ein schönes Zuhause gefunden zu haben», redete er sich plötzlich in Fahrt. «Alles im Überfluss vorhanden. Er musste sich bloss ins gemachte Nest setzen, segelt die Jacht des Schwiegervaters und beklagt sich danach übers Essen. So denkt deine Mutter doch, nicht wahr?»

«Nein David», widersprach sie, «das denkt Mum nicht von dir.»

«Ich glaube schon. Zwischen uns herrscht immer wieder dicke Luft.»

«Ach wo. Sie schätzt dich. Und Dad würde alles für dich tun. Er sagte, nachdem du die Küche verlassen hattest, es sei nicht bloss grosses Glück gewesen, dass dir heute nichts zustiess, sondern auch Können und cool blood. Du seist einer der besten Segler, die er kenne.»

«Oh? Tatsächlich? Hat *er* sich wenigstens Gedanken gemacht.»

«David, du hast dich in Gefahr begeben. Wir alle haben uns um dich gesorgt. Warum hast du vorhin nur so überreagiert?»

«Ich war angespannt. Beim Hochfahren sah ich Bob Ferrer seine Kühe zum Melken von der Weide treiben. Obwohl er unseren Range Rover kennt, hat er mich nicht gegrüsst», murrte er.

«Ach was, jetzt lenk nicht vom Thema ab. Bob ist schüchtern.»

«Er ist mürrisch und weiss etwas, von dem ich keine Ahnung habe.»

Bob Ferrer, sein Bruder Joe und Henry Linn waren bei Olivers Unfall zugegen gewesen. Aber, als wollten sie Joe, den Rädelsführer unter den damaligen Kindern, der jung mit dem Auto umgekommen war, noch immer schützen, schwiegen Bob und Henry zum Hergang von Olivers Unfall. Die mehr als dreissig Jahre zurückliegende polizeiliche Untersuchung habe keine Unregelmässigkeiten ergeben, war alles, was Dave dazu hatte munkeln hören. Trotzdem traute er Bob nicht.

«Wie bist du überhaupt auf ihn gekommen?», fragte Jane.

«Weil ich ihn auf dem Heimweg gesehen habe. Er blickt mich nie an. Auch nicht, wenn er sein blutiges Päckchen abgibt.»

«Das bildest du dir bloss ein ...»

«Nein. Ich sehe auch den Grund nicht, warum er uns jeden Samstag ein frisch geschlachtetes Huhn schenkt.»

«Ich weiss es auch nicht, my Darling», sagte sie leichthin, setzte sich auf sein Knie und verwuschelte liebevoll sein Haar. «Vielleicht möchte er damit wirklich eine alte Schuld gegenüber meinen Eltern begleichen.»

Wie die Wellen am Strand ausliefen, so plätscherten der Herbst und der Winter dahin. Natürlich stürmte es, doch der Himmel klarte schnell wieder auf. Morgens tauchte die Sonne das Meer in pures Silber, abends vergoldete sie die Landschaft. Die letzte Kraft ihrer flachen Strahlen liess Glas und Metall gelb und orange aufblitzen. Eine halbe Stunde später gingen die ersten Lichter an. Die blaue Stunde lockte Liebespaare und Hundehalter zu einem Rundgang auf der breiten Hafenmauer. Schliesslich schlug nur noch das Leuchtfeuer mit seinem ruhigen Puls über die Wellen, ein paar Sterne glitzerten am Himmel, und der Mond warf seine silberne Bahn über das tiefschwarze Wasser. Gelegentlich heulte der Wind auf. Anders als im vergangenen Jahr, in dem der Winter nicht hatte enden wollen, wurde das Wetter schon im Januar ausgesprochen freundlich. Noch gab es keine Touristen, der Ort gehörte den Einheimischen. Dave fühlte sich wohl.

Im Frühjahr suchte er auf Janes Schreibtisch nach einer Liste und stiess auf ein Antwortschreiben einer Londoner Adoptionsvermittlungsstelle. Als sie ins Büro stürmte, legte er es zurück. Ihre Wangen waren gerötet, das Haar vom lauen Wind zerzaust. Sie schien ihm attraktiver denn je.

«David! Darling», rief sie, ich habe im Hafen soeben etwas Schönes entdeckt. «Wollen wir heute Abend hinunter spazieren und im Pub essen? Ich könnte es dir zeigen, solange es noch hell ist.»

«Gerne», antwortete er und fragte sie, wo er die Liste fände.

Sie wühlte ein bisschen auf ihrem Schreibtisch, stutzte einen Moment und reichte ihm seine gesuchten Papiere.

«Da wäre noch etwas ...», sagte sie und schien dabei leicht verlegen.

Er wartete.

«... ich habe mich vor Monaten nach Adoptionen erkundigt. Sie haben sich mit ihrer Antwort ganz schön Zeit gelassen.»

«Ja. Der Brief lag offen auf deinem Schreibtisch. Ich habe ihn gelesen», bekannte er. «Lass es uns auf dem Spaziergang besprechen.»

Als sie ihn anblickte, glitzerten ihre Augen.

«Alles okay. Ich glaube auch zu wissen, was du mir zeigen möchtest», sagte er und schloss sie spontan in den Arm.

«Ja?»

«Die alte Dame, die neu neben Malcoms Fischerboot liegt? Richtig?»

«Genau!»

«Dann schauen wir sie uns nach der Arbeit an und essen anschliessend im Pub, wo ich mal wählen kann, was mir schmeckt.»

Eigentlich, dachte Dave, konnte er sich nicht beklagen.

Zwei Wochen später überschlugen sich die Ereignisse. Jane eröffnete ihm, dass sie sich ihre Erkundigungen zu einer Adoption hätte sparen können. Sie sei schwanger. Wilson Smith habe es ihr bestätigt. Dave hatte am selben Nachmittag die verlotterte Ketsch gekauft, die sie ihm an jenem Abend, als sie eine mögliche Adoption besprachen, gezeigt hatte. Er war sicher, dass der Besitzer das Schiff hierhergeschleppt hatte, weil er es so schnell wie möglich loswerden wollte. Für Dave war es ein Schnäppchen. Sobald es in der Werft wieder etwas ruhiger zu- und hergehen würde, wollte er es in jene Beauty zurückverwandeln, die es einst gewesen sein musste. Auch Jane und ihre Eltern schmiedeten Pläne. Die Frauen unterhielten sich über Babys und deren Bedürfnisse und Corran richtete unter dem Dach ein Zimmer für das Kind ein.

Als sich Janes Bäuchlein rundete, einigte sie sich mit Wilson Smith auf eine Hausgeburt. Ab sofort erschien wöchentlich Kerry, eine Hebamme, die aus demselben Nachbarort wie Pat stammte. Sie wollte Dave bei der Geburtsvorbereitung dabeihaben, er dagegen drückte sich, so oft es ging, und schob seine Arbeit vor. Abends machte er sein Boot seetauglich, das noch immer aufgebockt in der Werft lag. An den Wochenenden segelte er Corrans Ketsch, ankerte in einer einsamen Bucht, schwamm und tauchte. Seit seiner Reise an die Bootsmesse in Tropwen war er nicht mehr von Cornwall weggekommen. Jane, die rundum glücklich, aber schuld war, dass sie nie Urlaub machten, gestand ihm seine Freiheiten bereitwillig zu.

Zur Überraschung aller verkündete Claire Mitte September, sie möchte auf den Geburtstermin hin gerne nach Clifftop kommen. Sie hatte ihr Elternhaus, seit sie vor zwanzig Jahren weggezogen war, kaum je besucht. Jetzt plante sie, während der ersten Wochen mit dem Säugling zu helfen. Dave wunderte sich, wie sich *fünf* Erwachsene um *ein* Neugeborenes kümmern wollten. Gleichzeitig wusste er, dass ein Wunschkind, das dermassen lange hatte auf sich warten lassen, einen besonderen Stellenwert genoss und liess sich von der allgegenwärtigen Vorfreude anstecken. Hätte Elizabeth ihn und Jane nicht ausdrücklich gewarnt, das Kinderzimmer zu früh einzurichten, weil es Unglück bringe, sie hätten es längst getan. Auch Pat war von der Ungeduld infiziert. Sie putzte das Möwennest bis in die hintersten Ecken und machte einen Tisch frei für die Hebamme. Darauf legte sie schon einmal Bettlaken, Wärmeflaschen und Wolldecken.

Anfang Oktober fuhr Claire in einem roten Mini Cooper mit weissem Dach und französischen Kennzeichen vor. Moosgrüne, bis zu ihren Fesseln reichende Kleiderschichten umspielten ihre schlanke Figur. Sie war bleich, der Rotton im Haar dunkler als in Daves Erinnerung. Nachdem sie alle umarmt und erst einmal eine Tasse Tee getrunken hatte, trug Dave ihr Gepäck die Treppe hoch. In ihrem Mädchenzimmer nahm sie belustigt zur Kenntnis, dass es ob der vielen anderen Vorbereitungen nicht gereinigt worden war. Scherzend, ganz anders als Jane reagiert hätte, holte sie, noch bevor sie ihre Koffer auspackte, den Staubsauger hervor und bezog ihr Bett neu. Er half ihr dabei und pries die Aussicht auf den Black Head, die von keinem anderen Fenster im ersten Stock derart grossartig war. Nach dem Abendessen verteilte Claire Geschenke: für Jane eine Aromalampe und Lavendelöl aus der Provence sowie einen trendigen grauen Trainingsanzug mit weiter Hose und einem Oberteil, das einem trächtigen Elefanten gepasst hätte. Dave schenkte sie mehrere Kerzen aus bretonischem Bienenwachs. Dabei sagte sie etwas von Entspannung und überreichte ihm zwinkernd ein Pack Windeln, einen Strampler und eine weiche Wollmütze fürs Baby.

Als zwei Tage nach Claires Ankunft die Geburtswehen einsetzten, war Claire es, die besonnen handelte. Noch während Dave die Hebamme anrief, warf sie sich einen Mantel über ihren flaschengrünen Tracksuit und schlüpfte in Elizabeths Wellies, die farblich passenden Gummistiefel, die neben der Küchentür standen. Nachdem sie sich versichert hatte, dass Kerry zuhause und wach war, brauste sie in ihrem neuen Mini los, um sie zu holen. Claire wollte jede Panne verhindern und nicht mitten in der stürmischen Nacht eine in ihrem uralten Gefährt gestrandete Hebamme suchen müssen.

Er kehrte zu Jane zurück, hielt ihre Hand und zählte mit ihr die Minuten zwischen ihren Kontraktionen. Elizabeth wärmte vorsorglich Tücher und machte Wasser auf dem Aga heiss. Corran, der sich am Abend zuvor unwohl gefühlt hatte, wurde nicht geweckt. Als Elizabeth ihn ablöste, drückte er Jane einen flüchtigen Kuss auf die Stirn und ging erleichtert in die Küche. Der Wind heulte derart laut ums Haus, dass er, obwohl er auf das Motorengeräusch gehorcht hatte, den Mini nicht zurückkommen hörte. Unverhofft schlug die Küchentüre auf. Die zerzauste Kerry schleuste einen Luftstoss ins Haus, legte ihren Regenmantel ab, nickte Dave kurz zu und stieg mit ihrem

Köfferchen hinter Claire die Treppe hoch. Schon nach wenigen Minuten tauchte Claire wieder in der Küche auf, sagte, es könne noch *Stunden* dauern, beschrieb ihm ihre abenteuerliche Fahrt durch Regen und Wind und setzte Teewasser auf.

«Ich müsste zu Jane», sagte er. «Aber mir wird schlecht, wenn ich Blut sehe, und ich kann nicht zuschauen, wie sie leidet. Muss ich das wirklich?»

«Ich finde nicht. Werdende Väter sind nicht die idealen Begleitpersonen bei einer Geburt. Mum und Kerry sind ja bei ihr. Vielleicht trägst du ihnen später die schweren Töpfe mit dem abgekochten Wasser hoch?»

Daves Erwartung, mit Rebeccas Geburt sei Janes Glück perfekt, wurde enttäuscht. Sie widmete sich dem Neugeborenen wohl rund um die Uhr, doch sonst zog sie sich aus dem Alltag zurück. Während der dunklen Monate lag sie nachts wach und holte den Schlaf tagsüber nach. Wenn Rebecca schlief, las sie Familienromane, Fachliteratur und Magazine für junge Eltern. Sie führte ein persönliches Tagebuch sowie ein Babyjournal. Wenn Corran am Wochenende keine Lust dazu verspürte, übernahm sie zwar das Kochen für die Familie. Ansonsten lebte sie in ihrer eigenen Welt. Elizabeth bot immer häufiger Pat zur Unterstützung auf. Auch Grace, Pats Tochter, half inzwischen mit, da ihre Mutter zu alt für schwere Hausarbeiten war. Die Frauen hätschelten die kleine Rebecca, aber viel mit ihr anfangen konnte keine. Ganz anders Corran. Er erschien nur noch an jedem zweiten Tag in der Werft und verbrachte die restliche Zeit mit seiner Enkelin. Er beaufsichtigte sie, bereitete ihren Brei zu und plauderte und spielte mit ihr.

Im Frühling führte Jane die Hunde schliesslich wieder wie früher über die Pfade über den Klippen oder steckte nun Rebecca in ihren Buggy und spazierte mit ihr ins Dorf. Sie half Dave sogar wieder bei seiner Arbeit in der Werft. Er freute sich über den neuen, angenehmen Alltag. Sie schien von Tag zu Tag glücklicher. Sie würde bald wieder mit ihm schlafen. Doch dann schwand Corrans Gesundheit. Erst sträubte er sich, Wilson, den er wöchentlich im Pub traf, zu konsultieren. Erst auf Elizabeths Druck hin liess er sich von ihm untersuchen. Als Wilson ihn schliesslich an einen Facharzt weiterleitete, der Bronchialkarzinome entdeckte, brach die Welt der Familie zusammen. Jane zog sich erneut in ihr Schneckenhaus zurück. Elizabeth kümmerte sich, soweit es ihre Kräfte erlaubten, um ihren Mann. Das Tagesgeschäft in der Werft blieb nun zu hundert Prozent an Dave hängen. Miss Miller, Janes Nachfolgerin im Büro, hatte sich als inkompetent herausgestellt. Aber ohne Corrans Einverständnis wagte Dave es nicht, sie zu ersetzen. Zum ersten Mal in seinem Leben stand er am Morgen widerwillig auf, freute sich nicht auf den Tag und sorgte sich um seine Libido. Er nächtigte weiterhin auf dem Feldbett, das er nach Rebeccas Geburt in ihrem noch unbenutzten Kinderzimmer aufgestellt hatte.

«Schläfst du wieder mit Jane?», fragte ihn Claire, die ihn im Büro anrief.

«Bitte?», schnappte er und zweifelte, richtig gehört zu haben.

«David, ich will mich nicht in euer Leben einmischen, aber sie scheint bedrückt. Ich höre es, wenn wir miteinander telefonieren.»

In jener Nacht, als er und Claire in Clifftops Küche auf Rebeccas Ankunft gewartet hatten, hatte sie ihm anvertraut, bei ihr und J-P stünde so einiges nicht zum Besten. Jetzt kam ihm der Verdacht, sie übertrage ihre Probleme auf ihre Schwester, obgleich sie den Nagel damit auf den Kopf traf: Jane und er hatten seit Längerem keinen Sex mehr, und er arbeitete zu viel. Corran hatte nicht mehr die Kraft, mit ihm zu segeln, und Dave war kein Team-Player: Rugby, Cricket oder Fussball sagten ihm nichts. Er hatte keine Freunde und verbrachte seine wenige Freizeit allein.

«Sie ist meine kleine Schwester. Ich will, dass sie glücklich mit dir ist. Jetzt, wo ihr endlich ein Baby habt», sagte Claire und klang besorgt.

«Ich will das auch», antwortete er abweisend.

«Wenn ich von hier wegkönnte, käme ich ihr helfen.»

«Wir packen das schon», sagte er und blickte sich um.

Miss Miller sass an ihrem Schreibtisch und spitzte die Ohren.

«Es läuft alles gut», flüsterte er. «Corran unterstützt sie, wo er kann.»

«Nein. Jetzt, wo sein Krebs diagnostiziert ist, wird es nicht einfacher werden. Ihr müsst zusammenhalten. Bitte Dave, versprich es mir.»

«Klar», beendete er das Gespräch und fühlte sich plötzlich beunruhigt.

Tagsüber redete er sich ein, Corrans Krankheit sei kein Todesurteil. Nachts hingegen fürchtete er sich vor der Zukunft. Was wäre er ohne Corran? Er wollte nicht daran denken. Schon gar nicht zwischen Mitternacht und Morgengrauen, wenn ihn die Ängste seiner Kindheit einholten.

Er musste mit Jane sprechen.

«Rebecca sollte endlich in ihrem eigenen Zimmer schlafen», sagte er kurz nach Claires Anruf, den er ihr verschwiegen hatte. Sie war dabei, das Kind zu baden. Er schubste eine gelbe

Plastikente über das Wasser. Rebecca quietschte vor Freude. In einem Werbespot für Babypflege hätten sie das Bild der glücklichsten jungen Familie dieser Welt abgegeben.

«Sie ist noch sehr klein», wandte Jane ein. Doch sie lächelte ihn an.

«Trotzdem. Wenn wir die Zimmertüren offen lassen, hören wir, wenn sie aufwacht», sagte er und strich Rebecca das feuchte Haar aus der Stirn.

Ab jener nebligen Herbstnacht schliefen Jane und er wieder im selben Bett und liebten sich ungeschützt, obwohl sie jetzt, wo es Corran schlechter ging, kein zweites Kind wollten. Was die Familienplanung anging, so vertraute sie Wilson Smith, der vermutete, Rebecca sei ein Zufallstreffer gewesen. Dave wollte ihr weder widersprechen noch die Kompetenz des Arztes anzweifeln, zumal dieser seine Grenzen kannte und Corran schon früh an einen Onkologen überwiesen hatte. Aber schon kurz darauf sollte sich seine Ahnung bewahrheiten. Jane war zum zweiten Mal schwanger. Sie hatte eben erst begonnen, ihm wieder ein wenig in der Werft zu helfen, hörte unter diesen Umständen aber kurz vor Weihnachten damit auf. Nachts las sie, das Licht hielt ihn wieder wach. Er war total übermüdet. Erstmals stritten sie, ohne sich vor dem Einschlafen zu versöhnen. Dieses Mal zog er in den ersten Stock, in Claires Mädchenzimmer, mit seinem Blick auf den Black Head, die Halbinsel, die er mit Corran regelmässig umsegelt hatte. Er sagte Jane, er müsse durchschlafen, um ausgeruht aufzuwachen und seiner Arbeit nachgehen zu können. In Wirklichkeit fühlte er sich sehr wohl in Claires altem Zimmer, in dem er ihre Präsenz spürte. Jane erklärte ihren Eltern, sie leide mehr unter der Schwangerschaft als beim ersten Mal. Sie brauche das Schlafzimmer für sich allein. Dave ärgerte sich darüber, dass ihre Eltern auch die intimsten Details seiner Ehe mitbekamen.

Claire rief täglich an. Wilson Smith war gealtert. Elizabeth hörte von einer Gynäkologin mit Privatpraxis, die werdenden Müttern, die – aus welchen Gründen auch immer – eine natürliche Geburt fürchteten, eine Entbindung per Kaiserschnitt anbot, eine unter den gegebenen Umständen vernünftige Lösung. Dave fürchtete, das Falsche zu sagen, wohl wissend, dass Jane unsicher war und zwischen ihren Ängsten vor einer natürlichen Geburt und dem operativen Eingriff schwankte. Auch sorgte sie sich um ihren Vater, der ins Krankhaus gehörte, sich jedoch weigerte, Clifftop zu verlassen. Janes Nerven lagen blank, zumal Corran, wenn er verwirrt war, nach Claire, und nicht nach ihr, verlangte.

Claire tauchte schon Wochen vor dem Geburtstermin in Clifftop auf. Dave wusste nicht, ob ihr zu Ohren gekommen war, dass ihr Vater immer wieder nach ihr gefragt hatte. Vielleicht wollte sie auch nur Elizabeth und Jane bei seiner Pflege helfen. Jedenfalls war sie nun einmal hier und übernachtete in Janes altem Mädchenzimmer. Als erstes mietete sie für ihren Vater ein Spitalbett, dessen Kopf- und Fussende sich hoch- und niederfahren liessen. Da man das Ungetüm nicht die Treppe hochtragen konnte, wurde es im ebenerdigen Anbau platziert. Corran ging es schon bald ein bisschen besser. Elizabeth konnte wieder durchschlafen, und auch Jane entspannte sich. Liebevoll wie einst Corran kümmerte sich nun Claire um Rebecca, das *Anfängerkind*, wie er seine pflegeleichte Enkelin noch immer nannte.

Sieben Jahre war es her, seit Dave das Segeln entdeckt, sich mit Jane verlobt und überglücklich gefühlt hatte. Inzwischen war er Junior-Chef der Werft und galt als erfahrener Bootsmann. Bald würde er zum zweiten Mal Vater werden. Doch Corran würde nie mehr mit ihm aufs Wasser kommen. Dave schien es, als würde demnächst ein Fels von der Flut verschluckt werden. Am Gründonnerstag, als er Jane in die Klinik fuhr, versuchte er seine Gedanken weg von seinem Schwiegervater auf ihre bevorstehende Operation zu lenken und sie zu beruhigen.

«Es besteht kein Grund zur Sorge, Liebes», sagte er. «Du bist in besten Händen. Wenn es schon ein Kaiserschnitt sein muss, dann hier.»

«Natürlich, ich weiss», antwortete sie, hielt ihren Bauch und warf ihm einen dankbaren Blick zu.

Er bog in die Abzweigung zum Krankenhaus ein, parkte den Range Rover nahe beim Eingang, half ihr beim Aussteigen und begleitete sie auf ihr Zimmer. Als er Desinfektionsmittel und Bodenwachs roch, war er froh, dass Corran zuhause gepflegt wurde. Er nahm sich vor, morgen das Krankenbett ans Fenster zu schieben, damit Corran besser in seinen Apfelgarten blicken konnte, der üppiger als in diesem Jahr nicht hätte blühen können.

Auf der Rückfahrt überlegte er, ob er, während Jane im Krankenhaus war, ins eheliche Schlafzimmer unter dem Dach zurückkehren sollte. Er verspürte keine Lust dazu. Claire hatte die Poster und Vorhänge in ihrem alten Mädchenzimmer längst abgenommen und den rot-gelb geflammten Bettüberwurf mit einer neutralen Decke ersetzt. Er hatte sich dort wohnlich und sie sich dem Anschein nach ebenso gut in Janes Zimmer eingerichtet.

«Falls ich darf, werde ich dein Zimmer weiterhin belegen. Es scheint mir einfacher, als für die kurze Zeit umzuziehen» sagte er an jenem Abend zu Claire, als er mit ihr und den Hunden eine Runde hoch über dem Hafen drehte. Sie setzten sich auf eine Bank und schauten auf das Meer.

«Kein Problem. Bleibe nur», antwortete sie. «Nach der Geburt werden getrennte Schlafzimmer so oder so besser für euch sein.»

«Wie meinst du das?», fragte er, irritiert über ihre Prophezeiung.

«Neutral. Jane hat jetzt ihre Kinder.»

Als er zwei Tage später um Mitternacht vom Pub zurückkehrte, lag Clifftop dunkel da. Er machte Licht im Gang und stieg die Treppe in den ersten Stock hoch. Als er ins Zimmer trat, spürte er augenblicklich, dass er nicht allein war. Claires Duft hing im Raum. Er hörte sie regelmässig atmen.

«Hallo?», flüsterte er, ohne das Licht anzuknipsen.

Vom Korridor her drang ein schwacher gelber Schein ins Zimmer.

Sie rührte sich nicht. Er schloss leise die Türe und stand verloren herum.

Tausend Gedanken schossen ihm durch den Kopf. Claire, die nackt geschwommen war. Claire, mit der er am Strand geschlafen hatte und auch in ihrem Haus, wann immer sie dort allein gewesen war. Claire, die ihn nur hatte rufen müssen, schon war er zu ihr geeilt. Für sie hatte er einen Sommer lang alles stehen und liegen gelassen, seinen Arbeitsplan über den Haufen geworfen, sich aus fadenscheinigen Gründen bei Gurvan entschuldigt und später doppelt so viel gearbeitet, um seinen Job nicht zu verlieren …

Sie war aufgewacht und rief leise seinen Namen.

Er setzte sich auf die Bettkannte. Als sie seine Hand unter die Decke zog, fühlte er, dass sie weder ein Nachthemd noch einen Schlafanzug trug.

«Komm», flüsterte sie. Ihre Stimme klang verschlafen und sexy.

Er zog seine Hand zurück. Er erinnerte sich, wie sie ihn in jenem Herbst hatte fallen lassen. Wie enttäuscht und missbraucht er sich gefühlt hatte, als er realisierte, dass sie ihn nur dazu benutzt hatte, J-Ps Interesse an ihr wachzuhalten. Auch hatte sie, bevor Dave nach Cornwall abgereist war, gescherzt, falls Jane und er heiraten würden, hätte sie einen jungen Lover in der Familie. Er hatte Claire nie richtig einschätzen können. Und J-P zweimal nicht. Er hatte ihn seit Jahren nicht mehr gesehen. Er wusste bloss von ihr, dass er, obwohl nicht mehr der Jüngste, noch immer sehr gewinnend und ihr gegenüber äusserst fürsorglich sei ...

«Nein», sagte er.

Obwohl er mehrere Pints getrunken hatte, fühlte er sich sehr nüchtern.

«Warum nicht?», fragte sie, und es klang erstaunt.

«Weil ich heute im Möwennest schlafe. Du darfst gerne hierbleiben.»

Zwei Wochen später holte er Jane und ein kleines Bündel, in dem ein runzliges Köpfchen mit einem dunklen Haarbüschel und zugekniffenen Augen sichtbar war, nach Clifftop. Er war froh, dass Claire ihren Versuch, ihn zu verführen, nicht wiederholt hatte. Er fragte sich, ob er sich vielleicht getäuscht hatte. Ausser, dass sie ihn damals für ihre Zwecke missbraucht hatte, war Claire immer fair zu ihm gewesen. War sie versehentlich in ihr vormaliges Mädchenzimmer getappt und hatte sich aus Gewohnheit in ihr Bett gelegt? Oder hatte er falsche Signale ausgesandt? Hatte sie ihm seine Sehnsucht angesehen? Im Nachhinein schien ihm alles äusserst unwirklich.

Corran verschied noch am gleichen Nachmittag, als hätte er bloss auf seine zweite Enkelin gewartet. Danach fühlte sich alles anders an. Jane, die während seinen letzten Atemzügen am Krankenbett gesessen hatte, tröstete es, dass ihr Vater die winzige Sarah noch kurz im Arm hatte halten können. Einen Moment lang war sie geradezu euphorisch gewesen, zur rechten Zeit mit ihr aus der Klink nach Hause gekommen zu sein. Doch als Wilson eintraf, den Totenschein ausstellte und den Transport in die Leichenhalle noch für denselben Abend veranlasste, floh sie in den Apfelgarten, wo sie Frühlingsblumen pflückte, die sie später tränenblind auf Corrans Bett streute. Claire tröstete sie liebevoll, besser als Dave es gekonnt hätte. Claire informierte auch Finlay und J-P. Um nicht gänzlich untätig zu sein, wärmte Dave am Abend eine Gemüsesuppe auf und bewog die Frauen, trotz ihrer Trauer ein wenig zu essen und sich danach hinzulegen.

Finlay traf am nächsten Nachmittag in seinem dunkelblauen Jaguar ein, den er nur selten aus der Garage nahm. Dave bestaunte das Auto und wunderte sich, dass sein Schwager es hinter Clifftop stehen liess und über die Abkürzung, den steilen Pfad durch die Heide, in den Ort ging, um seine Geschäfte zu erledigen. Gemeinsam organisierten die Geschwister die Bestattung, verfassten die Todesanzeige und den Nachruf, versandten die Leidkarten und regelten die Verantwortlichkeiten in der Werft neu. Jane verkroch sich wann immer möglich mit dem Baby im Möwennest. Wilson Smith empfahl der Familie, sie in dieser Situation nicht zu sehr zu belasten. Sie müsse sich schonen, damit ihre Wunden komplikationslos verheilten. Dabei betonte er, auch ihr seelischer Schmerz brauche viel Zeit, um zu vergehen. Das Aufeinandertreffen von Geburt und Tod berge die Gefahr einer postnatalen Depression. Wie die anderen Familienmitglieder hielt sich auch Dave an den Rat. Er flüchtete morgens in aller Frühe in die Werft, wo die Flagge auf Halbmast und ihm ein kühler Wind entgegenwehte.

Finlay und Claire und ihre Partner reisten bald nach der Trauerfeier ab. Elizabeth gewöhnte sich daran, dass Pat nun auch für die Familie kochte. Jane fühlte sich mit dem Haus und dem Garten, zwei kleinen Kindern und den Hunden ausgelastet. Dave war jetzt der neue Geschäftsführer, mit allen Rechten, Würden und Pflichten. Die Arbeitsaufteilung war klar, die Wochen und Monate strukturiert. Ausser ihm schien sich niemand zu fragen, wie sich Familien organisierten, die weniger finanzielle Mittel und keine Hilfe hatten.

«Mum plaudert mit Dad, als ob er ihr gegenübersässe. Ich finde das doch sehr seltsam», erzählte ihm Jane an einem Abend, als die Kinder schliefen und ihre Mutter sich früh zurückgezogen hatte.

«Warum nicht? Ich kann es nachvollziehen», sagte er, selber erstaunt, dass er Elizabeth verteidigte.

«David, sie löst keine Rätsel und liest keine Bücher mehr. Sie unterhält sich mit den Verstorbenen! Nicht nur mit Dad, auch mit Oliver und ihren Schwestern und sogar mit ihren vor einer Ewigkeit verstorbenen Eltern.»

«Wahrscheinlich tut es ihr gut», antwortete er.

Corran schien noch immer im Haus und Betrieb präsent zu sein; hie und da glaubte Dave, sogar seinen Tabak zu riechen und erwartete, dass sein Schwiegervater den Raum betreten und sich ihm gegenüber hinsetzen würde. Dave hätte sich dann nur zu gerne mit ihm unterhalten und ihn bei Problemen um Rat gefragt. Doch, anders als Elizabeth, die anscheinend einen guten Kontakt zu den Verstorbenen pflegte, konnte er dies nicht tun.

Jane trauerte anders. Sie packte Sarah in den Kinderwagen, besuchte das Grab ihres Vaters und setzte sich auf dem Friedhof, auf dem ihre Vorfahren und auch Oliver ruhten, auf eine Bank unter den alten Bäumen. Rebecca blieb lieber bei Elizabeth, die ihr vom Grossvater erzählte, der vom Wolkenhimmel auf sie hinunterschaue. Claire rief in letzter Zeit weniger oft an. Auch von Finlay hörten sie kaum. Der Werft mangelte es nicht an Stammkundschaft, aber neue Aufträge hatten sie in dem Jahr nach Corrans Tod keine erhalten. Dave wollte intensiver werben, Annoncen in Fachzeitschriften platzieren. Henry Linn hingegen war zuversichtlich, dass es bloss eine kurze Durststrecke sei, die keiner Korrekturen bedürfe.

Tatsächlich erhielten sie schon bald darauf eine Anfrage von einem amerikanischen Banker mit Wohnsitz in der Schweiz. Walter Williams wünschte eine nach alten Plänen aus Holz angefertigte Jacht. Er schrieb, er würde anschliessend an seinen nächsten Aufenthalt in London gerne die Werft besichtigen und seine Ideen mit Mr. David Penrose besprechen.

In jenem Sommer schwamm, segelte und tauchte Dave mehr als je zuvor. Dass er seine Familie vernachlässigte, rechtfertigte er damit, dass er die Werft am Laufen halten musste. Zwar konnte er auf Henrys Erfahrung zählen, aber letztendlich trug er die Verantwortung für den Betrieb und seine Angestellten. Von der Anfrage aus Zürich erzählte er Jane, die sich längst nicht mehr ins Geschäfte einmischte, erst nachdem Walter Williams einen Termin mit ihm vereinbart hatte.

Dave führte den Banker durch den Betrieb und zeigte ihm die Schiffe, an denen sie arbeiteten. Später setzten sie sich in sein Büro. Während er Kaffee aus der Maschine in zwei Pappbecher laufen liess, breitete Mr. Williams Fotos, sorgfältig gezeichnete Pläne, eine Liste der technischen Daten wie Tiefgang, Verdrängung, Länge und Geschwindigkeit auf dem Schreibtisch aus. Es war Sonntagnachmittag und sie konnten alles mit der nötigen Ruhe besprechen. Williams verstand anscheinend nicht nur etwas von Finanzen, sondern auch von Schiffen.

«Hier, das entspräche in etwa meinen Vorstellungen», sagte er und reichte Dave schwarz-weiss Fotos einer alten Jacht.

«Sie ist toll», nickte Dave.

«Sie *war* toll, sie hat meinem Grossvater gehört. Nach seiner Emeritierung liess er sie sich aus Teak und Mahagoni bauen und segelte sie noch mehr als zwanzig Jahre lang.»

«Er war Professor?»

«Ja, für Physik. Er studierte in Deutschland und kam später als Professor ans MIT und lebte mit seiner Familie in Marblehead.»

Das Schiff war ein Cruiser-Racer. Dave war kürzlich ein Artikel über diesen Bootstyp in die Hände gekommen. Es waren sportliche Jachten, die sich seit der ersten Hälfte des Jahrhunderts in Deutschland grosser Beliebtheit erfreuten. Sie waren seetüchtig und schnell. Ihm gefielen die Proportionen und das Zusammenspiel vom Kanuheck, Aufbau über dem Cockpit und dem langen Mast.

«Ein schönes Charakterschiff», urteilte er und schob die Fotos zurück.

«Richtig», sagte Mr. Williams. «Leider hat mein Opa es verkauft. Mein Vater hatte kein Interesse daran. Ich hätte es übernommen, ich war jedoch zu jung und nicht vor Ort. Jetzt suche ich jemanden, der mir so etwas baut.»

«Nun, ich ...», zögerte Dave.

«Ein Kollege hat mir die Werft empfohlen. Sie ist bekannt für individuelle Qualitätsarbeit. Er kannte Corran Penrose.»

«Er ist leider vor zwei Jahren verstorben.»

«Ich weiss. Hätten *Sie* Interesse? Es eilt nicht. Ich bräuchte das Schiff erst im nächsten Sommer.»

Gegen Abend schlenderten sie zum idyllischen Pub im Hafen. Williams trat gewinnend, geradezu charismatisch auf. Die Schattierungen seiner kurzgeschnittenen Haare wechselten zwischen Blond und Silber. Sie kontrastierten mit seiner leicht gebräunten Haut. In einer weissen Jeans und einem dunkelblauen Marken-T-Shirt zog er alle Blicke auf sich.

Dave holte zwei Tributes an der Theke.

«Was meinst du David?», fragte Williams, nachdem sie sich zugeprostet hatten und zu ihren Vornamen übergegangen waren.

«Nun, vielleicht. Ich müsste schauen, ob es möglich wäre.»

Er wusste, dass der Auftrag eine einmalige Chance war, viel Geld zu verdienen. Trotzdem durfte er nicht zu erpicht darauf erscheinen.

«Ich müsste scharf kalkulieren, eine edle Ausführung verlangt beste Materialien», murmelte er leichthin, bemüht, interessiert und zugleich unverbindlich zu bleiben. Er hatte bei seinen Aufenthalten in Asien und Afrika nicht für nichts Handeln gelernt.

«Wichtiger als die Kosten sind mir, dass das Boot hier in England gebaut wird und ich es im nächsten Sommer in Saint Helier übernehmen kann», sagte Walter, der Daves Zaudern bemerkt hatte.

Zwei Stunden später, nachdem sie noch mehrmals auf alles Mögliche angestossen und sich wie alte Freunde über England und die Schweiz unterhalten hatten, war die Sache trotz ausstehendem Kostenvoranschlag besiegelt. Dave hatte ein gutes Gefühl.

In den folgenden Monaten überliess er das Tagesgeschäft Henry und den Angestellten. Er selber arbeitete ausschliesslich an Walters Schiff. Das Vorhaben war anspruchsvoll, bis dahin hatte er Boote nur *gewartet*, ausnahmsweise einmal eines restauriert, aber von Grund auf ein Segelschiff zu *bauen*, war eine gänzlich neue Erfahrung, in die er sich jetzt verbiss. Da er nur edelste Hölzer und teuerstes Zubehör verwendete, durfte er keine Fehler machen. Das ambitiöse Werk musste auf Anhieb gelingen, zudem ein Meisterstück werden und ihm den Respekt seiner Mitarbeiter sichern.

Er erinnerte sich, wie überglücklich er bei der Testamentseröffnung gewesen war, als er erfuhr, dass ihm Corran seine Ketsch vermacht hatte. Und auch später, als er das Vermögen und den Wert der Werft abschätzten konnte, die Elizabeth und ihre drei Kinder erbten, fühlte er sich kaum benachteiligt. Schliesslich hatten sie ihn zum Geschäftsführer ernannt. Trotzdem ärgerte ihn im Nachhinein, dass Corrans Tod Elizabeth zu einer derart reichen Frau gemacht hatte, während er sich im Betrieb abmühte. Als ihm Walter Williams vorschlug, nur einen Teil des Geldes für die Jacht auf das Geschäftskonto der Werft zu überweisen und die Restzahlung im Ausland abzuwickeln, wunderte sich Dave darüber. Dann fielen ihm seine schlummernde Schweizer Bankverbindung und sein französisches Konto in der Bretagne ein. Dass er sie weder hatte saldieren noch nach der Hochzeit auf seinen neuen Namen umschreiben lassen, war Nachlässigkeit gewesen, aus heutiger Sicht indes vielleicht gar nicht so dumm. Jetzt bot sich ihm jedenfalls eine Gelegenheit, darauf ein Polster an ausländischen Devisen anzulegen. Williams war ein erfolgreicher Banker, der seine finanziellen Angelegenheiten bevorzugt in der Schweiz regelte. Dave würde es ihm in diesem Fall gleichtun. Sein schlechtes Gewissen, das ihm sagte, dass dies seiner persönlichen Bereicherung diene, beruhigte er mit den vielen Überstunden, die er bereits in die Jacht gesteckt hatte und noch stecken musste. Zudem konnte er das Geld zu einem späteren Zeitpunkt noch immer auf das Geschäftskonto der Werft transferieren.

Seit der Geburt ihres zweiten Kindes hatte Jane ihr Interesse an Sex weitgehend verloren. Rebecca würde bald die erste Klasse besuchen; die kleine Sarah hatte Daves helle Augen und seinen Charme und wickelte die Erwachsenen spielend um den Finger. Jetzt, wo die Mädchen Clifftop mit Leben und Lachen füllten, kam sich Dave oft überflüssig vor. Die vier weiblichen Wesen lebten einen Alltag, in dem seine Wünsche und Vorstellungen kaum Platz fanden. Es gab Tage, an denen Jane in Claires Geschenk, diesem unförmigen grauen Tracksuit, zum Einkaufen fuhr; an anderen wusch sie die Haare, kleidete sich sorgfältig, trank Tee und ass nichts. Wenn am Abend der Wind ums Haus heulte, der Regen an die Fensterscheiben peitschte und mächtige Wellen an die Felsen brandeten, hielt sie ihn umklammert, als fürchte sie, ihn zu verlieren. Meistens nickte sie danach ein, während er sich nicht zu rühren wagte, um sie nicht aufzuwecken. Dann kreisten seine Gedanken um die Frage, ob sie einander noch immer liebten. Oder ob sie nicht beide trügerische Prioritäten gesetzt und Entscheidungen getroffen hatten, die sie inzwischen bereuten. Dann musste er immer wieder einmal an jenen Lord denken, einen verschuldeten Glücksspieler, der, nachdem die Nanny seiner Kinder ermordet aufgefunden worden war, aus seinem Londoner Haus verschwunden war. Sogar in Indien, wo Dave damals umhergondelte, hatten die Zeitungen über den mysteriösen Fall berichtet. Seither waren über zwanzig Jahre vergangen und der Mann war trotz seiner markanten Erscheinung und einer weltweiten Suche unauffindbar geblieben. Die Idee, es ihm gleichzutun, schlich sich wie eine giftige Schlange in Daves Optionen. Er besass noch immer seinen auf Baxter ausgestellten Pass. Statt ihn zu retournieren, hatte er ihn als gestohlen gemeldet, und, was bei den alten blauen Pässen möglich gewesen war, das Ablaufdatum von Hand überschrieben. Als wollte er mit dieser Mischung aus Jux und Täuschung das Auslaufen seiner Freiheit verhindern. Und als habe er schon bei seiner Eheschliessung geplant, wieder einmal zu seinem alten Selbst zurückzufinden. Übermütig und leicht wie ein Kind mit einem Ball spielte er mit seiner Zukunft.

Mitte Sommer war Walters Jacht bereit zur Auslieferung. Dave würde sie sobald wie möglich auf die Kanalinseln segeln. An einem Abend im Juli bat er Elizabeth, die Kinder zu baden und ins Bett zu bringen. Er wolle Jane in den Pub einladen.

«Kann ich so kommen? Bloss in Jeans und Bluse?», fragte sie fröhlich.

«Natürlich. Es ist warm draussen. Lass uns verschwinden, bevor uns Sarah vermisst», antwortete er und griff nach der Hundeleine.

Sie hatten nur noch Joy. Bundle war kurz nach Corran gestorben. Elizabeth war nur die alte Hündin mit ihrer verlässlichen Treue geblieben.

Der mit langen Holztischen und Bierbänken verstellte Platz vor dem Pub war vollgepackt mit Touristen. Dave ging nach drinnen und stand lange für das Tribute und das Shandy an. Als er die beiden Gläser ins Freie balancierte, rutschte Jane, die inmitten fremdsprachiger Gäste sass, ein wenig zur Seite. Er zwängte sich neben sie.

«Und? Was gibt mir die unverhoffte Ehre?», fragte sie.

Ihn plagte sein schlechtes Gewissen.

«Ich bin nächste Woche für ein paar Tage weg. Ich werde die neue Jacht nach Saint Helier segeln», antwortete er und bedachte, wie nahe Jersey der nordfranzösischen Küste lag. Er könnte Claire und J-P treffen. So rasch wie ihm die Idee gekommen war, verwarf er sie wieder.

«Ich werde Walter Williams bloss sein Schiff übergeben und in Saint Helier ein paar Gebrauchtboote anschauen. Falls ich ein günstiges fände, würde ich es zurücksegeln. Sonst nehme ich die Fähre.»

Das französisch sprechende Paar, das ihnen gegenübersass, trank seine Gläser aus und verliess den Pub, ohne Adieu zu sagen. Die Postangestellte und ihr Partner setzten sich ohne Umschweife auf die frei gewordenen Plätze. Dave verstummte. Jane schnitt eine Grimasse und stürzte den Rest ihres Getränks hinunter. Unvermittelt stand sie auf, kämpfte sich durch die stehenden Gäste und schritt Richtung Hafen. Er folgte ihr, Joy hinter sich her zerrend. Auf der Mole überschüttete ihn Jane mit Vorwürfen.

«Ich hoffte auf einen netten Abend mit dir. Und nun erfahre ich unter lauter sorglosen Fremden, dass du mich allein zurücklässt. Kein einziges vertrautes Gesicht weit und breit, ausser dieser *Post Lady* und ihrem Mann.»

«Aber ...»

«Könnte ich nächste Woche nicht mit dir segeln?»

Er fühlte sich überrumpelt. Aus dem Nichts fiel ihm Sandy ein. Vielleicht hätte sie mit ihm den Atlantik überquert. Noch immer konnte er sich an ihre Gänsehaut erinnern und wie kühl sie sich angefühlt hatte.

«Ich meine, ... es wäre nett», riss ihn Jane aus seinen Gedanken.

«Wieso denn das? Du kommst sonst nie mit», raunte er.

«Weil ich die Jacht schön finde und wir darauf allein wären, weg von diesem Rummelplatz hier.»

«Jane, wir können das neue Schiff nicht richtig nutzen. Ich muss es Walter in einem einwandfreien Zustand übergeben. In der Kabine liegt noch überall Schutzplastik», sagte er. Trotzdem überlegte er kurz, wie angenehm es mit ihr auf dem Meer sein könnte. Doch was, wenn es stürmen würde?

Die Kanalinseln waren genauso überlaufen wie Cornwall. Weder Dave noch Walter verspürten Lust, mehr Zeit als nötig an Land zu verbringen. Nachdem die Schiffspapiere auf Walter ausgestellt waren, rief Dave Jane an und teilte ihr mit, sie würden vor Frankreichs Küste noch ein paar Tage segeln. Sie schien nicht sonderlich erstaunt zu sein. Walter war begeistert von der Handlichkeit und Geschwindigkeit seines neuen Schiffs, und Dave bestrebt, ihn mit dessen Annehmlichkeiten vertraut zu machen und die Strömung zu nutzen, die sie bei Flut nach Osten und bei Ebbe nach Westen trieb. Sie stiessen auf ein unglaubliches Wetterglück und kalkulierbaren Wind, auf malerische Landschaften und Ankerplätze. Sie unterhielten sich auf

Augenhöhe über die Springzeiten vor St Malo und die gefährliche Strömung im Raz Blanchard. Walter war keiner, der Seemannsgarn spann, sondern ein Rechner und Navigator, der Ästhetik verbunden mit Zweckmässigkeit und Komfort schätzte. Dave hatte den Salon gemäss alten Plänen und Beschreibungen in Massivholz dunkler gehalten, als es derzeit Mode war. Die Kombüse und Nasszellen, die Lüftung und der Lichteinfall hingegen, sowie die gesamte Elektronik, befanden sich auf dem neuesten Stand. Der Stauraum war versteckt und bequem zugänglich. Neben der Achterkabine bot die Jacht sechs Kojen, kompakte sanitäre Anlagen und ein separates WC im Vorschiff. Dort verbarg sich der Segelstauraum. Walter brauchte unter Deck keinen Luxus. Er sagte, er wolle segeln, schön wohnen könne er zuhause. Dave wusste zwar von einer Ehefrau, hatte sie bloss nie getroffen. Sie sei oft geschäftlich unterwegs, hatte Walter einmal nebenbei bemerkt, sie hätten keine Kinder, dafür einen seetauglichen, nichthaarenden Australian Labradoodle, für den sie eine kuschelige Liegebox wünschten.

Dave fiel es am Ende jener Woche schwer, sich von seinem Werk zu trennen. Er dachte an die Teilzahlungen, die auf seinen privaten Konten ruhten. Der Hauptbetrag war längst auf jenem der Werft eingetroffen und verbucht. Die Büroangestellte, jene inkompetente Miss Miller, die einst aus Londons Norden nach Cornwall gezogen war und mit der er mehr schlecht als recht klarkam, hatte nichts hinterfragt. Vermutlich hatte sie keine Ahnung, wie viel die Spezialanfertigung einer Jacht dieser Grössenordnung einbrachte. Und Henry kümmerte sich nicht um die Einnahmen, allenfalls um die Ausgaben für Holz und Zubehör und die Zulagen für die Überzeit der Angestellten. Primär war Henry für die Arbeitsaufteilung und die Abläufe im Betrieb zuständig. Nur wenn Dave sich vorstellte, ihm würde etwas zustossen, wurde ihm flau im Magen. Falls Jane dann über die Bücher gehen sollte, würde sie – je nach Sorgfalt ihrer Prüfung – bemerken, dass die Einnahmen in diesem Sommer zu gering waren.

Schon im Herbst plagten ihn andere Sorgen: Die Kinder, und später auch Elizabeth und Jane, lagen mit einer Grippe im Bett, die so schlimm ausfiel, dass Claire nach Clifftop reiste, um zu helfen. Pats Unterstützung wäre Dave lieber gewesen, doch Grace fürchtete, dass ihre Mutter sich anstecken und dabei eine Lungenentzündung einfangen könnte. Wie immer, wenn Claire in Clifftop war, stellte sie alles auf den Kopf. Jetzt verunsicherte sie Jane mit der Behauptung, die Viren hätten leichtes Spiel mit ihr gehabt, weil sie total erschöpft sei. Sie verschrieb ihr eine kurze Auszeit. Sie nötigte sie förmlich dazu, mit Dave nach London zu fahren und versprach, währenddessen zu den Mädchen und zu Elizabeth zu schauen. Als er realisierte, dass Jane den Rat ihrer Schwester tatsächlich befolgen wollte, reservierte er ein Hotelzimmer, damit sie zumindest nicht bei Finlay und Lance übernachten müssten. Henry würde in der Werft zum Rechten schauen. Und die Mädchen freuten sich auf die Tage mit ihrer Tante, die ihnen versprochen hatte, nachmittags dürften sie Kinderfilme auf BBC schauen und abends mit ihr und Granny eine Stunde länger aufbleiben.

Trotz seiner anfänglichen Bedenken war Dave letztendlich froh um den Szenenwechsel. Natürlich waren die Tage im vorweihnachtlichen London nicht mit der Segelwoche mit Walter vergleichbar. Aber zumindest boten sie ihnen die Gelegenheit, ihre Zeit als Paar, ohne Ablenkung durch Elizabeth oder die Kinder zu verbringen. Trotzdem dachte er zurück, wie unbeschwert und frei er sich mit Walter auf dem Wasser gefühlt hatte, während ihn Jane an seine Verpflichtungen erinnerte. Sie habe während seiner Abwesenheit irgendwelche Unterlagen in seinem Büro gesucht. Miss Miller habe sich vor den Kopf gestossen gefühlt und versucht, mit ihr einen Streit vom Zaun zu brechen. Er befürchtete, Jane habe sich einen Überblick über die Einnahmen und Ausgaben verschaffen wollen und schwieg.

Sobald die ersten Sonnenstrahlen die Luft erwärmten, stand er wieder Stunde um Stunde in Jeans und T-Shirt auf seiner Ketsch, putzte, schmirgelte und lackierte das Holz und flickte Segel und Taue. Er erwog, Corrans Boot zu verkaufen. Ihm genügte sein wendiges kleines Schiff. Er segelte es bei beinahe jedem Wetter. Henry Linn warnte ihn regelmässig vor Sturm und Unwetter. Und natürlich warnte ihn auch Jane. Sie fürchtete die See ohnehin. Dennoch schmeichelte es seinem Ego, dass sie sich um ihn sorgte. Wenn er durchfroren und nass bis auf die Haut in Clifftop auftauchte, fiel sie ihm um den Hals und liess ihm ein warmes Bad einlaufen. An einem solchen Abend im Mai, als sie sich nach Wochen wieder einmal geliebt hatten, berichtete er ihr das Neueste aus der Werft.

«Miss Miller geht weg. Sie hat gekündigt», sagte er unter anderem.

«Oh?»

«Du weisst schon. Wir haben über sie gesprochen.»

«Natürlich. Ich bin froh, dass sie gekündigt hat. Anders wärst du sie nie losgeworden.»

«Richtig. Ohne Not und solange sich die Angestellten nichts zuschulden kommen lassen, kann ich niemanden entlassen.»

«Und sie hat ja tatsächlich kein Silber gestohlen. Sie war bloss frech», murmelte Jane schlaftrunken.

«Richtig.»

«Hast du schon eine Neue?»

«Ich glaube schon. Ich musste die Vakanz nicht einmal ausschreiben. Henry hat mir eine Mrs. Margaret Morgan empfohlen.»

«Maggie? Maggie Morgan? Aus St Morwen?»

«Ich dachte mir, dass du sie kennst. Sie sucht einen Halbtagsjob.»

«Ja! Sie ist nett. Ich sehe sie zwar kaum mehr, aber nach meinen Berechnungen sollten ihre Kinder inzwischen aus dem Gröbsten heraus sein. Wahrscheinlich hat sie jetzt Zeit, ein wenig ausser Haus zu arbeiten.»

«Und? Gibt es sonst noch etwas, das ich über sie wissen sollte?»

«Sie ist garantiert taktvoller als ihre Vorgängerin», murmelte sie müde. Und damit war das Thema für sie erledigt.

Dave erwachte stets als erster. Nachdem er geduscht hatte, ging er in Jeans, Polohemd und Pullover in die Küche, deckte den Tisch, machte Wasser heiss und hörte nebenbei die Wetterprognose. Bevor er in die Werft fuhr, weckte er Jane mit einer Tasse Tee. Sie kümmerte sich ab dann um die Kinder. Nur wenn sie am Abend zuvor seinetwegen lange aufgeblieben war, liess er sie schlafen. An solchen Tagen half Elizabeth, die seit Corrans Tod früh aufstand. Obwohl sie etwas vergesslich geworden war, wirkte sie gesundheitlich stabil und half den Mädchen beim Ankleiden und frühstückte gerne mit ihnen. Danach schickte sie die beiden zu einer Nachbarin, die sie zusammen mit ihren Kindern im Auto zur Schule fuhr.

Jener Sommer enttäuschte die Einheimischen wie auch die Touristen mit viel Regen und nur wenig Sonnenschein. Trotzdem nutzte ihn Dave, als ob es sein letzter in Cornwall wäre. Er segelte auch, wenn andere ihre Boote im Hafen liessen. Er schwamm und tauchte auch an bedeckten Tagen. Gelegentlich spielte er mit seiner Familie Croquet und half in Clifftop mit. Er kaufte auf dem Heimweg Fisch und Gemüse, mähte den Rasen und schnitt Sträucher zurück, besserte die Einfriedung ums Haus aus, wo der Mörtel zwischen den Mauersteinen wegbröckelte. Er kostete seine Zeit aus, wie früher die verbleibenden Tage, bevor er weiterreiste. Ein Bewusstsein von Vergänglichkeit liess ihn Bilder, Düfte und Geräusche aufnehmen. Als er im Herbst als einer der letzten noch immer segelte, speicherte er die Bilder, die er vom Boot aus sah, die Hügel mit ihren Schafen und Hecken, die grauen Cottages und die weissen Häuser, in seinem Gedächtnis ab. Hie und da meinte er, Edwards junge Stimme im Wind, der übers Wasser strich und die weisen Worte seiner Grossmutter in den Wellen zu hören, die ans Boot schlugen. Corrans Ratschläge prasselten im Regen aufs Deck.

Der Winter zog sich grau dahin. Hätten nicht die Festtage mit den Geschenken und den strahlenden Kinderaugen diese triste Eintönigkeit unterbrochen, wäre sie für Dave nicht auszuhalten gewesen. So aber hoffte er, dass Jane – auch wenn er einmal nicht mehr sein sollte – Clifftop für ihre Mädchen an allen Weihnachten, die sie hier zusammen erleben mochten, in ein Märchenland verzaubern würde. Er selber hatte als Kind nur am Boxing Day, wenn die Angestellten ihre Geschenke erhielten, einen kurzen Blick auf vergleichbar schillernde Dekorationen werfen dürfen. Danach war er mit seinen Grosseltern ins Riegelhäuschen zum Tee und ein paar Leckereien zurückgekehrt, die vom Vortag im Herrenhaus übrig geblieben waren. Jetzt fragte er sich, wie es Robina und Moses gehen möge. Es war gut möglich, dass sie noch immer bei Abuya in *Nyumba nzuri* lebten.

V

An einem windigen Morgen im April verschüttete Sarah ihre Milch, beförderte die Cornflakes in einem Wisch vom Tisch und kippte vom Stuhl, da sie Joy davon abhalten wollte, das Missgeschick aufzulecken. Joy bellte, Sarah heulte und Elizabeth beruhigte das Kind und den Hund.

Jane entschied: «Sie bleibt heute zuhause. Sie ist schon wieder erkältet.»

Rebecca blieb ihrer Rolle als ältere und vernünftigere Schwester treu und von alldem unberührt. Sie betrachtete ihren Vater mit grossen Augen.

Hatte er sich etwas anmerken lassen?

«Bei mir könnte es später werden. Ich werde nach der Arbeit segeln gehen», entschied er, obwohl düstere Wolken am Himmel trieben.

«Es ist Sturm angesagt», verkündete Jane besorgt.

«Es wird leicht auffrischen», antwortete er. «Mach dir keine Sorgen. Und bitte leg dich schlafen und warte nicht auf mich. Du siehst müde aus.»

Er küsste die Kinder. Sarah schniefte noch immer. Rebecca hielt ihn umschlungen. Es fühlte sich an, als umarme er sie zum letzten Mal. Er griff nach seinem Anorak und eilte, ohne zurückzublicken, zum Auto.

Margaret Morgan erschien gewöhnlich gegen neun. An jenem Morgen war sie spät dran. Er hatte bereits drei für sie bestimmte Anrufe entgegengenommen, als sie, leicht ausser Atem und mit wild abstehenden Haaren, eintraf.

«Welch *wunderbares* Wetter. Schönen guten Morgen, David», begrüsste sie ihn fröhlich. «Scheusslich, nicht wahr? Und erst die Jungs. Sie kamen heute nicht vom Fleck. Verlegte Schulbücher, verbrannter Toast, platte Veloreifen. Alles, was man sich an einem *schönen* Morgen wünschen kann. Man könnte meinen, sie machten es absichtlich, um mich aufzuhalten. Bitte entschuldige die Verspätung. Ich werde über Mittag durcharbeiten. Sonst schaffe ich die Pendenzen nicht.»

«Dasselbe in Clifftop. Muss heute etwas in der Luft liegen. Falmouth hat schon zweimal für dich angerufen. Es schien dringend.»

«Ja, ich weiss», seufzte Margaret. «Sie brauchen Verstärkung. Darf ich Marak hinschicken? Er hat zwar zu tun, aber nichts, was nicht warten könnte.»

«Was meint Henry?»

«Er sagt, eine Hand wasche die andere. Ab Montag ginge es. Falmouth hat schon gestern Abend angefragt und hofft jetzt auf unsere Zusage.»

«Gut, wir helfen, sonst vergessen sie uns bei ihrem nächsten Engpass. Verrechne Maraks Tageslohn plus Weg und Fahrtspesen. Ohne Zuschlag.»

«Mache ich, aber du bist zu grosszügig, David. Sie sollten sich nicht immer unsere Leute ausleihen, sondern besser planen. Es ist ja nicht so, als ob Marak hier nichts zu tun hätte ...»

«Trotzdem. Mir ist es lieber, wenn sie mit uns zusammenarbeiten, als mit der Konkurrenz. Henry hat recht. Irgendwann sind wir vielleicht auch froh um ihre Hilfe.»

Margaret war bienenfleissig, tippte beinahe schneller als er diktierte, telefonierte mit zwischen Schulter und Ohr eingeklemmtem Hörer, notierte das Wichtigste mit der rechten Hand und ordnete mit der linken Bleistifte und Büroklammern, die auf ihrem Schreibtisch verstreut lagen. Anders als Miss Miller, mit der Dave nie warm geworden war, redeten sie sich mit Vornamen an, und auch Henry und die Crew mochten Maggie lieber.

Die nächste Viertelstunde verbrachte er im Schuppen, besprach das Wichtigste mit Henry und Marak und spazierte danach in den Hafen, um das Einwassern eines Schiffs zu überwachen. Es klappte alles reibungslos. Auch ohne ihn. Er stieg in den Range Rover der Werft und fuhr auf der Küstenstrasse zum Segelclub. Kein Mensch weit und breit. Er parkte auf dem Sand, blieb im Auto sitzen und studierte das Meer. An den kaum wahrnehmbaren Strudeln der Gezeitenwellen konnte er die vorgelagerten Felsen ausmachen, die sich unter der Wasseroberfläche verbargen. In zehn Stunden würde es noch hell und die nächste Flut bald darauf auf ihrem Höchststand sein. Der Sturm war für nach Mitternacht angesagt. Trotz seiner Berechnungen machte ihm sein Vorhaben Angst. Er ging die Checkliste durch, die er seit Tagen im Kopf trug. Der wärmere seiner beiden Neoprenanzüge befand sich an Bord. Ersatzwäsche und Reservekleidung, gute Schuhe und eine Reisetasche sowie sein alter Pass auf den Namen Baxter, sein Führerschein und die Bankkarten für die ausländischen Konten und ein Geldbeutel mit US-Dollars steckten längst in seiner Reisetasche in seinem Spind im Segelclub. Sein Penrose-Pass lag wie immer in der Schreibtischschublade im Möwennest. Jane sollte ihn leicht finden. Ihren Zustand, wenn er heute Abend nicht zurückkehrte, wollte er sich nicht vorstellen. Er durfte jetzt nicht daran denken. Nicht an sie, nicht an die Kinder. Allenfalls an Elizabeth, die ihn nie gemocht und ihm das Leben schwer gemacht und an Corran, der ihn im Stich gelassen hatte. Corran, sein Schwiegervater und Arbeitgeber, sein einziger Freund.

«Sei gerecht», sagte sich Dave in seinem Selbstgespräch. «Er war ein alter Mann und ist verstorben und du bis jung und willst abhauen.»

Doch wenn die Küstenwache sein Boot, oder was davon übrigbleiben würde, und eventuell ein paar Kleidungsstücke finden würde, wäre es für die Familie dasselbe. Weder Jane noch Elizabeth, nicht einmal Claire, würden auf die Idee kommen, dass er das Leben hier nicht mehr ausgehalten hatte. Sie alle würden ein Unglück mit einem tödlichen Ausgang vermuten. Eine Welle verschluckte zwei aus dem grauen Wasser zwinkernde Felsen. Er hatte sie nicht anrollen sehen. Heute Nacht musste er aufmerksamer sein. Er durfte die Gefahr nicht unterschätzen. Jetzt sollte er zurück in die Werft, sich normal verhalten und bis neunzehn Uhr durcharbeiten.

Der Nachmittag verlief ruhig. Im Schuppen der Werft lief das Radio und gab stündlich den Wetterbericht durch. Nach Feierabend wollte er im Pub ein Bier trinken und etwas Leichtes essen. Falls ihn danach jemand sein Schiff freimachen oder davonsegeln sähe, hätte das nichts zu bedeuten. Für die Einheimischen war er ein Spinner, bestenfalls ein Fremdling, der keine Gefahr kannte. Ihre Sympathien lagen bei Jane und den Mädchen. Er hatte nie gegen sein Image angekämpft. Um im Ort dazuzugehören, bedurfte es mehrerer Generationen. Anders als in Amerika, wo jede und jeder einmal fremd gewesen und dadurch offen und hilfsbereit gegenüber Fremden war. Immer wieder einmal dachte er an Sandy und spekulierte, was aus ihm hätte werden können, wenn er sie vor Jane getroffen hätte und jetzt vielleicht in Kalifornien leben würde. Er riss sich zusammen. Er durfte nicht träumen. Er musste sein Schicksal in die Hand nehmen und Mut beweisen. Wenn er sich vorstellte, dass sich die Meteorologen täuschten und der

Sturm zwei Stunden früher als prognostiziert übers Meer fegen würde, wurde ihm übel.

Mit dem Sandwich im Magen und dem Tribute, das seine Stimmung hob, schritt er am Abend die paar wenigen Meter vom Pub zum inneren Hafen. Er hangelte sich über drei aneinander festgemachte Kähne zu seiner Ketsch, die etwas abseits an ihrer Boje im Becken lag. Erst staunte er, dass er auf seinem Weg hierher niemandem begegnet war, dann fiel ihm das Rugbyspiel ein, das am Fernsehen übertragen wurde und für das die Fans vermutlich ihren Rundgang mit dem Hund aufschoben. Oder gab es einen anderen Grund, der die Menschen just in jenem Moment zu Hause hielt, als es zum ersten Mal an diesem Tag aufklarte und die letzten Strahlen der Sonne, als hätten sie ein schlechtes Gewissen, die schwarzen Wolken am Horizont golden umspannten? Noch blieb ihm Zeit, sich umzuentscheiden.

Als er hingegen das sanfte Schaukeln spürte, die vertrauten Handgriffe ausführte, das Knattern des Motors hörte und die Ketsch aus dem Hafen steuerte, fühlte er sich wieder wohl. Die Sonne war untergegangen, die Wolken bildeten erneut eine geschlossene Decke. Es bestand keine Eile. Er redete sich ein, er tue dies für Jane, um ihr das Leben zu erleichtern. Sie würde seinen vermeintlichen Tod verkraften, besser jedenfalls als eine Scheidung. Weder sie noch er hatten je über eine mögliche Trennung gesprochen. Auch gestritten hatten sie selten. Sie waren sich zusehends mehr aus dem Weg gegangen – er aufs Meer und sie zu Elizabeth geflüchtet.

Er verharrte im Neoprenanzug bei abgestelltem Motor. Eigentlich hatte er vorgehabt, der Küste entlangzutuckern, doch es blies ein perfekter, ein geradezu verführerischer Wind.

Ein letztes Mal hisste er die Segel, kreuzte ein bisschen, vertrieb sich die Zeit, indem er sich an den Lichtern an Land und jenen der grossen Tanker orientierte, die weit draussen lagen und sich tagelang nicht von der Stelle rührten. Er wiegte sich in der Sicherheit der Dunkelheit, denn er wusste, dass man ihn vom Ufer aus nicht sehen konnte. Plötzlich rann ihm die Zeit durch die Finger. Er erkannte die ersten White Horses, brechende Wellen, deren Kämme weissen Mähnen glichen und die klangen, als ob Pferdehufe über den Boden donnerten. Er zog die Tauchermaske mit Schnorchel und Kappe über den Kopf. An einer Landzunge, einem seiner Orientierungspunkte, schätzte er ab, dass ihm keine Zeit blieb, die Segel ganz einzuholen. Er zögerte kurz, dann sprang er in die tintenschwarze Nässe mit zischender weisser Gischt, durch die er versuchte, Richtung Land zu kraulen. Nach einem halben Dutzend Zügen drehte er sich auf den Rücken, um einen letzten Blick auf sein Boot zu werfen. Die Fock und das auf ein kleines Dreieck eingerollte Grosssegel flatterten im Wind. Er glaubte, den Baum hin und her schlagen zu sehen. Zugleich wusste er, dass dies aus der Distanz, die sich finster zwischen ihn und sein Boot geschoben hatte, unmöglich war. Die Wogen hoben und tauchten ihn erbarmungslos, er musste sich auf seinen Atem konzentrieren, die Nerven behalten. Unter keinen Umständen durfte er seine Maske verlieren. Ohne sie würde er nichts sehen und ohne den Schnorchel literweise Wasser schlucken. Er drehte sich, fixierte ein Licht am Ufer und versuchte, es nicht aus den Augen zu verlieren. Dann hob ihn schon die nächste Welle hoch, liess ihn in ihr Tal schlittern, schob ihn vorwärts, verfolgte ihn, drohte sich zu überschlagen und ihn unter sich zu begraben. Während ihn die Flut aufs Ufer zutrieb, verlor er an Kraft, wünschte sich eine Sicherheitsweste. Er wusste nicht, wie lange er schon geschwommen, wie viele Male er ab- und wieder aufgetaucht war. Er hatte jegliches Zeitgefühl verloren. Als er sich schon beinahe aufgab, bemerkte er, wie sich die Wellen verlangsamten und direkt aufs Land zuliefen. Erschöpft überschlug er sich im seichten Wasser. Sein Kopf schlug auf Grund, steckte im Sand. Panisch schwaderte er mit den Armen und kickte mit den Beinen. Seine Finger krallten sich in den feinen Sand, und er spürte, dass seine Füsse aus dem Wasser in die Luft ragten. Eine tückische Strandwelle riss ihm die Maske mitsamt dem Schnorchel vom Gesicht. Er schluckte und spuckte und, als er sich mit letzter Kraft an Land retten konnte, blieb er dort erst einmal liegen. Dann erbrach er sein Sandwich und jede Menge Salzwasser.

Als er aufstehen wollte, versagten seine Beine ihren Dienst. Er plumpste auf den harten Sand und robbte ausser Reichweite des Meeres. Vorsichtig kreiste er mit den Armen, massierte seine Oberschenkel und Waden. Schliesslich gelang es ihm aufzustehen und einen Fuss vor den anderen zu setzen. Seine Zähne schlugen hart aufeinander, in seinen pochenden Ohren steckte Sand. Die See fauchte, als wäre sie wütend, dass er – ein nunmehr gestrandeter Wassermann, den sie als Opfer hatte einfordern wollen – ihr im letzten Moment entkommen war.

Im Umkleideraum des Segelclubs machte er Licht. Umständlich schälte er sich aus seinem Neoprenanzug, packte ihn in einen Plastiksack und steckte diesen in eine schwarze, ansonsten leere Reisetasche. Er duschte, trocknete sich und schlüpfte in seine Kleidung, die er mit der Tasche und dem Rucksack, in dem alles Notwendige für die Reise steckte, hier deponiert hatte. Er hängte das Badetuch in seinen Spind, schloss ihn und liess den Schlüssel stecken. Als er seinen Rucksack schulterte, zuckte er zusammen. Seine Arme schmerzten, sein

Rücken fühlte sich an, als hätte ihn jemand mit Schmirgelpapier abgerieben. Er biss auf die Zähne, nahm sein leichtes Bündel in die rechte, die Taschenlampe in die linke Hand, löschte das Licht und machte sich zu Fuss auf zum nächstgrösseren Ort, wo die Regionalzüge hielten. Er hoffte, unterwegs niemanden anzutreffen. Er musste unentdeckt einen Anschluss nach Reading und von dort den Rail/Air Link nach Heathrow erwischen. Seine Taucheruhr zeigte zehn.

Die volle Wucht des Unwetters entfaltete sich um Mitternacht. In der Sicherheit eines Bahnabteils betrachtete Dave in der Scheibe sein bleiches Spiegelbild. Sein Gesicht fühlte sich schlimmer an als es aussah. Er hatte nichts gebrochen. Er hörte Jane 'good bone structure' sagen, wie sie es immer getan hatte, wenn sie ihm Komplimente machte. Im Nachhinein konnte er weder seine Verwegenheit noch seine Zuversicht nachvollziehen. Die Ketsch war bestimmt an den Felsen zerschellt. Ihm hatte die Zeit gefehlt, die Segel einzuholen. Der Wind hatte leichtes Spiel mit ihr gehabt. Trotz der Tränen, die ihm in die Augen schossen, fühlte er sich gut. Er war gleichzeitig überdreht und erleichtert, – körperlich erschöpft und hellwach im Kopf. Ein Glück, dass er jetzt allein im Wagon sass und unbeobachtet in die Nacht blicken konnte. Er stellte sich die Menschen vor, die in den einfachen Backsteinhäusern schliefen, die sich dunkel dem Bahndamm entlang reihten. Seine Hände zitterten und seine Emotionen überschlugen sich wie die Wellenberge, durch die er eben noch gekrault war. Wenn er die Augen schloss, sah er die See noch immer auf sich zurollen. Er sollte sich beruhigen, sich sammeln und sich auf das weitere Vorgehen konzentrieren. Es war gut, keinen Flug gebucht zu haben. Zuerst musste er in Reading ein paar Stunden schlafen.

Erst dann konnte er nach Heathrow weiterfahren und dort in eine Maschine nach Kenia steigen.

Zwei Tage später rutschte er, vermutlich dank seines matten Lächelns und seiner freundlichen Worte auf *Swahili*, durch die Zollkontrolle. Der Beamte am Jomo Kenyatta International Airport warf einen Blick auf das alte Foto im Pass und verglich es mit Daves Zügen. Er nickte und händigte ihm das Dokument mit einem freundlichen *Kamilifu* und *Karibu* zurück. Dave atmete tief durch und schritt zum Förderband, wo er auf seine Reisetasche wartete. Als er sie endlich an sich nehmen konnte, hatten sich seine europäischen Mitreisenden bereits in alle Winde zerstreut. Er entfernte den Namensanhänger mit der fiktiven Adresse und die Kleber der Airline. Zur Sicherheit kontrollierte er auch den Inhalt. Da war nichts ausser seinem Neoprenanzug. Er zog den Reissverschluss zu und schritt mit der Tasche durch die Ankunftshalle Richtung Gents. Auf dem Boden vor den Toiletten liess er sie stehen. Als er zehn Minuten später mit seinem Rucksack, den er keinen Moment aus den Augen gelassen hatte, wiederkam, schnitt er ein Gesicht, als ob er erstaunt und aufgebracht wäre und schimpfte laut.

«Ist dir etwas gestohlen worden?», sprach ihn eine Frau auf Englisch an.

«Ja. Meine Reisetasche ist weg. Ich war nur kurz auf dem Loo.»

«Nun, die bekommst du nicht wieder. Wir können zum Lost & Found gehen. Aber das nützt nicht viel.»

«Trotzdem, ich gehe dort kurz nachfragen», antwortete er.

Sie begleitete ihn zum Fundbüro und setzte sich dort mit einem Redeschwall auf *Swahili* für seine verschwundene Tasche ein. Sie stimmte mit dem Beamten überein, welche Schande es sei, dass in Nairobi alles, was nicht niet- und nagelfest sei, wegkomme. Dave, der dem Wortwechsel der Spur nach folgen konnte, beschwichtigte die beiden: «Diebe gibt es überall. Ich hätte besser aufpassen müssen. Jetzt werde ich mir als Erstes neue Kleider und Sandalen kaufen. Das ist nicht weiter schlimm.»

Lydia, wie sich die Frau vorgestellt hatte, begleitete ihn bereitwillig in ein Geschäft auf dem Flughafenareal, das angeblich einem Vetter von ihr gehörte. Dave kaufte *Safari*-Shorts mit passenden Hemden in gedeckten Farben, robuste Sandalen und eine rehbraune Tasche, in die er das Erworbene steckte. Er passte dabei gut auf seinen Rucksack auf und lud Lydia, von der er nicht wusste, ob sie ein abgekartetes Spiel spielte, in einen Coffee Shop ein.

'Vermutlich ist sie ehrlich, und ich bin zu misstrauisch', dachte er, als sie zu ihrem Kaffee ein Muffin verschlang. Doch zur Sicherheit flunkerte er, er reise an den Lake Nakuru und gehe auf *Safari*. Als sie ihm anbot, ihn bis an die Bushaltestelle zu begleiten, erfand er einen Vorwand, um sich von ihr loszusagen und stieg in ein wartendes Taxi. Er nannte dem Fahrer ein Hostel, das er von früher kannte. Es war ein englisches Landhaus in einem schönen Garten. Auf der Fahrt an die Ngong Road erinnerte er sich wieder an Details, die er geglaubt hatte, längst vergessen zu haben. Das Gästehaus war von einer christlichen Gemeinschaft für reisende Missionare gegründet worden. Die sanitären Einrichtungen hatten sich bei seinem damaligen Aufenthalt auf dem Flur befunden. Die Handtücher und Moskitonetze waren geflickt, hingegen sauber gewesen, und er hatte dort gut geschlafen.

Am nächsten Morgen hörte er den jungen Gästen zu, die am Frühstückstisch ihre Missionsgeschichten und Abenteuer miteinander teilten. Verglichen mit den Lehmhütten, die er auf dem

Land antraf, beschrieb Ole, ein Entwicklungshelfer, die Behausungen in Nairobi als komfortabel und ihre Bewohnerinnen und Bewohner als aufgeschlossen. Die Themen schienen Dave vertraut, so als ware er nie weg gewesen.

Eine Stunde später stieg er in den Überlandbus nach Mombasa. Er fühlte sich verjüngt. Zum ersten Mal seit seiner Flucht – falls er sein drastisches Abtauchen so nennen konnte – war er beinahe glücklich. Er schaute aus dem Fenster und bemerkte, wie sehr sich der Verkehr, seit er diese Strecke zum letzten Mal gefahren war, verdichtet hatte. Ab dem Zwischenhalt in Voi blickte er vorwärts. Er stellte sich vor, wie Abuya aussehen mochte, legte sich zurecht, wie viel er ihr von sich und seiner Familie verraten würde. Auch wenn es ihm, je näher er der Küste kam, desto unwahrscheinlicher schien, so hoffte er gleichwohl, dass er sie finden würde.

Als er am Mittag in Mombasa aus dem Bus stieg, kannte er sich sofort wieder aus. Sogar die Bar, in der er Abuyas Bilder zum ersten Mal gesehen hatte, gab es noch. Sie war anders möbliert, die Wände waren weiss und schmucklos. Die Theke stand noch in derselben Ecke. Dave trank einen Kaffee und ass ein Sandwich, das erste seit jenem im Pub in Cornwall.

«Ich suche Abuya Brown, die Künstlerin», sagte er zur Bedienung.

«Oh? Die Malerin?»

«Ja. Kennst du sie?»

«Natürlich. Wer kennt sie nicht? Sie ist berühmt.»

«Ich kannte sie, als sie Anfang der 80er Jahre begann, sich einen Namen zu machen», sagte er. «Hinter dieser Theke hingen zwei ihrer Bilder.»

«Da war ich noch ein Baby», lachte die Bedienung, und er sah, dass sie tatsächlich noch sehr jung war. Früher hätte er mit ihr geflirtet. Jetzt war ihm nicht danach. Er wollte Abuya sehen.

«Finde ich sie noch immer in Nyali?», fragte er.

«Ich denke schon.»

Er nahm ein Taxi. Er wäre gerne mit einem *Matatu* gefahren, konnte sich jedoch nicht mehr erinnern, wo er hätte aussteigen müssen. Er bat den Fahrer, bei einem *Duka* anzuhalten und kaufte Konfekt. Er wollte nicht mit leeren Händen in *Nyumba nzuri* eintreffen. Bunte Süssigkeiten wurden auch hier auf Augenhöhe der Kinder angeboten, die im Laden herumstanden, ohne etwas zu kaufen, ihn auf Englisch ansprachen, und ohne eine Antwort abzuwarten, wegrannten und ihm zuwinkten. Als er ins wartende Taxi stieg, hupte der Fahrer mehrmals, bevor er losfuhr. Die Kinderschar stob wie Spatzen auseinander. Dave verstand einen Teil der auf *Swahili* gesprochenen Radionachrichten. Es war kurz nach eins, das Licht blendete, die Luft war voller Gerüche. Er sog die Mischung von Blumen, Gewürzen, Meer und Abgase ein, die durch das heruntergekurbelte Autofenster drang. Der Fahrer war nicht angeschnallt. Ein Rosenkranz mit Holzperlen und einem Kreuz baumelte vom Rückspiegel: Marien- und Heiligenbildchen klebten an der Windschutzscheibe. Der Fahrer erklärte, achtzig Prozent der Kenianer seien Christen und wich gestikulierend den Schlaglöchern aus. Er sagte, er kenne Abuya, die Künstlerin, vom Hörensagen, nicht aber ihren Bungalow, den er erst nach etlichen Extrarunden durch Nyali fand. Während Dave seine Kenianischen Schillinge suchte, die er am Flughafen für seine britischen Pfund bekommen hatte, öffnete der Fahrer den Kofferraum, reichte Dave die Reisetasche, steckte das Fahrgeld ein und suchte ein Kärtchen mit der Telefonnummer für allfällige weitere Dienste. Dave legte den Kopf in den Nacken und blickte zu den puffigen weissen Wölkchen am stahlblauen Himmel hoch, als wolle er dem Allmächtigen dafür danken, unversehrt im Paradies angekommen zu sein.

Das Tor zum Garten stand offen. Er hörte weder die Hunde noch sah er den Pick-up. Eine junge Frau, die er nicht kannte, eilte auf ihn zu. Er nannte seinen Namen und sagte ihr, dass er zu Abuya wolle. Wie Moses es damals getan hatte, führte auch sie ihn in die Küche und liess ihn dort stehen. Er blickte sich um. Am liebsten hätte er nachgeschaut, ob die Tee- und Kaffeedosen noch am selben Platz standen. Ausser der zu einem Baum herangewachsenen Bougainvillea, deren violette Blüten die Tür einrahmten und ihren Duft in die Küche verströmten, schien alles unverändert. Nachdem er eine halbe Ewigkeit gewartet hatte, kam die Angestellte zurück und führte ihn durchs Wohnzimmer auf die Veranda. Er blinzelte. Er hatte vergessen, wie hell es hier war und wie gelb der Rasen, den er zwischen Haus und Strasse überblickte. Ein feiner Wind trug das süsse Parfum von Jasmin auf die Veranda. Abuya sass am Esstisch. In einem Kleid aus bunt bedrucktem *Kitenge*, dem Baumwollstoff, den sie schon immer gerne getragen hatte, wirkte sie auf der vergitterten Veranda wie ein Paradiesvogel in seinem Käfig. Die Luft wog schwer und feucht. Dunkle Monsunwolken ballten sich am Horizont. Nach dem englischen Winter schwitzte er. Abuya blickte ihn selbstsicherer an als an jenem Abend, als er mit verfilztem Haar und nassen Kleidern bei ihr aufgetaucht war.

«Here, Mr. Baxter for you», sagte die schmächtige Frau zu Abuya und rückte ihm einen Stuhl zurecht.

«*Asante* Abebe», antwortete Abuya mit vertrauter Stimme.

Dann erhob sie sich langsam, als traue sie ihren Beinen nicht, trat auf ihn zu und streckte ihm die Hand entgegen.

Hatte er etwa eine Umarmung erwartet?

«*Karibu*. Schön, dich zu sehen. Nach all den Jahren», sagte sie.

«Ja. Ich freue mich ebenfalls. Es ist eine Weile her.»

Sie deutete auf den Stuhl. Er setzte sich. Sie war barfuss und schlank, wenn auch etwas weniger schmal und gazellenhaft als in seiner Erinnerung. Er fragte sich, ob er sie auf einer Strasse in Nairobi sofort erkannt hätte.

«Du siehst attraktiv aus, als sei es dir über die Jahre gut ergangen.»

«Danke, du auch. Tee?»

«Gerne», antwortete er, zweifelnd, ob er tatsächlich gut aussah. Zwar war er trainiert, trug sein Haar kürzer und keinen Bart mehr, dafür saubere Markenkleidung. Aber er war total übermüdet und nicht mehr ganz so jung.

«Möchtest du etwas essen?», fragte sie.

Er wusste, dass eine unbegründete Ablehnung als unhöflich galt.

«Ich habe bereits am Busbahnhof gegessen», antwortete er daher.

Während einer gefühlten Ewigkeit, in der sein damaliger, hastiger Abschied wie ein schlechter Film in seinem Kopf ablief, beobachtete sie ihn. Sie schien ruhig, abgeklärt, als sei sie mit sich im Reinen. Mehr jedenfalls als er es war. Er liess seinen Blick schweifen.

«Wo ist Robina?», fragte er.

«Bei ihren Ahnen. Abebe ist ihre Nichte.»

«Bei ihren Ahnen?», wiederholte er, bevor er realisierte, dass Robina verstorben war. «Oh. Das tut mir leid. Ich hätte sie gerne wiedergesehen.»

«Moses ist noch hier. Er geht inzwischen sonntags zur Kirche.»

«Oh», murmelte Dave schon wieder.

«Er ist mit dem Auto weggefahren», erklärte sie, während Abebe ein Tablett balancierte und Tassen und einen Teekrug in die Tischmitte und ein *Tusker* vor Dave stellte.

«Erinnerst du dich an Jack?», nahm Abuya das Gespräch wieder auf.

«Natürlich», sagte er und trank das würzige Bier aus der Flasche.

«Er führt das Hotel noch immer. Und er hilft mir noch immer beim Verkauf meiner Bilder. Er hat sich kaum verändert.»

«Hätte er nicht das Alter, aufzuhören?»

«Er will so lange wie möglich bleiben.»

«Und wie verkaufen sich deine Bilder? Ich habe mich nach dir erkundigt. Die Bedienung in der Imbissbude am Busbahnhof kannte dich, obwohl sie beinahe noch ein Mädchen ist. Und der Taxifahrer verriet mir, deine Werke seien schön, leider aber schier unbezahlbar.»

Eine eigenartige Scheu hinderte ihn daran, sie zu fragen, ob sie verheiratet sei und eine Familie habe.

«Das Leben ist teuer. Viele Menschen sind arm», sagte sie. «Nicht die Touristen und auch nicht hier in Nyali, aber in den Slums.»

«Das stimmt wohl. Ich bin froh, dass du Erfolg hast.»

Er dachte daran, wie gut die Penroses lebten. Nicht so nobel wie früher die Arbeitgeber seiner Grosseltern, doch besser als die meisten ihrer Landsleute. In England hatten sich die Vermögen, Liegenschaften und Ländereien über Generationen akkumuliert. Einen Moment lang fragte er sich, ob es intelligent gewesen war, vor diesem Wohlstand zu fliehen.

«Ich suche mir nun ein Hotel», murmelte er unschlüssig.

Sie sah ihn prüfend an. Er ahnte, dass sie ihn durschaute.

«*Mgeni ni baraka*», sagte sie.

Ein Gast ist ein Segen. Er verstand mehr als er gedacht hätte, so als hätte er eine Schublade herausgezogen, in der Wörter darauf warteten, benutzt zu werden. Er beobachtete, wie sie überlegte, afrikanische gegen europäische Gepflogenheiten abwog. Ihre und seine Gedanken trafen sich in der Mitte.

«Ich hoffe, du bist mir nicht mehr böse», sagte er.

«Nein. Das bin ich nicht.»

Er stellte seine Tasche ins Gästezimmer, das bis auf zwei neue Bilder, die neben dem Bett hingen, noch immer gleich aussah. Unter der Dusche spülte er seine Unterwäsche aus und zog danach frische an. Er hatte am Flughafen neben Ersatzwäsche auch eine Leinenhose und ein Jeanshemd für den Abend gekauft. Robina hätte seine durchgeschwitzten Sachen gewaschen und gebügelt. Abebe wollte er nicht schon am ersten Tag darum bitten.

«Woran ist Robina gestorben?», fragte er Abuya, nachdem Abebe *Ugali* und eine Schüssel mit Huhn in einer würzigen Brühe aufgetischt hatte.

«Sie war alt, Dave. Ich weiss nicht genau, wie viele Jahre sie zählte. Aber sie war müde von der vielen Arbeit.»

«Ich habe oft an sie gedacht. Vor allem, wenn ich kochte.»

«Auch sie hat dich nie vergessen.»

«Ist sie krank gewesen?»

«Nein, sie muss im *Shamba* umgefallen sein. Sie lag ganz still dort, zwischen ihren Gemüsebeeten. Ich wollte einen Arzt rufen. Aber sie wollte dies nicht, und es hätte auch zu lange gedauert, bis einer gekommen wäre. Wir haben sie ins Haus getragen und ich brachte ihr *Ugali* und *Chai* ans Bett. Doch sie hat nichts mehr essen mögen.»

Abuya spielte mit ihrem Haar, wie früher, wenn sie nervös oder traurig gewesen war.

«Wir liessen ihren Leichnam in ihr Heimatdorf bringen. Moses und seine Frauen mit den Kindern und alle, die sie kannten, fuhren mit. Ich habe zwei *Askari* eingestellt, um *Nyumba nzuri* zu bewachen und die Hunde und die Hühner zu füttern, *während wir weg waren.*»

«Hatte sie Angehörige?»

«Hier nicht, dafür hatte sie hier viele Freunde. Die Mitglieder ihrer Kirchgemeinde haben Geld gesammelt und den Transport bezahlt. Im Dorf stellten sie ein grosses Zelt für die Beerdigungszeremonie auf. Wir durften sie auch auf einem Feld bestatten, das früher ihren Eltern gehört hatte. Das war das Wichtigste.»

«Und Abebe?»

«Sie lebte im Dorf und suchte Arbeit. Ich habe sie mitgenommen.»

In der Nacht fielen die ersten Tropfen. Dave konnte nicht einschlafen. Er wälzte sich in der Hitze, strampelte das leichte Leintuch beiseite und zog es, sobald die Luftstösse des Ventilators auf seine schweissnasse Haut trafen, wieder bis zum Hals hoch. Er dachte an Abuya, die im Zimmer nebenan schlief. Beim Abendessen hatten sie über die Jahre gesprochen, die seit seinem Aufenthalt bei ihr verstrichen waren. Sie hatte ihr Leben der Kunst gewidmet, sich einen Namen weit über Mombasa hinaus gemacht. Sie verdiente genug, um Schulgelder für fremde Kinder zu bezahlen. So auch für Moses' zwei jüngste Buben. Sie selber hatte keine Kinder. Sie hatte auch nie geheiratet. Lange lauschte er dem Regen, der aufs Dach tropfte. Als er gegen Morgen endlich einschlief, fürchtete er, zu ertrinken. Wellen so hoch wie Wolkenkratzer türmten sich um ihn auf. Im Gegensatz zu seinem letzten Abend in Cornwall trat er jetzt auf der Stelle. Als er meinte, vorwärtszukommen, trieb ihn die Flut aufs offene Meer hinaus. Am Himmel funkelten böse blickende Augen; die Sternbilder glichen Fratzen von Seeungeheuern, wie er sie sich schrecklicher nicht vorstellen konnte. Dann wiederum lockte ihn Sirenengesang. Er versuchte, zu den magischen Klängen hinzuschwimmen und kam ihnen so nahe, dass er die Schuppen auf den illuminierten Oberkörpern – halb Fisch, halb Mädchen – erkannte, ihr gekringeltes langes Haar wie Seetang, zwischen dessen dunklen Flechten Brustwärzchen silbern blitzten. Obwohl er wusste, dass es ihm Unheil bringen würde, griff er nach ihnen, als wären sie Rettungsringe.

«Hast du gut geschlafen?», erkundigte sich Abuya.

«Ja, danke», sagte er aus Gewohnheit und auch, weil er ihr schlecht hätte von seinen Albträumen erzählen können.

Obwohl der Himmel wolkenverhangen war und die Veranda gegen Westen lag, behielt er die Sonnenbrille auf. Seine Augen brannten. Er fühlte sich wie zerschlagen. Nachdem ihn das penetrante Gekrächze eines Vogels vor dem Fenster geweckt hatte, war er wieder kurz eingedöst.

«Ich bin noch nicht ganz wach», bekannte er zerknirscht.

«Du kannst tagsüber ruhen. Am Abend essen wir wieder zusammen. Vielleicht bei Jack. Er würde sich bestimmt freuen, dich zu sehen.»

«Lieber würde ich dich in ein indisches Restaurant einladen. Kennst du ein gutes, in dem es keine Touristen hat?»

«Ja, es gibt welche in der Altstadt mit nur wenigen Tischen auf den Dächern. Die Einheimischen essen dort. Drinnen haben sie Klimaanlage.»

Als er überlegte, schlug sie vor: «Wir können gerne auch hierbleiben. Wie du möchtest. Es wäre sicherer, wir müssten nachts nicht Taxi fahren.»

Er erinnerte sich an einen Abend vor fünfzehn Jahren, als er unmittelbar nach Einbruch der Dunkelheit von fünf jungen Männern überfallen worden war. Er hatte damals niemanden davon erzählt, weil er sich für seine Dummheit geschämt hatte und glimpflich davongekommen war. Er hatte das Geld fürs Taxi sparen wollen und an einer etwas abseits gelegenen Haltestelle auf den Bus nach Nyali gewartet. Plötzlich stürmten die Jugendlichen aus dem staubigen Gebüsch und zerrten ihn zu Boden. Zwei pinnten ihn im Strassendreck fest, der Dritte hielt ihm ein Messer vor die Nase, Nummer vier nahm ihm die Uhr ab und tastete nach seinem Geldbeutel. Der Fünfte stand Wache. Als sich das Messer seinem Hals näherte, erstarrte Dave und wagte es nicht, zu atmen. Dann erfassten ihn die Fernlichter eines Autos und blendeten ihn. Er hörte Bremsen quietschen, Schiebetüren scheuern und die Menschen, die aus dem Minibus quollen, rennen und schreien. Die Klinge blitzte kurz auf, bevor sich das Messer wie von Geisterhand zurückzog. Die Gang löste sich im Nichts auf. Der Spuk war vorbei. Der Fahrer und seine Passagiere suchten die Umgebung ab. Dave war erleichtert, dass sie die Jungs nicht fanden. Seine Retter hätten auf sie eingeprügelt und ein Handgemenge, wenn nicht sogar Leben riskiert. So war bloss seine billige Werbeuhr weggekommen. Das Geld, das lose in der vorderen Jeanstasche unter seinem überhängenden Hemd steckte, drückte er später dem *Matatu*-Fahrer in die Hand, der einen Umweg bis zu Abuyas Bungalow fuhr und wartete, bis Dave in Sicherheit war. Die Angst hatte ihn erst viel später, in Europa, eingeholt, wenn er nachts eine Gruppe von jungen Männern herumlungern sah. Abuyas Bemerkung, es sei sicherer zu Hause zu essen, hatte ihn wieder an den Vorfall erinnert.

Er nickte müde und legte sich, nachdem sie nach dem Frühstück in ihr Atelier verschwunden war, rücklings aufs Wohnzimmersofa. Er träumte erneut. Jetzt wurde er nicht mehr vom Meer verschlungen, sondern von Jane, Elizabeth und den Mädchen. Sogar Corran griff mit knochigen Fingern nach ihm. Dave wusste, dass er träumte. Er wusste auch, dass Corran verstorben war. Und trotzdem musste er ihm Rede und Antwort stehen. Er erwachte ob seinem eigenen, schmerzhaften Krächzen und hörte Frauen auf *Swahili* und *Dholuo,* der Sprache der *Luo*, flüstern. Erst als er Abuyas und Abebes Stimmen erkannte, wusste er, wo er sich befand und dass Robina verstorben war. Er blinzelte und sah Abebe einen Krug auf den niedrigen Tisch neben dem Sofa stellen. Rasch machte er die Augen wieder zu. Er wollte mit niemandem reden. Er roch Sandelholz, Ölfarben und Terpentin und stellte sich Abuya vor, die zum Malen immer einen knielangen Baumwollkittel und nie etwas darunter getragen hatte. Er hörte, wie mit Geschirr geklappert und Tee eingegossen wurde. Wieder blinzelte er und erkannte Abuyas mit Holzperlen gefasste Rastazöpfchen, die sie jünger als ihre fünfunddreissig Jahre aussehen liessen. Sie legte eine Hand auf seine Stirn, als ob sie seine Temperatur fühle. Er drehte sich zur Seite, weg von ihr, damit sie seine Erektion und Sehnsucht nicht bemerke. Bis auf ihren Atem war es still im Raum. Abebes Stimme fehlte. Er hielt die Augen geschlossen.

Am Abend assen sie auf der Veranda. Abebe hatte Gemüsereis gekocht, der würzig schmeckte. Als sie fertig waren, suchte Abuya nach Kerzen.

«Gibt es noch immer Stromausfälle?», fragte er.

«Ja, immer öfter. Doch es macht uns nichts aus. Wir kochen mit Gas und können unser eigenes Wasser im Innenhof hochpumpen.»

«Trotzdem ...»

«Tagsüber bemerke ich kaum, wenn's passiert; nachts schlafe ich oder ich lese beim Licht einer Öllampe. Die Kerzen benutze ich nur noch selten.»

Als sie die Stummel endlich fand, stellte sie sie auf die Veranda. Er blieb sitzen, schaute in die Flammen und hörte den Regen, der erneut eingesetzt hatte. Sie sass ihm gegenüber und drehte mit ihren schlanken Fingern ihr Wasserglas, erst in die eine, dann zurück in die andere Richtung.

«Jane? Wer ist Jane?», fragte sie in die Stille.

Er erschrak. Als er ihr nicht sofort antwortete, sagte sie: «Du hast im Schlaf nach ihr gerufen.»

Er suchte nach einer Erklärung, die sie nicht verletzen würde, als sie lauter fragte: «Ist sie deine Frau?»

«Wie kommst du darauf?»

«Du hast von ihr geträumt.»

«Habe ich das?»

«Ja. Hast du sie auch verlassen?»

Er spürte, wie sich sein Hals zuschnürte. Abuyas Stimme hatte eisig geklungen. Erst als er sein Gesicht in seinen Händen verbarg, trat sie zu ihm und legte ihm einen Arm um die Schulter. Ihr Duft und ihre Berührung machten alles noch schlimmer. Am liebsten wäre er auch jetzt geflüchtet.

«Oder ist sie gestorben? Dave, was ist los? Was ist mit ihr passiert?»

Was sollte er schon sagen? Ich habe sie verlassen, dazu meine Kinder. Ich bin ein Schuft. Ein Charakterlump wie er im Buche steht ...

Sie griff nach seiner Hand, zog ihn vom Stuhl hoch und mit sich ins Wohnzimmer, drückte ihn aufs Sofa, holte die flackernden Kerzen von der Veranda und setzte sich zu ihm. Er bettete sich so, dass sein Kopf auf ihrem Schoss zu liegen kam und starrte zur Decke. Wieder legte sie ihre kühlen Finger auf seine Stirn, zeichnete mit dem Daumen seine Augenbrauen nach, und wartete. Wenigstens weinte er nicht, das wäre jetzt das Letzte gewesen. Kurz überlegte er, ob er jetzt sagen sollte, Jane sei tödlich verunglückt.

«Sie ist meine Frau. Ich habe sie verlassen», antwortete er stattdessen.

«Habt ihr Kinder?»

«Ja, zwei Mädchen, sieben und fünf Jahre.»

«Hat sie dir keinen Sohn geboren?»

«Nein, aber das war nicht der Grund.»

«Welchen Grund gibt es sonst? War sie untreu?»

Er wollte bei der Wahrheit bleiben. Er war kein Lügner. Zwar hatte er eine Technik entwickelt, unangenehmen Fragen auszuweichen oder sie unbeantwortet zu lassen, aber gelogen hatte er nie. Nicht einmal als Junge.

«Nein», bekannte er, «wenigstens nicht, dass ich davon wüsste. Doch da war keine Liebe mehr zwischen uns. Zudem hatte ich Probleme bei der Arbeit. Wir wohnten in Janes Elternhaus, mit meinen Schwiegereltern. Ich konnte von Anfang an keine eigenen Entscheidungen fällen. Ich war lange Zeit sehr unglücklich.»

«Und jetzt bist du hierhergekommen, um wieder glücklich zu werden?»

«Nun, ich weiss es nicht. Ich muss abwarten, was sich ergibt.»

«Wäre es nicht besser, du würdest zu ihr zurückkehren?»

«Vielleicht. Obwohl ich es wohl nicht schaffe. Die Idee, ich könnte noch einmal von vorne anfangen, beschäftigt mich schon zu lange.»

«In England hättest du dich scheiden lassen können. Viele Männer, die hier Urlaub machen, sind geschieden. Die Meisten heiraten wieder.»

Er schwieg. Ausser in Nairobi und vielleicht auch in Mombasa waren Scheidungen in Kenia verpönt. Die Männer verliessen ihre Familien ohne Formalitäten. Sie fanden neue Frauen, zeugten neue Kinder. Abuya wusste dies und natürlich auch, wie die Europäer handelten, die in Afrika lebten.

«Ich wollte das nicht. Mein Schwager ist Anwalt. Er hätte für seine Schwester Partei ergriffen», begründete er seine Entscheidung, wohlwissend, wie sehr er Konflikte scheute.

In jener Nacht stritten sich Robina und Elizabeth. Die beiden Frauen sassen an Daves Bett. Elizabeth befahl ihn umgehend zurück nach Clifftop; Robina sagte nein, er müsse seine Bestimmung finden, um glücklich zu werden. Robina zog an seinem Kopf, Elizabeth an seinen Füssen. Hätten ihn jetzt nicht Jane und Abuya befreit, die alten Frauen hätten ihn in Stücke gerissen. Er erwachte schweissgebadet. Er duschte und verbrauchte, als ob er neben dem Schweiss auch den Traum wegwaschen könnte, mehr Wasser, als ihm zustand. Nach dem Frühstück eröffnete er Abuya, er würde nach Tansania weiterreisen. Er hatte es sich bereits auf dem Flug nach Ostafrika ausgemalt. Hätte sie ihn vorbehaltslos bei sich aufgenommen, hätte er es sich womöglich anders überlegt. Jetzt aber, wo sie wusste, dass er verheiratet und Vater von zwei Kindern und auf derart fiese Art aus seinem Alltag ausgebrochen war, konnte er weder auf ihr Verständnis noch auf ihre Liebe zählen. Sein Stolz gebot ihm, die Konsequenzen zu ziehen und auf eigenen Füssen zu stehen. Noch blieb ihm Zeit für einen Neubeginn.

Am nächsten Tag regnete es geradezu Bindfäden. Die Naturstrassen verwandelten sich in seifige Schlammpisten. Am darauffolgenden fiel ihm ein, dass er ein Moskitonetz brauche und dieses am besten in Mombasa kaufe. Dann wiederum wollte ihn Abuya portraitieren und er interpretierte ihr Vorhaben als ein wiedererwachtes Interesse an ihm. Er sehnte sich dermassen nach Verständnis und Liebe – oder war es Sex? – dass er in der Klinik vorbeischaute und sich nach Liv erkundigte. Natürlich wusste dort niemand von ihr. Er kannte nicht einmal ihren Familiennamen und gab seine Nachforschungen schon bald auf. Den Kontakt zu den Touristen mied er, besuchte auch Jack nicht, da er befürchtete, sich mit ihm über England unterhalten zu müssen. Er war froh, dass ihm Abuya keine weiteren Fragen stellte und ihn bis zu seiner geplanten Weiterreise unbehelligt bei sich wohnen liess – auch wenn sie ihm damit zeigte, dass sie kein Interesse mehr an seinem Leben, geschweige denn an einer gemeinsamen Zukunft, hatte.

Als er zwei Wochen später Mombasa verliess, um nach Tanga in Tansania zu fahren, brachte sie ihn an den Busbahnhof. Er kaufte sein Ticket, schob seine Tasche bis zuhinterst in das äussere, leicht zugängliche Gepäckfach und setzte sich auf ihren Rat hin auf dieselbe Seite des Busses. Sie warnte ihn, jemand könnte sich bei einem Halt mit seinem Gepäck davonmachen. Doch er war unbesorgt. Seine Wertsachen trug er in einem weichen Stoffgürtel unter seinem lose hängenden Safari-Hemd mit verschliessbaren Taschen. Die Malaria-Prophylaxe und den Mückenschutz, Schmerzmittel und Augentropfen sowie zwei Wasserflaschen und eine Taschenlampe hatte er im Rucksack bei sich. Alles, was verloren gehen oder gestohlen werden konnte, würde er in einer der grösseren Ortschaften neu beschaffen können. Auf seiner ersten Afrikareise hatte er kaum Geld gehabt und ein Verlust seiner Sachen hätte ihn geschmerzt. Jetzt konnte er kaufen, was er brauchte, und die Reise nach Tansania, die er schon damals geplant hatte, nachholen. Doch er fragte sich, ob er heute glücklicher sei als damals.

Der Bus fuhr pünktlich los. Dave schob die verschmierte Scheibe nach unten und winkte Abuya zu, in der Hoffnung, sie einmal wieder zu sehen. Schon nach kurzer Fahrt nickte er ein. An den Zwischenstopps wachte er auf, suchte die Toiletten auf, trank Kaffee und tauschte sich mit Reisenden aus, die aus dem Süden kamen und an denselben Raststätten Halt machten. Er merkte sich die Tipps zu Unterkünften und *Safari*-Anbietern sowie zum Verhalten am tansanischen Zoll. Auf der Fahrt liess er die Dörfer, die Küste und die Plantagen mit zum Teil heruntergekommen Ökonomiegebäuden an sich vorüberziehen. In Tanga suchte er sich eine Unterkunft im Zentrum. Er wollte am nächsten Morgen schauen, wie er am besten in die Serengeti reisen konnte, ohne sich einer Touristengruppe anschliessen zu müssen.

«Und, lebst du in Ostafrika?», fragte Rob Dave beim Frühstück, das sich aus harten Eiern, trockenem Toast, Bananen und Papayas zusammensetzte.

Ron, Robs Begleiter, braute in der Hostel-Küche derweil frischen Tee.

«Warum fragst du?», wollte Dave wissen.

«Du siehst genauso aus, wie ich mir hier einen Farmer vorstelle.»

«Bin ich aber nicht. Was sind eure Pläne?», fragte er die beiden.

«Wir wollen ins Landesinnere gelangen, uns als Selbstfahrer Richtung Kili aufmachen, sobald unser Geländewagen bereit ist. Vorher kaufen wir noch Reis und Öl sowie einen Vorrat an Wasser und Benzin. Damit wären wir startbereit.»

«Da habt ihr ja einiges vor. Die Besteigung klingt nach Abenteuer.»

«Oh nein», wehrte Rob ab. «Wir besteigen den Kilimanjaro nicht. Wir möchten bloss Auto fahren, wild zelten und Tiere beobachten.»

Die Milch im Kühlschrank war sauer. Die drei tranken den Tee schwarz.

«Wir sind keine Bergsteiger», ergänzte Rob.

«Aber die Freiheit lockt euch ...»

«Ja, wir sind gerne zu zweit unterwegs. Das Auto und die Zelte wurden uns über fünf Ecken vermittelt. Lebensmittel kaufen wir unterwegs», erklärte Rob, während er eine Papaya schälte, aufschnitt, entkernte und Ron die grössere Hälfte davon zuschob.

«Wir werden uns viel Zeit nehmen.»

«Der Weg ist das Ziel», meinte Dave und klang alt und abgeklärt.

Auf seiner eigenen langen Reise war er froh um jede Mitfahrgelegenheit gewesen. Heute besass er die Mittel, in die Serengeti zu fliegen. Aber auch er fände es reizvoller, die Strecke auf dem Landweg zurückzulegen. Beim Fliegen verlor er leicht das Gefühl für Distanzen, und im Moment wollte er spüren, wie weit weg er sich von Cornwall befand.

«Unsere Eltern haben uns diesen Trip zum Schulabschluss geschenkt. Wir haben eigentlich keine Ahnung von Afrika», ergänzte Ron, und Rob doppelte nach: «Bevor wir nach Dar es Salaam flogen, wussten wir kaum, wo Tansania liegt. Doch in Europa waren wir schon, und jetzt wollen wir etwas Neues entdecken.»

«Gute Idee. Reisen erweitert den Horizont, jedenfalls wenn man es so anpackt wie ihr», antwortet Dave. «Seid ihr Brüder?»

«Nein, Freunde. Unsere Eltern sind Nachbarn. Wir sind aus Toronto.»

Die Boys waren zu unerfahren und naiv, als dass er sie als ihm ebenbürtige Reisegefährten hätte in Erwägung ziehen können. Einzig ihre Begeisterung steckte ihn an. Vielleicht täte es ihm gut, mit ihnen zu reisen. Ihre Gesellschaft würde ihn jedenfalls ablenken und ihm vielleicht ein Stück seiner Jugendlichkeit zurückgeben.

«Wann soll es denn losgehen?», fragte er.

«Bald. Unser Fahrzeug sollte noch am Vormittag zum Hostel gebracht werden. Dann kaufen wir ein und fahren los. Wir haben schon zu lange am Meer herumgesessen. Mich juckt es, sofort loszulegen», antwortete Rob.

Auch Dave wollte Tanga so bald als möglich gegen die Dörfer mit ihren mit Wellblech gedeckten Lehm- und Backsteinhäuschen und dem umliegenden Ackerland tauschen, auf dem die Kleinbauern Mais, Tabak und Kaffee kultivierten. Er wollte weg von der Küste, hin zum dichten Regenwald am Kilimanjaro und schliesslich in die Serengeti und die weiten Steppen mit den verbliebenen Masai und ihren Ziegen- und Rinderherden.

Er staunte nicht schlecht, als ihm Rob und Ron ihren offenen Geländewagen mit der leicht erhöhten hinteren Sitzbank vorführten. Er hatte etwas Weisses, Modernes mit Dachzelt erwartet, bei dem umgebauten Gefährt mit Überrollbügeln und aufrollbarem Textildach hingegen handelte sich um ein älteres Fahrzeug mit viel Stauraum und einem passablen Wassertank. Obwohl es grün war, erinnerte es ihn an Janes MG.

«Originell», urteilte er, «beinahe antik.»

«Der Motor ist gut. Magst du mitkommen?», fragte Ron.

«Falls es Platz hat, könnte ich es mir ja *überlegen.*»

«Nicht zu lange», sagte Rob, «gleich geht's los.»

«Okay, ich komme und werde mich an euren Unkosten beteiligen.»

Ron fuhr vorsichtiger als Rob, beide waren gute Fahrer. Dave sass hinten und genoss den Überblick. Sie stoppten schon früh, die Landschaft war schön, hell- und dunkelgrün und überall fand sich Wasser: Bächlein, Tümpel und Pfützen. Ganz anders, als man sich Afrika vorstellte. Am Horizont ballten sich dunkle Wolken zusammen. Rasch suchten sie einen erhöhten Rasenplatz und schlugen die beiden Zelte auf, die sie mitführten. Dave verstaute seine Tasche, den Schlafsack und seine dünne Gummimatte in seinem. Es würde jeden Moment regnen. Rob versuchte, ein Feuer anzufachen. Das Holz war feucht, doch er brachte es schliesslich zum Brennen. Ron machte sich derweil mit den Kochutensilien und dem Campinggeschirr vertraut, platzierte das Dreibein über dem Feuer, goss Öl in den russigen Topf und hängte ihn in die Flammen. Der zu erwartende Platzregen liess sich Zeit. Dave hackte Zwiebeln und Paprikaschoten, briet sie im Öl an und gab Reis, Wasser und Salz dazu. Den ganzen Tag hatte er weder an Jane noch an Abuya gedacht. Jetzt beobachtete er das Feuer und die Steaks auf dem Rost. Kaum waren sie durchgebraten und der Reis gar, goss es auch schon wie aus Kübeln. Sie schlangen ihr Fleisch hinunter und löffelten hastig den Reis aus den Blechtellern. Beim rasch schwindenden Tageslicht versorgten sie das Geschirr im Auto. Dave bereute es, keinen Graben ums Zelt gezogen zu haben. Jetzt war es zu spät. Er schlüpfte hinein, zippte den Reissverschluss zu und schälte sich aus seiner Kleidung. Dutzende von Stechmücken stürzten sich auf ihn. Er setzte seine Stirnlampe auf, suchte nach Insektenschutzmittel und hängte seine Kleider an die Zeltstange. Als er endlich ausgestreckt auf der Gummimatte lag, zog er den Schlafsack bis zum Hals hoch. Er hörte Rob und Ron lachen und entschied, sein Zelt künftig etwas weiter weg aufzustellen.

Der tiefblaue Himmel und das noch feuchte Gras schienen frischgewaschen. Der aufgewirbelte Staub der Naturstrassen war Geschichte. Dave summte *'Morning has broken'* während er sein Zelt abbaute. Sie waren sich einig, ohne Frühstück loszufahren und im nächsten Ort Kaffee zu trinken und Brot zu kaufen. Er behielt seinen Pullover an und setzte sich auf seinen Platz. Rob und Ron schwiegen, was ihm ganz recht war. Auch er genoss die Landschaft lieber still. Als sie ihr Brot zwei Stunden später an einer kleinen Tankstelle kauften und Tee und Kaffee tranken, bestand Rob darauf, Wasser und Benzin nachzufüllen, obwohl sie am Abend in Moshi, dem Tor zum Kilimanjaro, sein würden und dort ihre Vorräte leichter aufstocken konnten. Ron kaufte Dosenbier und fragte den Tankwart nach Früchten. Der Mann, der seinen fleckigen Overall wie eine Uniform trug, rief eine Frau herbei. Nach kurzer Diskussion verschwand sie und kehrte schon bald mit einem Büschel Bananen, ein paar Pflaumen und Erdbeeren zurück. Sie waren für den Tag gerüstet.

Am Abend umfuhr Rob Moshi, hielt auf Arusha zu und stellte das Fahrzeug auf offenes Weideland am Rande einer Zuckerrohrplantage. Obwohl die Zelte noch feucht waren, wollten sie nicht in einer Lodge übernachten. Der Mount Meru, der Hausberg von Arusha, zeigte sich in seiner vollen, majestätischen Schönheit. Etwas geübter als am ersten Abend schlugen sie ihr Lager auf, und als die Zelte in gebührendem Abstand voneinander standen, tranken sie erst einmal ein paar Dosen warmes Bier. Dann baute Dave ein Feuer aus Brennholz, das sie tagsüber am Wegesrand gesammelt hatten. Rob warf die vom Vortag übrigen, blutigen Steaks auf den Rost. Ron bereitete das Gemüse und den Reis zu. Nach dem Essen sassen sie eine Weile ums Feuer, das zu Glut zusammengefallen war. Rob und Ron sprachen von Kanada und ihren Freunden. Dave hörte zu und überlegte, wie viel er, falls sie ihm Fragen stellten, über sich verraten solle. Bis jetzt hatten sie nur von sich erzählt und am Vormittag an der Tankstelle nicht einmal bemerkt, dass er *Swahili* verstand.

Während der nächsten beiden Tage hielt sich das Wetter, doch die Strasse verschlechterte sich zusehends. Als das Auto von Schlagloch zu Schlagloch hüpfte und Dave einmal um ein Haar von seinem erhöhten Sitz katapultierte, bot er an, das Steuer für eine Weile zu übernehmen. Rob überhörte das Angebot, fuhr unbeirrt weiter, und wie es Dave schien, zusehends forscher. Missstimmung schwängerte die Luft.

«Wollen wir heute eine Plantage besuchen?», schlug er den Jungs vor.

Ihn interessierte der Anbau von Bananen und Kaffee und der Sisal-Agaven, deren lange schwertförmige Blätter man von der Strasse aus erkennen konnte.

«Eine Plantage? Nicht wirklich», entgegnete Ron. «Ich würde jetzt lieber einen Halt machen und ein kaltes Bier trinken.»

«*Kalt*», höhnte Rob, «hast du *kaltes* Bier gesagt?»

«Nun, es wäre einen Versuch wert. Vielleicht finden wir ja eine Bar oder einen Laden mit einem Kühlschrank», hoffte Ron.

«Richtig, und wir kaufen Eisblöcke und lagern sie unter unseren Sitzen. Das wäre doch etwas: Am Abend kaltes Bier und Eis», maulte Rob weiter.

Dave gefiel der Ton nicht. Er hoffte, Rob würde keinen Streit anzetteln. Sie waren seit vier Tagen zusammen unterwegs und er war den beiden nicht wirklich nähergekommen. Der Altersunterschied war zu gross, die Jungs zu sehr mit sich selber beschäftigt. Er hoffte, dass sie ihr Fahrzeug am Lake Manyara auf einen Campingplatz mit Duschmöglichkeit stellen und in der Wildnis um den See Tiere beobachten konnten.

«Wann und wo müsst ihr das Mietauto zurückgeben?», fragte er.

«Das ist *kein* Mietauto», murrte Rob und schoss Ron einen Blick zu. «*Er* hat es gekauft, weil es ihm günstig schien.»

«Oh? Wie lange wollt ihr denn bleiben?»

«Wir haben viel Zeit», antwortete jetzt Ron. «Vielleicht fahren wir nach Sambia rüber und dann runter nach Simbabwe. Ich stelle mir vor, das Auto in Harare mit Gewinn zu verkaufen und von dort nach Hause zu fliegen. Wir schauen einmal, wie es läuft.»

Dave erinnerte sich an seine eigenen jugendlichen Pläne, bis ans Kap der Guten Hoffnung zu gelangen. Doch er war in Kenia hängen geblieben und von dort direkt nach Europa zurückgekehrt, quasi *versehentlich* in Paris und später in der

Bretagne gelandet. Wäre er damals nach Südafrika gereist, so hätte er weder Claire noch Jane getroffen. Stattdessen wäre er jetzt vielleicht mit einer hübschen Südafrikanerin verheiratet und würde in Stellenbosch oder Paarl guten Wein anbauen. Er hatte viel über das Land gelesen und Dokumentationen geschaut. Sein Leben hätte einen völlig anderen Verlauf genommen. Wäre, hätte – so sehr er auch spekulierte, es nützte nichts. Er war hier und die Dinge waren nun einmal so wie sie waren.

«Ein Elefant, ein Elefant, dort drüben! Nein, mehrere! Eine ganze Herde! Schaut! Wir fahren rüber, quer durch die Pampa. Wofür haben wir denn ein geländegängiges Fahrzeug?», schrie Rob und riss das Steuer herum und Dave damit aus seinen rückwärtsgerichteten Überlegungen. Je näher sie dem See kamen, desto mehr Tiere entdeckten sie. Nach den Elefanten stiessen sie auf drei Löwinnen mit ihren Jungen, denen sie sich bis auf wenige Meter näherten. Rob stellte den Motor ab, Ron knipste. Plötzlich erhob sich eine Löwin, gähnte, und Rob startete den Motor wieder. Das Stoffdach war eingerollt, Dave fühlte sich exponiert auf seinem Sitz. Aber ganz offensichtlich nahm ihn die Löwin nicht als Beute wahr, sondern betrachtete die Menschen und ihr Gefährt als Ganzes. Sie gähnte erneut, liess sich ins Gras fallen und die Jungen mit stoischer Gelassenheit an sich hochklettern. Nach einer halben Stunde fuhr Rob weiter Richtung See. Unterwegs sahen sie ein totes, hochschwangeres Eland, eine Antilopenart, die einem Elch ähnlichsah. Darum herum gierte ein Rudel Hyänen, das erst auseinanderstob, als Rob das Fahrzeug sehr nahe an die Beute mit ihrem aufgerissenen Bauch steuerte. Am Seeufer spielte eine Schakalfamilie, Königskraniche flüchteten, und als die drei für ihr Nachtlager anhielten, konnten sie im Wasser Nilpferde und

Flamingos sehen. Rons Lust auf ein kaltes Bier hatte sich ob des Glücks, auf derart viele Tiere gestossen zu sein, genauso in Luft aufgelöst wie seine miese Laune.

Am nächsten Vormittag kamen sie an einer Lodge vorbei. Ron sprach erneut von kalten Getränken und Dave von einer Dusche oder gar einem Pool. Er musste sich ein bisschen bewegen. Rob drehte um und fuhr zurück. Die Gäste waren auf einem Tagesausflug und der Manager war gerne bereit, die drei Reisegefährten zu bewirten. Gegen eine Gebühr durften sie den Pool, die Duschen und Toiletten benutzen. Dave trank zwei Bier, die ein Vermögen kosteten und packte eine Rolle WC-Papier ein. Obwohl er sich die Übernachtungen mit Pirschfahrten hier hätte leisten können, fühlte er sich mit Rob und Ron wohler. Frisch geduscht und in sauberer Wäsche war er bereit für ein paar weitere Tage im Zelt. Leicht besäuselt brachen sie am späten Nachmittag auf und fuhren nach Einbruch der Dunkelheit weiter, obwohl sie wussten, wie gefährlich dies war. Die Naturstrassen waren entweder sandig oder steinig. Klüger wäre es, jetzt anzuhalten und sich für die Nacht einzurichten. Er wollte jedoch kein Spielverderber sein. Die Kanadier waren in Hochstimmung. Sie sangen Lumpenlieder und lachten laut. Über ihnen funkelten die Sterne. Er nickte ein.

Der Aufprall riss ihn aus seinem Schlummer, er wurde aus dem Auto geschleudert und verlor bei der harten Landung die Besinnung. Als er zu sich kam, sah er in etwas Entfernung etwas brennen. Er roch versengten Gummi. Funken stiegen empor. Als er realisierte, dass es das Fahrzeug sein musste, in dem er eben noch gesessen hatte, wurde ihm schlecht und schwindelig. Er rief erst Rob, dann Ron. Er erhielt keine Antwort, versuchte sich aufzurichten – und spie das Essen der

Lodge aus. Er spürte ein Lebewesen in seiner Nähe und erkannte zwei rote Punkte, die er für Augen hielt. Er griff nach einem Stein und warf ihn danach. Sein Arm schmerzte. Die roten Punkte waren weg. Er fürchtete, dass ihn ein Dutzend Tiere beobachteten. Er wollte weglaufen, aber das Feuer bot ihm, obwohl es etwa zweihundert Meter entfernt brannte, Sicherheit. Die Grosskatzen würden es sehen und wittern und Abstand halten. Erst langsam, dann immer schneller, blitzte und wirbelte es nun rot und orange, gelb und blau in seinem Kopf, bis er erneut ohnmächtig wurde. Als er wieder zu sich kam, meinte er, Katzenpisse zu riechen. Er rief erneut nach Rob und Ron. Andere Menschen gab es hier keine. In seinem Mund verbreitete sich ein übler Geschmack. Sein rechtes Fussgelenk schmerzte, und als er sich das Haar aus der pochenden Stirn streichen wollte, brummte sein ganzer Schädel. An seinen Fingern klebte Blut. Er leckte daran, ihm wurde noch übler. Er musste sich flach auf den Boden legen. Einen Moment lang fürchtete er sich vor Schlangen und Skorpionen, doch dann waren sie ihm egal.

Er wollte bloss noch schlafen.

Schliesslich erwachte er wie aus einem Koma. Fliegen summten um seinen Kopf. Die Sonne brannte. Er stützte sich mit einer Hand auf dem Boden ab und griff in etwas Feuchtes. Er sah, dass er neben seinem Erbrochenen gelegen hatte. Er wischte sich die Hand an der Hose ab, stand vorsichtig auf und machte ein paar kleine Schritte. Die Gerüche hatten sich verflüchtigt. Abseits der Strasse stieg eine dünne Rauchsäule auf. Das Auto musste in einer Kurve geradeaus geschlittert, die Böschung hinuntergestürzt und ausgebrannt sein. Ohne den Rauch wäre das, was davon übrig geblieben war, von hier aus nicht zu lokalisieren. Erneut rief er nach den Kanadiern.

Wo waren sie bloss? Hatten sie sich retten können? Beide waren angeschnallt gewesen. Panik stieg in ihm hoch. Er hatte höllischen Durst. Er musste weg von hier. Sofort. Flüchten.

Er hinkte die staubige rote Strasse entlang, in der Hoffnung, ein Auto käme vorbei und würde ihn mitnehmen. Sein Fussgelenk schmerzte, er kam nur langsam vorwärts, ihm wurde zusehends heisser. Bald stand die Sonne direkt über ihm, kein Fahrzeug und weder Wasser noch Schatten weit und breit. Während der vergangenen Woche waren sie dauernd auf Tümpel und Bächlein, wenn auch häufig blosse Rinnsale, gestossen. Jetzt, wo Wasser über Leben oder Tod entschied, fand Dave sich in einer ausgetrockneten Landschaft wieder. Er versuchte, sich zu erinnern, wie lange sie in der Nacht gefahren, wie weit entfernt von der Lodge sie von der holprigen Piste abgekommen waren. Er hatte seither mehrmals das Bewusstsein und dadurch jegliches Zeitgefühl verloren. Er setze sich auf den Boden, um besser nachdenken zu können. Sein Reisegürtel drückte ihm auf den Magen. Erneut stieg Brechreiz in ihm hoch. Er würgte, doch da war nichts mehr, was er hätte erbrechen können. Er fühlte etwas Längliches in der Tasche seines Hemdes und erinnerte sich an seine Kaugummis. Mit zitternden Fingern fischte er einen heraus und steckte ihn in den Mund. Das Kauen, so bildete er sich ein, vermindere seinen quälenden Durst. Er schleppte sich weiter. Die Landschaft veränderte sich kaum. Gegen Abend entdeckte er eine Baumgruppe. Er torkelte darauf zu. Wenn er meinte, sie erreicht zu haben, wichen die Bäume zurück. Kurz vor sieben legte sich die Nacht auf die Ebene. Er konnte die Büsche und Bäume nicht mehr erkennen, dafür roch er nun Wasser. Er stolperte weiter, spürte wie der Boden feuchter wurde, mit jedem Schritt glucksender und schliesslich hörte er ein leises Gurgeln und Plätschern. Nachdem er seinen Durst gelöscht und sich das Gesicht und die Hände benetzt hatte, galt sein nächster Gedanke den Löwen. Die grossen Katzen tranken nach der Jagd. Mit einem vollen Bauch würden sie ihn verschmähen, überlegte er, plötzlich rational und nüchtern. Er blickte zum Himmel hoch, sah die Sternbilder und dachte an Edward, seine Grosseltern, Corran und auch an Robina. Dann schleppte er sich vom Wasser weg, und, obwohl er sich lieber auf den weichen Boden gelegt und geschlafen hätte, setzte er sich unter einen Baum und lehnte seinen Rücken an dessen Stamm. Er fror so sehr, dass seine Zähne aufeinanderschlugen.

Als er das nächste Mal die Augen öffnete, blickte er in ein breites, mit Sommersprossen übersätes Gesicht.

«Dave?», fragte die Frau laut und deutlich. «Dave? Hörst du mich?»

Er konnte nicht sprechen. Sein Hals war trocken und wie zugeschnürt. Die Frau legte ihren Arm um seinen Oberkörper, stützte ihn und führte eine Tasse an seinen Mund. Er roch ihren frischen Atem. Vorsichtig trank er, erst einen und dann mehrere Schlucke des lauwarmen Tees. Roibosh, erkannte er, und versuchte ein Lächeln. Seine Lippen und sein Gesicht schmerzten. Die Frau lächelte zurück.

«Du bist doch Dave?», fragte sie.

Als er nicht antwortete, weil ihm seine Stimme nicht gehorchte, fuhr sie fort: «Wir mussten dir deinen Reisegurt abnehmen. Ich habe ihn geöffnet, und in deinem Pass nachgesehen, wie du heisst. Dave Baxter?»

Er registrierte ihren Duft von Pfefferminze, erkannte, dass er in einem Schlafanzug auf einem Bett ruhte, sein Oberkörper von Kissen gestützt, und über ihm, an der Decke, ein zusammengebundenes Moskitonetz.

Gebrochenes Licht zeichnete das Zimmer weich. Ein grosses Fenster stand offen. War die Frau sein Schutzengel? Oder eine Nurse? Hatte sie ihm seine Kleider ausgezogen und in diesen Pyjama gesteckt? Sie trug kein Häubchen auf ihrem rotgoldenen Haar, dafür ein blau-weiss kariertes ärmelloses Sommerkleid. Er bemerke weitere Sommersprossen auf ihren Armen. Er hoffte, sie habe sein Geld nicht gezählt. Er hatte das meiste davon auf dem Schwarzmarkt gewechselt und dadurch viel mehr Tansania-Schillinge als auf seiner Deklaration aufgeführt. Das war strafbar.

'Und wenn schon', entschied er. Hauptsache, er lebte noch.

Stimmen und das Tuckern einer Landwirtschaftsmaschine oder eines Traktors, das dumpfe Muhen von Kühen drangen an sein Ohr. Menschen sangen und lachten. Es waren die Geräusche einer Farm. Gottlob kein Krankenhaus, erkannte er, erstaunt, wie klar er denken konnte. Doch die Vorstellung, dass die Frau ihn nackt gesehen hatte, war ihm unangenehm.

Doch sie schien unbekümmert.

«Ich bin Stella Schneider. Du heisst Dave. Erinnerst du dich? Du bist wohl während Stunden, vielleicht sogar während Tagen in der Wildnis umhergeirrt», sagte sie und unterbrach sich plötzlich.

«Verstehst du mich?», fragte sie und artikulierte jedes Wort. Er nickte. Sein Nacken schmerzte.

«Mein Mann Johannes und ich fuhren vom Lake Manyara hierher zurück und wollten zur Mittagszeit im Schatten einer Baumgruppe picknicken und uns etwas ausruhen. Du lagst mit einer Kopfwunde dort. Erst dachten wir, du seist tot. Dann sahen wir dich atmen. Ein Glück, dass *wir,* und nicht die Löwen, dich entdeckt haben.»

Erst jetzt spürte er den Verband um seinen Kopf.

«Meine Knochen schmerzen ...», murmelte er.

«Natürlich. Wir mussten dich auf unserem Pick-up transportieren. Wir hatten keine Wahl. Du bist übersät mit dunklen Flecken. Wie ein Gepard.»

«Wie weit?», krächzte er.

«Ein längerer Trip, ohne Komfort», versuchte sie erneut zu scherzen. «Obwohl wir dich auf unsere Picknickdecke gebettet haben und Johannes sehr langsam gefahren und den Schlaglöchern ausgewichen ist.»

«Danke», murmelte er und spürte, dass er schon wieder schlafen wollte.

«Ich habe auch Hühnersuppe zubereitet», sagte sie. «Ich hole dir eine Portion. Du brauchst jetzt Flüssigkeit und Salz. Solange deine Reflexe nicht richtig funktioniert haben, konnten wir dir nichts zu trinken geben. Ab jetzt solltest du Suppe, Wasser und Tee, am besten nach und nach und in kleinen Schlucken, zu dir nehmen. Morgen bekommst du ein Eieromelett.»

Nach der salzigen Suppe und dem Tee fühlte er sich etwas besser. Sein hochgelagertes Fussgelenk war blau und geschwollen. Er prüfte, ob es schmerzte, indem er aus dem Bett glitt, sich am Pfosten festhielt und den Fuss belastete. Das Zimmer drehte sich um ihn. Er musste sich wieder hinlegen. Aber am nächsten Morgen wollte er aufstehen und duschen, Johannes kennenlernen und sich das Haus und die Farm anschauen.

Am nächsten Tag sah er ein, dass er seine Kräfte überschätzt hatte und es nur knapp bis ins Badezimmer schaffte. Er fühlte sich noch immer erschlagen und hatte Mühe, den Unfall einzuordnen. Er musste kaum auf die Toilette, konnte sich weder rasieren noch die Zähne richtig putzen. Das Gesicht, das ihm vom Spiegel über dem Waschbecken entgegenstarrte, war alles andere als attraktiv: die Lippen krustig, dunkle Ränder unter den Augen und blauschwarze Stoppeln an Kinn und Wangen.

Die Bilder seiner Reise überlagerten sich. Im Schlaf begegneten ihm Rob und Ron. Nach dem Erwachen fragte er sich, wer ihren Eltern Bescheid geben würde. Er fürchtete, man würde ihn suchen. Doch der Unfall hatte sich eine halbe Tagesreise von hier entfernt zugetragen. Zudem waren dort Tiere gewesen, die Spuren und Beweise vernichteten. Trotzdem bat er Stella um eine Zeitung. Man wusste nie. Der Lodge-Manager oder der Tankwart würden sich an das alte Fahrzeug und damit auch an ihn erinnern.

«Wir haben hier keine Postzustellung», lachte sie, «und der nächste Ort liegt nicht um die Ecke, um sich dort eine Zeitung oder Zeitschrift zu holen. Falls du lesen möchtest, kann ich dir ein Buch leihen.»

Er war erleichtert, dass sie sich für keine Details interessierte, sondern sich begnügte, an seinem Bett zu sitzen und ihm beim Schlafen zuzusehen. Sie war hübsch und roch gut. Wann immer er erwachte und in ihre grauen Augen blickte, meinte er, darin eine naive, diffuse Erwartung zu erkennen. Er hatte keine Ahnung, wie er diese in seinem Zustand hätte erfüllen können und tat, als ob er sofort wieder einschliefe. Draussen hörte er Frauen singen.

Als Dave an einem Vormittag nach einer Woche zum ersten Mal in der Küche auftauchte, hantierte ein Junge von vielleicht zwölf Jahren am Herd.

Es duftete nach frischem Brot.

«Hallo, ich bin Dave», begrüsste er das Kind und fragte, «wo ist Stella?»

«Mrs. Stella gibt Arzneien aus.»

«Arzneien? An wen?»

«An die Kranken.»

«Welche Kranken?»

«An die Mütter und ihre Kinder, die auf die Farm kommen. Manchmal warten auch kranke, alte Männer, und auch junge, die sich verletzt haben.»

«Ist Stella eine Krankenschwester? Oder eine Ärztin?»

«Nein, Mrs. Stella hilft nur bei der Herausgabe der Medikamente. Die Nurse oder ein Arzt kommen einmal pro Woche zur Behandlung der Kranken», antwortete der Junge jetzt etwas selbstbewusster, so als müsse er diesem Fremden alles genau erklären und mixte dabei Englisch mit *Swahili*.

«Okay. Und du? Wie heisst du?»

«Godfrey», antwortete er, und, als sei es ihm eben eingefallen: «Ich habe Brot gebacken. Ich soll dir heute Frühstück machen.»

«Ich kann dir gerne dabei helfen.»

«Nicht nötig. Ich kann das. Rührei, Tomaten und Brot. Und Tee.»

«Das klingt gut. Danke.»

Godfrey stellte den Wasserkessel auf den Gasherd, hackte Zwiebeln und Paprikaschoten, briet sie in Butter an und goss drei verquirlte Eier mit etwas Milch in die Bratpfanne. Er stellte den Küchenwecker auf fünf Minuten, schnitt Brot auf und reichte ihm ein noch warmes Stück und eine Tomate.

Dave sass am Tisch und beobachtete den Jungen. Jeder Handgriff sass. Trotzdem fand er es nicht richtig, sich von einem Kind bedienen zu lassen. Godfrey hingegen schien stolz auf sein Können. Als Dave ass, setzte sich der Junge zu ihm, trank Tee, nahm sich etwas Brot und schaute ihn an.

«Tut es noch weh?», fragte er und zeigte auf Daves Kopf.

«Kaum noch. Ich werde den Verband bald abnehmen.»

«Lass es Mrs. Stella machen. Sie hat es genäht», riet ihm Godfrey.

«Tatsächlich? Ich wusste nicht, dass meine Wunde genäht wurde.»

«Sie sagte, es sei ein langer, tiefer Schnitt gewesen und heile so schöner. Nächstes Jahr siehst du nichts mehr. Wie ist es passiert?», fragte Godfrey.

Dave hatte die Frage bereits von Stella erwartet. Er war vorbereitet.

«Ich fiel aus einem offenen Fahrzeug. Es fuhr viel zu schnell.»

«Hat das keiner bemerkt?»

«Es war dunkel. Man hätte bei Nacht nicht fahren dürfen.»

Godfrey sah ihn schon wieder gross an.

«Ich sass hinten. Der Fahrer hatte ein paar Bier zu viel getrunken.»

«Oh», machte Godfrey. «Johannes hat dich auch auf der Ladefläche hierhergebracht. Ich glaube, er hätte bemerkt, wenn du runtergefallen wärst.»

«Ja, natürlich, tagsüber bemerkt man sowas. Ich habe nicht nur Pech, sondern auch viel Glück gehabt, dass er und Stella mich gefunden haben.»

Zum Lunch ass Dave den gesamten Inhalt einer Dose Cornedbeef und vertilgte dazu mindestens ein Pfund Brot. Dann legte er sich wieder hin.

Das Essen lag ihm schwer im Magen. Er dachte an Rob und Ron. Ihre Eltern würden, wenn sie lange nichts von ihren Söhnen hörten, die tansanische Vertretung in Kanada oder das kanadische Konsulat in Dar es Salaam kontaktieren. Diese wiederum würde möglicherweise die Polizei einschalten, und falls das ausgebrannte Wrack gefunden und den Jungs zugeordnet werden konnte, es den Eltern melden. Er mochte sich ihre Ungewissheit und Verzweiflung nicht vorstellen. Ohne Beweise dafür, dass ihre Kinder verstorben waren, würden die Eltern noch jahrelang hoffen, sie einmal wiederzusehen. Er fragte sich, ob es Jane und seinen Mädchen nicht genauso ergehen musste und empfand ein zutiefst schlechtes Gewissen.

Stella und Johannes kamen gegen Abend ins Haus. Sie versprachen, ihm am nächsten Tag die Plantage und die damit verbundenen Projekte zu zeigen.

«Wir sind vor allem für die Arbeitskoordination und fürs Fundraising zuständig», erzählten sie ihm beim Abendessen in der hellen Küche.

Dave hatte schon wieder Hunger. Er musste die verpassten Mahlzeiten aufholen, um wieder zu Kräften zu kommen.

«Fundraising?», fragte er zwischen zwei Bissen.

«Ja, wir brauchen Geld für unsere Arbeit», nickte Johannes.

«Oh? Woher kommt es?»

«Aus Europa», antwortete Stella.

«Wirklich?»

«Ja, natürlich. Auf Deutschland und die skandinavischen Länder ist Verlass. Sie bezahlen zuverlässig und immer dieselben Beträge. Auch die Schweiz engagiert sich», erklärte Johannes, als ob Dave schwer von Begriff sei.

«Im Gegenzug berichten wir den Kirchen und den Hilfsorganisationen von unseren Fortschritten. Wir führen auch Buch über die Erträge, die wir den Menschen auszahlen», sagte Stella geduldig.

«Stellas Grosseltern bauten hier zwischen den beiden Weltkriegen Sisal an. Damals noch im grossen Stil», ergänzte Johannes mürrisch. «Dann wurden sie vertrieben. Jetzt sind *wir* hier, als *kleine* Entwicklungshelfer.»

«Ja, meine Oma und mein Opa sind damals im dümmsten Moment nach Deutschland zurückgekehrt», bestätigte Stella.

«Im dümmsten Moment? Du meinst, *vor* dem Zweiten Weltkrieg?», fragte Dave, dem die Zusammenhänge langsam klar wurden.

«Ja. Sie wären besser hiergeblieben. Tansania war bis in die 60er Jahre der grösste Sisal-Exporteur. Mehr als eine Million Menschen lebten davon. Es war schön hier.»

«Und was geschah dann?»

«Die Sisal-Produktion ist eingebrochen. Die mangelnde Nachfrage auf dem Weltmarkt war der Grund, nicht zuletzt wegen der Nylonstoffe. Die Verstaatlichung und Misswirtschaft der Ländereien haben das ihre dazu beigetragen. Aber schön ist es in Afrika noch immer», erzählte Stella.

«Darum seid ihr jetzt hier?», fragte Dave.

«Ja. Wir haben beide Agrarwirtschaft studiert und uns im Studium kennengelernt.»

«Und seither seid ihr zusammen?»

«Richtig. Nach unserem Abschluss sind wir hierhergekommen und haben die Plantage neu belebt, Maschinen angeschafft. Die Frauen verarbeiten die Fasern zu Taschen und Fussmatten, die sie auf dem Markt verkaufen und den Hotels und Lodges anbieten, die sie an ihre Gäste weiterverkaufen», erklärte Johannes.

Wie Abuya und Jack, dachte Dave. Auch sie lebten von den Touristen.

Johannes, dem Daves Interesse für seine Arbeit offensichtlich schmeichelte, wurde ein klein wenig freundlicher. Doch es war Stella, die stolz auf die Resultate war. «Die Frauen haushalten gut mit ihrem Geld. Sie investieren es in Essen für ihre Kinder, in ihre Gesundheit und Bildung. Die Alphabetisierungsrate ist hoch. Je besser sie sich informieren können, desto mehr Sorge tragen sie sich und ihren Familien.»

Am nächsten Tag spazierte Dave mit Godfrey auf einem geschlängelten sandigen Pfad zum langgezogenen Schulgebäude. Mit seinen Mauern und Scharten gemahnte es ihn an eine einstöckige Festung. Wie in Mombasa tummelten sich auch hier Dutzende von Kindern in Schuluniformen.

«Das Haus haben wir gebaut. Sogar die Backsteine haben wir gebrannt. Nur das Dach haben die Erwachsenen errichtet. Darunter ist es schön kühl zum Lernen», erzählte Godfrey begeistert.

«Ihr Kinder habt das Haus gebaut?», staunte Dave.

«Ja, zuerst haben wir gebetet. Dann erhielten Stella und Johannes schon bald einen grossen Scheck von einem Geschäftsmann. Sie kauften Zement und Werkzeug. Wir grösseren Kinder haben beim Bauen mitgeholfen.»

«Gut gemacht. Und was lernst du nun am liebsten?»

«Lesen und Schreiben, Rechnen, Religion, Pflanzen- und Tierkunde.»

«Habt ihr das alles beim gleichen Lehrer? Oder ist es eine Lehrerin?»

«Ein Mann. Er unterrichtet alles, ausser Religion. Für die Sonntagschule kommt extra ein Priester zu uns», sagte Godfrey ernsthaft und fügte bei: «Manchmal kommen auch Volontäre aus Europa, um uns zu helfen.»

Godfrey erzählte ihm, dass es auf der Farm über fünfzig Kinder gab, die alle zusammen unterrichtet wurden. Während Dave die Information verdaute, besann er sich, dass früher auch in England mehrere Schulstufen zusammengelegt wurden. Seine Grossmutter und sein Grossvater waren in dieselbe Klasse gegangen, obwohl Gran jünger als Grandad gewesen war. Und auch seine eigene Klasse an der Volksschule war gross gewesen. Ohne jenen Studenten, der Edward und ihm bei den Hausarbeiten geholfen hatte, hätte auch Dave den Anschluss an die höhere Stufe nicht geschafft.

«Bist du auch ein Lehrer?», wollte Godfrey wissen.

«Nein. Trotzdem würde ich gerne einmal eine Lektion miterleben. Meinst du, wir könnten uns in eine der hinteren Reihen setzen?»

«Ich werde fragen», sagte Godfrey voller Stolz auf seinen Gast.

Stella und Johannes hatten Dave nicht viel über die Missionsgemeinschaft erzählt, der sie angehörten. Auch war er bis jetzt zu schwach auf den Beinen gewesen, um einen Gottesdienst durchzuhalten, der hier mehrere Stunden dauerte. Bis jetzt hatte er Glück gehabt, dass Johannes zu verschlossen und Stella zu scheu war, um ihn zum Kirchgang zu überreden. Die beiden stammten aus Deutschland, sprachen perfektes Englisch und, soweit Dave es beurteilen konnte, auch gut *Swahili*. Stella hatte ihm gegenüber einmal erwähnt, dass Johannes und sie aus frommen Familien stammten, die schon immer in

Afrika und China missioniert hätten. Sie beide seien in die Fussstapfen dieser Verwandten getreten, würden ihre Tätigkeit hingegen nicht als Entwicklungs*hilfe,* sondern als solidarische Unterstützung ungeachtet der Religionszugehörigkeit der Menschen betrachten. Dave, der Atheist, schluckte seine Zweifel hinunter. Ohne Stella und Johannes wäre er jetzt nicht mehr am Leben. Er würde ihre Hilfe, so grosszügig wie ihm dies möglich war, entgelten und so bald als möglich weiterreisen. Stella versuchte zwar, ihn zu überreden zu bleiben. Sie vertraute ihm an, dass Johannes und sie gewollt kinderlos waren. Johannes wolle dies so. Dave fühlte sich in die Enge getrieben, zumal er die Entscheidung keineswegs abwegig fand. Kinder bedeuteten neben Freude oft auch Armut. Stella war da anderer Meinung, und er begriff, dass das Paar nicht verhütete, sondern enthaltsam lebte, obwohl sie dies nicht explizit ausgesprochen hatte.

Anfang Juni stoppte ein Bedford mit englischem Kennzeichen und einem Dutzend sehr junger Reisender auf dem Gelände der Farm. Der Fahrer bat um Erlaubnis, die Zelte in der Nähe der Wirtschaftsgebäude aufzuschlagen, die Essensvorräte aus dem umgebauten Lastwagen zu räumen, den Motor des Trucks zu zerlegen und das Fahrzeug herauszuputzen.

«Wir würden dazu zwei oder drei Tage bleiben und auch ganz gerne duschen und unseren Wassertank für die Weiterreise auffüllen. Zweihundert Liter. Ginge das?», fragte er Johannes, der im Schatten der Bäume dabei war, mit Stellas und Daves Hilfe den rechten Vorderhuf eines Pferdes zu desinfizieren, das in einen Nagel getreten war.

«Klar», sagte Stella an Johannes' Stelle. «Wir haben genügend Wasser. Wo kommt ihr denn her?»

«Südafrika», antwortete Mike. Er stellte sich als Chauffeur, Mechaniker und Sanitäter in einer Person vor. «Ich bin Mädchen für alles. Der Motor stottert, ein Girl hat heftigen Durchfall. Ich befürchte auch, dass einige Jungs Würmer aufgelesen haben. Ich sollte alle Probleme auf einmal lösen.»

«Wirklich? Brauchst du Medikamente?», fragte Stella.

«Danke, wir haben alles dabei.»

«Sie scheinen alle noch sehr jung», grummelte Johannes.

«Sind sie», stimmte Mike zu, «zudem unerfahren und verwöhnt. Sie argumentieren stundenlang, wer auf den Märkten einkaufen, für die Gruppe kochen und Wache schieben muss. Sie behaupten, ich sei knausrig. Doch wir haben nur ein kleines Budget. Ich muss es einhalten. Keine Chance.»

«Wer organisiert das Ganze?», fragte Stella interessiert.

«Ein Unternehmen für transkontinentale Überlandexpeditionen durch Asien und Afrika. Sie machen alles von London aus. Sobald man einmal unterwegs ist, liegt die Verantwortung bei den Fahrern.»

«Oops», machte sie. «Das stelle ich mir schwierig vor.»

«Bloody impossible», fluchte Mike.

Nach dem Abendessen mit Stella und Johannes ging Dave die paar Schritte zum Brushroom, dem Ökonomiegebäude, in dem die gewaschenen und sonnengetrockneten Fasern gekämmt und zu Ballen gebündelt wurden. Auf der freien Fläche davor standen sieben Zweierzelte in einem kleinen Kreis, ihre Öffnungen zu einem Feuer hin, auf dem Wasser heiss gemacht wurde.

«Hi, alles klar bei euch?», fragte er.

«Alles klar. Magst du mit uns Kaffee trinken? Wir haben leider bloss Pulver», offerierte Mike und stellte ihn seinem Trupp vor.

«Unglaublich!», lachte Dave. «Wir befinden uns in Tansania! Am Fusse des Kili gibt's jede Menge Kaffeeplantagen. Ich hole euch frisch gemahlene Bohnen aus der Küche.»

«Danke, nicht nötig. Wir trinken unseren Pulverkaffee. Wir haben so oder so zu viele gefriergetrocknete Lebensmittel auf dem Truck. Sie sind zum Teil noch von der letzten Gruppe übrig geblieben. Sie müssen weg.»

«Habt ihr schon gegessen?», fragte Dave mit einem Blick auf das schmutzige Geschirr.

«Ja, wieder einmal Pasta an Tomatensauce und Mangos als Nachspeise. Die Mangos waren fein», antwortete eines der Mädchen an Mikes Stelle.

Sie stellte sich so nahe zu Dave, dass sie ihn beinahe berührte.

Er wandte sich ab und fragte Mike: «Magst du auf die Veranda kommen? Statt Kaffee gemütlich ein Bier mit mir trinken?»

«Danke, gerne. Ich bin froh, ein bisschen von ihnen wegzukommen.»

«Dachte ich mir. Ich kann so oder so nicht alle einladen. Es ist Johannes' Bier und sein Zuhause. Er und Stella erledigen abends ihren Bürokram.»

«Und du?», fragte Mike. «Bist du ein helfender Gast?»

«Könnte man so nennen», nickte Dave und schob nach, «ich bin bloss auf Zwischenstopp. Ich reise bald weiter. Richtung Norden, Serengeti.»

«Schön dort oben. Und Kenia ist easy. Ich habe die Strecke bereits in entgegengesetzter Richtung hinter mir und eine Gruppe heil von London bis nach Johannesburg gebracht. War auch nicht einfach, doch dieser neue Trupp ist unmöglich. Meine letzte Charge. Ich werde es kein drittes Mal tun.»

Dave lachte leise. Mike offerierte ihm eine Zigarette und knurrte: «Lieber karre ich wieder Waren durch halb Europa.»

«Nein danke, ich rauche nicht», sagte Dave und holte stattdessen einen Biervorrat aus der Küche.

Er reichte Mike die erste Dose und setzte sich ihm gegenüber in einen der bequemen Loungesessel mit Sisalbespannung. Zur Farm gehöre auch eine kleine Werkstatt mit einfachen Maschinen, in der ein alter Schreiner junge Einheimische in sein Handwerk einführe, erzählte er Mike.

«Die Lehrstellen sind gefragt», betonte er.

«Tatsächlich?», fragte Mike.

«Ja, die Männer fertigen Stühle und Sessel wie diese, auf denen wir sitzen, an. Die Frauen flechten Taschen und Matten.»

«Tatsächlich?», wiederholte Mike und schob nach: «Wer braucht denn hier draussen so etwas?»

«Die Lodges und Hotels rund um den Kili», erklärte Dave.

Mike mochte ein guter Mechaniker und erfahrener Lastwagenfahrer sein, doch über die Menschen und ihre wirtschaftliche Situation hier hatte er sich bisher allem Anschein nach nicht allzu viele Gedanken gemacht.

«Johannes und Stella bringen Ideen ein; sie vermitteln, fordern und fördern. Ich würde gerne etwas Ähnliches tun», bekannte Dave. «Jedenfalls lieber, als mich wie du mit jungen Urlaubern herumzuschlagen.»

«Sag ihnen nicht, sie seien *Urlauber*. Sie verstehen sich als Entdecker. Allein die Verantwortung hängt an mir», fuhr Mike fort. «Normalerweise fahren zwei Personen, zur Sicherheit und damit man sich ablösen kann. Aber mein Partner stieg schon am ersten Tag, auf der Überfahrt von Dover nach Ostende aus. Es stürmte ganz ungeheuerlich, die ganze Gruppe erbrach, was das Zeug hielt, und meine Ablösung sagte *Tschüss*, er sei auch krank. Künstlerpech. Was sollte ich da machen?»

«Allein weiterfahren?»

«Richtig. In Ostende stiessen noch ein Belgier und drei Holländerinnen zur Gruppe, und los ging's mit dem Truck. Ich fuhr ihn durch Belgien, Deutschland, die Schweiz und den italienischen Stiefel hinunter. In Sizilien luden wir ihn dann auf die Fähre nach Tunis.»

«Wann war das?»

«Ende November. Wir brauchten ganze vier Monate für zehntausend Kilometer *as the crow flies*, fünfzehntausend waren's auf der Strasse. In Afrika war es zum Teil *sehr* unwegsam. Es gab Tage in Zentralafrika, an denen fuhr ich zwölf Stunden lang und wir kamen auf den schlechten Strassen kaum fünfzig Kilometer vorwärts. Reinstes Schneckentempo. Ich wäre froh um den zweiten Fahrer gewesen. Hast du einen Führerschein für Lastwagen?»

«Nein. Aber ich weiss, wie beschwerlich das Reisen in Afrika sein kann», antwortete er. «Ich habe einmal per Anhalter versucht, von London nach Südafrika zu kommen. Das liegt inzwischen gefühlte hundert Jahre zurück. Damals war alles noch unwegsamer. Ich gab's schliesslich auf; ich ruhte mich in Kenia aus und flog von dort zurück nach Europa.»

«Nun, ich *musste* weiterfahren und meine Gruppe an unser Ziel bringen. Ich hatte einen Vertrag. Zudem wartete Ende April in Johannesburg eine neue auf mich. Im südlichen Afrika sind die Strassen gottlob gut. Aber jetzt liegt der harte Teil noch vor uns. Auch am Zoll kann es immer wieder einmal heiter werden. Wenn du Pech hast, zerlegen sie dir das Fahrzeug in tausend Teile. Suchen Drogen oder weiss der Teufel was. Sobald ich diese *Kids* heil in London abgegeben habe, ist Schluss. Nie wieder.»

«Wie läuft der Grenzübertritt in der Serengeti?», fragte Dave.

«Problemlos. Die Zöllner sind auf beiden Seiten richtig freundlich.»

«Früher gab es vor allem ideologische Differenzen: *Ujamaa* passte nicht zu Kenyattas kapitalistischem Kenia», sagte Dave, der sich einmal mehr Gedanken zu seinem Pass machte. Solange das Dokument nicht genau geprüft wurde, würde niemand bemerken, dass es abgelaufen war. Bei seiner Einreise nach Tansania hatte er das Visum anstandslos erhalten und für Kenia brauchte er keines. Falls er auf dem Bedford mitfahren wollte, musste er Mike jetzt zeigen, dass er sich in Ostafrika auskannte und ihm und der Gruppe auch sonst von Nutzen sein könnte.

«Doch das ist vorbei», sagte er nun. «Sie sind sich jetzt gut gesonnen. Sprache und Kultur verbinden die Menschen der beiden Nationen.»

Es war spät, als er und Mike sich voneinander verabschiedeten. Das Lagerfeuer bei der grossen Scheune war heruntergebrannt. Dave hörte noch, wie Mike über die Glut pinkelte und den Reisverschluss seines Zeltes öffnete. Bis auf ein Rascheln, vermutlich durch ein Tier verursacht, war es still. Er ging durch den Haupteingang ins Haus, wies den *Askari* an, auch ein Auge auf die Zelte der Gruppe zu haben, wünschte ihm «*usiku mwema*», gute Nacht; der Wächter antwortete leise: «*ndoto mamu*», schöne Träume.

In jener Nacht machte er sich ernsthaft Gedanken zu seiner Zukunft. Was hatte er eigentlich überlegt, bevor er England verliess? Hatte ihn Elizabeth vertrieben? Oder Janes Distanziertheit? Die Kinder, die er nie haben wollte und die zu ihrem Lebensinhalt geworden waren? Der Verlust von Corran?

Oder das Haus und der Wohlstand, die für die meisten Menschen erstrebenswert waren, ihm über die Jahre hinweg hingegen zum Gefängnis wurden? Er hatte alles gehabt, was man sich wünschen konnte. Und trotzdem hatte er Geld auf die Seite geschafft, um wieder frei zu sein. Er würde nach Kenia zurückkehren und das zu ihm passende Leben suchen, so wie es Stella und Johannes auf ihrer Farm gefunden hatten. Mike und die Gruppe wollten in zwei Tagen weiter. Er hoffte, mit ihnen fahren zu dürfen.

Vor der Abfahrt schrieb er der kanadischen Botschaft in Dar es Salaam einen datierten, anonymen Brief, den er bei der nächsten Poststelle aufgeben würde. Darin stand, dass vier Wochen zuvor zwei ihrer Staatsangehörigen im Busch verunfallt waren.

Die Serengeti entsprach nicht Daves Erwartungen. Zwar sah die Gruppe vom Lastwagen mit der zurückgerollten Plane aus jede Menge Gazellen, Gnus und Zebras. An einem Fluss war eine Elefantenherde beim Trinken; der Bulle dort, wo das klare Wasser floss, daneben die Mütter mit den Kälbern. Geier lockten Mike vom Weg ab, doch als der Bedford die Stelle unter den kreisenden Aasfressern erreichte, lag dort bloss ein verendeter Elefant, den Hyänen dabei waren, in seine Bestandteile zu zerlegen. Die Löwen und Leoparden, Nashörner und Büffel verloren sich in der Steppe. Dave sass während der Fahrt neben Mike in der Führerkabine. Sobald sie sicher über die Grenze waren, würde er allein an den Viktoriasee weiterreisen.

«Das kannst du nicht tun», protestierte Mike, der Daves Gesellschaft zu schätzen schien. «Die Masai Mara ist einer der Höhepunkte unserer Reise. Dort sehen wir Löwen, Geparden, Hyänen, was immer dein Herz begehrt.»

«Schon ...»

«Für den Eintritt in den Park bezahlen wir einen Gruppentarif. Zudem begleitet uns ein lokaler Guide. Er kennt die Lebensräume der Tiere. So leicht und günstig kommst du nie mehr zu einer *Safari* in Kenia.»

Tatsächlich kreuzten – kaum waren sie in der Masai Mara – Löwen den Weg des Lastwagens. Etwas später beobachteten sie Hyänen, die am Wegesrand ihre Beute verteidigten. Mike hielt an und der in Kenia zugestiegene Ranger erklärte das Verhalten der Tiere. Die Löwen klauten den Hyänen das Fressen und nicht umgekehrt, wie oft angenommen werde. Im Laufe jenes Vormittags sahen sie jede Menge Gnus, Kaffernbüffel, Impalas, Thompson- und Grant-Gazellen, Nashörner und immer wieder Elefantenherden, deren Tiere der eifrig knipsenden Gruppe ihr Hinterteil zudrehten. Die weiblichen Elefanten mit ihrem Nachwuchs benahmen sich friedlich. Als Mike hingegen einmal zu nahe an einen Einzelgänger mit imposanten Stosszähnen fuhr, kam jener auf den Lastwagen zu, klappte seine Ohren aus und fächerte bedrohlich damit. Gleichzeitig schwenkte der Bulle seinen Rüssel und Kopf und trompetete markdurchdringend.

Vom hinteren Teil des Bedfords erklang Gekreische.

«Mock Charge, Scheinangriff», kommentierte Mike und legte den Rückwärtsgang ein. Er orientierte sich mit Hilfe der Rückspiegel und stiess das stabile Gefährt auf dem unebenen Gelände vorsichtig zurück. Dann fuhr er auf der Naturstrasse weiter bis ans nächste Wasserloch.

«Hast du eigentlich keinen Fotoapparat?», fragte er Dave.

Sie hatten beide Fenster der Fahrerkabine runtergekurbelt. Das Faltverdeck des hinteren Teils war offen. Die Gruppe stand oder kniete auf den Sitzen, um besser zu sehen. Mike fuhr langsam, damit sein Fahrzeug nicht in Schieflage geriet.

Er raste nur auf geteerten Strassen, wenn alle ihm anvertrauten Passagiere sicher sassen.

«Nein, ich kann mir später Fotobände kaufen.»

«Du bist mit leichtem Gepäck unterwegs», bemerkte Mike. «Das ist mir sofort aufgefallen. Nicht wie diese Mädchen, die Kosmetika mitschleppen.»

«Richtig. Wir Männer brauchen das glücklicherweise nicht.»

Hinter sich hörten sie die Jungs scherzen und die Mädchen lachen.

«Du nicht. Mit deinem Aussehen hast du Erfolg bei den Frauen.»

War das ein Test? Mike war vermutlich seinem eignen Geschlecht zugetan. Aber das interessierte Dave nicht. Leben und leben lassen.

«Nun. Ich bin mir da nicht so sicher. Es gibt auch solche, die mich abblitzen lassen», meinte er.

«Das kann dir nur recht sein. Du bist wohl gerne ungebunden», murmelte Mike. «Das ist ziemlich ungewöhnlich in unserem Alter. Beinahe alle meine Schulfreunde und Kollegen haben inzwischen Familie.»

«Ja. Die meisten Menschen leben recht konventionell.»

«Ich nicht, obwohl ich auch schon fünfunddreissig bin.»

Die Temperaturen waren angenehm. Die weissen Wolken wanderten tief. Dave hatte den Eindruck, sie anfassen zu können, so wie die Löwinnen, die mit ihren Jungen vor dieser grandiosen Kulisse spielten.

«Na und?», fragte er, bloss um das Schweigen zu unterbrechen.

«Ich suche mir lieber einen Mann.»

«Du bist im besten Alter», antwortete er, verblüfft ob dieser Offenheit.

«Wie alt bist *du,* Dave?»

«Dreiundvierzig», sagte er. «Die Girls könnten meine Töchter sein.»

An jenem Abend stimmten die Gruppenmitglieder für einen Abstecher an den Lake Nakuru. Mike wäre lieber nach Nairobi gefahren und hätte dort einen Zwischenhalt eingelegt, sich mit dem kenianischen Vertreter der Überlandexpedition ausgetauscht und mit etwas Glück bei ihm übernachtet. Da die Mehrheit der Gruppe die Flamingos am Nakuru-See sehen wollte und dies in der Reiseausschreibung so in Aussicht gestellt worden war, musste Mike nachgeben. Dave kam der Umweg entgegen; von Nakuru aus konnte er problemlos an den Viktoriasee gelangen. Er würde per Autostopp, mit einem *Matatu* oder einem Bus nach Kisumu fahren.

Er wusste nicht, warum es ihn ausgerechnet dorthin zog. Vielleicht, weil Abuyas Mutter eine *Luo*-Frau aus jener Gegend gewesen oder weil Grace Ogot, eine Autorin, deren Kurzgeschichten er gelesen hatte, in der Nähe von Kisumu geboren war? Oder bloss, weil der Name der Stadt sanft klang und die historische Eisenbahnstrecke sie über Nairobi mit Mombasa verband? Er hätte es nicht begründen können. Aber nachdem sie das rosarote Wunder der Millionen von Flamingos im milchigen Nakuru-See und die hellgrünen Wiesen vor den blaudunstigen Hügeln bestaunt hatten, zog es ihn definitiv aus der intakten *Safari*-Welt in Kenias pulsierendes, echtes Leben.

Am folgenden Morgen wollte Mike mit ihm Adressen tauschen, und Dave bekannte, dass er ihm keine feste angeben könne. Er sei on the road.

«Also doch: Pech in der Liebe und kein Zuhause?», urteilte Mike.

Dave zuckte mit der Schulter, steckte ihm einen angemessenen Betrag fürs Mitfahren zu und sagte: «Danke, Kumpel, es war super mit dir.»

In Nakuru stieg er in einen altersschwachen Bus, der ihn in vier Stunden nach Kisumu brachte.

VII

Als Erstes fielen Dave die primitiven Fischerboote auf. Dann der Horizont, an dem das Blau des unendlichen Sees auf das des Himmels traf. Jetzt beobachtete er das Wetterleuchten vor den tiefschwarzen Wolken. Es war schön hier. Seine Seele war an- und er zur Ruhe gekommen. Die Schrecken jener letzten Nacht in England überfielen ihn nur noch sporadisch. Dann allerdings konnte er das Meer noch immer tosen, den Wind heulen hören.

Anders als die Menschen hier, die sich ausschliesslich in Gefahr begaben, um für ihr Überleben zu fischen, war er ein spleeniger Spinner. Er schämte sich seiner Privilegien und war froh, dass Sven, dem er in Kisumu auf dem Fischmarkt erstmals begegnet war, so anders war. Mit seiner grossgewachsenen Gestalt und dem blonden Schopf hatte sich der Norweger von den schwarzen Männern und Frauen abgehoben, die ihre zappelnde Ware in Empfang nahmen, wogen, sortierten, auslegten und weiterverkauften. Sven hatte ihn angesprochen. Kisumu war kein Ort, an dem sich viele Touristen tummelten. Sven war für ein Öko-Siegel für landwirtschaftliche Erzeugnisse tätig. Der norwegische Verband importierte Fische, deren Fang und Aufbereitung nachhaltige sowie strenge soziale Kriterien erfüllte. Sven war der Vertrauensmann am Viktoriasee und als solcher für die Koordination, Qualitätskontrolle, die Label-Auszeichnung und die Zollformalitäten zuständig. Seit einer Woche lebte Dave bei ihm in dem mit Wellblech gedeckten Backsteinhaus mit dem unglaublichen Blick auf den See. Das Haus stand auf einem Hügel und war auf drei Seiten von

Bananenstauden umgeben. Abends sassen sie draussen auf dem Sitzplatz und blickten hinunter in die Kronen der hohen Bäume am Wasser und hinüber zu den paar verstreuten Häusern am Hügel neben dem ihren, deren Kochfeuer hell schimmerten. Hie und da kreischte ein Affe, Nachtvögel tauschten ihre heiseren Botschaften aus.

«Für unseren Zweck macht nur umweltfreundlich und sozial gerecht gefangener Fisch Sinn», murmelte Sven. «Alles andere wäre Ausbeutung.»

Er sog an seiner Zigarette. Dave trank sein Bier.

«Der Nilbarsch wurde vor fünfzig Jahren im Lake Victoria ausgesetzt, um die Wirtschaft anzukurbeln. Er hat sich allerdings derart vermehrt und die heimischen Buntbarscharten verdrängt, dass nun das Gleichgewicht des Sees unwiderruflich gestört ist», erklärte Sven weiter.

Obwohl Dave erst seit kurzer Zeit hier war, wusste er bereits von den Problemen. Der Kahlschlag der Ufer, eine boomende Fischexportindustrie, von der die einheimische Bevölkerung nur am Rande profitierte, wuchernde Wasserhyazinthen, das unkontrollierte Ablassen von Abwasser, unhaltbare ökologische und hygienische Zustände, die Verbreitung von Krankheiten. Das alles trug zum schlechten Ruf des Nilbarschs in Europa bei. Doch viele Keniander fingen und schätzten den feinen Fisch und auch die Dagaa, eine kleine Sardinenart, die sie bei Nacht auf dem See mit Licht anlockten und nach dem Fang an der Sonne trockneten.

«Wie lange arbeitest du schon hier?», fragte er Sven.

«Seit drei Jahren.»

«Ich …, ich bin …», murmelte Dave, «… zum zweiten Mal im Land. Seit meinem ersten Mal hat sich die Bevölkerung verdoppelt.»

«Mag sein – schlimmer finde ich, dass die traditionelle Lebensweise der Gemeinden am See allmählich verschwindet. Neben dem Bewahren einer intakten Natur liegt es mir am Herzen, dass die Menschen so leben können, wie es ihren Bräuchen und Sitten entspricht», erklärte Sven.

«Ich finde es seltsam, dass Norwegen mit seinen reichen Fischgründen ausgerechnet hier in Afrika Fische einkauft.»

«Nun», entgegnete Sven. «Da wir das Knowhow zu Verarbeitung und Vertrieb haben und die Gefahren einer Überfischung kennen, fühlen wir uns verpflichtet, dieses Wissen und unsere Erfahrungen weiterzugeben».

Dave musste an Cornwall und die Pilchards denken. Im neunzehnten Jahrhundert waren riesige Schwärme dieser grossen Sardinen von Land's End Richtung Osten gezogen. Zuerst wurden sie gemässigt gefangen, dann überfischt und schliesslich machten sie anderen Fischarten Platz.

Es war früher Morgen, die Luft noch kühl und sie waren auf dem Weg zu Svens Büro, das über dem Schuppen lag, in dem der Fang der Nacht ausgenommen, geputzt und für den Transport zum Flughafen in Kühlboxen gepackt wurde. Sven bestimmte, was noch am Vormittag an den nahen Flughafen transportiert und nach Nordeuropa geflogen werden musste. Der Rest wurde von Taglöhnern nach Güte und Verwertbarkeit sortiert. Falls hochwertige Ware darunter war, wurde diese tiefgefroren, im Kühlhaus gelagert und, sobald wieder Platz in einem Flugzeug war, nach Europa spediert. Wenn die Kühlung ausstieg, was immer wieder einmal passierte, kamen die hiesigen Händler zu ihren Schnäppchen. Und wie jeden Morgen warteten Frauen vor dem Gebäude auf die günstigen Stücke, die sie auf dem Markt weiterverkauften, und für die sie, wenn sie kein Geld hatten, nachts mit Sex bezahlten. Sven hatte Dave aufgeklärt. Doch Dave war fasziniert von dem bunten Treiben, dem Zusammenspiel von Angebot und Nachfrage und der vermittelnden Rolle, die Sven darin spielte. Eben hatten sie einen Streit zwischen einem drahtigen kleinen Mann und einem dicken Bootsverleiher beobachtet. Anscheinend ging es um das Depot für einen verlotterten Kahn. Er hielt sich zurück. Sven hingegen mischte sich ein, steckte dem Drahtigen ein paar Schillinge zu und warnte den anderen mit einem scharfen Blick und deutlichen Worten. Letzterer zuckte mit der Schulter und sagte, alle seetüchtigen Boote seien vermietet. Pech gehabt.

«Das war Bongani», erklärte Sven, als er im Büro für Dave und sich Instant Coffee zubereitete. «Er fischt für uns, doch er besitzt kein Boot. Die Verleiher sind Halsabschneider, sie nützen seine Situation aus.»

«Ein Fischer ohne Boot? Gibt's denn sowas überhaupt?», fragte Dave.

«Schon. Boote sind teuer. Die Nilbarsch-Fischerei ist jung. Anstelle von traditionellen Fischern gibt's hier viele Lohnarbeiter – Bauern aus dem Hinterland oder Menschen wie Bongani. Zu vorkolonialer Zeit verbanden sie als Fernhändler das Hinterland mit der Küste. Heute arbeiten sie als Fischer.»

In der Nacht zog ein heftiges Gewitter auf, am nächsten Morgen berichteten die Menschen von mehreren gekenterten Booten. Ob einer von seinen Leuten fehlte, wusste Sven nicht umgehend. Da sie nicht regelmässig fischten, erfuhr er erst Tage später, ob einer vermisst wurde. Am Morgen nach dem Sturm vertraute Sven darauf, dass Bongani nicht mit dem untauglichen Kahn aufs Wasser, sondern mit dem für die Bootsmiete vorgesehen Geld zu seiner Familie ins Hinterland gefahren war.

Dave mochte Sven und seine idealistische Einstellung. Der Norweger kam mit wenig Geld aus, grillte am Spätnachmittag auf dem Rost in seinem Garten Fisch, trank ein Bier dazu, rauchte eine Zigarette, blickte über den See und lauschte dem Zirpen der Zikaden. Hie und da hangelte sich ein Affe von einem Baum zum nächsten, ein afrikanischer Grauspecht flog aus dem Gebüsch auf, wilde Tauben gurrten, Kormorane und Pelikane zeigten sich. Echsen und ganz selten auch eine Schlange, von der Dave nicht wusste, ob sie giftig war, suchten die noch immer warmen Bodenplatten auf dem kleinen Sitzplatz hinter dem Haus auf. Sven hatte die Fläche davor zwar gerodet, doch zur Sicherheit zog er die Pendeltüre mit dem Mückengitter zum Wohnzimmer zu und nachts die Jalousien hinunter. Die Haustüre auf der Strassenseite war aus solidem Holz mit mehreren Sicherheitsschlössern. Im Gegensatz zu Abuya hatte Sven keine Hunde, dafür einen Revolver im Haus. Nachts ging er kaum aus. Dave passte sich dem Leben und den Gewohnheiten seines neuen Freundes an.

Die Tatsache, dass Bongani an jenem Tag kein Boot hatte mieten können und dank dessen nicht in das Unwetter geraten war, beschäftigte Dave. Der Mann hatte viel Glück gehabt, zwei seiner Kollegen waren nicht zurückgekommen. Sein Alter war schwer zu schätzen, er mochte um die dreissig sein. Sven sagte, er habe fünf Kinder, das sechste sei unterwegs. Seine Frau hielt Hühner und Ziegen und baute Früchte und Gemüse an. Die Familie lebte drei Kilometer vom See entfernt, und Bongani begab sich mehrmals wöchentlich zu Fuss auf die Suche nach einem günstigen Boot.

Umringt von ein paar Händlern, die kamen, um die Fänge der Nacht aufzukaufen, tranken sie in einer Bar in der Nähe von Svens Büro ihren Frühstückskaffee. Diese Händler waren keine Konkurrenz. Sven hatte ein Dutzend Fischer an der Hand, die ausschliesslich für ihn arbeiteten. Dave fragte ihn, ob er schon einmal bei einem von ihnen zu Hause gewesen sei.

«Nein. Ich habe auch Bonganis Frau nur ein einziges Mal getroffen, in den drei Jahren, die ich ihn nun schon kenne. Seine Kinder sind noch klein. Zwei Buben und drei Mädchen, die Einjährigen sind Zwillinge.»

«Sagtest du nicht, sie würden ein weiteres erwarten?»

«Nun, Bongani hat jedenfalls etwas angedeutet, als er kürzlich von diesem selbstherrlichen Bootsvermieter übers Ohr gehauen wurde.»

«Ich frage mich …», setzte Dave an, und, als Sven ihn interessiert anblickte, «… ob ich ihm irgendwie helfen könnte …»

«Wie denn? Ich kann ihm nur die Abnahme seines Fangs garantieren. Das Geld für das Depot muss er selber hinterlegen. Das Schlimme ist, dass die Bootsmiete die Hälfte seines Ertrages wegfrisst.»

«Das ist Wucher!», rief Dave, ernsthaft erbost.

«So nennt man das», nickte Sven.

«Ich könnte ein Boot für ihn bauen.»

«Wie denn das?»

«Ich bin Bootsbauer. Ich habe jahrelang Jachten aus Holz renoviert und auch konstruiert. Ich habe mir die Kähne hier angeschaut, so etwas bekäme ich hin.»

«Wie lange bräuchtest du dazu?»

«Mit den richtigen Werkzeugen schätze ich, etwa einen Monat.»

«Abgemacht. Ich kaufe das Material und du baust. Ich kann dir zwar keinen Lohn bezahlen, dafür kannst du gratis bei mir wohnen und essen.»

«Gerne. Ich würde ein Segel vorsehen. Und Ruder. Der Motor und das benötigte Benzin oder der Diesel kämen zu teuer.»

«Absolut», nickte Sven. «Bongani braucht keinen Aussenborder. Um die Tiere mit dem Netz zu fangen, fahren die Fischer nicht weit auf den See. Sie manövrieren durch die Wasserhyazinthen gezielt hin zu Nilbarsch, Dagga, Bluegill, Wels und Tilapia. Je nachdem. Sie kennen sich aus.»

In den zwei folgenden Jahren baute Dave mehr als ein Dutzend stabile Holzboote. Das erste, sozusagen ein Prototyp mit einem Segel, war für Bongani bestimmt gewesen, der es seither zusammen mit seinen Brüdern und Vettern teilte. Die folgenden Boote gingen nach und nach an Männer, die für das Öko-Label arbeiteten und kein eigenes Gefährt besassen. Sven und Dave trugen mit diesem Vorgehen zur Eigenständigkeit und zum regelmässigen Verdienst mehrerer Familien bei. Dies, ohne den Zorn der Bootsvermieter zu wecken, die sich an die Unterstützung der Ärmsten gewöhnt hatten. Wenn die beiden Europäer am Hafen oder in der Stadt auftauchten, rief ihnen jedenfalls niemand mehr *Mzungu* nach. Gleichzeitig wuchs in Nord- und Mitteleuropa die Nachfrage nach nachhaltigem Fisch derart, dass Sven alle Fänge, die seinen Richtlinien entsprachen, aufkaufte. Die kleinen Fische, die nicht für den Export taugten, nahmen die Fischer nach Hause und sorgten damit für eine eisweisshaltige Ernährung ihrer Familien. Dave empfand eine nie zuvor gekannte Zufriedenheit. Er verdiente zwar kein Geld, und wenn er etwas brauchte, tauschte er einen Korb voll Fisch gegen ein T-Shirt, eine Hose oder eine Sonnenbrille. Walter Williams hatte ihm damals geraten, das Geld, das er ihm in die Schweiz und nach Frankreich überwiesen hatte, in Schweizer und US-Unternehmen zu investieren. Diese Anlagen warfen nun Erträge ab, die er, wenn nötig auf der Bank in Kisumu, wo man ihn kannte, abheben konnte.

«Wie lange willst du eigentlich in Kenia bleiben?», fragte ihn Sven am Ende einer Woche, in der er mit allem Möglichen Ärger gehabt hatte.

«Ich weiss es nicht, ich habe mir noch keine Gedanken dazu gemacht.»

«Gibt's da nichts und niemanden, für den du zurückkehren möchtest?»

«Nein, gibt es nicht. Mir gefällt es hier. Schlechte Tage gibt es überall.»

Er hatte sich Sven, obwohl sie abends immer zusammen assen, nie anvertraut. Wenn sie sich unterhielten, dann über das Tagesgeschäft, die Probleme der Menschen hier oder, wenn es ausnahmsweise einmal keine Schwierigkeiten gab, über Gott und die Welt.

«Nun», sagte Sven, «meine Schwester schreibt mir beinahe wöchentlich aus Oslo. Sie will mich in die Heimat zurücklocken.»

«Warum denn das?»

«Sie liest und hört zu viele schlechte Nachrichten aus Afrika. Sie hat falsche Vorstellungen. Ich weiss nicht, ob ich wirklich zurückkehren will ...»

Dave schwieg.

«... wäre da nicht ihre Freundin, Joanna, eine absolute Schönheit», fuhr Sven fort, und Dave bemerkte, wie sich das Antlitz seines Freundes verjüngte, während er von seiner Jugendliebe sprach.

«Und?», fragte er.

«Sie hat mich für einen anderen sitzen lassen. Ich konnte einigermassen damit umgehen. Er war ein ganz netter Kerl. Das Leben lag noch vor mir, ich wollte damals reisen und die Welt entdecken.»

Dave schwieg erneut. Er wusste, wie es sich anfühlte, Nacht für Nacht allein zu schlafen und von verpassten Gelegenheiten zu träumen. Wie Sven bändelte auch er nie mit den lokalen Mädchen oder Frauen an. HIV war omnipräsent. Da pflegte er lieber seine Fantasien über Claire und Liv. Seltsamerweise dachte er, wenn er sich befriedigte, nie an Abuya oder Jane.

«Meine Schwester hat mir geschrieben, Joanna habe sich von ihrem Mann scheiden lassen. Sie ist kinderlos, sie wird wieder heiraten wollen. Ich glaube, ich sollte mich bereit halten...», sagte Sven, und Dave hörte neben Zweifel auch Humor und Hoffnung aus den Worten seines Freundes.

Er griff nach seinem Bier und stiess mit Sven auf die Zukunft an.

«Hättest du», fragte Sven, «falls ich tatsächlich nach Norwegen zurückziehen würde, möglicherweise Interesse an meinem Job?»

Dave, der ohne Zukunftspläne in den Tag hinein gelebt und festgestellt hatte, wie angenehm die Zeit so vergehen konnte, reagierte erstaunt.

«Möchtest du mich denn als deinen Nachfolger vorschlagen?»

«Ich könnte es tun, wenn ich meine Versetzung nach Oslo beantrage.»

«Ich meine, bisher habe ich bloss Boote gebaut. Ich verstehe nicht viel von der Spedition. Ich weiss nicht so recht, was ich sagen soll.»

«Das kannst du alles lernen. Ich würde dir beibringen, was du wissen musst. Wichtiger scheint mir, dass du gut mit den Menschen hier zurechtkommst und dich in Afrika wohlfühlst. Und das tust du.»

Nachdem sie von der Zentrale grünes Licht erhalten hatten, blieben Sven noch mehrere Wochen für die Jobübergabe und Daves Einführung. Alles lief locker. Die beiden arbeiteten stressfrei zusammen und Dave nutzte die verbleibende gemeinsame Zeit, um so viel wie möglich von Sven zu lernen.

«Ich bräuchte deinen Pass, damit wir der Personalabteilung eine Kopie davon faxen können», sagte Sven schliesslich, bevor er die Unterlagen im Büro ein letztes Mal ordnete.

«Er ist abgelaufen», zögerte Dave und fragte sich, ob das Dokument akzeptiert werden würde. In Kenia wies er sich, wenn dies auf der Bank oder von der Polizei an einer Strassensperre verlangt wurde, mit seinem abgegriffenen, internationalen Führerschein aus. Das hatte bisher erstaunlicherweise immer geklappt.

«Die Zeit reicht dir nicht, um einen neuen anzufordern. Sie brauchen ja bloss deinen Namen, das Geburtsdatum und den Geburtsort. Wir faxen ihnen ein aktuelles Passfoto von dir. Das muss reichen.»

«Meinst du?», fragte Dave.

Ihm war unwohl beim Gedanke, dass er weder eine Aufenthalts- noch einer Arbeitsgenehmigung besass. Doch vielleicht hatte er erneut Glück. Jedenfalls würde er, wenn alles glatt lief, neben dem Job auch Svens Haus übernehmen. Es wäre, wie das geländetaugliche Auto, Teil des Salärs. Zudem bezahlte die NGO eine Krankenversicherung, die den Rücktransport nach Europa einschloss, plus sechs Wochen Jahresurlaub. Der Vertrag war bereits unterschrieben. Sven hatte ihm ausserdem versprochen, neben dem beruflichen auch den privaten Kontakt zu halten und ihn, sollte sich die Notwendigkeit ergeben, sogar in Kisumu zu vertreten.

«Es hört sich beinahe zu gut an, um wahr zu sein», murmelte Dave.

«Natürlich! Du bist ein Glücksfall für sie. Du bist alleinstehend und lebst seit einiger Zeit in Afrika. Sie müssen dir weder einen Umzug noch Schulgelder für allfällige Kinder bezahlen. Dies wären – neben der Unsicherheit, ob einer hierbleibt – ganz beachtliche Ausgaben. Zudem hast du dich mit dem unentgeltlichen Bootsbau für die Fischer vorbildlich engagiert. Dafür werden sie gerne ein Auge zudrücken und sich um allenfalls fehlende Bewilligungen kümmern. Mach dir keine Sorgen.»

Wie stolz der skandinavische Verband für Umweltzeichen auf ihn war, realisierte Dave erst, als ihn Jahre später eine schwedische Journalistin in Kisumu anrief. Sie sei von einer Fachzeitschrift für Lebensmittel beauftragt, eine Reportage zu den nachhaltig arbeitenden Fischereigemeinschaften am Viktoriasee zu verfassen. Sie wolle diesen Auftrag mit einer Reise nach Ostafrika verbinden und ihn in Kisumu für ein Interview treffen und ihn wenn möglich als Übersetzer auf ihre Recherche mitnehmen. Ob dies machbar sei?

Kurz darauf traf er Astrid, die Frau mit der jungen Stimme und der sündhaft teuren Fotoausrüstung, persönlich. Sie hatte sich in das beste Hotel vor Ort einquartieren lassen und interessierte sich für alles und jedes. Sie begleitete ihn und die Fischer mehrmals aufs Wasser und stellte unzählige Fragen. Als in der dritten Nacht ein Unwetter über den See zog, knipste sie die Wolken und die Blitze ebenso unerschrocken und selbstverständlich, wie sie Dave danach zu seinem Haus begleitete. Zwei Monate später erhielt er ein Dutzend Hefte mit ihrer Reportage sowie eine Geschäftskarte des Verlages zugestellt. Der Bericht und die Fotos erinnerten ihn nicht nur an die Ausflüge. Wie er den Sex vermisste, hatte er erst realisiert, nachdem sie wieder weg war. Dennoch machte er sich vor, er könne sich ohne besser auf seine Arbeit konzentrieren. Was natürlich nicht stimmte. Astrid war zwar nicht sein Typ gewesen, dafür eine mutige Reporterin und gute Fotografin. Und ihr unkompliziertes Gebaren im Bett hatte seine Batterien aufgeladen.

Der Alltag in Kisumu nahm seinen Lauf. Dave arbeitete gerne mit den Fischern. Bongani und seine Frau hatten ein weiteres Kind bekommen, einen hübschen Jungen, auf den sie stolz waren und der von seinen älteren Schwestern verhätschelt wurde. Dave besuchte die Familie hie und da und nahm an ihren Feiern teil. Er staunte längst nicht mehr über ihren Kinderreichtum. Einzig Sven, mit dem er sich regelmässig per Telefon, Fernschreiber, und neu auch per E-Mail, austauschte, machte ihm bewusst, dass man das Leben in Europa anders plante. Sven und Joanna hatten schon kurz nach Svens Rückkehr nach Oslo geheiratet. Obwohl sie beide um die vierzig waren und sich ein Kind wünschten, schoben sie den Zeitpunkt hinaus. Joanna wollte die Beförderung in die Geschäftsleitung ihrer Firma abwarten, Sven zuerst ein Haus bauen, und Dave vermutete, irgendwann würde es zu spät für Nachwuchs sein. Doch das ging ihn nichts an, und er hielt sich hier wie dort mit seiner Meinung zurück.

An einem Freitagabend, als er im Büro zusammenpacken und kurz am Ufer nachschauen wollte, welche Fischer hinausfuhren, klopfte jemand an die halboffene Türe.

«Come in», rief er, stellte den Ventilator ab und erhob sich.

Er kannte die Frau, die eintrat, konnte sie aber nicht sofort einordnen. Ihr Gesicht und ihre schlanken Arme und Beine waren gebräunt. Auf ihrem halblangen weissblonden Haar meinte er, das altbackene, weisse Häubchen einer Krankenschwester zu sehen. Eine Illusion. Natürlich.

«Liv!», rief er. «Wie um alles in der Welt kommst *du* hierher?»

«Freust du dich?»

«Und wie! Natürlich! Und wie ich mich freue!»

Sie umarmten sich, er spürte ihren Busen, roch ihren Achselschweiss und merkte, wie ihn das Zusammenspiel aus dem Konzept warf.

«Du bist noch immer derselbe!», lachte sie und löste sich von ihm.

«Du auch. Wie viele Jahre sind es her?», fragte er.

«1983 habe ich in jener Klinik in Mombasa gearbeitet», antwortete sie. «Wir trafen uns im Frühjahr. Du hast in Nyali gewohnt. Bei Freunden.»

«Ich war krank.»

«Am Anfang ja. Später hast du dich erholt. Erinnerst du dich? Wir haben uns im Sommer noch ein oder zweimal zufällig in der Stadt gesehen …»

«Natürlich erinnere ich mich. Wir tranken Tee im ‚Royal Castle'.»

«Du hast ein gutes Gedächtnis. Ich hatte Nachtdienst, und wir redeten über Vergewaltigungen, Schwangerschaften und Abtreibungen.»

Er wollte jetzt nicht an Abuya erinnert werden und fragte sie: «Hast du heute Abend schon etwas vor? Ich wollte soeben Feierabend machen.»

«Nein, ich habe fürs Erste in ein Hotel eingecheckt, ohne grosse Pläne. Ich bin am Nachmittag mit dem Bus von Nakuru angekommen. Dieses Mal war ich nicht an der Küste. Ich bin vor zwei Wochen nach Nairobi geflogen und reise von dort mit einer Gruppe direkt in den Amboseli und den Ngorongoro und wieder zurück an den Lake Nakuru. Ich wusste gar nicht, wie unglaublich schön Kenia und Tansania sind. Ich habe damals bloss gearbeitet und hatte kein Geld für *Safaris*.»

«Und jetzt?»

«Jetzt habe ich einen Monat Zeit. Die ersten beiden Wochen, sozusagen um mich zu akklimatisieren, reise ich organisiert in einer kleinen Gruppe. Ich hatte ein bisschen Angst davor, als Frau allein unterwegs zu sein. Doch nun, da ich wieder weiss, wie Afrika tickt, werde ich die zweite Halbzeit auf eigene Faust umhergondeln. Ich hätte beinahe vergessen, wie hilfsbereit und freundlich die Menschen hier sind.»

«Und wie hast du *mich* gefunden? Nach einem Vierteljahrhundert?»

«Darin», sagte sie und zeigte auf das Heft mit der Reportage, das noch immer auf seinem Pult lag. Er registrierte, dass sie keinen Ehering trug.

«Eine Astrid *Wie-auch-immer* hat sehr begeistert über das norwegische Fischereiprojekt geschrieben. Erst brachte ich dich damit natürlich nicht in Verbindung. Aber auf dem einen Foto habe ich dich dann klar erkannt.»

«Und warum liest eine dänische Krankenschwester eine schwedische Fachzeitschrift für Lebensmittel?»

«Das magische Foto auf dem Cover und das fett gedruckte Kenia sprangen mir am Kiosk ins Auge. Ich musste das Heft einfach kaufen.»

Er hoffte, dass das Magazin nicht auch in Cornwall gelesen wurde. Man wusste nie. Die Fischerei verband die Länder, doch er vertraute darauf, dass im Gegensatz zu den Dänen nur wenige Engländer Schwedisch verstanden.

«Ist das nicht ein unglaublicher Zufall?», fragte sie.

«Das ist es. Komm. Ich habe Hunger. Ich ziehe mich rasch um, und wir fahren danach zum Essen.»

«Super, hast du denn Kleider im Büro?»

«… und eine Dusche und ein Campingbett im Hinterraum. Ich mach mich rasch frisch. Was magst du trinken, während du wartest?»

«Cola bitte. Ohne Eis. Es muss nicht kalt sein.»

Er rief einen Jungen, der vor dem Gebäude spielte, drückte ihm ein paar Schillinge in die Hand und schickte ihn zum nächsten *Duka*.

Liv machte es sich derweil auf einem Bürostuhl bequem. Als Dave frisch angezogen aus dem Hinterzimmer trat, unterhielt sie sich mit dem Jungen. Sie sprachen Englisch und teilten ihr Cola. Das Kind strahlte sie an.

«Isst du gerne Fisch?», fragte er. «Falls ja, kannst du wählen zwischen einer Bretterbude und einem schicken Hotelrestaurant, beide mit Blick gegen Westen. An beiden Orten grillen sie Tilapia. Im ersten auf einem alten Bratrost am Strand, im zweiten etwas vornehmer auf einer Terrasse.»

Sie stand auf, sagte dem Jungen auf Wiedersehen und überlegte kurz.

«Oder steht dir der Sinn nach Fleisch oder bloss nach *Ugali* und Spinat? Ich weiss nicht einmal, ob du Vegetarierin bist», hakte er nach.

«Nein, bin ich nicht. Das Restaurant muss auch nicht schick sein. Tilapia vom Grill am Strand klingt gut. Er schmecke nussig und leicht süsslich, habe ich in diesem Artikel gelesen. Warst du mit der Journalistin am gleichen Ort essen?»

«Ja. Sie sagte, sie suche das Authentische.»

Die jungen Leute, die die improvisiert anmutende Lokalität am Strand führten, warfen ihnen interessierte Blicke zu. Die Szene erinnerte ihn in der Tat an den Abend mit Astrid. Obwohl die Journalistin für sein Dafürhalten zu burschikos aufgetreten war und ihm Liv von ihrer Art und ihrem Aussehen her bedeutend besser gefiel, kamen beide Frauen aus Skandinavien und waren auch in etwa gleich alt.

«Das Leben hat es gut mit dir gemeint», urteilte Dave.

«Wie kommst du darauf? Es gab Ups und Downs.»

«Du machst einen glücklichen Eindruck.»

«Nun ja. Ich arbeitete noch ein paar Jahre in Mombasa und heiratete einen Arzt. Wir blieben kinderlos, zogen später nach Dänemark. Dort trennten sich unsere Wege. Er fand eine neue Frau, gründete mit ihr eine Familie. Ich war zu jenem Zeitpunkt fünfunddreissig und flüchtete mich für die folgenden sieben Jahre in ein Medizinstudium.»

«Frau Doktor?»

«Ja, Frauenärztin in einer Gemeinschaftspraxis.»

«Gratuliere. Ich bewundere dich.»

«Nun, es war keine einfache Zeit. Die Kommilitonen waren viel zu jung für Freundschaften, meine Eltern alt und gebrechlich. Ich bin, ich war … ihr einziges Kind. Ich half ihnen so gut ich konnte. Sie sind inzwischen verstorben. Damals ist alles zusammengekommen.»

«Und war dein Mann jener kompetente kenianische Kollege, den seine illegalen Abtreibungen beinahe ins Gefängnis gebracht hätten? Oder war es der selbstgerechte Oberarzt mit den Argusaugen?»

«Du hast ein Gedächtnis wie ein Elefant», lachte sie. «Ich wählte den Kollegen. Der Chef war nicht wirklich attraktiv.»

«Einige Dinge scheinen, als wären sie erst gestern passiert.»

Er wunderte sich, wie gut er sich an jenen Nachmittag erinnern konnte. Daran, wie Liv ihren Tee getrunken und ihr Omelett gegessen und ihm seinen Verstand für die Probleme der Mädchen und Frauen geschärft hatte.

«Und andere?», fragte sie.

«Habe ich vergessen.»

«Absichtlich?»

«Ja, willentlich.»

Er rechnete es ihr hoch an, dass sie seine Entscheidung, sein Leben nicht vor ihr auszubreiten, kommentarlos akzeptierte. Sie bohrte nicht in seiner Vergangenheit, sondern interessierte sich für seinen heutigen Alltag und die Menschen in Kisumu. Sie verbrachten einen angeregten Abend, der Fisch war ausgezeichnet, die Bedienung fröhlich. Kurz nach einundzwanzig Uhr fuhr er sie zum Hotel.

Bevor sie sich verabschiedeten, verabredeten sie sich für den nächsten Tag. Sie wollte am Vormittag eine Geburtsklinik besuchen und sich ein Bild über die medizinische Versorgung der Frauen und Neugeborenen machen. Er bot ihr an, sie hinzufahren. Er würde sie, nachdem er den Fang der Nacht kontrolliert hatte, im Hotel abholen und mit ihr einen Frühstückskaffee trinken. Er fand es sympathisch, dass sie eine einfache

Unterkunft gewählt hatte. Er legte den Arm um sie, drückte ihr einen Kuss ins Haar und fragte: «Wie wäre es, wenn du morgen hier auschecken würdest? Ich habe ein Gästezimmer. Es würde mich freuen, wenn du bei mir wohnen würdest, solange du in Kisumu bleibst.»

«Würde ich dich nicht stören? Hast du keine Frau?»

«Nein, sonst würde ich es dir nicht anbieten.»

Er wartete im Auto, bis sie im Eingang des Hotels verschwunden war.

Am folgenden Abend grillte er im Garten Fisch für sie. Die Sonne versank als glühender Ball im See, die Nacht legte sich über die Wasserfläche. Liv trug eine dunkelblaue Haremshose mit roter Stickerei am breiten Bund und Gummibändern um ihre schlanken Fesseln sowie eine weich fallende langärmlige Bluse, deren Manschetten ihre Handgelenke eng umschlossen. Nach dem Essen holte er für sich einen wollenen Pullover aus dem Haus.

«Ist dir etwa kalt?», fragte sie.

«Ich lebe schon so lange hier, dass sich zwanzig Grad frisch anfühlen. Die relative Kühle ist mir lieber als die schwüle Hitze an der Küste.»

«Dann lass uns das Geschirr in die Küche tragen. Ich wasche es ab.»

«Komm, wir tun es zusammen. Du musst hier nicht arbeiten.»

«Hast du denn eine Hilfe? Ich dachte, hier hätten alle, die es sich leisten können, eine Haushaltshilfe.»

«Ja, wenn man die Mittel dazu hat, macht es durchaus Sinn, jemanden zu beschäftigen. Eine junge Frau kommt mehrmals wöchentlich und erledigt das Gröbste. Sie kann auch deine Wäsche waschen.»

«In einer Waschmaschine?»

«Nein, von Hand», antwortete er. «Ich muss es dir ja nicht erklären: Sie braucht diese Arbeit. Es ist eine andere Logik, eine andere Lebensweise.»

«So verkehrt finde ich das nicht», murmelte sie.

Als sich Liv vor drei Tagen in seinem Büro zur Begrüssung spontan an ihn gepresst hatte, hatte er erwartet, dass sie noch in derselben Nacht zusammen schlafen würden. Ihr jedoch fehlte der jugendliche Übermut und die damals unbeschwert zur Schau gestellte Sexyness. Die Sinnlichkeit und Erotik, die sie jetzt ausstrahlte, verband er mit Reife und ernsthafteren Erwartungen. Ein bisschen fürchtete er sich davor, zu versagen.

Wie am zweiten Abend, grillten sie auch am dritten Fisch, assen Fladenbrote und Tomaten, die Liv zum Abtöten der Keime ebenfalls auf den Grill gelegt hatte. Als sie später in die Nacht über den See blickten und den Geräuschen lauschten, die man tagsüber nicht hörte, fasste sie nach seiner Hand. Er spürte ihre Wärme und die Behutsamkeit und Zärtlichkeit.

«Warst du nie verheiratet?», fragte sie.

«Nun ... natürlich ...»

Es entstand eine Pause, während der er ihren forschenden Blick spürte.

«Kinder?», fragte sie.

«Zwei.»

«Gute oder schlechte Erinnerungen?»

«Es ist lange her. Sie haben Staub angesetzt. Ich möchte es so belassen.»

«Aye, aye, Sir», sagte sie plötzlich, und erstaunlich unbeschwert: «Wir alle tragen Altlasten mit uns. Niemand wird gezwungen, sie auszupacken.»

«Richtig. Ich werde dich auch nicht ausfragen.»

«Danke», flüsterte sie und stellte sich dicht neben ihn.

«Komm, lass uns zusammenräumen», entschied er.

Sie trug das Geschirr in die Küche. Er deponierte die Gräten und Köpfe der Fische auf einem Komposthaufen im hintersten Teil des Gartens. Der Schatten eines lautlos heranfliegenden Nachtvogels liess ihn aufblicken. Ein paar Affen zeterten. Sollten sie aushandeln, wer die Abfälle erhielt. Liv hatte das Küchenlicht angedreht und wusch das Geschirr im gelben Schein der Deckenlampe. Nachdem sie aufgeräumt hatten, schenkte er Whisky in zwei Gläser; sie setzten sich damit ins Wohnzimmer und stiessen auf Livs Urlaub an. Er musste sich etwas Mut antrinken.

«Und?», fragte sie, und er wusste, dass sie seine Gedanken gelesen hatte.

«Gerne, very much so, falls du Lust hast», nickte er.

«Es geht auch um dich. Ich fürchte, ich hab dir Angst gemacht.»

«Damit hast du recht. Du bist Gynäkologin, und ich bin etwas aus der Übung gekommen. Ich habe seit Jahren mit keiner Frau mehr geschlafen.»

«Und diese Astrid? Die Journalistin?», fragte sie lachend.

«Oh. Sie war eine absolute Ausnahme und nur auf ein Abenteuer aus.»

«Wenn wir jetzt zusammen schlafen, sagst du dasselbe über mich.»

«Bist du das denn? Auf ein Abenteuer aus?»

«Vielleicht? Mit einem Mann, in den ich mich schon vor Jahren einmal verliebt habe.»

«Findest du nun, es sei nur ein Abenteuer gewesen?», fragte sie ihn am folgenden Mittag, als sie im Schatten eines alten Baumes in seinem Garten frühstückten. Er hatte sie schlafen lassen. Er war am Morgen in aller Frühe in den Hafen gefahren, hatte seine Anweisungen gegeben und auf dem Rückweg Milch, Brot und Früchte gekauft. Inzwischen war es beinahe Mittag, Liv sass ihm ausgeruht gegenüber, zerdrückte mit der Gabel energisch eine Avocado, würzte das Gemanschte mit Zitronensaft, Salz und Pfeffer und strich es fingerdick auf ihr Brot. Er spürte, dass er rot wurde.

Als er nicht antwortete, fragte sie: «Darf ich dir davon anbieten?»

«Gerne, ich esse Avocados morgens genauso, und abends mit Fisch.»

«Dave, uns bleibt wenig Zeit. In zehn Tagen werde ich zurückfliegen. Wenn ich die Wahl hätte, bliebe ich für immer hier bei dir. Aber ich …»

«… du hast deine Arbeit und Verpflichtungen», unterbrach er.

«Nun», murmelte sie, und er fürchtete, sie würde widersprechen.

Möglicherweise war sie ungebundener als er angenommen hatte. Er erinnerte sich an Janes Ferien in der Bretagne. Er könnte jetzt wie damals frei nehmen und mit Liv ein paar Tage auf *Safari* gehen. Zwar müsste er Sven erklären, warum es momentan keinen Fisch gäbe. Unwetter, havarierte Netze, gestohlene Boote, unterbrochene Wasser- oder Stromzufuhr und kein Eis im Kühlhaus, kaputte Lastwagen, verschlammte

Naturstrassen, malariakranke oder verunglückte Fischer – Gründe für Lieferunterbrüche gab es viele. Die Entscheidung lag bei ihm.

«Ich finde nicht», sagte er plötzlich.

«*Was* findest du nicht?»

«Dass wir beide nur auf ein Abenteuer aus sind», präzisierte er.

«Nein?»

«Nein! Hast du dich damals in Mombasa wirklich in mich verliebt?»

«Ein bisschen schon», gab sie zu.

«Wir haben uns nur wenige Male getroffen. Trotzdem habe ich immer wieder an dich gedacht. Besonders hier in Afrika.»

Sie schaute ihn durchdringend an, als ob sie erkunden wollte, ob er die Wahrheit sprach.

«Vor ein paar Jahren verbrachte ich einen Monat an der Küste. Ich ging in jenes Hospital, in welchem du gearbeitet hast, und erkundigte mich nach dir. Niemand konnte sich an dich erinnern. Und keiner war willens, in den alten Personalakten nach einer Liv aus Dänemark zu suchen. Ich kannte nicht einmal deinen Nachnamen.»

«Oh? Tatsächlich?»

«Wir verbinden unsere Erinnerungen an Orte mit Menschen, die wir dort kennengelernt haben. Zum Teil auch mit Musik, die wir gehört und mit Düften, die wir dort gerochen haben. Je nachdem. Ich hoffte jedenfalls, dich in Mombasa zu treffen und zu erfahren, wie es dir geht.»

«Wow», rief sie. «Wenn mir nun dieses Magazin nicht in die Hand gekommen, ich den Artikel über nachhaltige Fischerei nicht genau gelesen, die Fotos nicht mit der Lupe betrachtet hätte ...»

«Du hättest es dabei belassen können. Doch du hast den Mut für diese lange Reise aufgebracht ... Immerhin liegt Kisumu nicht um die Ecke.»

«Ich hätte dich auch ausfindig machen und dir schreiben können. Da ich aber sehr gerne reise, habe ich die Gelegenheit gepackt hierherzukommen. Jetzt bin ich froh, dir wiederbegegnet zu sein.»

«Liv, du bist nicht nur furchtlos, sondern auch überaus sexy.»

«Siehst du mich wirklich so?»

«Ja, das warst du schon immer. Legen wir uns einen Moment hin? Bongani fängt heute Nacht Dagaa. Er möchte uns auf den See mitnehmen.»

«Ich bin bestens erholt, ich gehe noch einmal kurz in die Klinik. Ich will wissen, wie es den gestrigen Frühgeburten und ihren Mamas geht.»

«Wenn du willst, fahre ich dich hin und hole dich wieder ab.»

«Nicht nötig. Du kannst dich ausruhen. Ich nehme ein *Matatu*.»

Dave brachte Brot und Getränke für alle mit an den Strand, an dem Bongani und seine Brüder mit zwei Booten auf ihn und Liv warteten. Sie würden erst gegen Morgen zurückkehren. Obwohl er hie und da mit den Fischern nachts zur Arbeit fuhr, faszinierten ihn die unzähligen kleinen Lichter auf dem schwarzen Wasser, mit denen sie die Sardinen anlockten, immer wieder aufs Neue. Und der Fisch und das Brot erlangten nach der langen Nacht, als die Männer die winzigen silbernen Dagaa am Ufer in einem flachen Topf mit etwas Öl über einem kleinen Feuer brieten und mit ihnen teilten, für Dave eine geradezu christliche Symbolik. Er vermutete, dass Liv, die noch nichts Vergleichbares erlebt hatte, dies ebenso empfand. Jedenfalls sprach sie kaum. Doch wenn er zu ihr hinsah, erkannte er das Glück in ihren Augen.

«Welch ein unvergessliches Erlebnis», sagte sie zu ihm, als sie im ersten Licht des neuen Tages in seinem Jeep zurück zu seinem Haus fuhren.

«Am liebsten würde ich noch einmal im Spital vorbeischauen und dem Direktor eine Zusammenarbeit mit unserer Geburtsklinik vorschlagen. Ich bin überzeugt, dass ich in Aarhus Assistenzärztinnen und auch Hebammen und Nurses fände, die gerne in Afrika Erfahrungen sammeln würden.»

Als sie an jenem Abend in seinen Armen lag, streckte er seine Nase in ihr Haar und sog den Duft ihrer Kopfhaut ein. «Du riechst süss wie ein Baby», nuschelte er. «Was hast du benutzt?»

«Das von der Sonne gewärmte Wasser aus dem Tank auf deinem Dach», antwortete sie, «und ein bisschen von deiner Seife.»

Für den Bruchteil einer Sekunde dachte er an Jane. Am Anfang hatte sie sein Duschmittel, das nach grünen Äpfeln roch, verwendet. Erst später hatte sie zu den blumigen Düften von Elizabeths teuren Pflegelinien gewechselt.

«Könntest du dir vorstellen, für längere Zeit hier zu leben?», fragte er.

«Ein paar Wochen im Jahr durchaus.»

«Wirklich?»

«Ja, du Gedankenleser. Ich habe dem Klinikdirektor und dem leitenden Arzt versprochen, eine Zusammenarbeit abzuklären, sobald ich zuhause bin. Wir könnten ihnen Hygieneartikel und Medikamente liefern. Die Frauen leiden, zum Teil sterben sie, wenn Komplikationen eintreten. Ein anderes Thema wäre die Geburtenkontrolle. Dazu müssen wir aber erst ihr Vertrauen gewinnen. Das wird nicht von heute auf morgen geschehen.»

«Und was meinen die Verantwortlichen dazu?»

«Finanzielle und auch praktische Hilfe sind ihnen sehr willkommen. Verhütungsmethoden habe ich bloss mit dem Arzt diskutiert. Der Leiter der Klinik hätte kein Verständnis. Er hat ein Dutzend Kinder mit zwei Frauen.»

Dave hatte Sexualität stets mit Lust, bestenfalls mit Liebe verbunden und keinen Gedanken an die Fortpflanzung verschwendet. Bis damals, als Jane nicht schwanger und ihm das Liebemachen zur Pflicht geworden war.

«Würdest du dich, sollte diese Zusammenarbeit zustande kommen, auch persönlich hier vor Ort einsetzen?», fragte er, «ich meine ... würdest du Kisumu und mich hie und da besuchen?»

«Der Arzt fand Februar und März die schönsten Monate dazu.»

«Du hast mit ihm bereits konkret darüber gesprochen?»

«Im Moment sind es erst Ideen. Falls sie sich hingegen so verwirklichen lassen, wie es mir derzeit vorschwebt, würde ich bestimmt wiederkommen. Ich würde dann vielleicht sogar ein bisschen länger hierbleiben», sagte sie.

Dave konnte sein Glück im ersten Augenblick kaum fassen. Sein Leben während ein paar Wochen im Jahr mit Liv zu teilen, abends zusammen zu essen, sich zu lieben, sich zu erzählen, was sie in den restlichen Monaten erlebt hatten, zusammen in Kenia umherzureisen, schien ihm die Erfüllung seiner kühnsten Träume zu sein. Wenn sie für das ganze Jahr hätte zu ihm ziehen wollen, hätte es ihm nicht behagt. So aber würden sie sich jedes Mal von Neuem aufeinander freuen und finden.

Liv sah dies ebenso. Kaum war sie zuhause in Dänemark, bat sie Kliniken und Praxen für Frauenheilkunde um Naturalspenden. An der Uni schrieb sie Volontäreinsätze für Medizinstudentinnen, Krankenschwestern und Hebammen aus. Zudem sammelte sie in ihrem Bekanntenkreis Geld und überwies, anfänglich zwar nur bescheidene, dafür stete Beträge nach Kisumu. Sven kümmerte sich von Oslo aus um die Verschiffung der Medikamente und des medizinischen Materials. Wann immer er seine Partner im Einzelhandel und bei den NGOs anschrieb, fügte er einen Spendenaufruf für die Geburtsklinik in Kisumu bei. Er unterstützte Liv, die er längst persönlich getroffen hatte, auch bei der Gestaltung einer Website, verfasste Newsletter für sie und verschickte diese regelmässig rundum.

Dave überlegte, ob er helfen könne, indem er Astrid, die Journalistin, kontaktierte. Doch er hatte mit der Fischerei genug um die Ohren und hielt sich letztlich aus Livs Projekt heraus. Er konnte sich darauf verlassen, dass sie Anfang Februar zu ihm und Ende März zurück nach Hause flog. Während zwei Wochen reisten sie dann in seinem Jeep in Kenia umher oder sie mieteten ein Auto mit Dachzelt, in dem sie schlafen konnten. Einmal waren sie mit dem Überlandbus an die Küste gefahren, und er war versucht gewesen, Abuya zu besuchen. Dann liess er es bleiben.

Nachdem Liv abgereist war, suchte er im Internet nach Abuya und ihren Aktivitäten und es beruhigte ihn zu sehen, dass sie ihre Werke inzwischen sogar im Ausland ausstellte. Er kontaktierte sie nicht. Dafür meldete sich Astrid wieder bei ihm. Sie hatte von der Geburtsklinik in Kisumu erfahren und wollte darüber berichten. Sie schickte ihm eine E-Mail, in der sie schrieb, sie sei inzwischen pensioniert und arbeite als freischaffende Fotografin für eine Handvoll Frauenzeitschriften und ob er ihr erneut zur Verfügung stände. Er sagte zu, weil er wusste, wie wichtig die Publicity für Liv und ihre Mitstreiter war. Aber kurz vor Astrids Eintreffen liess er sich einen Grund für eine Ortsabwesenheit einfallen und bat den Klinikdirektor, sie an seiner Stelle am Flughafen abzuholen und bei ihrer Recherche zu betreuen. Im Nachhinein erfuhr er, dass ihm Astrid seine Abwesenheit nicht übel genommen und die Ärzte, einige junge Nurses sowie den Manager mit dem notwendigen Fingerspitzengefühl interviewt hatte. Sie stellte Dave die Ausgabe der Zeitschrift mit der Reportage zu, und er erkannte, mit wie viel Einfühlsamkeit sie auch die Mütter und ihre Neugeborenen fotografiert hatte. Der Vermerk unter der Reportage, in dem sie auf das Spendenkonto für die Klinik hinwies, half wiederum Liv.

Die Jahre zogen ins Land, Liv und Daves Fernbeziehung hatte sich längst eingespielt. Er war sich bewusst, dass ihn sein Aufenthalt in Afrika ohne nennenswerte Kontakte zu Europäern hatte kauzig werden lassen. Umso mehr schätzte er seine Freiheit. Einzig an Weihnachten fand er es schwierig, hier zu leben. Zwar wäre er der Letzte gewesen, der sich daran störte, dass die Kenianer anders feierten als seine Landsleute zu Hause. Doch mit den Weihnachtsliedern, die rundum aus den Radios klangen, stiegen die Erinnerungen an Clifftop in ihm hoch. Zwar kämpfte er gegen die trügerische Verklärung und Nostalgie, verdrängen liessen sich die Bilder aber nicht. Livs Weihnachtsbrief mit ihrer Beschreibungen der *hyggeligen* Atmosphäre – ein Wohlbefinden, das sich in Dänemark angeblich bei Kälte und

Schnee besonders gern einstellte – trug zu seiner diffusen Sehnsucht nach Europa bei. Er überlegte jedes Jahr, wie er seinen abgelaufenen Pass hätte erneuern können, ohne seinen Aufenthalt in Kenia zu verraten und gefährden. Und jedes Jahr entschied er von Neuem, seinen papierlosen Status zu belassen und am 25. Dezember Bonganis Familie zu besuchen, die am Tag vor der Feier ein Zicklein schlachtete.

VIII

Anfang Januar besuchte Dave seine bevorzugte Kaffeebar in Kisumu, um Andrew, dem Inhaber, wie jedes Jahr Glück, Segen und erfolgreiche Geschäfte zu wünschen. Andrew war für seinen guten Kaffee bekannt und zudem ein netter Kerl. Seine Terrasse war stets gut besucht. Dave scannte die Tische nach einem freien Platz und entdeckte dabei eine junge, weisse Frau, die im Schatten der Markise sass. Sie hatte einen Strohhut mit einem breiten Rand und eine Sonnenbrille auf. Er trat zögernd an ihren Tisch.

Sie schaute von ihrem Buch auf und nickte. Er erkannte ihre Schönheit auf den ersten Blick. Er schätzte sie auf knapp über zwanzig.

«Es ist kein anderer Platz frei», murmelte er entschuldigend und setzte sich ihr gegenüber. Sie hielt ein Lächeln zurück. Sie wollte ganz klar nicht zu einladend erscheinen, doch er wusste, dass sie miteinander reden würden. Dies war Kisumu. Hier traf man nicht alle Tage jemanden von zu Hause. Er hatte sie noch nicht sprechen hören und rätselte, woher sie sei. Er tippte auf eine Amerikanerin von einem der Peace-Corps-Einsätze. Plötzlich musste er an Abuya denken. Die Frau hatte eine ähnliche Ausstrahlung und, obwohl sie sass, konnte er erkennen, dass sie gross und schlank war. Zwei oder drei Haarsträhnen, die sich unter ihrem Hut gelöst hatten, schimmerten rötlich. Sommersprossen tanzten auf ihrer Nase.

«Ich trinke meinen Kaffee immer hier, wenn ich in die Stadt komme. Sie machen den besten in ganz Kisumu», bemerkte er.

Sie lächelte ihn an, sagte, «Ich auch», und las weiter in ihrem Buch.

Andrew trat an den Tisch. Er war ein Ladies Man – jung und gewinnend.

«Kaffee, wie immer?», fragte er Dave und schaute dabei die Frau an.

«Please. Später hätte ich noch gerne ein Käsesandwich. Es eilt nicht», antwortet er und war sich seines englischen Akzentes bewusst.

Während er auf eine Gelegenheit wartete, ein Gespräch mit seiner Tischnachbarin zu beginnen, bezahlte sie, verabschiedete sich und eilte Richtung Bushaltestelle. Obwohl sie ihn nichts anging, sorgte er sich um sie. In einer Stunde würde es eindunkeln und auf der Strasse nicht mehr sicher sein. Er dachte an die Schutzmänner, die er vor zwei Jahren zur Bewachung der Fischerboote hatte einstellen müssen. Früher wäre so etwas kaum notwendig gewesen. Inzwischen musste er den Bau eines elektronisch überwachten Schuppens ins Auge fassen, in dem die Fischer ihre Boote vor Diebstahl sicher unterstellen konnten.

Andrew trat erneut an Daves Tisch und fragte: «Kennst du sie?»

«Nein. Wie heisst sie?»

«Moira Kerr», antwortete Andrew. «Sie stammt aus Schottland und arbeitet schon seit einer Weile draussen im Busch bei den Nonnen.»

«Bei *welchen* Nonnen?»

«Du weisst schon, auf der Missionsstation. Dort leben noch drei oder vier uralte französische Nonnen. Gott hat vergessen, sie zu sich zu holen.»

«Und sie? Hat sie dir das alles erzählt?»

«Nein, sie erwähnte bloss, sie sei eine Volontärin.»

«Das klingt ein bisschen geheimnisvoll.»

«Hier gibt's keine Geheimnisse», lachte Andrew. «Einer meiner Nachbarn ist Buschauffeur. Er kennt sie. Sie steigt bei der Missionsstation ein und aus. Wenn sie spät dran und es bereits dunkel ist, fährt er die paar extra Meter bis vor die Kirche und lädt sie dort ab.»

«Anständig von ihm.»

«Immerhin hilft sie den Nonnen und den Kindern. Mein Nachbar nennt sie seine *kostbarste Fracht*», erwiderte Andrew.

«Dienstag ist ihr freier Tag», schob er augenzwinkernd nach.

«Und ist sie tatsächlich aus Schottland?», fragte Dave.

«Ich weiss es nicht, ich vermute es. Sie spricht mit demselben Akzent wie ein schottischer Missionar aus meiner Kindheit.»

Moira war eine der schönsten Frauen, denen Dave je begegnet war. Wäre er jünger, er würde alles daransetzen, sie für sich zu gewinnen. Doch die Vernunft holte ihn zurück in die Realität. Liv würde in sechs Wochen zu ihm kommen. Er hatte das Datum rot und fett eingekreist.

Am nächsten Dienstag zog es ihn zurück in Andrews Bar. Eine Stunde früher als das letzte Mal setzte er sich an einen der Tische nahe der Hausmauer, blätterte in seiner Zeitung, dem 'East African Standard', und wartete. Tatsächlich sah er schon bald die schlanke Gestalt mit dem Strohhut. In der einen Hand schwenkte sie eine Einkaufstüte mit einem Werbeaufdruck, mit der anderen hielt sie ihren Stoffrucksack, der ihr wie eine Handtasche von der Schulter hing, leicht an ihre Seite gedrückt. Er hätte wetten mögen, dass sie ihr Geld und allfällige Wertsachen nicht darin, sondern im Plastiksack, wo diese keiner vermutete, mit sich trug. Er konnte daran, wie sie ihren Schritt verlangsamte, erkennen, dass auch sie ihn entdeckt hatte. Sie ist wachsam wie eine Gazelle, dachte er. Menschen sind wie Tiere, stets auf der Hut und interessiert, einander zu beschnuppern.

Tatsächlich zauderte sie nur kurz und trat dann auf seinen Tisch zu.

«Wer ist denn da? Das Mädchen mit dem schottischen Akzent?»

Sie lächelte. Er bat sie, sich zu ihm zu setzen.

«Ich glaube, letztes Mal haben wir vergessen, uns einander vorzustellen. Ich bin Dave.»

«Ich heisse Moira», sagte sie, platzierte ihren kleinen Rucksack und die Tasche in der Tischmitte und nahm dankend Platz.

«Ich frage mich, ob wir uns schon einmal begegnet sind. Ich wohne schon seit langem in Kisumu», sagte er der Form halber, obwohl er natürlich sicher war, dass dem nicht so war.

«Nein, das sind wir nicht», antwortete sie. «Ich arbeite bei den Schwestern auf der Missionsstation. Bis jetzt konnte ich nie freimachen.»

«Was machst du dort?»

Andrew hatte sie als reserviert beschrieben, was Dave anders empfand. Er hatte den Eindruck, sie wolle sich mit ihm unterhalten.

«Ich kochte ...», sagte sie, «das heisst, ich koche noch immer für die Kinder. Die Köchin war verunfallt, sie ist inzwischen wieder gesund. So habe ich mehr Freizeit und Gelegenheit, in die Stadt zu fahren.»

Andrew brachte Dave sein Sandwich und fragte Moira nach ihrem Wunsch. Dave erwartete, dass sie, nachdem sie ihren Kaffee bestellt hatte, weitersprechen würde. Doch stattdessen beobachtete sie das Treiben auf der Strasse. Vor der Bar waren ein paar Einheimische um einen Strassenhändler versammelt. Die Gruppe erinnerte ihn an die Ereignisse in Mombasa an jenem Tag, an dem er sich mit Abuya gestritten hatte und am Abend nach Europa geflogen war. Jetzt war er erleichtert zu sehen, wie rasch sich die Menschen verliefen. Ein Karren war umgekippt und Wassermelonen auf die Strasse gekullert. Moira lachte herzerfrischend.

«Jetzt schnappt sich hoffentlich jeder eine oder zwei», sagte sie.

«Gut so», schmunzelte Dave.

«Die Menschen hier sind immer hungrig, die Kinder auf der Missionsstation sowieso.»

Wäre er jetzt mit Liv zusammen gewesen, er hätte mit ihr über den Hunger und den permanenten Mangel an allem gesprochen oder ihr von jenem Tag in Mombasa erzählt, als ein Mob einen Mercedes umringt und einen jungen Mann bedroht hatte. Mit Moira war es anders. Er musste sie erst kennenlernen.

«Wie viele Personen leben dort? Mehr Kinder und wohl weniger Schwestern als früher?»

«Ich kann es nicht vergleichen. Heute sind es etwa hundert Kinder und ein Dutzend Erwachsene. Die Schwestern sind Lehrinnen und kommen aus Kenia, Tansania und Uganda.»

«Und die Köchin?»

«Sie ist neben der Schwester Oberin die wichtigste, eine kinderlose Frau aus einem nahen Dorf, die nach dem Tod ihres Mannes bei den Nonnen Zuflucht gesucht hat. Sie hat kürzlich das Bein gebrochen, und ich durfte für sie einspringen, weil ich gut kochen kann.»

«Ich stelle mir das Leben in einer solchen Gemeinschaft interessant vor.»

«Ja, wir haben alle unsere Aufgaben. Die älteren Schwestern kümmern sich ums Geld. Sie arbeiten mit ihrer Ordensgemeinschaft in Frankreich zusammen. Die Waisen brauchen Paten in Europa, die das Schulgeld bezahlen. Für die Kinder, die Eltern haben, bezahlen es die Eltern.»

«Wie lange wirst du hierbleiben und ihnen dabei helfen?»

«Ich weiss es nicht. Im Moment ist es eine gute Zwischenlösung.»

Im Februar traf Liv ein. Während sie nachmittags im Spital half, schaute Dave auf dem Rückweg von seiner Arbeit bei Andrew vorbei und trank, sofern er Moira dort antraf, einen Kaffee mit ihr. Allerdings hielt er sich nie lange dort auf. Doch in Moiras Gegenwart fühlte er sich jugendlich und fit.

«Du bist der beste Mann, den sich eine Frau wünschen kann», seufzte Liv an einem frühen Abend, nachdem sie sich geliebt hatten.

«Und du», flüsterte er, «machst mich glücklich, indem du jedes Jahr zu mir fliegst, wie die Zugvögel, die dem Winter ausweichen.»

«Du könntest mich genauso gut einmal besuchen», sagte sie.

«Dänemark wäre mir zu kalt. Zudem teilen wir unsere Liebe zu Afrika.»

Sie schien zu spüren, dass sie ihn nicht umstimmen konnte.

«Natürlich. Ich bleibe dieses Jahr auch gerne etwas länger hier, damit wir nach Ostern noch auf eine *Safari* gehen können», sagte sie.

«Gut. Sobald die Nachfrage nach Fisch nachlässt, fahren wir los. Wenn du willst, mieten wir wieder einmal ein Vierradfahrzeug mit Dachzelt. Damit wären wir frei, im Busch zu übernachten», versprach er ihr.

Am nächsten Morgen trank Liv ihren Instant Coffee im Stehen. Sie war in Eile und befürchtete zudem, am Abend könne es wieder einmal spät werden. Oft arbeitete sie zehn Stunden am Tag.

«Wir möchten die Schulung der Schwestern und Pfleger optimieren. Die Diskussionen könnten sich ins Unendliche ziehen. Wir wissen noch nicht, woher das Geld kommen soll», sagte sie, bevor sie losstürmte.

Dave hätte lieber ausgiebig mit ihr gefrühstückt, aber auch er musste sich heute um die Finanzen kümmern. Im Gegensatz zu Kaffee, Bananen und neu den Schnittblumen, deren Nachfrage stetig stieg, stagnierte jene nach Label-Fisch. Als er in seinem Büro den Quartalsabschluss studierte, stellte er fest, wie sehr der Umsatz zurückgegangen war. Er machte sich weniger Sorgen um sich als um seine Fischer. Was würden sie tun? Er konnte, wenn alle Stricke rissen, in Livs Projekt einsteigen. Es kamen immer mehr Kenianerinnen, bei denen während der Schwangerschaft Schwierigkeiten auftauchten, in die Klinik. Dank der Spenden waren die Arztkosten tief. Es starben weniger Frauen und auch weniger Babys bei der Geburt. Sobald Liv mehr Zeit haben würde, wollte sie sich noch intensiver für die Klinik einsetzen. Sie war voller Pläne. Neben Schwangerschaften, Geburten und Frauenkrankheiten beschäftigten sie auch HIV, Malaria und Bilharziose. Dave hatte Risiken und Krankheiten stets ignoriert. Aber inzwischen hatte er die Lebenserwartung, die in Afrika tiefer lag als in Europa, erreicht. Gewisse Probleme würden ihn nicht mehr betreffen. Und trotzdem überlegte er jetzt, was er tun würde, wenn der Fisch aus dem Programm fallen sollte. Er bereitete sich einen Instant Coffee zu. Weniger, weil er Lust darauf gehabt hätte, sondern um seine mäandernden Gedanken zu zerstreuen und konzentriert arbeiten zu können, bis ihn der Hunger überfallen würde.

Es war Dienstag, Moira hatte frei. Sie würde bei Andrew im Schatten auf der Terrasse der Bar sitzen und auf ihn warten. In der Küche der Missionsstation half sie nur noch sporadisch aus. Stattdessen richtete sie auf einem alten Computer, den die Nonnen geschenkt erhalten hatten, Standardbriefe und Vorlagen für die Zeugnisse und Diploma ein. Jetzt, da sie damit beinahe fertig war, brachte sie zwei jüngeren Schwestern bei, mit den Templates zu arbeiten. Sie wusste nicht, was sie danach anfangen sollte. Sie träumte von einer Gesangsausbildung und wagte nicht, ihren Stiefvater um Geld zu bitten. Ihr leiblicher Vater war Inder. Er hatte ihre Mutter und sie sitzen lassen. Dave hatte, als Moira ihm dies erzählte, dazu geschwiegen.

Obwohl es ihn jetzt an die Bar zog, ging er nicht hin, sondern vertiefte sich in seine Zahlen. Er würde am Abend mit Liv essen.

Als Liv von der Klinik zurückkehrte, sprudelte sie nur so über von Ideen.

Sie erzählte Dave von einem rüstigen Arzt im Ruhestand, der in der Klinik unentgeltlich mithelfen wolle und ihr einen sympathischen und vor allem auch einen seriösen und kompetenten Eindruck gemacht habe. Ihre bewundernde Beschreibung des Mannes, der künftig in der Klinik helfen wollte, ähnelte jener des Kollegen, den sie später geheiratet hatte.

Etwas verunsichert holte Dave die Regiestühle aus dem Wohnzimmer und stellte sie so in den Garten, dass Liv und er über den stillen See hinweg bis zum diesigen Horizont sehen konnten. Dabei musste er an Jane denken.

«Liebe ist, in dieselbe Richtung zu blicken», hatte sie damals geflüstert, als sich an der Alabasterküste in der Normandie, hoch über dem brodelnden Ärmelkanal, nur einen Schritt vom Abgrund entfernt, umarmt hatten.

«Alles okay bei dir?», fragte Liv und warf ihm einen forschenden Blick zu.

Er nickte, beschämt über sein Misstrauen.

Wie würde sie reagieren, wenn sie wüsste, wohin ihn seine Gedanken gerade eben getragen hatten? Wie, wenn sie ihn mit Moira zusammen in Andrews Bar sehen würde? Wäre sie eifersüchtig? So wie er?

Noch immer etwas durcheinander, holte er zwei Dosen Bier aus der Küche und setzte sich zu ihr auf den Sitzplatz.

«Ich bin heute über die Bücher gegangen», sagte er. «Bei uns schaut es weniger gut aus. Das Image des Nilbarschs hat in letzter Zeit gelitten. Wir müssten uns etwas zu seiner Verbesserung einfallen lassen.»

«Schwierig», sagte sie. «Importierter Fisch aus Afrika. Neu liegen bei uns neben den Labels auch die kurzen Transportwege im Trend.»

Was sie sagte, war nicht, was er hören wollte.

«Ich habe vor meiner Abreise mit Sven telefoniert. Wir haben über dich und deine Arbeit hier draussen gesprochen.»

«Oh. Ich finde, der Fischfang müsste genossenschaftlich organisiert werden. Die Fischer könnten ihn gemeinsam abwickeln und würden davon profitieren. Menschen, die nachts in ihren kleinen Booten ihr Leben riskieren, müssen ihren Fang auch essen können», sagte er nachdrücklich.

Obwohl sie keinen Kommentar dazu abgab, wusste er, dass sie es ebenso empfand.

«Sollte mir einmal etwas zustossen, bitte ich dich, dich mit Sven um einen geschäftlichen Zusammenschluss meiner Fischer hier zu kümmern. Ich wäre beruhigt zu wissen, dass ihr euch für ihre Interessen einsetzt», sagte er etwas milder. Er wusste nicht, warum er ausgerechnet jetzt mit ihr über die Zukunft sprechen musste. Es war wie ein Zwang. Moira hatte ihm von der Schulpflicht erzählt, die erst seit zehn Jahren bestand, doch bereits zu einer höheren Alphabetisierungsrate geführt hatte, die wiederum bewirkte, dass sich vor allem die Frauen, seit sie lesen und schreiben konnten, besser informieren und für ihre Familien sorgen konnten.

«Ich werde tun, was in meinen Möglichkeiten steht», versprach sie, griff von ihrem Stuhl aus nach seiner Hand und drückte sie. «Aber noch lebst du, mein Lieber, und ich würde jetzt lieber unsere *Safari* planen.»

«Schon, aber ...», setzte er an und erwiderte den Druck.

«Kein Aber, bitte. Ich würde gerne wieder einmal im Amboseli die rot eingestäubten Elefanten vor dem schneebedeckten Kilimanjaro sehen.»

«Ich auch. Genau das werden wir tun. Und wenn du möchtest, essen wir heute auswärts», lenkte er ein.

«Und was ist mit dem Fisch, den du mitgebracht hast?»

«Den nehmen wir mit. Sie werden ihn für uns zubereiten.»

«Existiert die Bretterbude am Strand noch immer?», fragte sie.

«Ja, mit neuen Betreibern. Möchtest du dorthin?»

«Gerne. Jenes Essen und die Art und Weise, wie sie den Fisch auf ihrem rostigen Rost gegrillt haben, zählt neben dem nächtlichen Dagaa-Fischen zu meinen schönsten Erinnerungen mit dir», nickte sie.

Nachdem Liv abgereist war, fiel Dave in ein Loch. Die Zeit mit ihr war viel zu schnell verflogen. Nun sass er abends wieder allein vor seinem Haus und lauschte den vertrauten Geräuschen, die vom Dickicht seines Gartens her an sein Ohr drangen. An das Kochen für sich allein musste er sich erst wieder gewöhnen. Ob er Moira einmal zum Essen einladen sollte? Danach müsste er sie allerdings auf die Missionsstation zurückfahren oder sie müsste bei ihm übernachten. Beide Vorstellungen behagten ihm nicht. Er beschloss, es bei den eher zufälligen Treffen zu belassen und am nächsten Dienstag in Andrews Bar wieder einen Kaffee zu trinken.

Moira sass mit zwei Kenianerinnen an einem Tisch im Schatten. Es war kurz vor fünfzehn Uhr. In zwei Stunden würde ihr Bus fahren. Sie schien in einen Roman vertieft zu sein. Dave trat zu Andrew an die Theke und bestellte sein übliches Sandwich mit Kaffee. Aus den Augenwinkeln beobachtete er, wie Moira ihr Buch in ihre Plastiktüte packte. Er schritt rasch auf sie zu und stellte sich ihr in den Weg, bevor sie aufstand.
«Hello. Warte. Wie geht es dir?»
«Hi! Wie bin ich froh, dich wieder zu sehen!», rief sie, als hätte er sie von einer drückenden Sorge befreit. «Du warst lange nicht hier. Andrew sagte, du hättest wegen Karfreitag und Ostern viel um die Ohren gehabt.»
«Darf ich mich erst einmal setzen?», fragte er, grüsste die beiden Frauen und zog den freien Stuhl zu sich hin.

Moira errötete unter ihrer sonnengebräunten Haut. Vermutlich schämte sie sich für ihre Worte, die geklungen hatten, als würde sie ihn kontrollieren.

Obwohl sie sich schon oft getroffen hatten, kannten sie einander nicht wirklich gut.

«*Bitte*», sagte sie einladend.

«Es interessiert mich bloss, warum Ostern für dich derart wichtig ist.»

«Weil ich Nilbarsche und auch andere Fische exportiere», antwortete er und nahm neben ihr Platz.

«Nilbarsche?», fragte sie und schloss daraus: «Du zerstörst die Natur, nimmst den Fischern ihren Verdienst weg und machst damit ein Geschäft.»

«Ich bin für ein skandinavisches Gütesiegel für Lebensmittel tätig», relativierte er. «Ich bin dafür zuständig, dass die Fänge sauber ausgenommen und korrekt gekühlt nach Nordeuropa transportiert werden.»

«Dave! Ich habe Stories von Menschen gehört, die ihre Existenz verloren haben und inzwischen so arm sind, dass sie den Fisch nicht einmal mehr kaufen können. Falls das stimmt, finde ich es schrecklich».

«*Wir* arbeiten mit traditionellen Fangmethoden und bezahlen unsere Fischer fair. Sonst würden unsere Produkte gar nicht erst zertifiziert.»

«Trotzdem hat der Nilbarsch keinen guten Ruf.»

«Er wurde vor über fünfzig Jahren im See ausgesetzt, um die Wirtschaft anzukurbeln. Die Menschen profitierten davon. Niemand konnte die Folgen ahnen. Die NGO, für die ich tätig bin, versucht die Fehler, die gemacht wurden, nach heutigem Wissen und bestem Gewissen zu korrigieren.»

Die beiden Kenianerinnen standen auf und verabschiedeten sich. Moira strich sich eine Haarsträhne aus dem Gesicht und schaute ihn zweifelnd an. Er ignorierte sie und winkte Andrew, der die Bestellung noch immer nicht gebracht hatte. Als dieser endlich an ihrem Tisch auftauchte, bat ihn Moira um ein Cola. Sie schien es nicht mehr eilig zu haben, die Bar zu verlassen.

«Wie gehts deinen Nonnen?», fragte Dave, um mit ihr nicht weiter über die Fischerei diskutieren zu müssen.

«Bestens. Es sind alle gesund. Für mich wäre jetzt ein guter Zeitpunkt, nach England zurückzukehren. Ich liebe den englischen Sommer.»

«Mir wäre es dort inzwischen zu kühl», bekannte er und erinnerte sich, dass seine Landsleute ständig über das Wetter geredet hatten.

«Nun», sagte sie. «Im vergangenen Sommer arbeitete ich in Cornwall, im Südwesten Englands, in einer Snackbar. Dort war es wunderbar warm.»

Er schluckte leer, fragte sich, ob sie heute kein unverfängliches Thema finden konnte und lenkte das Gespräch auf ihre momentane Arbeit. Dabei erzählte er ihr alles, was er über die in Kenias Westen früh etablierten Missionsschulen und ihre berühmten ehemaligen Schüler wusste.

«Ich wünschte, ich hätte vor hundert Jahren hier gelebt», schwärmte sie. «Ich stelle mir die vielen wilden Tiere und interessanten Menschen zu Karen Blixens Zeit vor. Damals muss Ostafrika ein Paradies gewesen sein.»

Dass Moira versucht hatte, seine Arbeit schlecht zu reden und nun die Vergangenheit verklärte, verstimmte ihn. Plötzlich sehnte er sich nach Liv, die gleich wie er dachte und der er nichts erklären musste.

«Du liest Romane, die in einer Zeit spielen, die es so nicht mehr gibt. Wenn uns Afrikas Geschichte etwas lehrt, dann, wie verführerisch einfach es für die Weissen damals war, die Einheimischen auszunutzen», sagte er.

Er schaute auf seine Armbanduhr. Es war bald siebzehn Uhr.

«Verpasst du nicht den Bus?»

«Nein. Ich übernachte in einem Hotel im Zentrum», antwortete sie und fragte: «Und du? Gehst du zurück zu deiner Arbeit?»

«Oh, …», druckste er herum und fühlte sich nun gänzlich irritiert.

Seines Wissens fuhr sie sonst immer zurück. Möglicherweise erwartete sie, dass er sie zum Abendessen einladen würde? Aber dann müsste er sich einen Abend lang mit ihr unterhalten und heute war nicht sein Glückstag.

«… ja, ich muss noch kurz vorbeischauen. Falls du am Abend ausgehst, geh nicht allein und nimm ein Taxi, dessen Fahrer du kennst. Vielleicht sehen wir uns ja morgen wieder», sagte er und brach rasch auf.

Auf der Autofahrt an den See verfolgte ihn der Gedanke, dass Moira einen Sommer lang in Cornwall gearbeitet hatte. Er war nicht sicher, ob er sie unter diesen Umständen wiedersehen sollte. Aber sie war nun einmal in Kisumu. Sie plauderte zwar mit Andrew und hie und da auch mit einem Gast, doch ihren Kaffee trank sie immer allein. Vielleicht wäre morgen eine der letzten Gelegenheiten, sie zu sehen. Er kämpfte mit sich. Er mochte Moira, egal, wie er es drehte und wendete.

Als er eine Viertelstunde später am Ufer ankam, stritten Fischer um einen Fang. Er schlichtete, kaufte die unsortierten Fische und brachte sie ins Kühlhaus. Dann verteilte er das

Geld, das er bei sich trug an die Streithähne. Zusammen reparierten sie das Segel, das bei dem Handgemenge zerrissen worden war. Ob er Moira wieder treffen sollte oder besser nicht, schien ihm im Moment nicht mehr wichtig.

Doch am folgenden Nachmittag zog es ihn automatisch in Andrews Bar und er setzte sich wie gewohnt zu Moira. Das Gespräch zwischen ihnen plätscherte jetzt friedlich dahin. Sie erzählte ihm, dass sie einen lustigen Abend zusammen mit einer Gruppe junger Kenianerinnen aus Nairobi verbracht hatte. Es habe ihr gutgetan, einmal von den Nonnen und den Kindern wegzukommen. Sie würde für eine weitere Nacht im Hotel bleiben. Es fühle sich an wie Urlaub. Später unterhielten sie sich über Reisen, Menschen und Kulturen und wie schnell man sich an milde Temperaturen und gewisse Landstriche gewöhne. Ihr sei es sehr schwergefallen, den wunderschönen Genfersee, an dem sie ein Mädcheninternat besucht hatte, zurückzulassen; schwerer jedenfalls, als sich von ihren Mitschülerinnen und den Lehrerinnen zu trennen.

«Und wie fühlst du dich jetzt, wo deine Abreise von hier naht?»

«Menschen, die einem nahestehen, können einen besuchen», meinte sie.

Er wusste in dem Moment, in dem sie es sagte, dass sie ihn nicht dazu zählte.

«Ich freue mich, meine Freundin wieder zu sehen. Sie hat sich zwar eine ganze Zeitlang nicht mehr gemeldet, aber wir haben viel zusammen erlebt.»

«Eine alte Schulfreundin?»

«Sort of. Wir lernten uns in Florenz bei einem Italienischkurs kennen, teilten eine kleine Wohnung und arbeiteten später beide als Nanny.»

«In Italien?»

«Ja, in Italien. Aber Sarah stammt aus einem Touristenort in Cornwall. Letzten Sommer durfte ich bei ihr in einem schönen Haus über den Klippen wohnen und in einer Art Sommer-Café, das ihre Mutter betreibt, arbeiten.»

'Seine Sarah?', fragte er sich.

Er rechnete kurz nach. Moira mochte etwas älter als seine Tochter sein, es sprach jedoch nichts dagegen, dass sie sich in jener Schule in Italien getroffen hatten und seither Freundinnen waren. Solche Zufälle gab es. Sein Herz klopfte plötzlich heftig. Er atmete tief durch. Moira schien ahnungslos. Auch konnte er sich Jane, die den Sommer im Garten und die restlichen Monate im Haus verbrachte, in keinem Café vorstellen. Trotzdem vermied er es, Moira in die Augen zu schauen, als er sie fragte: «Wo war das genau?»

«An der Südküste, nicht weit von St Morwen», hörte er sie sagen und spürte, wie das Blut aus seinem Kopf wich.

«Du bist blass, ist alles okay?», fragte sie.

«Schon gut, danke. Mich interessiert, wie die Familie hiess.»

«Penrose. Sie betreiben eine Werft und neu ein Wassersportzentrum. Ihr Haus ist sehr gross und offen für Familienmitglieder und Freunde. Der Vater ist vor Jahren mit seinem Segelboot tödlich verunglückt.»

Er meinte, die Menschen in der Bar würden sich um ihn drehen, tanzen, laut lachen und singen. Schweigend hielt er sich an der Tischkante fest.

«Ist dir nicht gut?», fragte Moira. «Möchtest du einen Schluck von meinem Cola trinken?»

Er sah das Getränk im Glas schwappen, als sie es zu ihm hinüberschob.

«Sag etwas», beschwor sie ihn, «bitte, sag etwas», und als er noch immer schwieg: «Du brauchst einen Arzt. Gibt es überhaupt einen Arzt in der Nähe?»

«Lass schon. Ich brauche keinen Arzt.»

«Was brauchst du denn? Was ist los mit dir?», insistierte sie.

Er wünschte, er könne davonlaufen, ihr nie wieder begegnen.

«Bitte lass mich bezahlen. Ich werde es dir an einem ruhigeren Ort erzählen», sagte er indessen. «Nicht hier, wo man uns beobachten kann.»

Nachdem sie die Bar zusammen verlassen hatten, war er nicht sicher, ob er sich, aufgewühlt wie er war, auf den Verkehr würde konzentrieren können. Er winkte ein Taxi herbei, und sie liessen sich zu einem kleinen Erholungsort am See bringen. Dort mieteten sie Liegestühle, bestellten Getränke und blickten über das schier unendliche Wasser.

«Der Mann ist nicht ertrunken», sagte er schliesslich.

«Es ist lange her. Sie sagten, seine Leiche sei nie gefunden worden.»

«Genau. Er ist abgehauen», murmelte er.

«Bist du sicher?»

«Ich weiss es. Jane Penrose ist meine Frau.»

«Aber!», rief sie und starrte ihn an, und es dauerte eine Weile, bis sie begriff.

Daraufhin erzählte er ihr die ganze Geschichte.

Moira schien ihm an diesem Nachmittag um Jahre reifer als noch am Tag zuvor. Sie versprach ihm, diese Beichte für sich zu behalten. Sie erzählte ihm, dass seine Tochter Rebecca einen Abschluss in Betriebswirtschaft hatte und mit Tom, Henry Linns Sohn, verlobt war. Neben der Werft führte die Familie eine Segel- und Tauchschule sowie besagtes Sommer-Café, in dem Moira mit Jane zusammengearbeitet hatte. Tom, der in London Recht studierte, helfe den Sommer über als Segel- und Tauchlehrer.

«Und Elizabeth?», fragte Dave. «Lebt sie noch?»

«Sarahs Grossmutter? Sie ist verstorben.»

«Und was macht Sarah?»

«Sie studiert Sprachen und hilft ihrer Tante, deren Partner ebenfalls verstorben ist, in deren Galerie in Frankreich», erzählte Moira. «Wie gesagt, haben wir uns ursprünglich in Italien kennengelernt. Aber seit einem gemeinsamen Urlaub im letzten Herbst hat sie sich nicht mehr bei mir gemeldet.»

Die Erinnerungen, die Moiras Bericht wachgerufen hatte, stiegen wie Luftbläschen in ihm hoch. Er dachte an Claire und wie sie wohl ohne J-P zurechtkam. Und seine Gedanken wanderten natürlich zu Jane, die nach Moiras Dafürhalten mit ihrem Leben zufrieden war. Der Zufall, dass sie sie kannte, schien Moira so wenig zu erstaunen, wie, dass er seine Frau und seine Kinder verlassen hatte. Ihr eigener Dad war nach der Scheidung nach Kaschmir zurückgekehrt. Auch er hatte sich nie mehr gemeldet.

«Eigentlich stelle ich es mir für Kinder tröstlicher vor, ihren Vater tot zu glauben, als die Streitereien um Geld und Sorgerechte mitzuerleben», fand sie, und er redete sich ein, dass genau dies der Grund für sein eigenes Verschwinden gewesen war. Doch in Tat und Wahrheit hatte er die Auseinandersetzung gescheut; er war lieber vor möglichen Konflikten davongelaufen, als dass er sie ausgehalten oder aber fair ausgetragen hätte.

Als er ihr nicht sofort antwortete, beruhigte sie ihn: «Meine Mum jedenfalls schien recht froh zu sein, nichts mehr von meinem Dad zu hören.»

«Ich hoffe, dass Jane es ebenso empfunden hat», sagte er trocken.

Moira schien den bitteren Ton nicht zu bemerken.

«Sie redet jedenfalls nur gut über dich. Ihr habt euch bestimmt einmal geliebt und du hast einfach zu spät bemerkt, dass ihr nicht zusammenpasst», sagte sie und erzählte ihm daraufhin von ihrer Familie.

«Meine Urgrossmutter kam während der Wirtschaftskrise nach Edinburgh. Aber anstatt der Armut auf dem Land zu entkommen, wurde sie von einem Matrosen aus Dundee sitzen gelassen. Sie war schwanger und kannte nicht einmal seinen Familiennamen. Sie ist schon 1975 mit 50 Jahren verstorben. Angeblich hat sie den Erzeuger meiner Grossmutter die paar wenigen Male, als sie ihn ihr gegenüber erwähnte, ihren *geliebten roten John* genannt.»

Dave wusste nicht, ob er das alles hören wollte. Er hatte den Eindruck, Moira erzähle ihm ausgerechnet jetzt von ihrer Familie, um seine eigene Geschichte zu relativieren.

«Meine Grossmutter lebt noch», fuhr sie fort. «Sie war ebenfalls eine ledige Mutter, doch sie hatte ihr Leben lang Arbeit.»

Er schwieg. Was sollte er dazu schon sagen? Die Frauen kamen bei Moira oft gut und die Männer schlechter weg. Vielleicht hatte sie ja recht.

«Als ich klein war, durfte ich bei meiner Grossmutter wohnen. Das war die schönste Zeit meiner Kindheit und Jugend.»

«Und deine Mum?», fragte er.

«Meine Mum? Nun. Sie war ein Teenie-Model und später Air Hostess. Dann heiratete sie meinen Dad, einen indischen Piloten. Sie liessen sich bald scheiden. Mum heiratete wieder. Ich war sieben: Ich erhielt ein rosa Rüschenkleid und durfte bei der Hochzeit Blumen streuen. Ich fühlte mich wie eine Märchenprinzessin. Mums zweiter Mann hat mich nach der Hochzeit adoptiert. Von da an lebte ich bei ihnen.»

«Ende gut, alles gut?», fragte Dave mit derselben Nonchalance, mit der Moira sein Bekenntnis aufgenommen hatte.

«Nicht wirklich», murmelte sie. «Mein Stiefvater unterstützt mich zwar, solange er mich damit vom Hals halten kann. Deshalb hat er auch das teure Schweizer Internat für mich bezahlt. Aber wir sind uns spinnefeind, und ich könnte nie mehr mit Mum und ihm unter demselben Dach leben.»

Erst als die Dunkelheit über den Viktoriasee hereinbrach und Angestellte das Geschirr und die leeren Liegestühle wegräumten, merkte Dave, wie lange sie hier gesessen und wie viel sie sich anvertraut hatten. Er mahnte zum Aufbruch. Sie spazierten zum Parkplatz, wo sie seinen Jeep suchten und sich, erst als sie ihn nicht finden konnten, daran erinnerten, dass sie in einem Taxi hierhergekommen waren. Er sah ein Auto, das gerade losfahren wollte und bat um eine Mitfahrgelegenheit. Sie zwängten sich neben den Fahrer in die Kabine des Lieferwagens, die eigentlich nur für zwei Personen ausgelegt war. Ihre Arme berührten sich, und Dave roch seinen eigenen Schweiss.

In der Stadt fuhr er Moira in seinem Jeep zu ihrem Hotel und kaufte danach ein paar Dosen Bier in dem kleinen *Duka* an derselben Strasse. Zuhause wusste er, dass er jetzt nicht würde schlafen können und setzte sich in seinen Garten. Er liess den Nachmittag Revue passieren. Etwas schien ihm im Nachhinein merkwürdig. Er wusste nicht mehr, was es gewesen war, doch es hatte mit Moiras Geschichte zu tun. Ihre Urgrossmutter war 1925 geboren, die Grossmutter nach Kriegsende. Dave verwirrte, dass er nahezu Moiras Grossvater hätte sein können, und auch etwas anderes, was sie ihm gesagt hatte. Je mehr er sich zu erinnern versuchte, desto weniger wollte es ihm einfallen. Schliesslich gab er auf, ging ins Haus, zog die Schuhe aus und legte sich in den Kleidern aufs Sofa. Die Türe zum Garten liess er offen, ungeachtet der Schlangen und Skorpione, die ihn nachts hätten besuchen können. Sein letzter Gedanke vor dem Einschlafen galt Clifftop. Auch wenn Moira Sarah aus den Augen verloren hatte, waren sie einst gute Freundinnen gewesen, die sich jederzeit wieder treffen konnten. Er musste sie unbedingt noch einmal darum bitten, alles, was er ihr erzählt hatte, für sich zu behalten.

Es wurde Ende Mai, dann Juni. Die Hitze liess leicht nach. Wenn Dave und Moira Zeit hatten, fuhr er sie in jenes Resort, in dem es ihr so gut gefallen hatte und welches er mit seinem Bekenntnis verband. Gleichwohl sprachen sie nie mehr über Cornwall. Auch nicht über Moiras Familie. Lieber philosophierten sie über Gott und die Welt. Dabei erfuhr Dave, wie die Menschen in Europa lebten und wovon sie träumten und realisierte, dass sich die Gesellschaft dort derart verändert hatte, dass er nicht mehr zurückkehren wollte oder konnte.

Im Juli lud ihn Moira zum 80. Geburtstag der Mutter Oberin ein. Er war noch nie auf der Missionsstation gewesen. Er konnte Moira den Wunsch nicht abschlagen. Die Jubilarin zählte zudem zu den letzten französischen Schwestern in Kenia. Obwohl er ihre religiöse Arbeit – und mehr noch, die Aufgabe der Missionare – hinterfragte, anerkannte er ihren Einsatz, um Kindern ein Zuhause und eine Schulbildung zu bieten. Er fuhr nicht zu früh hin. Er wollte erst nach dem Gottesdienst eintreffen. Während die ersten Gäste aus der Kirche traten, parkte er seinen Jeep etwas abseits und schaute sich um. Die eingezäunte Anlage bestand aus mehreren Häusern, einer kleinen Kirche, einem staubigen Fussballfeld und einem bewässerten, grünen *Shamba*. Alles war sauber aufgeräumt. Zwischen der Kirche und den einstöckigen Backsteinhäusern standen Holztische und Bänke. Auf einem der Tische türmten sich Blechteller, Becher und Plastikgebinde, letztere vermutlich für die Geschirrrückgabe. Auf einem anderen lagen Kuchenstücke bereit. Die Gäste bedienten sich mit Getränken, die sie mit Kellen aus grossen Behältern schöpften, machten es sich auf den Stühlen bequem oder setzten sich auf die nackte rote Erde unter den Bäumen.

Er beobachtete Moira, wie sie den Kindern eine Flüssigkeit, die wie wässeriger Sirup aussah, in ihre Becher goss.

Als auch sie ihn entdeckte, winkte sie ihn zu sich.

«Schön, dass du hier bist. Als Erstes werde ich dich der Mutter Oberin vorstellen. Sie sitzt drinnen, draussen ist es ihr zu heiss.»

Sie übergab an eine junge Nonne und bat diese, darauf zu achten, dass kein Kind zu kurz kam. Dann zog sie Dave mit sich Richtung Haupthaus. Als sie die Jubilarin im Speisesaal fanden, verlangsamte Moira ihre Schritte, liess seine Hand los und trat auf die Mutter Oberin zu.

«Excusez-moi, ma mère», sagte sie, leicht ausser Atem.

Er hörte sie zum ersten Mal Französisch sprechen, doch nach ihrer formellen Entschuldigung fuhr sie auf Englisch fort.

«Ma mère, ich möchte Ihnen gerne Dave Baxter vorstellen. Er ist ein Bekannter von mir. Er lebt und arbeitet in Kisumu.»

Die kleine Frau, die in ihrem hellgrauen Habit zerbrechlich wirkte, lächelte ihn so entwaffnend an, wie dies einer alten Nonne möglich war.

Er reichte ihr die Hand, dankte ihr für die Einladung und gratulierte ihr zum Geburtstag.

«Enchantée de vous rencontrer. Je suis Sœur Cécile», sagte sie.

«Sie ... *Sie* sind Sœur *Cécile*?», stotterte er.

Bevor er sich fassen konnte, hatte ihn auch die Nonne erkannt.

Sie sagte jedenfalls, mehr als sie es ihn fragte: «Und Sie? Sie sind Abuyas Dave? Nicht wahr?»

Moira blickte erst Sœur Cécile und dann ihn verständnislos an.

«Ich erkläre es dir später», flüsterte er.

Obwohl er gewusst hatte, dass Abuya im Westen von Kenia bei französischen Nonnen zur Schule gegangen war, hatte er die Verbindung zwischen ihr und diesem Ort nicht gemacht. Sœur Cécile stufte ihn bestimmt als nicht sehr hell ein. Doch als er verlegen auf seine Schuhspitzen starrte, sagte sie: «Ich bin froh, dass Sie gekommen sind, Dave. Auch Abuya sollte jeden Moment eintreffen. Sie wird sich freuen.»

Daves Begegnung mit Abuya verlief herzlicher, als er es sich vorgestellt hatte. Nachdem er jedoch beobachtet hatte, dass auch Moira sie wie eine alte Freundin begrüsste, flüsterte er: «Woher kennst *du* sie?»

«Ich habe sie bei einer Vernissage in unserem Hotel getroffen. Sarah und ich machten im letzten Herbst in Mombasa

Urlaub. Danach bin ich hierhergereist und Sarah ist zurück nach Hause geflogen. Habe ich dir das nicht erzählt?»

«Nein. Unglaublich, diese Häufung von Zufällen», murmelte er.

«Ich hatte keine Ahnung, dass du sie beide kennst. Du hast nie von ihnen gesprochen. Abuya hat mir diese Volontärarbeit hier vermittelt.»

Er schwieg. Moira hatte natürlich recht. *Er* war das stille Wasser. Es ergab keinen Sinn, sich ihr zu erklären. Sie wusste schon zu viel über sein Leben. Er liess sie stehen und setzte sich in eine Ecke. Später hörte er ihr zu, als sie mit Abuya ein schottisches Shanty zu Sœur Céciles Ehren sang. Er lauschte ihren Stimmen, erkannte denselben Rotschimmer in ihren Haaren und wie gross und schlank die Beiden waren. Plötzlich fiel es ihm wie Schuppen von den Augen. Jener *rote John* aus Dundee, die Jugendliebe von Moiras Urgrossmutter, könnte leicht auch Abuyas Vater gewesen sein. John Brown war nach dem Krieg zur See gefahren, vom Matrosen zum Captain hochgestiegen und hatte sich in reiferen Jahren in Kenia in eine junge *Luo*-Frau verliebt. Diese wiederum hatte ihm am 12. Dezember 1963, am Tag von Kenias Unabhängigkeit, eine Tochter geboren und sie Abuya genannt: geboren als der Garten blühte.

Er bemerkte erst jetzt, dass ihm Sœur Cécile zulächelte. Sie hatte die Ähnlichkeit der beiden längst erkannt. Es muss nicht, es *könnte* so gewesen sein, überlegte er. Er nickte und lächelte wissend in ihre Richtung zurück.

In den darauffolgenden Wochen kam Moira weniger oft in die Stadt. Ethnisch-politische Gruppierungen spalteten das Land. Die Aufstände, bei deren Zusammenstössen es zum Teil Tote gab, machten ihr zusehends Angst. Weisse blieben zwar weitgehend unbehelligt. Doch spätestens seit maskierte Angreifer das Einkaufszentrum Westgate in Nairobi überfallen hatten und dabei auch Ausländerinnen und Ausländer umgekommen waren, stufte auch Sœur Cécile Moiras Ausflüge als eher heikel ein. Trotzdem fuhr Moira hin und wieder nach Kisumu und trank einen Kaffee in Andrews Bar. Inzwischen besassen sie alle, sogar die Nonnen, ein Mobiltelefon. Moira vergass aber meistens, den Akku zu laden oder liess es irgendwo liegen. Auch Dave benutzte seines kaum. Wer ihn suchte, fand ihn in seinem Büro im Hafen, beim Schuppen am Seeufer, in dem seine Fischer nun über Nacht ihre Boote einstellten oder in Andrews Bar. Er freute sich jedes Mal, wenn er Moira wieder sah, und fürchtete immer, dass es das letzte Mal wäre.

Ende Oktober tauchte sie mit einer zierlichen jungen Frau bei Andrew auf. Dave sass zufällig auf der Terrasse und überlegte, ob dies eine neue Volontärin, möglicherweise Moiras Nachfolgerin, sei.

«Dürfen wir uns zu dir setzen?», fragte Moira, als sie zu ihm traten.

Er nickte und betrachtete ihre Begleiterin. Sie hatte dunkles Haar und helle Augen, ihre weisse Leinenbluse hing locker über der zu weiten khaki Hose. Sie war sehr hübsch, wenn auch ein gänzlich anderer Typ als Moira.

«Ich habe eine Freundin mitgebracht», sagte Moira, und zur Ergänzung: «Sie studiert in der Schweiz Ethnologie. Jetzt lebt sie für eine Weile bei uns auf der Missionsstation.»

Er erhob sich und streckte der jungen Frau seine Hand entgegen. Sie stellte sich als Sarah vor, begrüsste ihn und setzte sich neben ihn. Moira nahm gegenüber Platz und beobachtete sie beide. Etwas war heute anders.

Konnte es sein, dass diese Sarah ...

Nein, Moira hatte *eine* und nicht *meine* Freundin gesagt. Sie hatte mit Mädchen aus aller Welt ein Jahr in einem Schweizer Internat verbracht. Sarah musste eine jener Schulkameradinnen sein. *Seine* Sarah lernte Sprachen, sie studierte nicht Völkerkunde, und schon gar nicht in der Schweiz. Zudem war dieser Mädchenname in den 90er Jahren Mode gewesen. Es musste hunderttausende Sarahs geben.

«Interessant», unterbrach er das Schweigen, nachdem Andrew den Kaffee serviert hatte. «Wir trinken ihn alle schwarz mit Zucker.»

«Ich tue es, weil die Milch hier beinahe immer sauer ist», sagte Moira.

«In heissen Ländern sollte man Milch so oder so meiden», ergänzte Sarah, leicht belehrend. «Den Zucker nehme ich, weil ich Gewicht zulegen muss. Ich habe über längere Zeit nichts essen können.»

Ihr Englisch war lupenrein, keine Spur von West Country Akzent. Verglichen mit Moira war sie klein, und tatsächlich sehr mager.

«Malaria?», fragte er.

Während sie ihre Krankheit, den Aufenthalt bei einer kenianischen Familie im Busch, wo sie eine Erkältung und möglicherweise einen bösen Grippevirus eingefangen habe, beschrieb, wartete er darauf, dass sie über ihr Zuhause sprechen würde. Sie erzählte stattdessen vom Schwarzwald, wo sie Deutsch gelernt hatte und von Basel, wo sie studierte. Seine Gefühle und Gedanken überschlugen sich. Je länger er ihr zuhörte, ihre Mimik und Gestik beobachtete, desto stärker wurde seine Vermutung, dass neben ihm seine Tochter sitzen könnte.

Seine Angst, unwiderruflich von seiner Vergangenheit eingeholt zu werden, hielt ihn indessen davon ab, sie geradeheraus zu fragen.

Am folgenden Nachmittag rief ihn Moira im Büro an. Da sie dies noch nie getan hatte, befürchtete er im ersten Moment, ihr sei etwas zugestossen. Als sie ihn jedoch fragte, ob er Sarah und sie am nächsten Tag in Andrews Bar wiedersehen wolle, wurde ihm leicht mulmig. Hatte er gehofft, Moiras Begleiterin würde, so wie sie aus dem Nichts aufgetaucht war, wieder dorthin verschwinden? Sich in Luft auflösen? Natürlich nicht. Zwar wusste er noch immer nicht mit absoluter Sicherheit, dass sie seine Tochter war. Sie kannten sich nur mit Vornamen. Er müsste Moira fragen. Gleich jetzt, am Telefon! Doch das ging nicht so einfach. Zuerst wollte er sie, und vor allem Sarah, beobachten, wenn er mit ihnen redete.

Als die beiden jungen Frauen auf ihn zutraten, trug Sarah ein hübsches, ärmelloses Leinenkleid mit einem ovalen Halsausschnitt. Dave hatte auf der Terrasse von Andrews Bar auf die beiden gewartet und Zeitung gelesen.

Wie sie jetzt so zierlich, und wie ihm schien, auch unsicher, vor ihm stand, bemerkte er ihr hervortretendes Schlüsselbein und ihre knochigen Schultern.

Bevor ihm klar war, was er tat, schloss er sie in die Arme.

Sie schluchzte auf. Zwei oder drei der Gäste blickten verlegen zur Seite. Moira schritt rasch zur Theke, wo sie sich mit Andrew unterhielt.

Sarah wischte sich mit der einen Hand über die Augen, mit der anderen hielt sie ihre Tasche fest. Sie weinte noch immer ein bisschen. Dave war versucht, erneut seinen Arm um sie zu legen.

Er tat es nicht. Sarah hatte während Jahren keinen Vater gekannt.

Sie setzten sich wie schon das letzte Mal nebeneinander. Schweigend warteten sie auf Moira, die an Andrews Stelle die Getränke an den Tisch brachte.

«Ich lasse euch jetzt allein», sagte Moira und trank ihr Cola im Stehen. «Können wir uns um siebzehn Uhr an der Bushaltestelle treffen, damit Sarah und ich noch bei Tag auf der Missionsstation ankommen?»

«Seit wann weisst du es?», fragte er Sarah, nachdem Moira weg war.

«Ich wusste es nicht, ich habe es gestern bloss geahnt. In der Nacht habe ich dann von Clifftop geträumt. Und am Morgen, als ich in den Spiegel blickte, erinnerte ich mich an das Foto von dir, das bei uns zuhause auf dem Klavier steht. Darauf siehst du gleich aus, bloss viel jünger.»

«Und diese Ähnlichkeit hat es dir bestätigt?»

«Nun, ich stellte Moira zur Rede. Aber ja, ich spürte es irgendwie.»

«Was hat sie gesagt?»

«Zuerst redete sie von Seelenverwandtschaft. Erst als ich ihr von dem Foto erzählte und sie auf unsere verblüffende Ähnlichkeit ansprach, rückte sie mit der Wahrheit heraus.»

«Hat sie dir auch erzählt, wie sie darauf gekommen ist?»

«Ja. Sie habe dir von Cornwall, von unserer Freundschaft, von Clifftop und von Mum erzählt, und du hättest ihr gesagt, dass Jane deine Frau ist.»

«Ich wollte nie, dass sie dich oder sonst jemanden kontaktiert.»

«Sie hat mich nicht kontaktiert. Ich habe *sie* angerufen, in der Hoffnung, dass sie noch immer irgendwo in Kenia sei und mir helfen könne. Ich war in Not, total verloren. Sie hat weder gewusst, dass ich in der Schweiz studiere, noch dass ich mich zufällig in ihrer Nähe aufhielt.»

«Aber jetzt, wo du auch bei den Schwestern lebst, wollte Moira dem Schicksal etwas nachhelfen?»

«Möglich. Du solltest sie selber fragen.»

«Wirst du Jane schreiben, dass ihr mich gefunden habt?»

«Moira hat einen Sommer lang in unserem Café gearbeitet und bei uns in Clifftop gewohnt. Sie mochte Mum sehr gut. *Sie* hätte es tun müssen.»

«War es nicht besser, die Vergangenheit ruhen zu lassen?»

«Damit dich in Cornwall alle weiterhin verstorben glauben?»

«Nun, Sarah …», sagte er und dabei kamen Moiras Worte in ihm hoch, ihre Mum sei froh gewesen, nichts mehr von ihrem ersten Mann gehört zu haben. «Ich weiss es nicht. Heute würde ich vieles anders machen.»

«Becs und ich haben fest daran geglaubt, dass du um die Welt segelst. Wir hofften bei jeder Ketsch, die der deinen glich, du kämest zurück.»

Sie begann erneut zu weinen. Er reichte ihr eine Papierserviette. Sie schüttelte den Kopf und grub ein Kleenex aus den Tiefen ihrer Tasche.

«Magst du etwas essen?», fragte er.

Sie schnäuzte sich und verzog ihr Gesicht zu einem Lächeln.

«Gerne. Während meiner Krankheit habe ich ein paar Mahlzeiten verpasst. Diese gilt es jetzt aufzuholen, sonst werde ich noch dünner.»

«Das kenne ich aus eigener Erfahrung», sagte er.

Er winkte Andrew und bestellte für sie beide Eieromelette mit Toast und gedämpften Tomaten.

«Wie lange wirst du hierbleiben?», fragte er sie.

«Bis Mitte Dezember. Ich möchte Weihnachten zuhause feiern.»

«Die Festtage in Clifftop waren immer sehr schön», antwortete er und überlegte für den Bruchteil einer Sekunde, ob dies die Gelegenheit wäre, nach Cornwall heimzukehren.

«Ja, bitte erzähle Moira wie schön Weihnachten bei uns ist», beschwor ihn Sarah. «Ich möchte sie nach Cornwall mitnehmen. Sonst ergeht es ihr am Ende wie dir und diesen greisen Nonnen.»

«Wie denn?»

«Afrika wird einem leicht zur Heimat.»

«Wäre das so schlimm?»

«Ich möchte sie nicht wieder aus den Augen verlieren.»

«Ich dachte, du studierst Sprachen. Du seist bei Claire in Frankreich.»

«Nein. Ethnologie in der Schweiz. Ab Januar gehe ich wieder nach Basel.»

Dann erzählte sie ihm von Italien und ihrem dortigen Schulbesuch und den noch kleinen Kindern eines jungen Witwers, die sie zusammen mit Moira betreut hatte. Und von Claire, der sie in der Galerie und mit J-Ps Nachlass geholfen habe. Deutsch hatte sie als Nanny im Schwarzwald gelernt. Inzwischen lebte sie bei einer älteren Dame in Basel, die im Alltag Unterstützung brauchte. Im Tausch dafür erhielt sie ein gemütliches Zuhause und ein bisschen Unterricht in Schweizerdeutsch.

Sarahs unstetes Umherziehen kam ihm bekannt vor. Er hatte es in jungen Jahren ebenso gehalten. Er könnte ihr jetzt in seinem Haus ein Zimmer anbieten. Etwas sträubte sich in ihm. Er hatte sie als kleinen Schreihals in Erinnerung. Rebecca war pflegeleichter gewesen. Corran hatte Rebecca ein 'Anfängerkind' genannt, das weder Eltern noch Grosseltern forderte. Noch immer meinte Dave, ihre Ärmchen um seinen Nacken zu fühlen. Bevor er aus dem Haus getürmt war, hatte sie versucht, ihn festzuhalten, während Sarah gequengelt und Rotz die Nase hochgezogen hatte. Doch zu wissen, dass auch Sarah im Hafen gesessen und auf seine Rückkehr gewartet hatte, quälte ihn. Liv würde erst Anfang Februar nach Kisumu kommen. Ihre paar persönlichen Sachen, die sie im Gästezimmer liegen gelassen hatte, konnte er in seinem Schrank versorgen.

«Wird Moira nächstes Jahr zu dir in die Schweiz ziehen?», fragte er.

«Ich hoffe es», murmelte sie verlegen und zerbröselte den Cupcake, den sie sich zum Nachtisch bestellt hatte.

Am nächsten Morgen kontrollierte er den Fang der Nacht, gab die grossen Fische zum Ausnehmen, Packen und für den Transport frei und fuhr zur Missionsstation. Als er ankam, hatten die Kinder gerade Pause. Sie spielten auf dem Gelände und assen ihre Brote. Ein kleiner Junge führte ihn in die Küche, wo Sarah und Moira mit zwei Nonnen Gemüse rüsteten und ein Lied mitsangen, das am Radio gespielt wurde.

«Was willst *du* denn hier?», fragte ihn Sarah.

«Dich sehen», antwortete er.

Erstaunt führte sie ihn in den um diese Zeit leeren Speisesaal und setzte sich mit ihm an einen Tisch. Moira bot an, Teewasser heiss zu machen.

Als sie weg war, druckste Sarah ein bisschen herum und fragte ihn, als ob sie die Gelegenheit packen wollte, ob sie vielleicht für eine Weile bei ihm wohnen dürfte. «Um uns besser kennenzulernen ...», schob sie nach.

Ihr Vorschlag hatte förmlich in der Luft gehangen. Trotzdem liess er sich Zeit, bevor er murmelte: «Falls du es möchtest ...»

«Falls sie *was* möchte?», fragte Moira, die mit drei Tassen sowie einem Teller mit geschälten goldenen Mangos an den Tisch getreten war.

«Nichts», murmelte Sarah. «Ich habe ihn überrumpelt.»

«Nein. Ich wollte es dir ebenfalls vorschlagen.»

«*Was?*», bohrte Moira, nun leicht irritiert.

«Sie kann bei mir wohnen.»

«Ich fände es eine super Lösung», antwortete Sarah schnell, als ob sie fürchtete, Moira würde sie davon abhalten oder er sein Angebot zurückziehen.

Nachdem er seinen Tee rasch ausgetrunken hatte, arbeiteten Sarah und Moira weiter. Es blieb ihnen nur wenig Zeit bis zum Mittagessen.

Dave suchte das Büro der Oberin und bat sie um ein Gespräch. Er fühlte sich erschöpft und war sich seiner dunklen Ringe unter den Augen bewusst.

Er hatte in der letzten Nacht nur wenig Schlaf gefunden. Sein ganzes Leben hatte sich, angefangen mit seiner Kindheit bis hierher nach Kenia, wie ein Kreisel in seinem Kopf gedreht. In seinem unruhigen Schlummer waren ihm Betty, Abuya, Claire, Jane und auch Sandy, Astrid und Liv sowie ein paar Mädchen vom Kibbuz und sogar einzelne Taucherinnen aus Australien erschienen, deren Namen er längst vergessen hatte. Männer hatte er keine erkannt und sich nach dem Erwachen im Morgengrauen gefragt, warum er, von wenigen Ausnahmen abgesehen, nie Freunde gefunden hatte.

Unter vier Augen berichtete er Soeur Cécile jetzt von seiner Kindheit und Jugend, seiner Afrikadurchquerung und Liebe zu Abuya; von seiner Rückkehr nach England und der Heirat mit Jane. Das Jahr in der Bretagne und Claire sowie seine anderen Frauengeschichten liess er aus. Für die Schwester Oberin wären diese wohl des Guten zu viel gewesen. Dafür beschrieb er ihr, wie nach den unbeschwerten, kinderlosen Jahren Rebecca und schon bald nach ihr Sarah zur Welt gekommen waren. Er erzählte ihr auch, dass sein Schwiegervater zu früh verstorben sei, er ohne ihn Schwierigkeiten bei der Leitung der Werft gehabt und Geld in die eigene Tasche gesteckt hatte. Und wie Jane und Elizabeth, seine Schwiegermutter, die weder von seinen Problemen noch von seiner Veruntreuung wussten, sich zusehends gegen ihn verschworen, wie seine Ehe scheiterte, und er sich bei Nacht und Sturm davon gemacht hatte. Er verschwieg weder seine Hoffnung auf Abuyas wiederaufkeimende Liebe, die er beim Wiedersehen mit ihr in Mombasa gehegt hatte, noch den Autounfall in der Wildnis von Tansania und seine anschliessende Rekonvaleszenz bei Stella und Johannes auf der Farm.

Die alte Nonne hörte ihm zu, ohne ihn zu unterbrechen, und er fühlte sich erleichtert, wie sich Katholiken nach einer Beichte fühlen mussten, denn er wusste, dass sie seine Geschichte mit ins Grab nehmen würde.

Seit Sarah bei ihm wohnte, kaufte Dave in einem der neuen, modernen Supermärkte regelmässig Swiss Müeslimischung, Butter und Joghurt. Akinyi, Bonganis siebzehnjährige Tochter, die sein Haus putzte, brachte täglich Obst und Gemüse mit.

Als Bongani ihn damals gebeten hatte, sie nach ihrem Grundschulabschluss einzustellen, hatte er dies ohne zu zögern getan und es nie bereut. Er kannte sie seit ihrer Geburt, sie war gewissenhaft und fleissig, und so fand er für ihre jüngeren Schwestern Arbeit auf einer Teeplantage. Ihre älteren Brüder gingen mit ihrem Vater und ihrem Onkel fischen. Bia, die Älteste, half der Mutter mit den Kindern, Hühnern und Ziegen. Dave fühlte sich ein wenig für die Familie zuständig und freute sich daher, zu sehen, wie gut sich Sarah und Akinyi verstanden. Sarah forschte zu Haus- und Berufsarbeit von afrikanischen Frauen, und er interessierte sich für ihre Recherchen. Nachdem sie einen Tag bei Akinyis Familie verbracht hatte, holte er sie dort ab. Während er den Jeep durch den chaotischen Abendverkehr steuerte, hörte er ihr zu.

«Ich stellte meine Fragen auf Englisch. Bia dolmetschte für ihre Mama. Der Austausch war für alle interessant.»

«Das kann ich mir denken.»

«Weisst du, dass der Name Akinyi *Morgenkind* bedeutet?»

«Sicher», nickte er. «Sie wurde am frühen Morgen geboren.»

«Oh? Leider bin ich noch immer zu unwissend, was das Leben der Frauen und die kenianischen Sitten anbelangt», bekannte sie. «Aber ich lerne dazu. Eigentlich ist es schade, dass ich jetzt, wo ich bei dir wohnen darf, schon bald wieder abreise.»

«Ich bin froh, dass Bia und ihre Mutter dir zumindest helfen konnten.»

«Ja, ich auch. Ich durfte das Baby auf meinem Schoss halten. Erst als es zu weinen begann, nahm es Bia zu sich und stillte es.»

Dave ahnte, was kommen würde. Er hoffte, dass seine Tochter, die ihn zwischendurch immer wieder einmal an seine

Schwiegermutter mahnte, nicht zu harsch urteilen würde. Immerhin studierte Sarah Ethnologie.

«Ich dachte, das Baby und der Dreikäsehoch seien ihre kleinen Brüder. Doch die beiden sind ihre Kinder», sagte sie jetzt, mit Betonung auf Kinder.

«Das ist so. Bia hat keine eigene Familie. Sie lebt noch immer bei ihren Eltern, weil es sie nichts kostet und sie sich so gleichzeitig um ihre Buben und ihre jüngeren Geschwister kümmern kann. Alle sind damit zufrieden.»

«Oh? Jetzt wird mir einiges klarer», antwortete Sarah und klang jetzt tatsächlich wie Elizabeth.

Kurz darauf erhielt Dave von Abuya eine E-Mail. Jack Müller war eine Woche zuvor verstorben und kremiert worden. Die Trauerfeier würde in zehn Tagen stattfinden. Die auswärtigen Gäste würden in seinem Hotel untergebracht werden, schrieb sie. Sie habe dort auch für Dave ein Zimmer reserviert. Er überlegte, ob er den weiten Weg an die Küste fahren solle. Jack war ihm nie besonders gut gesonnen gewesen. Wenn, dann würde er es für Abuya tun. Sie hatten an Sœur Céciles Geburtstag kaum miteinander reden können, schon gar nichts Privates. Kurzentschlossen bat er Sarah, die Woche bei den Nonnen zu überbrücken, da er sein Haus sichern und verschliessen musste.

Die Kirche nördlich von Mombasa war bis auf den letzten Platz belegt. Dave roch die vielen Blumen und den Weihrauch. Die Urne und ein grosses Foto in einem breiten, mit Blumen verzierten Holzrahmen davor, standen auf einem mit einer weissen Spitzendecke drapierten Stuhl. Darauf lagen drei rote Rosen. Das Portrait zeigte, wie stattlich Jack zu Lebzeiten gewesen war. Prominente Persönlichkeiten redeten und beteten und würdigten seine Verdienste. Einige seiner Angestellten weinten. In der ersten Reihe konnte Dave Abuya ausmachen und, als die Gemeinde sang, ihre Stimme hören.

«Ich habe Jack an der Beerdigung meines Vaters kennen gelernt», erzählte sie ihm nach der Feier. «Er hatte sie organisiert. Ich war noch sehr jung. Ich habe danach in seinem Hotel zum ersten Mal in meinem Leben eisgekühltes Mineralwasser getrunken und während jener Trauerwoche europäisches Essen kennengelernt. Es scheint so lange her.»

«Ich kann mich nur an die Beerdigung meiner Grosseltern und an jene von meinem Schwiegervater gut erinnern», antwortete Dave. «Die vielen Trauerfeiern in Kisumu kann ich längst nicht mehr auseinanderhalten.»

«Aber du gehst stets hin?»

«Natürlich. Viele Menschen kennen mich, und ich schulde es ihnen.»

«Mir geht es genauso. Heute hingegen, mit Jack, war es etwas anderes. Er war der beste Freund meines Vaters. Er hatte ihm damals versprochen, mir beizustehen, falls es einmal nötig sein würde. Mein Vater war nicht mehr jung, und Jack hat zeitlebens sein Wort gehalten.»

Dave erinnerte sich an seine Freundschaft mit Corran, die trotz des grossen Altersunterschieds innig gewesen war.

«Mit Jack ist der Letzte verstorben, der meinen Vater gekannt hat», sagte sie, und Dave spürte, wie sehr sie ihren Vater geliebt hatte und sein Andenken ehrte.

«Und Moses?», fragte Dave. «Er hat deinen Vater doch auch gekannt. Ich habe ihn heute nirgends gesehen.»

«Moses ist vor fünf Jahren ein paar Kilometer südlich von hier unter einen Bus gekommen. Ich konnte dich nicht kontaktieren. Ich hatte keine Adresse. Ich glaubte, du seist in Tansania oder zurück in England.»

«Es tut mir leid, Abuya. Ich war eine Weile in Tansania. Als ich mich in Kisumu niederliess, hätte ich dir meine Adresse mitteilen sollen.»

«Ich hätte mich für dein Leben interessiert und dir helfen wollen.»

«Du hast mir schon damals, als ich durch Afrika trampte, geholfen. Dafür bin ich dir noch heute dankbar. Später musste ich allein zurechtkommen.»

«Gibt es niemanden, der dir nahesteht?»

«Ich habe Wegbegleiter und Partner, auf die ich mich verlassen kann. Die anderen kommen und gehen. Nichts ist für die Ewigkeit.»

«Du weisst genau, dass ich von Liebe und Familie spreche.»

«Und du weisst, dass ich *genau* das vermasselt habe.»

«Vielleicht? Wir sind nicht mehr dieselben jungen Menschen, die wir einmal waren. Im Gegensatz zu heute lag das Leben damals noch vor uns. Versprich mir zumindest, dass du meinen Namen so deponierst, dass ihn jemand findet und mich kontaktiert, falls dir etwas zustossen sollte.»

Einen Moment lang beunruhigte ihn Abuyas Fürsorge. Dann sagte er sich, dass Unfälle, Krankheit und Tod weniger wahrscheinlich – oder zumindest später – einträfen, je besser man darauf vorbereitet war. Notfälle waren nun einmal nicht planbar. Trotzdem versprach er es ihr.

Auf seiner Rückfahrt dachte er über das Gespräch nach. Einiges war natürlich anders als geplant verlaufen, doch *vermasselt* war ein zu harter Ausdruck. Er hatte auch viel Glück gehabt. Er dachte an seine Fischer, allen voran Bongani und seine grosse Familie und Sippschaft; an Liv und die Klinik und natürlich auch an Sarah und Moira, die ihr Leben meistern würden. Er nahm sich vor, sein Testament zu schreiben.

Sarah zog erneut zu Dave. Sie und Moira würden nun tatsächlich Mitte Dezember nach Europa zurückfliegen. Für Sarah war es im Moment ideal, ihre Studien von der Stadt aus fertigzustellen. So konnte sie gleich auch ihren Rückflug umbuchen, das One-Way-Ticket für Moira bestellen und Souvenirs kaufen. Sie hätten auch ihn gerne nach Clifftop mitgenommen, sagten die beiden. Er wusste, dass er dies keinesfalls wollte.

«Wie stellt ihr euch das denn vor?», fragte er, als sie sich zu dritt in Andrews Bar trafen. «Ich kann nach all den Jahren schlecht zu Jane sagen: *Ich lebe noch* ...»

«Nun. Wir müssten ihr vorher erklären, wie ich dich getroffen habe», überlegte Moira laut, «und wie Sarah zuerst mich und später auch dich fand. Und du müsstest selbstverständlich damit einverstanden sein.»

«Natürlich ...», stimmte Sarah zu, «... und Mum müsste ...»

«Nein! Keiner von uns *muss* etwas tun», stoppte er die Diskussion.

Er hatte den Eindruck, Moira wolle im Nachhinein seine Ehe retten und Sarah ihrer Mutter beweisen, dass die Welt ein Dorf sei und man an jeder Ecke Altbekannte, ja sogar längst Verschollene, treffe. Er wollte dabei nicht mitmachen. Er würde Jane einen Brief schreiben und ihnen mitgeben.

Am folgenden Freitag machte er früher als gewohnt Arbeitsschluss. Er kaufte in jenem neuen Supermarkt ein, der zu horrenden Preisen importierte Lebensmittel und lokale Frischprodukte sowie Brot und Backwaren anbot. Er wählte Sarahs liebste Joghurtsorte und ein noch warmes Baguette. Bevor sie zu ihm gezogen war, hatte er bei einem Inder im *Duka* eingekauft. Doch Sarah mochte Milchprodukte, die aufgrund der unterbrochenen Kühlketten viel zu oft verdarben und hier frischer waren. Fleisch ass sie, zumindest in Afrika, keines, dafür den Fisch, den er von der Arbeit brachte. Seit Livs Besuchen war er mit weiblichen Essgewohnheiten wieder etwas vertrauter, aber er hütete sich, dies gegenüber Sarah zu erwähnen. Nach dem Einkauf fuhr er nach Hause und stellte den Jeep in die Garage, die er vor Jahren gebaut hatte. Es war erst Nachmittag. Vom oberen Stock hörte er Wasser fliessen. Ob Akinyi oder Sarah vergessen hatten, es abzustellen? Wasser war kostbar. Er deponierte die Kühlbox und das Brot auf dem Küchentisch, sprang die Treppe hoch und warf einen Blick in den Duschraum. Sarah stand unter dem feinen Wasserstrahl. Moira kniete vor ihr. Als er realisierte, was sie taten, floh er aus dem feuchten Raum.

«Sorry. Sorry fürs Hereinplatzen», entschuldigte er sich, als die beiden später in der Küche auftauchten und Blicke tauschten. «Ich dachte, jemand habe das Wasser versehentlich laufen lassen.»

Er holte sich ein Bier aus dem Kühlschrank. Moira sagte, sie müsse vor dem Einbruch der Dunkelheit zurück auf der Missionsstation sein und verabschiedete sich. Sarah begleitete sie zur Bushaltestelle. Mehr als Sarahs störte ihn Moiras Verhalten. Moira, deren Haarsträhnen wie dunkle Schlangen an ihrem Rücken klebten, hatte ihn erregt, obwohl er sie nur von hinten gesehen hatte. Er fühlte sich betrogen. Hatte sie, seit er sie zum ersten Mal in Andrews Bar getroffen hatte, bloss um ihn zu verwirren mit ihm geflirtet? Wusste sie überhaupt, dass gleichgeschlechtlicher Sex in Kenia tabu und zwischen Männern sogar strafbar war? Als Sarah nach Einbruch der Dunkelheit noch immer nicht zurück war, rief er sie auf ihrem Mobiltelefon an. Er zählte die Klingeltöne. Sie antwortete erst nach einem Dutzend.

«Keine Sorge Dad. Ich biege soeben um die Ecke. Ich bin in drei Minuten zuhause. Moiras Bus konnte nicht losfahren. Motorschaden. Ich wollte sie nicht allein lassen und habe mit ihr auf den Ersatzbus gewartet.»

Ihre Stimme klang unbeschwert und fröhlich. Er legte sein mobiles Telefon zur Seite und fachte das Feuer unter dem Grillrost an. Sie würde hungrig sein. Sie hatte ihn zum ersten Mal *Dad* genannt und *zuhause* gesagt.

Mitte Dezember fuhr Dave zur Missionsstation, um Moira und Sarah abzuholen. Nachdem sie ihre schweren Rucksäcke und die mit Souvenirs vollgestopften Reisetaschen in seinen Jeep geladen hatten, übergab er Sœur Cécile einen Umschlag mit Bargeld. Als er sich von ihr verabschiedete, überkam ihn eine Ahnung, dass er sie nicht mehr wiedersehen würde.

Noch ehe er hundert Meter gefahren war, warf er einen Blick in den Rückspiegel, in dem die Kirche und die langgezogenen Häuser kleiner und schliesslich vom aufgewirbelten roten Strassenstaub versschluckt wurden.

Auch Sarah und Moira schienen sich bewusst zu sein, grossherzige Menschen und eine einzigartige Welt zu verlassen, die es bald nicht mehr geben würde. Jedenfalls sprachen sie auf der Fahrt kein Wort, und er vermutete, dass auch ihnen das Herz beim Abschied schwer geworden war.

Am Flughafen plauderte Sarah, als sie lange für die Gepäckaufgabe anstanden, wieder unbeschwert. Sie erzählte, dass Peter Mwangi, ihr Host, sie hier abgeholt und wie er ihr die rasante Entwicklung der Region anhand des Flughafens beschrieben habe. Die vor knapp hundert Jahren in Betrieb genommene Landebahn sei ausgebaut worden, damit auch grössere Flugzeuge und später die Air Force One von Barack Obama landen konnten.

«Obamas Vorfahren stammen aus der Region», ergänzte sie, wie immer leicht belehrend. «Die Menschen hier sind sehr stolz darauf.»

Die drei tranken einen letzten Kaffee zusammen, bevor sie sich nach mehreren Umarmungen und tausend guten Wünschen schliesslich trennten.

Dave fragte sich, nachdem Moira und Sarah hinter der Passkontrolle entschwunden waren, ob er sie je wiedersehen würde.

Anfang Februar holte er Liv ab. Er setzte sich in die Ankunftshalle und achtete auf die Durchsagen. In Gedanken war er weit weg. Auf dem Weg zum Flughafen hatte er sein Postfach geleert und einen Brief vorgefunden, der wochenlang unterwegs gewesen sein musste.

Während er auf Liv wartete, zog er das zerknitterte Papier aus der Brustasche seines Hemdes und stellte sich vor, wie es wäre, wenn jetzt nicht Liv, sondern Jane hier landen würde.

Würde er sie wiedererkennen? Vielleicht in ihrem Kleid mit dem engem Mieder und dem luftigen Rock, den der Wind aufbauschte? Ob sie es noch immer besass? Es als Andenken an ihre Verlobung aufgehoben hatte? Frauen taten solche Dinge …

Vor seinem inneren Auge sah er Bedruthan Steps und das Plätzchen, wo sie sich an jenem Nachmittag geliebt hatten, und den rutschigen Weg zurück in die Höhe, der ihnen bei einem Haar von der hereinbrechenden Flut abgeschnitten worden wäre; die alte Wolldecke, die sie in der Hast vergessen und dem Meer überlassen hatten.

Er sah auch Clifftop, strahlend weiss zwischen blauem Meer und Himmel hängen, und vom Möwennest aus bizarre Wolkenformationen aufreissen; die aufgehende Sonne das Meer in Silber und kurz vor ihrem Untergang die Landschaft in Gold tauchen.

Anstelle der Flugzeuge hörte er Wellen an Felsen krachen.

Dezember 2016

Dear Dad, lieber Dave, las er zum x-ten Mal.

Wir hoffen, es gehe Dir gut und dass Du den Sonnenschein geniessen kannst. Bei uns ist es nass und stürmisch. Inzwischen haben wir Jane und Claire, und auch Becs und Tom, offenbart, dass wir eine gemeinsame Zukunft planen. Rebecca ist übrigens schwanger und die beiden wohnen im vormaligen Coastguard's Cottage. Wie erwartet waren sie zwar alle sehr erstaunt über unsere Pläne, jedoch lieb genug, uns dazu zu beglückwünschen. Jetzt bleibt abzuwarten, was Finlay und Lance dazu sagen. Doch wer im Glashaus sitzt, wirft bekanntlich nicht mit Steinen. Wir freuen uns jedenfalls darüber, dass sie morgen für ein paar Tage nach Clifftop kommen werden. Wir waren beide verdutzt, aber auch sehr erfreut, zu erfahren, dass Jane vor einem halben Jahr einen Mann kennen gelernt hat, den sie inzwischen innig liebt. Fact is: Mum ist zum ersten Mal, seit Du sie verlassen hast, verliebt und überglücklich. Bitte verstehe uns, dass wir es unter diesen Umständen nicht übers Herz bringen, ihr von Dir und unserer Begegnung in Kenia zu erzählen. Wir beide haben beschlossen, das Wissen, dass Du gesund und munter bist, als unser Geheimnis zu bewahren. Wir werden Dich hoffentlich einmal wiedersehen.

In Liebe, Sarah und Moira

P.S. Wir retournieren Dir Deinen Brief ungeöffnet.

An den Inhalt seines Schreibens konnte er sich nicht mehr genau erinnern. Er war einen Umweg über den Golf Club gefahren, hatte den verschlossen Umschlag zerrissen und die Schnipsel in den See geworfen. Er wusste, dass er nun das Gleiche mit Sarahs und Moiras Brief, den er noch immer in der Hand hielt, tun musste.

Obwohl Liv seine Papiere nicht durchstöbern würde, könnte sie ihn durch einen dummen Zufall finden. Oder wäre es Vorsehung, wenn sie die Wahrheit erfahren würde? Sie hatte ihn nie über seine Vergangenheit ausgefragt. Im Gegenzug hatte auch er keine Details über ihre Ehe wissen wollen. Er zauderte so lange, bis die Ankunft des verspäteten Fluges von Kopenhagen angekündigt wurde. Dann trat er kurz aus, zerriss die Seiten mitsamt dem Couvert und spülte die Papierfetzchen die Toilette hinunter. Als er die Spülung zwei Mal drückte, erinnerte er sich daran, wie er vor fünfzehn Jahren bei seiner Ankunft in Nairobi die Kleber an seiner Reisetasche entfernt und die Tasche vor den Herrentoiletten mit Absicht unbeaufsichtigt hatte stehen lassen. Er ging davon aus, dass der Neoprenanzug und die Tasche noch immer von jemandem gebraucht wurden. Kleider und Schuhe wurden in Afrika getragen, bis sie auseinanderfielen. An Briefen hatte niemand Interesse. Doch sicher war sicher, fand er und drückte die Spülung ein drittes Mal.

Er erkannte Livs hellen Schopf von weitem. Sie winkte fröhlich und steuerte ihren Trolley mit viel Tempo auf ihn zu. Die acht schönsten Wochen des Jahres würden, wie immer, wenn sie ihn besuchte, viel zu schnell vergehen.

Während sie bei Dave lebte, schulte sie Schwestern und Hebammen und half bei schweren Geburten und kleinen Operationen in der Klinik mit. Daneben diskutierte sie mit den Ärztinnen und Ärzten Verbesserungen und mit dem Direktor die notwendigen Anschaffungen. Oft blieb sie bis am späten Nachmittag in der Klinik und verbrachte nur die Abende mit ihm. In der ersten Woche mit ihr war jeweils noch alles neu. Sie mussten sich aneinander gewöhnen. Doch zu Routine kam es nie, die gemeinsame Zeit war viel zu kurz und die *Safari* zu abenteuerlich und voller Überraschungen.

Schon Tage vor der Reise studierten sie Landkarten, suchten wenig befahrene Routen heraus, und wenn Liv den letzten Notfall behandelt und Dave Bongani und dessen Brüdern und Vettern die letzten Ratschläge zur Überbrückung seiner Abwesenheit gegeben hatte, konnten sie losziehen.

Wie er es früher mit Jane gehalten hatte, wechselte er sich auch mit Liv beim Autofahren ab. Unterwegs lebten sie bescheiden, assen ihren Proviant und tranken Tee und Instant Coffee aus Thermosflaschen. Menschen trafen sie nur, wenn sie Vorräte und Wasser aufstockten oder Benzin nachfüllten. Sobald sie trockenes Kleinholz am Wegesrand entdeckten, luden sie es ins Auto. Abends machten sie Feuer, bereiteten eine einfache Mahlzeit zu und liebten sich nach dem Essen auf einer Schaumgummimatratze. Zum Schlafen stiegen sie ins Dachzelt und zogen die Reissverschlüsse zu, um sich vor Kriechtieren und Mosquitos zu schützen. Gefährlicher als die Löwen, die sie nachts brüllen hörten oder Elefanten, die in der Nähe grasten und mampften, waren die Hyänen, die Dave mit Geschrei und Schlagen an den Kochtopf vertrieb. Am Morgen schüttelte er seine und Livs Kleider und Schuhe aus, bevor sie sich anzogen. Wenn sie zusammen waren, fühlte er sich für sie verantwortlich. Er hätte es sich nicht verzeihen können, wenn ihr im Busch etwas zugestossen wäre.

Zurück in Kisumu, rannen ihm die mit Liv verbleibenden Tage auch dieses Jahr buchstäblich wie Sand durch die Finger. Er kannte es nicht anders. Bevor er es realisierte, war er wieder allein. Wenn die Morgensonne den See in ein rosa Licht tauchte und er in der Stille auf die Fischer und ihren Fang wartete, wanderten seine Gedanken. Dann dachte er nicht nur an Liv und was sie jetzt gerade tun würde, sondern immer wieder auch an Claire und die Bretagne, an Jane und Cornwall, an seine Zeit in Tansania und an Abuya und Mombasa. Leichter als Liv, deren Zuhause er nie gesehen hatte, fiel es ihm, sich jene Menschen vorzustellen, deren Umgebung ihm vertraut war. Hie und da verglich er sein Leben mit jenem von Treibholz, das ein nächtlicher Sturm ans Ufer des Viktoriasees geschwemmt hatte.

An einem Juliabend hörte er am Radio zufällig die Prognose heftigster Gewitter über dem See. Er ging nachts nur noch selten aufs Wasser; ein sechster Sinn bewog ihn heute, nachzuschauen, wo sich Bongani aufhielt. Er konnte den Fischer telefonisch nicht erreichen und fürchtete plötzlich, er wolle bei diesem Wetter hinausfahren. Obwohl es spät und Dave müde war, schloss er nach dem Abendessen das Haus ab, sicherte alle Türen und liess ein Licht brennen. Er nahm sein Mobiltelefon, einen leichten Pullover und eine Flasche Mineralwasser mit sich und stieg in seinen Jeep. Eine halbe Stunde später schaute er in den Schuppen und stellte fest, dass das Boot von Bonganis Söhnen fehlte. Der See lag tintenschwarz unter den tiefhängenden Wolken. Kein einziger Stern war zu sehen. Die Luft wehte kühl vom Land her zum See. Am Ufer stand eine einsame Gestalt.

«Bongani! Bist du es?», fragte er leise. «Wo sind deine Söhne?»

«Draussen», murrte Bongani.

«Das ist in ihrem Boot mit dem kleinen Segel jetzt zu gefährlich.»

«Sie sind zu dritt. Sie haben einen Freund mitgenommen.»

«Leichtsinnig», urteilte Dave. «Sie müssen die Gewitterwarnung mitbekommen haben. Warum nur nehmen sie sie nicht ernst?»

«Sie nehmen sie ernst Dave. Doch sie wollen fischen. Sie brauchen das Geld. Sie sind vor einer Viertelstunde hinausgefahren.»

«Ich glaube, ich weiss, wo ich sie finde», sagte Dave.

«Ich auch», antwortete Bongani.

«Ich fahre ihnen nach. Mein Boot hat einen Motor mit ein paar PS und Platz, um sie im Notfall aufzunehmen.»

«Ich komme mit dir.»

«Nein, Bongani», wehrte Dave ihn ab.

Er kehrte in den Schuppen zurück, schob sein Boot auf den Slipwagen, zog es ans Ufer hinunter und liess es sanft ins Wasser gleiten.

«Glaub mir, es ist besser, du wartest hier auf sie», sagte er.

«Es sind *meine* Jungs», widersprach Bongani.

«Eben. Du kennst meine Regel: Bei aufkommendem Sturm dürfen nie mehr als zwei Mitglieder einer Familie rausfahren. Lass mich nur machen.»

Dave sprang ins Boot und warf den Motor an. Als er zurückblickte, sah er ein Zigarettenende glimmen. Die Dunkelheit hatte Bonganis Konturen bereits verschluckt. Obwohl er rasch nach Süden tuckerte und die jungen Männer innert Kürze hätte einholen müssen, fand er sie nirgends. Sie sollten seinen Motor hören. Noch war es ruhig auf dem Wasser. Die Stille vor dem Sturm. Da die Winde vom abkühlenden Festland nachts aus allen Himmelsrichtungen über dem runden See aufeinanderprallten, galt er als eines der gefährlichsten Gewässer der Welt. Zusammen mit der Verdunstung verursachten die Luftmassen die brutalsten Gewitter und die schrecklichsten Stürme. Aber wie die Fischer, die ihre Einnahmen gegen die Risiken abwogen, glaubte auch Dave, das Pech träfe nur die anderen. Jetzt hoffte er, dass er Bonganis Söhne aufspüren würde. Er liess die seitlichen Lichter an, was seine Position im Gegensatz zu jenen Booten, die ohne Beleuchtung fuhren, sichtbar machte. Er spürte den Wind rauer werden, hörte den Himmel grollen, zuerst in der Ferne, dann sah er grelle Blitze ins Wasser schlagen, Wellen anwachsen und sich überschlagen. Der Donner wurde innert Minuten zu einem Krachen über seinem Kopf. Plötzlich hatte er die Orientierung verloren. Er glaubte, Stimmen, zu hören, was im Tumult dieser Naturgewalten unmöglich war. Der Wind trieb eine Wand aus Regen und Wolken auf ihn zu. Er musste umdrehen, zum Ufer steuern, sich in Sicherheit bringen. Menschen hatten in einem Unwetter wie diesem schlechte Karten. Er wusste plötzlich, dass er Bonganis Söhne und deren Freund nun nicht mehr finden würde. Eine Welle, höher als jede andere, die er zuvor gesehen hatte, türmte sich vor ihm auf, rollte dämonisch zischend auf ihn zu und verschlang sein Boot. Sein Atem stockte. Er ging über Bord, tauchte unter der Woge durch. Als er wieder an die Oberfläche gelangte, schnappte er nach Luft, schluckte Wasser und versuchte, sein Boot in der Dunkelheit zu erkennen. Er trug keine Rettungsweste. Er musste Holz zu fassen kriegen. Eine weitere Woge riss ihn mit sich, überspülte ihn. Er schluckte erneut Wasser. Blitz und Donner trafen sich zeitgleich über ihm. Die Wellen jagten sich und wurden zu immensen Wasserbergen, bevor sie zusammenbrachen. Einen Moment lang dachte er an seinen wilden Garten, in dem er, wäre er vorausschauender gewesen, jetzt hätte sitzen, ein Bier trinken und das Gewitter beobachten können. Stattdessen riefen ihn seine Grosseltern und Edward, Corran, Elizabeth, J-P, aber auch Rob, Ron, Jack, Robina und Moses. Er musste sich von ihnen losreissen. Verzweifelt schlug er um sich, ermüdete und hörte nun die Stimmen von Claire, Jane, Rebecca, Sarah und Moira; von Abuya, Sven, Liv und ganz deutlich und aus nächster Nähe auch jene von Sœur Cécile. Verzweifelt schwamm er in die Richtung, aus der ihn die Lebenden riefen. Doch das Wasser versperrte ihm den Weg, es bäumte sich haushoch vor ihm auf und verschluckte ihn.

Er hatte keine Kraft mehr, wusste auch nicht mehr, wo oben und unten, wo die Seemitte und wo das rettende Ufer war. Um ihn herum gab es nur undurchdringliche schwarze Nässe. Mit kristallener Klarheit wusste er, er würde darin ertrinken. Er sah seine Ketsch vor Cornwalls Küste in den Sturm treiben. Als er sich schliesslich vom See in die Tiefe ziehen liess, erkannte er auf dem schlammigen Grund das Gesicht einer bleichen, jungen Frau, deren wasserblaue Augen zu ihm hochblickten.

Swahili

Abuya: Luo-Name für Mädchen (Geboren als der Garten blühte)
Asante sana: Vielen Dank
Askari: Wächter
Bwana: Herr
Chai: Schwarztee
Dholuo: Sprache der Luo
Duka: Laden, Geschäft
Hakuna matata: kein Problem
Harambee: kenianische Selbsthilfebewegung
Jambo, Jambo Bwana: Afrikanisches Lied
Kamilifu: Perfekt
Karibu: Willkommen
Kikuyu: Volksgruppe in Kenia
Kitchen Swahili: rudimentäres *Swahili* der ersten weissen Siedler
Kitenge: Bunt bedruckte Baumwolle
Kongowea: Markt in Mombasa
Luo: Volksgruppe in Kenia

Masai: Nomaden, ostafrikanische Volksgruppe
Matatu: Sammeltaxi
Mgeni ni baraka: Ein Gast ist ein Segen
Muhogo: Maniokpflanze
Mzungu: Europäer/in, Weisse/r
Ndoto tamu: Süsse Träume
Nyumba nzuri: Schönes Haus
Rondavels: Rundhütten
Safari: Reise
Shamba: Pflanzfleck und Gemüsegarten
Tusker: kenianische Biermarke
Ugali: Brei aus Mais, Hirse, Maniok oder Sorghum
Ujamaa: Afrikanischer Sozialismus, ein von Familie/ Dorfgemeinschaft geprägtes Gesellschaftsmodell, 1967–1985 in Tansania
Usiku mwema: gute Nacht

Personen

Abuya, Künstlerin
Akinyi, Bonganis mittlere Tochter
Bongani, Fischer
Claire, Schwägerin
Corran, Schwiegervater
Elizabeth, Schwiegermutter
Finlay, Schwager
Henry, stv. Werftleiter
J-P, Claires Partner
Jack, Hotelier
Jane, Ehefrau
John, Vater von Abuya, Captain British Navy
Lance, Finlays Partner
Liv, Ärztin

Margaret, Buchhalterin
Mike, Fahrer und Leiter einer Überland-Expedition
Moira, Volontärin
Moses, Hausangestellter
Rebecca, Tochter
Robina, Hausangestellte
Sarah, Tochter
Stella und Johannes, Entwicklungshelfer
Sven, NGO-Leiter
Sœur Cécile, Nonne, Oberin
Tom, Henrys Sohn und Rebeccas Freund
Walter, Banker
Wilson, Hausarzt

Dank

Allen voran danke ich Hartmut W. Braun, meinem Mann und kritischen Gegenleser. Er hat meine Freude am Schreiben stets tatkräftig unterstützt.

Ferner danke ich meiner Schwester Franziska und meinen Freundinnen und Freunden, die auch mein drittes Buch in seiner Entstehungsphase begleitet und mir dazu wertvolle Rückmeldungen gegeben haben.

Ganz besonders danke ich meiner Lektorin Kathrin Bringold für ihre wie immer sorgfältige Arbeit und Begleitung.